NAKED LUNCH

經典完全復原版

裸體午餐

威廉・布洛斯 William Burroughs 著

何穎怡 譯

〈導讀〉（一）布洛斯、垮世代、病毒

白大維（David Barton）著；何穎怡翻譯

威廉・布洛斯（William Burroughs）是垮世代運動（Beat Movement）[1]的精神之父。他比垮世代文人凱魯亞克（Jack Kerouac）、金斯堡（Allen Ginsberg）大上十歲左右。布洛斯家族素有名聲，因爲他的祖父（與他同名）發明了布洛斯計算機。哈佛大學畢業後，他的父母雖不算巨富，卻也給他每個月兩百美元的零用金。靠著這筆錢，布洛斯得以隨心所欲過活。他在三○年代前往歐洲，回到哈佛後，就讀人類學碩士學位，之後又到維也納攻讀醫學。

布洛斯的背景迥異成長於困頓勞工家庭的凱魯亞克，也大異紐約中產階級猶太裔的金斯堡。四○年代中期，布洛斯過著雙性戀生活。一九四四年，他與同居人瓊・佛瑪（Joan Vollmer）以及凱魯亞克夫婦一起定居紐約。布洛斯與佛瑪都是癮君子。前者有嗎啡癮，後者嗜食安非他命，也就是四○年代末期黑人爵士樂手分享的毒品世界。你可以說毒品協助垮世代文人打破心理藩籬，勇於拋棄缺乏想像力的世界，成爲社會局外人。布洛斯鼓吹詳細研究毒品世界，包括大麻、嗎啡、海洛因、安非他

1 垮世代（Beat Movement〔generation〕）：台灣也有人翻譯為「敲打族」（或敲打世代），是美國二次大戰後的文化運動，由作家凱魯亞克（Jack Kerouac）率先提出此一辭彙。「垮世代」被視為後現代主義文學的一個重要分支，作品通常不遵守傳統創作的常規，結構和形式上也往往雜亂無章，語言頗多黑人色彩。崇尚邊緣，強烈批判物質主義。

命、中南美洲巫醫迷幻藥物雅哈（yagé）。這股巫術元素一直跟隨布洛斯，讓他在五〇年代初期奔走墨西哥、哥倫比亞、祕魯，尋找雅哈之謎。

布洛斯的毒品實驗主要在追求布萊克（William Blake）的教誨：「如果眾妙之門豁然，萬物還得本性：即是無窮無限。」（If the doors of perception were cleansed everything would appear to man as it is: infinite.）讀者可用此句比較《裸體午餐》（*Naked Lunch*）書名之義：在凍結的瞬間，人人可見叉子的盡頭實為赤裸的肉。換言之，感官之門（doors of perception）滌清了，儘管永恆有如叉子盡頭的眞相一般醜陋。

布洛斯打破的心理藩籬包括同性戀、非法藥物、非法武器販賣，最後，殺人。一九五一年，布洛斯為了逃避美國法律的追捕，落居墨西哥，一日他玩威廉．泰爾的射蘋果遊戲，失手槍殺了佛瑪。取人性命是他打破的最後一項禁忌，對他的寫作影響甚深，他曾說：「結論雖驚人，我卻不得不承認如果不是瓊的死，我不會成為作家……我長年活在被附身被控制的陰影下，瓊的死讓我接觸『侵入者』，也就是惡靈（Ugly Spirit），讓我終身陷入掙扎，寫作成為唯一的出口。」

布洛斯將垮世代的不法精神推到最極致。他是垮世代運動的教父與倡議者。失手殺掉佛瑪後，他逃亡南美洲，而後到摩洛哥丹吉爾，吸毒與寫作。一九五三到一九五七年間，他的重心在寫《裸體午餐》。布洛斯後來的生活就像終極垮族，整個六〇年代都沉溺於毒品並長期禁慾。布洛斯著名的寫作切割技術（cut-up）是將字句切割，而後隨意重組，像魔術師的帽子戲法。切割技術有助他躲避「惡靈」，在此，惡靈也就是理性，它箝制了人類的想像力②。布洛斯認識畫家基辛（Brion Gysin）後，更加相信切割技術的「魔力」，他開始繪畫，與基辛共同以切割技術創作繪畫，以及其他種實驗藝術。

終其一生，布洛斯並未間斷跨藝術的合作，他寫作劇本也表演，他的聲音出現在電影原聲帶裡。他的音樂合作對象包括齊柏林飛船（Led Zepplin）、法蘭克查帕（Frank Zappa）、路瑞德（Lou Reed）、派蒂史密斯（Patti Smith）、門戶合唱團（The Doors）、蘿莉安德森（Laurie Anderson）、科特柯本（Kurt Cobain）、R.E.M.，並參與湯姆威茲（Tom Waits）、羅勃威爾森（Robert Wilson）合作的〈黑騎士〉（Black Rider）歌劇，撰寫裡面朗誦段落。

布洛斯見證參與了整個垮世代文化的興起與退潮。四十年來，他不僅是作家、畫家，也參與音樂等其他藝術創作。這就是BEAT。

所以什麼是BEAT呢？

基辛曾說：「語言掩蓋思想，真實的意義只存在於節奏中。」

佩德（Walter Pater）的名言則說「所有藝術都渴求音樂」，美國四〇、五〇年代的垮世代文化也是一個牽涉畫家、作家、樂人、表演藝術者的「音樂運動」，他們的作品都帶有強烈的「節拍」（beat）感，像鼓奏、心跳或者脈動。

說一個作品有BEAT，意指它很酷，聽起來很時髦。有辦法BEAT，就代表你有能力鑑賞當代的非主流藝術，包括咆勃爵士（Be-bop jazz）、抽象表現主義繪畫，以及凱魯亞克、金斯堡、布洛

2 布洛斯認為文字是外太空病毒，病毒傳染需要宿主。人類之所以想要書寫，是因為人類無法防止肉身腐化，卻能用文字讓思想不死。文字這種病毒遂因人類之畏死而得以從一個宿主跳到另一個宿主身上，繁衍壯大。面對文字病毒，切割技術是強大工具，可以不斷拆解、重組、錯置、重複，直到文字失去意義，或者顛覆自身意義為止。

斯、科索（Gregory Corso）等人的作品。如果你自稱垮世代，你就知道「鳥」（Bird）指的是帕克（Charlie Parker），並且知道貝克（Chet Baker）很酷。這是了解何謂「垮」的最簡單法門，享受這些人的作品，並在繪畫、詩與爵士裡聽到音樂。

但是想要分析何謂BEAT，必須先了解爵士。了解爵士是在傳統音符與旋律上做即興的樂句反覆（riff）。爵士玩耍熟悉之物，讓它變得陌生。因此爵士就是BEAT，BEAT就是爵士。

換言之，如何玩耍文字的BEAT呢？就是用爵士手法玩耍文字的意義。誠如凱魯亞克在艾倫（Steve Allen）訪問秀中說的：BEAT代表至福（beatitude）、沐恩，也代表消沉頹廢（down）、邊緣之外（out），沒有財富與歸宿，像吉普賽人永遠在路上（on the road）；BEAT也意含滾蛋走人（beat it），置身美國社會卻是局外人，以當時的情境來說，就是美國黑人。垮世代一直深受美國黑人文化影響，尤其是爵士，閱讀凱魯亞克的《在路上》（*On the Road*），你不時看到有關城市黑人角落的描述，或者黑人抽大麻（tea）的路邊酒棧與酒吧。垮世代容易受到美國邊緣外文化的吸引，也在其中茁壯開花。

垮世代拒絕二次大戰之後象徵美國夢的一切：漂亮的老婆、郊區房子、嶄新冰箱、嶄新汽車、三個孩子、一條狗、朝九晚五有退休金保證的工作。爲什麼？因爲這樣的生活沒有爵士。沒有讓你玩耍生命的空間。在模樣一致的郊區房子裡，如何能有即興發揮或變異的地方？美國夢的重點就是統一標準、統一價值觀。垮世代反對的就是這種對最終穩定與平靜的表象追求。

有人認為病毒其實是複雜生命形態的退化，一度，它可能可以獨立生存，現在卻墮落到生死一線之隔。唯有在宿主身上，透過別人的生命，它才能展現自己的生機。這是對生命本身的背棄，墮落

為無機化、無彈性、機械式的生存，這是死物質。——引自《裸體午餐》〈凡夫俗女〉篇。

布洛斯誓言「抹消文字」。他在心靈實驗旅程以及切割（拼貼）技術裡發現所謂溝通（communication）只是病毒由一人跑到另一人身上，文字（word）不過是病毒的外顯形式。爲了抹消文字，布洛斯的語言摻雜了褻瀆不敬、古語、俚語、切割技術，以引導讀者認識溝通的病毒本質。換言之，布洛斯的溝通著重心電感應。字面上所示並非他要傳達的意思，你得越過文字去閱讀，聆聽作品的拍子與節奏，才能明白布洛斯對「侵入者，惡靈」的攻擊。

跟所有病毒一樣，溝通的病毒也會突變。政府、公權力、軍事與工業的掛勾、教育系統，甚至核心家庭，都企圖利用它來控制人類成爲聽話的百姓。布洛斯的寫作是疾呼反抗。讀者透過他的心電感應，可以察覺人類一旦擺脫社會控制，便有無窮的力量改變所謂的現實。巴布狄倫（Bob Dylan）曾說：「字有大小寫，譬如『知道』（Know），但是我們又知道什麼？」狄倫的結論是人類其實一無所知，他所能做的只是透過音樂改變人們「知」的方式，「知」不再是大寫K與小寫now，而是各有各的體會。所謂的知識乃是個人聆聽世界的能力。布洛斯對美國文學的影響便來自「聆聽」的立場。純粹閱讀《裸體午餐》，你不免覺得反胃、困惑、乏味與迷失。但是如果你能聆聽文字下的BEAT，你便聽見難以想像的幽默荒謬痛苦孤寂，以及靈魂迷失的暗夜，這是本書的核心，也是它對美國文學的最大意義。

就像培根（Francis Bacon）的畫作〈人與肉〉（Figure with Meat），布洛斯的作品也是得超越理性的現實主義，從五內去品味。閱讀布洛斯最好的方法，就是將他的描述具象化。想像自己置身於肉品包裝廠裡的妓女戶。「性」常受欲望與美的幻象蒙蔽，布洛斯筆下的性讓你明白撇除幻象，性慾如何得到直接的滿足。布洛斯對慾與肉的強力描述，讓人覺得肉體炸翻了傳統的欲望。就像抽象表現主義繪畫，改變了美國人對藝術之美的認知。就像切割技術，《裸體午餐》的每一頁都在解剖人與動物的身體。在這個脈絡下，你可以說布考斯基（Charles Bukowski）承襲了布洛斯的精神，專注於對墮落身體的追求。儘管後起之秀有《絕對零度》（*Absolute Zero*）與《美國殺人魔》（*American Psycho*）之作，它們對禁忌的突破都未能超越布洛斯。

在布洛斯之前，美國有米勒（Henry Miller）、法國有塞琳（Louis Ferdinand Celine），但是要談布洛斯的脈絡來源，不得不談布萊克（Jack Black）。他的《難以勝天》（*You Can't Win*）是美國文學史「失落的巨作」。這本描寫嗎啡毒癮、越獄生涯、偷拐搶騙，尖酸呈現美國二十世紀初刑罰體系的書於一九八八年重新面世，布洛斯寫序。他說：「我引用此書的人物與場景，如果你能憑記憶引述它的句子，逐字不變，五十年不忘，它勢必是本好書。」布洛斯借用布萊克最多之處是社會邊緣人的書寫，這些人儘管對社會「毫無價值」，依然堅守自己迥異於中產階級的價值觀（無論好壞）。這是布洛斯對文學史的最大貢獻。

時至今日，許多人依然視布洛斯爲「美國的薩德」。他的作品也素以「無法翻譯」著稱，因爲使用太多俚語、穢語，以及古典典故。但是只要讀者願意給布洛斯一個機會，持續閱讀他的其他作品，便能逐漸了解這位二十世紀美國最重要的「反英雄」。

布洛斯就是你最佳的「防毒軟體」。

（本文作者爲國立中央大學英美語文學系教授）

〈導讀〉（二）
赤裸者與萎縮的夢

阮慶岳

布洛斯的這本《裸體午餐》，與金斯堡的《嚎叫》、凱魯亞克的《在路上》，毫無疑問地，一起譜出了令人念念難忘的六〇年代「垮世代」文學三部曲。

他們三人所掀起的這股時代波濤，應該是二次戰後最震撼人心（可能是僅有的一次）、能夠成功爲人類集體靈魂發出的文學吶喊聲。在我看來這三部曲各有其意涵，金斯堡的詩集《嚎叫》，是對過往與現今一切制約的絕對對抗及否定，凱魯亞克的小說《在路上》，則是充滿獨行勇氣、朝向未知荒蕪文明邁步的浪漫宣告，而布洛斯的《裸體午餐》一反其向，是想藉由徹底沉淪，以意圖求得自我終極救贖的大膽交易與嘗試。

三本書惚恍對話，共同爲時代鍊金兼指路。

其中，最難破解的自然是《裸體午餐》。首先，是這書放棄我們所熟悉中產／知識份子的優雅語言，直接引入社會底層人物的各樣俚語與暗話，拉大了語言與讀者的熟悉距離，同時注入一股強勁也新鮮的奇異味道，而究竟是辛羶或甜蜜，難以辨明。另外，就是看來章法全無的結構模式，讓初讀者會有入迷宮或是面對四散拼圖的錯愕與驚慌感，並感知到恰如他所說的「你可以從任何交叉點切進，開始閱讀《裸體午餐》」，有如在捕捉無因無痕的什麼神啓話語。

布洛斯對此有著說法：

《裸體午餐》一書跳出書頁，噴向四面八方，有如萬花筒裡的景觀。它是一個組曲，有曲調、街頭嘈雜聲、屁聲、喧鬧歡叫聲、商家拉下鐵門聲、痛苦感傷的尖叫聲、被害者的吶喊聲、貓兒的交合叫春聲、鯰魚離水的哇哇聲、墨西哥巫師服用肉荳蔻陷入迷幻狀態的喃喃預言聲、蔓陀羅草被扭斷脖子的大哭聲、高潮時的嘆息聲、海洛因有如黎明降臨飢渴細胞的默默聲、開羅廣播電台喧囂如煙草拍賣會的疾呼聲，還有齋戒月的笛聲，它像風扇吹拂病懨懨的毒鬼，聲音類似灰色黎明時刻的地鐵站扒手以手指輕巧摸索醉酒客身上折疊鈔票的窸窣聲……。

是的，各樣鮮明意象不明所以地蜂擁而至，有如走馬燈般連續不歇的幻覺，穿進又穿出。是的，每個入口都是出口，每個出口同是入口，每次出入既是凝看也是批判，難分也難明。是一個可以在意識裡無限蔓延、因而忽然在現實裡萎縮不堪的夢境。

那麼，布洛斯究竟意圖何在呢？

我讀本書前半段的時候，會屢屢想起來惹內的《繁花聖母》。二者都對中產階級倚賴至深的理性意識做出嚴重反批，對因此而生的意義性/道德觀/價值系統徹底作顛覆，於是也同時挑戰與探索黑暗/腐敗/醜惡的核心所在。我覺得布洛斯在寫此書時，惹內的《繁花聖母》是存在於他的腦海裡的，尤其是前半本書，他的意圖有可能是致意，也可能是一種對自我的挑戰。

當年為布洛斯謄稿的凱魯亞克，四年後在給友人的信上說：「（布洛斯）寫出了繼惹內的《繁花聖母》之後最偉大的小說。」暗示了二者的姻緣關係，也給予《裸體午餐》極高的評價。

這二書固然有其呼應處，但也各自代表了其獨特的意義。二者皆是以破碎的結構及下流的底層語言作鋪陳，然而惹內卻屢屢以極度詩意的語言切入作化解，在高貴與卑賤間徘徊遊走，對天主教所代表的聖化與救贖，也頻頻作出依舊祈求與盼望的信徒跪禱姿態。相對於惹內，布洛斯則露出對沉淪與自棄的絕對迷戀，對人間一切不堪現實處境的無悔沉溺，以及對所謂神啓與救贖的唾棄，或說是他認爲唯一的神啓與救贖，只能源於自身的內在，而非那個既可疑又不可信的遙遠上帝。

簡單的說，惹內與布洛斯雖然站立的位置點很接近，但惹內探望的方向，是即將沉淪消逝的古典精神，這包括基督教與希臘文明的傳統，因此《繁花聖母》眞正透露出來的，是一種極大的哀傷與惋惜，一種不可挽回的悼念感。而布洛斯望去的方向，卻是戰後無限開拓的荒蕪現實人間，古典的一切早已於他是廢墟，無意也無足回顧。這樣的心情，比較像是彌爾頓寫《失樂園》裡，被逐出樂園外後，亞當與夏娃當時的心情：

兩人回首悵望著剛才還是他們幸福住家的樂園東側。在它上面有一柄劍，轉動生焰。門口則充滿了可畏的面孔和烈火似的武器。亞當和夏娃黯然垂首，默默流淚，悵然離開！

世界展現在他們面前，他們將在那裡卜居。一切都謹遵神意。兩人心情凝重的走著，走向伊甸，走向蒼涼的人生……。①

1 摘錄自《失樂園畫傳》，何瑞雄譯，開山書局，一九七一年三版。

是一種面對蒼涼人生的態度與心情吧！

這部分其實也可拿來與喬哀斯的《尤里西斯》，作寫作方式與其意義的聯想與對比。二者同樣以非理性的意識作爲書寫導航器，藉以積極捕捉內在心理潛藏的未明脈流。但是喬哀斯頻頻想作對話的，依舊是那一去不復返的古希臘文明，一個早於基督教的西方文明傳統，一種即將被「現代性」所摧毀的古典精神與神話氣息，而這部分對布洛斯而言，早就蕩然無存，他面對的是「後現代」的廢墟與荒蕪感，是一個等待重建與回答的空無新世界，一切都必須重頭再來。

關於書寫，布洛斯在書末這樣描述：

作家只能寫一種東西：就是運筆當時他的感官所知所覺……我只是個紀錄儀器……不妄想強加「故事」、「劇情」、「腳本」……目前爲止，我只成功「直接紀錄」了某些範疇的心理運作。這些範疇，我也只發揮了部分潛能……我可不是取悅眾人的藝人……。

布洛斯的確無意取悅人，某個程度地，我們甚至可以見到他其實具有與惹內及喬哀斯，相當類同的反溝通個性，這其實也透露了他們三人對溝通的不相信。喬哀斯與惹內所懷疑的溝通者，自然是那個令他們失望、也同時期盼的耶穌基督與希臘神話。那布洛斯的對話者是誰呢？當然不是上帝，在這裡反而暗示了一個替代的新神，也就是本書書寫主軸的毒品。的確，毒品是本書眞正的主角，一切都繞著它對話，一切皆因它而生，也因它而亡。

毒品就是布洛斯膜拜的神，與同時唾棄的魔鬼。或者我們也可以把這本書視作一趟宗教之旅，並且上帝果然如約重返，只是祂此次卻以毒品爲冠冕與寶座。重返的上帝允諾我們無盡的自由，而用來制約我們的魔鬼與天使，卻同樣就是那毒品。布洛斯說：「海洛因就是家，是水手返回故里，與男妓行騙後的重返地。」可是這歸返地，卻屢屢讓他生出迷失感，在書中他寫著一次大麻嗑多了，回到居處看著客廳，忽然不知自己身在何處，而且害怕自己將會開錯門：「我不知道自己在幹嘛？也不知道自己是誰？」

若是這樣看，我們甚至可以說《裸體午餐》，真正的批判與挑戰處，並不僅只是外在客觀的那些乏味中產階級，反而更是如何在這樣荒蕪世界裡，重新定位自己的問題了。毒品是他豎立的新神，但他似乎已經不再相信了，甚至隨時準備打碎這個新偶像。

那，要如何驅走與戒斷這個不再信仰的新神呢？他描述說：

> 斷禁期間，你總聞得到也散發出死亡味道……戒癮中的毒鬼會讓整棟公寓充滿死亡氣味，不堪居住……但是開窗透透氣，就會讓公寓充滿味道，活人能聞……爛打血管的人，如果突然施打次數成幾何級數跳躍，好像森林大火在樹梢飛奔蔓延，你也會聞到死亡的味道。
>
> 治療方法永遠是：放手吧！跳下吧！

放手什麼？跳下去哪裡呢？

也許是說，更義無反顧地向死亡深淵躍進，以放棄自我的個人死亡，來對抗這個難以驅走的新神吧！布洛斯是個有趣也難測的作家，他並非像喬哀斯那樣的迷戀於故佈疑陣的樂趣，而是自己引我們走入他意識到的那座迷宮裡，一起恐慌迷途。他書寫的位置點，非常貼靠向社會底層的邊緣人，但他對這些他所揀選的被書寫者（男妓、異教徒、有色人種），顯得既批判、輕蔑又深深的同情，態度難於清楚辨明。他以非常淫穢背德的姿態，幾乎強暴似地與這個他所厭惡的世界做愛，然而在即將高潮射精之前，又忽然宣稱他堅持要在體外射精，以達到聖潔避孕的宗教要求。

某個程度上，這本書像是爲因失去自制、不小心染上毒癮，某些可憐臥底者而寫的懺悔錄與勸世文，也像是記錄著新神的一群新奴隸，在囚禁室吐露出來的不甘衷曲。

而這些臥底者與新奴隸，其實就是你、我與布洛斯本人。

有如一代梟雄的另個布洛斯，則是永恆坐在廁所高牆上的少年天使，反覆又反覆地對我們吟唱著：

午餐當然永遠是赤裸的，食者與食物皆然！

午餐當然永遠是赤裸的，食者與食物皆然……

赤裸者，無可掩飾，也無路可逃。

（本文作者爲元智大學藝術與設計學系教授暨作家）

名人看《裸體午餐》

布洛斯是文學現代主義（literary modernism）最後一個偉大的天神化身，《裸體午餐》是他最重要的作品。他大膽探索人類心靈的內在深處，不惜以自己的潛意識作爲實驗園地，讓最邪惡恐怖的概念得以繁殖其中。這個兼具化學與心理的實驗讓布洛斯成爲精準的預言師，呈現一九五〇年代以後（後啓示錄時代）的諸種人類恐怖行爲。對世事與人類仍抱有一絲幻想的人，《裸體午餐》乃必讀之書。套一句作者的話：抹消文字吧。

——威爾・塞爾夫（Will Self），英國作家，著有《偉大的猩猩》等書

從夢魘帶回來的戰利品。

——《紐約時報》

布洛斯爲自己最偉大的作品命名《裸體午餐》，也就是你直視叉子末端的所見。布洛斯筆下豐富多采，他的作品旨在揭露舒適的共謀假象，讓我們直視叉子的末端——眞相。

——J. G.巴勒德（J.G. Ballard），英國作家，著有《超速性追緝》等書

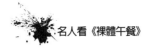

此書極端美麗又富含細膩瘋狂的洞見，狂野，極度幽默……美國作家中，唯有布洛斯堪稱是「天才附身」。

——諾曼・梅勒（Norman Mailer），美國作家，兩屆普立茲獎得主

極盡嘲弄現代美國生活的虛假、原始、惡毒，致力抨擊國家的濫權、英雄崇拜、無意義的暴力、物質至上、心胸褊狹等各種形式的僞善……布洛斯在語言諧音的運用上，堪稱美國文學第一人。

——泰瑞・索恩（Terry Southern），美國劇作家，作品有《奇愛博士》、《逍遙騎士》等

唯有震撼之後，讀者才能理解布洛斯並不只是描寫墮落者的毒品毀滅之旅，而是吞噬你我的各種癮頭……他筆力萬鈞，在藝術上毫不讓步，致力尋找眞實價値的深刻意義。

——約翰・西亞帝（John Ciardi），美國詩人

可能是自亨利・米勒（Henry Miller）盛名卓著的雙部曲《北回歸線》、《南回歸線》之後，最爲腆顏大膽的美國作品。

——《芝加哥論壇報》

布洛斯是神槍手。筆下一如他的射擊那麼精準，一無所畏。

——杭特・湯普遜（Hunter Thompson），美國作家，著有《賭國風情畫》等書

布洛斯是個打破疆界的人。他的作品改變了我的視野，不再認為哪些題材可以寫，哪些題材不能寫。他拓展了人們對人性的認知。從這個角度講，他是貨眞價實的美國英雄。是英勇的作者，也是偉大的人。

——路・瑞德（Lou Reed），美國樂手

回想過去幾年的小說，我很訝異能夠讓我讀得津津有味且樂趣橫生的作者唯有布洛斯與納博可夫兩人而已……布洛斯乃理性時代唯一遺老，著眼於未來世界……類似所有的古典諷刺作家，布洛斯極端嚴肅——是個改革者。但是他也跟多數古典諷刺作家一樣，爆笑歡鬧與極端悲觀之情帶引他跨過寫作療傷的原始目標。

——瑪麗・麥卡錫（Mary McCarthy），美國作家與評論家，著有《國家的假面》等書

布洛斯是自強納生・斯威夫特（Jonathan Swift）以來最偉大的諷刺作家。

——傑克・凱魯亞克（Jack Kerouac），美國作家，著有《在路上》等書

布洛斯是配上了刀槍的第歐根尼……筆下某些句子的狂野創新程度乃我生平僅見……陰鬱的外表掩飾了他的深度與廣度，對布洛斯來說，諷刺旨在嚴厲批判，幽默黑如瀝青。我認為他是這個時代最具趣味的作者。

——《洛杉磯時報書評》

垮世代作家中，布洛斯是最最危險的……他是無政府主義的雙面間諜，對操控人們的一切建制與從眾（conformity）手段，從政府到鴉片，他都採取毫不容情的態度。

——《滾石雜誌》

布洛斯似乎沉溺於一種新媒介……這個媒介美妙無比，脫離時空限制，正常的句子可以拆解破損，在猥褻淫穢中，宇宙衝破它的極限，而讀者則像狗嘴中的老鼠，被甩得暈頭脹腦。

——安東尼．伯吉斯（Anthony Burgess），英國作家，著有《發條橘子》等書

布洛斯的語言強硬、嘲弄、創新、自由、嚴肅、詩意，而且是貨眞價實美國風。是你在電晶體收音機、老電影、陳腔濫調、詐欺騙術、報紙新聞裡聽到的語言，是如此昂揚樂觀，卻又如此徹底失敗。

——瓊．蒂蒂安（Joan Didion），美國作家，著有《奇想之年》

譯後的感謝與嘮叨

何穎怡

《裸體午餐》的翻譯耗時兩年，與其說在賺錢，不如說是在增長知識。翻譯完畢尚未交給出版社以前，我自己校對過五次，直到第五次，都還更改了數處註解，因爲有些雙關語或者古典文學典故之前沒看出來。我對這本書已經有了精神官能症反應，校對再多次，永遠不夠，就像出了門，還要頻頻回去檢查瓦斯關了沒。

《裸體午餐》問世五十年，公認是極難翻譯的書，作者混合同性戀俚語、毒品黑話、古典文學典故、爵士樂、醫學、心理學、考古人類學駁雜學問，再採用意識流、實驗性斷句、不合文法的劣質語言書寫、跳接、拼貼、切割。我看過的兩個簡體字譯本，起首第一句話就翻錯，只因爲譯者不知道heat就是俚語的警察。

在此，我必須先謝謝中央大學英美語文學系的丁乃非老師，如果不是她熱情轉介同系的白大維（David Barton）教授指導翻譯，繁體字版的《裸體午餐》可能也會以極端丟臉的模樣上市。白大維老師專攻另類文學與實驗文學，威廉．布洛斯是他的偶像。翻譯期間，我們往來討論的書信列印出來，厚厚一大疊。可以說，《裸體午餐》繁體字版的最大功臣是他。凡經白大維老師指正之處，均已在譯注標示。

此外要感謝商周出版的林宏濤爲我解釋維根斯坦那句謎語，雷光涵小姐解說手槍扳機種種，商周出版彭之琬介紹王守民教授與王志強副教授，為我查到Banisteriopsis cappi的典故，來自十七世紀植物學家John Banister，差點跟簡體字本一樣，翻譯為「扶欄藤」。

感謝中國醫藥大學營養學系徐國強副教授幫我解出化學方程式，感謝在網路上認識的聽友俞欣豪忙著博士論文期間，還跟我討論本書前四篇的翻譯，指導之處，也列於譯注裡。

本來譯者毋需多話，作品就該說明一切。但唯恐譯筆不佳，滅了《裸體午餐》的威名，也妨礙了諸君的閱讀。不得不嘮叨幾項建議：

1. 布洛斯曾強調《裸體午餐》不是小說，而是自學手冊（how to book），讀者從任何一個交叉點進入都可閱讀。本書寫作使用布洛斯的「字彙辭庫」（word hoard）、「例行體」（routines）實驗性技巧，形成眼花撩亂的拼貼特色（collage），閱讀時請勿強求故事結構與敘事邏輯。

2. 本書使用許多毒品、同志圈、宵小、警界，以及垮世代（beatnik talk）俚語。美式英文裡，光是貶抑警察的俚語與暗語稱呼便有幾十種，中文缺乏對應，因此，俚語譯文部份會在括弧內附上原文，讀者可從中體會作者深入底層文化的功力，以免因為譯文的欠缺文采，影響中文讀者對作者的真正認識。

3. 本書寫作穿插俚語、深南方黑人口語、難字（big word），以及專門術語。翻譯力求文字「重量」相對應，並附上原文用詞對照，力有未逮之處，也會加上譯注，使讀者能盡窺作者功力。

以上三點，說明本書中英對照多、注釋多，情非得已。祝展卷愉快。

目次

開始往西行

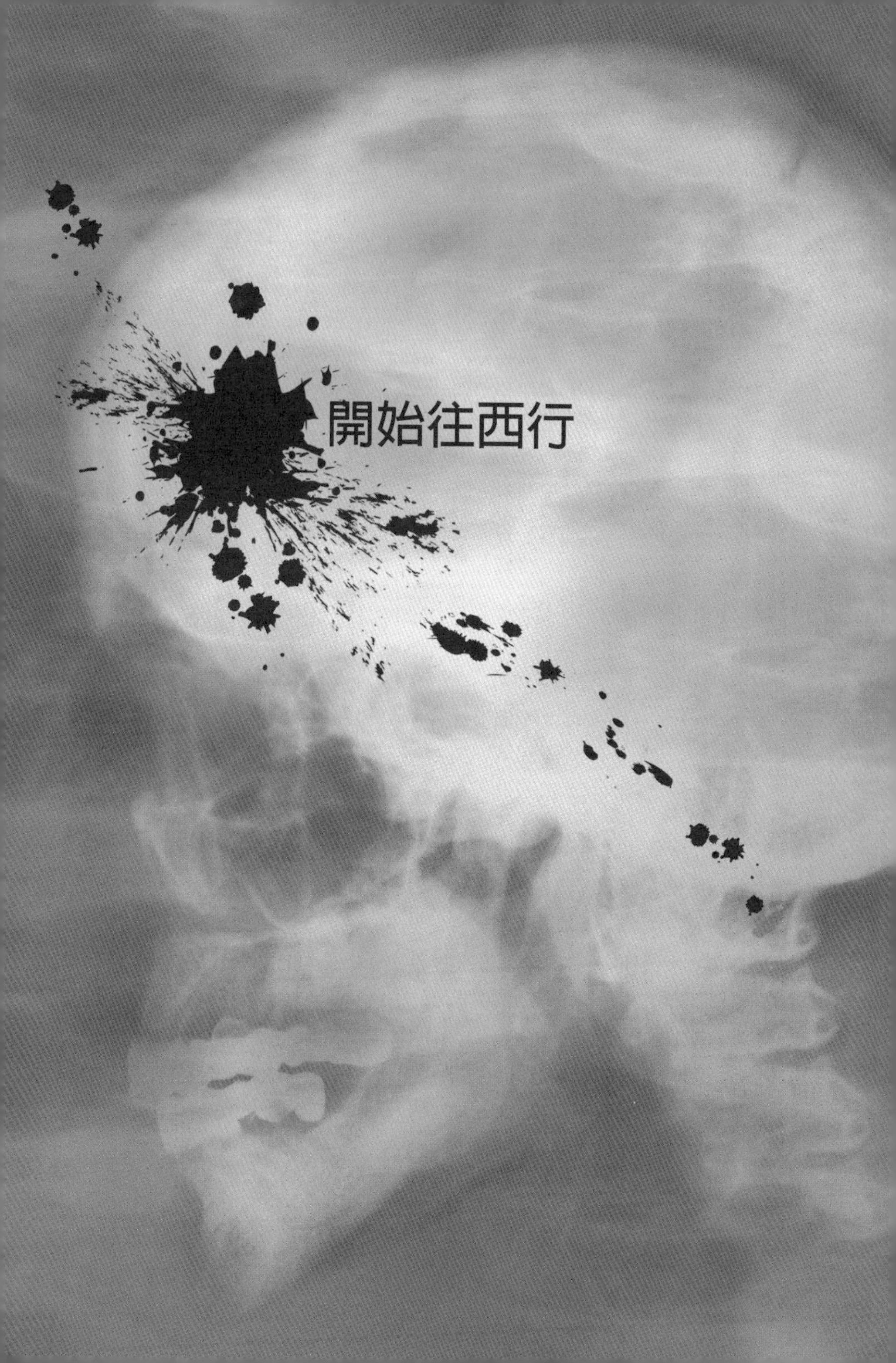

我可以感覺警察（heat）逼近我、採取行動、擺起惡魔娃娃當眼線[1]，圍著我丟棄在華盛頓廣場車站的湯匙與滴管低語。我跳過十字旋轉門，奔下兩層鐵梯，搭了往上城區的A線地鐵……一個年輕、帥樣、平頭、長春藤名校畢業生、廣告公司主管模樣的水果男[2]幫我拉著門。顯然，我在他眼中算個怪胚。你知道他那型的人：喜歡給吧台服務生、計程車司機留下深刻印象，開口就是右勾拳、道奇隊，直呼奈迪克熱狗連鎖店（Nedick's）櫃台人員名字。十足混蛋一個。這時，穿著白色風衣的緝毒組雞歪[3]正好踏上月台。（誰會穿白色風衣跟蹤對象？我猜他想混充玻璃〔fag〕。）我都可以想像他左手抓住我的衣服、右手摸著傢伙對我說：「我想你掉了些東西，老兄。」

但是地鐵開動了。

我大喊：「再見，扁腳ㄚ！」[4]演一齣水果男想看的B級電影情節。我盯著他的眼睛，看到他一口白牙、佛州陽光晒出來的古銅皮膚、兩百美元的雪克斯金細呢外套、領尖帶扣的布魯克斯兄弟牌襯衫，拿著《紐約每日新聞報》裝腔作勢[5]。「我只看小艾布納。」[6]一個假裝時髦的拙蛋（square）……扯什麼「打麻」[7]，偶爾抽抽，手邊常有貨，供應那些想要追求好萊塢式快感的人。

「謝謝你，年輕人，」我說：「看得出你是自己人。」他頓時臉發光，好似彈球機，還帶著愚蠢的粉紅色暈。

我惱怒地說：「那人出賣我。」[8]趨前一步，骯髒的毒鬼手指摸著他的雪克斯金細呢外套袖口。「我們可是使用同一骯髒針頭的血誓兄弟。我可以拍胸脯告訴你，那人即將死於熱針。」[9]

「年輕人，看過熱針嗎？我曾在費城目睹金普掛點。我們在他的房間裝了妓女戶的偷窺單面鏡，一人收費十元（sawski）。他根本沒來得及拔針。如果你扎對血管，就會來不及拔。他們發現他時，掛在發青手臂上的滴管還積滿凝血。藥效上來時，他的眼神——年輕人，滋味妙得很啊……

「有次我跟怪俠一塊旅行，他是這行頂尖的古柯鹼藥頭⑩。就在芝加哥……賣貨給林肯公園的玻璃們。一晚，他穿牛仔靴、黑色背心上還有一塊大警徽（tin），肩膀掛著套索。

「我就說啦：『你這是做啥？你茫了（wig）啊？』

「他看著我說：『陌生人，準備好你的傢伙』，然後掏出生鏽的老式左輪槍，我拔腿逃出林肯公園，子彈從我身旁飛過。條子（fuzz）逮到他時，他已經吊死了三個同性戀。我的意思是說怪俠這

1 原文為devil doll stool pigeons，stool pigeon是眼線，devil doll的典故可能來自一九三六年的電影〈The Devil Doll〉（Tod Browning導演），主角被陷害入監，牢友中有位科學家發明了將人體縮小為洋娃娃的方法，男主角逃獄後利用這個發明報仇。

2 fruit，英文裡同性戀的俚語非常多，fruit特指有女性氣質的男同志。

3 narcotics dick，dick是對警察的侮蔑性稱呼，原指男性生殖器。

4 flatfoot是俚語的警察，典故來自警察成天跑東跑西，腳都跑扁了。

5 《The News》，《New York Daily News》的縮稱。

6 〈Little Abner〉是美國知名漫畫。男主角是個南方鄉巴佬。

7 原文用pod，大麻的俚語非常多，pod用來指稱大麻，可能始於《裸體午餐》，應是作者嘲笑這位白領階級男同志不知道大麻俚語為pot，而發音為pod。因為《裸體午餐》的關係，pod這個字現在也用來指稱大麻。

8 美版作者注：grass，是英國扒手圈黑話，意指告密。

9 美版作者注：hot shot，有毒的致命針劑，賣給毒蟲，藉此掃蕩街頭。也會給線民。多數hot shot是番木虌鹼，因為它聞起來舔起來都很像海洛因。譯注：熱針同時也指純度過高的海洛因針劑，很容易致死。

10 Shake Man，毒品俚語，shake指大麻或者古柯鹼粉。

個綽號不是憑空⑪……

「你有沒有注意過騙子這行有很多黑話是從同志圈過來的？譬如『加碼』（raise）這個詞兒。好讓人家知道你跟他同一國的？」又譬如：

『她就是目標啦！』

『樟腦鴉片酊小子不斷給他的羊牯⑫加碼。』

『饑渴海狸死命追求他。』

「鞋店小子（他常衝進鞋店搶劫變裝拜物狂，得此渾名）說：『拿這玩意搭配K. Y.潤滑液，那頭肥羊鐵定會嗚咽著跑回來，嚷著他還要。』鴉片酊小子看到下手目標便開始呼吸短促，臉蛋發腫，嘴唇變紫，好像發情的愛斯基摩人，慢慢地，慢慢地接近那頭肥羊，用腐爛的靈外體⑬手指觸診，充滿渴欲。⑭

「鄉巴佬有張誠懇的孩子臉，閃亮如藍色霓虹。活像《星期六晚郵報》⑮封面上背著鯰魚的男孩，只是以毒品⑯防腐。他的對象從無齟齬，連掃蕩詐欺的警察⑰為了他都隨身攜帶針劑。一天，『藍色小男孩』⑱毒癮復發，身上流出來的東西，連救護車人員看了都想吐。最後，鄉巴佬整個瘋了，在空蕩蕩的自助餐廳與地鐵站奔跑尖叫：『孩子，你回來！！！回來啊！！！』尾隨他的男孩跳進東河，穿過保險套、橘子皮，以及報紙漂流的河面，像那些被封在水泥、沉到河底的幫派份子一樣，伴隨著砸爛的手槍，一路沉到黑沼泥裡，省得那些好色無度的彈道專家猥褻摸索。」

水果男心想：「眞是大怪胚！！等等得告訴克拉克餐館那夥人。」這小子專愛認識怪胚，應該會立正看喬．顧德表演海鷗⑲。所以，我也爲他演一齣十元門票的怪胚大戲，約好賣他所謂的「打麻」，心想，「到時給這個瘋蛋貓薄荷。」⑳

「那麼，」我拍拍手臂：「任務在身。誠如某位法官對另一位法官所言：『秉公執法，如果無法秉公，就自由心證吧。』」

我閃進自動販賣式餐館，塗斯披著顯然屬於旁人的大衣，活像個麻痺性癡呆的一九一〇年銀行

---

11 Vigilante，採用私刑手法遂行「正義」的民間人士。

12 mark，很容易下手的目標，類似中文的羊牯。

13 ectoplasm，神祕學名詞，指靈媒身上滲出的一種物質，大多顏色淡但是質黏，滲出後可能形成死者的面孔、手或全身形象。

14 在這幾個探討同性戀跨界騙子辭彙的句子裡，布洛斯拉出一個脈絡。首先，raise這個字在性慾辭彙裡代表勃起，在賭戲裡代表加碼，藉此表示同志與騙子之間頗有共同點。樟腦鴉片酊小子（Paregoric Kid）是騙子加毒鬼，某女性是他下手目標。布洛斯貶稱這位女性為饑渴海狸（Eager Beaver，粗俗俚語裡，海狸指女性多毛的陰部），她不知道勾引她的人其實是個同性戀，且另有目的。後面我們還會多次看到「靈外體的腐爛手指」這個辭句，用以勾勒主人翁處於嚴重毒癮狀態。KY軟膠的反覆出現，也標示主人翁的同志身分。此段剖析謝謝中央大學英美語文學系白大維老師指點。

15 《Saturday Evening Post》，已經停刊的週刊。

16 此處用junk，junk可以泛指毒品，有時單獨指海洛因或者古柯鹼，有時指鴉片及其衍生物，視上下文義而定。

17 bunko people，源自bunco，一種西班牙牌戲，講究詐術。美國在三〇與四〇年代有專門調查掃蕩詐欺犯的小隊編制（bunko squad），現在已經很罕見。

18 Little Boy Blue，典故來自中世紀一首搖籃歌，描寫負責收割與看顧牛羊的藍色小男孩睡著了。對照前面所說鄉巴佬全身散發藍色霓虹，應當是指鄉巴佬。

19 Joe Gould，顧德是紐約奇人，自詡是垮世代的詩人（beat poet），經常在晚宴上表演海鷗，驚嚇客人。

20 美版作者注：貓薄荷燒起來味道像大麻，不知情者常受騙。譯注：貓薄荷也常作成香包，讓貓玩耍。作者的原文是將「貓薄荷」當動詞用，有戲耍的意思。

家㉑。老巴特則一身襤褸，不顯眼，骯髒手指拿著磅蛋糕沾咖啡吃，嗑了海洛因（dirt），神采煥發。

比爾負責我某些上城區的客人，巴特則有些抽鴉片（hop smoking）時代便認識的老東西，譬如膚色如灰的怪誕清潔工；還有用緩慢如老人的手清掃積灰大廳、清晨時分因毒癮病又是咳嗽又是吐痰的鬼魅門房；窩居在活像電影場景的旅館、已經金盆洗手、罹患氣喘的銷贓者（fence）；來自伊利諾州皮若亞的老太婆潘朵朋．羅絲㉒；還有從不露出病態、堅忍不拔的中國服務生。巴特用年邁毒鬼的步伐，緩慢、審慎、耐心地將他們一一找出，把貨放到他們毫無血色的手裡，讓他們暫得幾小時的溫暖。

有一次，純是找樂子，我陪他巡視「轄區」。你知道有些老人的吃相眞是不顧臉面，看了就想吐？老毒蟲碰到海洛因也是這樣，又是胡言亂語，又是興奮尖叫。嘴角流涎、胃裡發出咕嚕聲，加熱準備毒品時，他們所有的器官都在糾結蠕動，原本還算像樣的皮膚開始溶解，好似巨大的靈外體泡泡即將從皮膚飛出，裹住海洛因。光是看，就夠噁心的。

「嗯，我的男孩們有一天也會變成這樣，」我陷入哲思：「人生不是很詭異嗎？」

我回到鬧區的喜來登廣場站，以防那些雞歪警察躲在清潔用具間。

我知道這兒無法久待。我知道他們正聚集一處施展警察的黑魔法，在李文沃斯鎮擺放我的人偶。「老兄㉓，給那尊人偶插針沒用的。」

我聽說他們就是用巫毒人偶弄死邵潘。有個沒卵葩的老條子在派出所地下室放了邵潘的人偶，日夜作法，年復一年。然後邵潘在康乃狄克州上吊自殺，老傢伙的屍體被發現時，脖子整個斷了。

「他失足摔下樓，」你也知道，就是老警探的那類狗屁說詞。

毒品跟魔法、禁忌、咒語、護身符無法分家。憑著直覺，我就能找到我的墨西哥城藥頭（connect）。「不是這條街，下一條，右轉……現在左轉。再右轉。」就是他，一張沒牙、看似老女人的臉，雙眼茫茫。

我知道有個藥頭總是邊走邊哼歌，所經之處，每個人都跟著哼唱。他是如此灰暗鬼魅無名，人們看不見他，還以為那些曲調是從他們的腦海自行湧出。因此上門的顧客哼著〈微笑〉、〈陷入想愛的情緒〉、〈他們說我太年輕，不該定下來〉，或者當天該藥頭哼的歌。有時你會看到五十來個獐頭鼠目的毒蟲，病態尖叫，追著吹口琴的男孩跑，藥頭（The Man）坐在藤椅上，丟麵包餵天鵝，肥胖的變裝皇后在東五十街遛阿富汗狗，老酒鬼對著高架鐵路的電杆撒尿，激進的猶太學生在華盛頓廣場分發傳單，專門處理病樹的工人，滅蟲者，還有直呼奈迪克餐館櫃台人員名字、服務於廣告界的水果男。散發腐臭精液味道的壓血橡皮管聯繫起全世界的毒鬼網絡，在備有家具的出租房裡，綁起手臂注射，於毒癮發作的清晨渾身顫抖。（老彼得的人馬[24]在中國人洗衣店後面的房間大吸鴉片煙，憂愁寶

21 布洛斯標示年代的方式很特別，一般人會說像是一九一〇年代的人，布洛斯則寫「像是一九一〇年的人」，精確指出年份。

22 Pantopon Rose。布洛斯曾在一九九五年出版限量六十本的《潘朵朋．羅絲》一書，這個名字多次出現在布洛斯的其他作品裡。潘朵朋（Pantopon）也是鴉片製劑，本地商品名為潘托邦，謝謝俞欣豪提醒。羅絲（Rose）另有所解，英文裡，玫瑰（rose）的形容詞rosy有幸福樂觀之意。因此Pantopon Rose的隱含意義即是鴉片帶來的幸福美夢。

23 原文用Mike，俚語裡指一般普通人。

24 老彼得（Old Pete）是美國南北戰爭時的名將James Longstreet，下屬暱稱他為Old Pete。

貝㉕不是活得不耐煩，就是因冷火雞戒毒法㉖嚥下最後一口氣。）不管葉門、巴黎、紐奧良、墨西哥城、伊斯坦堡㉗，毒鬼躲在氣動錘與挖土機下發顫，互相尖叫詛咒，我們全沒聽見，藥頭從壓路機探出頭來，我則躲到一桶瀝青裡㉘。活人、死人、生病者、藥效發作昏睡者（on the nod）、染癮者、戒癮者、再度染癮者，搭乘海洛因光束來到此處㉙，藥頭在墨西哥城的朵拉斯街吃炒雜碎，在自動販賣式餐館拿磅蛋糕沾水吃，被一群大聲叫吠的毒品警察（people）追趕跑上交易廣場㉚。

中國老人拿生鏽的錫罐盛河水，刷下一塊焦硬烏黑如煤的鴉片渣㉛。

你知道，緝毒警察手上有我的湯匙與滴管，我知道他們靠著瞎眼線民（pigeon）圓盤嘴威利感應我的頻率，快要追上來。威利嘴形圓如唱片，感應敏銳的黑色毛髮挺直豎立。他朝眼球注射毒品，所以瞎了，鼻子與軟顎因吸食海洛因（H）爛掉，皮膚早就變成結痂組織，乾硬似木頭。現在他用海洛因只能靠嘴吃，有時他會伸出長長的靈外體感應管，捕捉毒鬼的寂靜頻率。他踏遍全城，找到我已經退租的房間，警察破門，裡面是一對來自蘇族瀑布的新婚夫婦。

「好了，李！！別躲在假陽具後面。我們知道是你，」用力拉開那男子的雞雞㉜。

圓盤嘴威利越來越來勁，老聽見他在暗夜中（他只能晚上行動）啜泣呢喃，感應那些迫切饑渴盲目尋找毒品的嘴。當警察衝上前抓人，威利完全失控，嘴巴把門啃出個大洞。如果不是警察用家畜探針制服他，被撞倒的毒鬼恐怕身上的汁液都會被他吸個乾淨。

我知道，眾人也皆知，警方派圓盤嘴威利盯我。如果我的少年顧客被傳去作證（hit the stand），說：「他逼我進行各式噁心的性行爲，交換海洛因。」我就得永別街頭了。

所以我囤積海洛因，買了一輛二手的史帝倍克，往西行。

25 此處的「憂愁寶貝」可能指的是爵士樂手Charlie Parker，他對美國垮世代的詩人有深刻影響。有首著名作品就叫〈Melancholy Baby〉。Parker有極嚴重的毒癮，曾經兩次自殺未遂。因毒品損壞了身體，三十五歲便早逝。

26 cold turkey是指無任何藥物輔助，直接斷毒。

27 美版作者注：伊斯坦堡曾毀於戰火，而後重建，尤其是毒鬼集中的破落區。伊斯坦堡的毒癮者比紐約市多。

28 tar，雙關語，毒品俚語可做海洛因與鴉片。

29 原文用junk beam。beam這個字在毒品俚語裡，是指使用毒品後，展開幻旅，好像身體被光束分解，從一處送到另一處。

30 美版作者注：people是紐奧良俚語，指緝毒警察。譯注：交易廣場（Exchange Place）在紐約華爾街附近，紐約證券交易所就在旁邊。

31 美版作者注：Yen box，抽過的鴉片煙灰。

32 布洛斯的第一本小說*Junky: Confessions of an Unredeemed Drug Addict*是透過朋友Kells Elvins的安排出版，出版時，用了筆名William Lee。本書主角Lee是呼應*Junky*這本書。

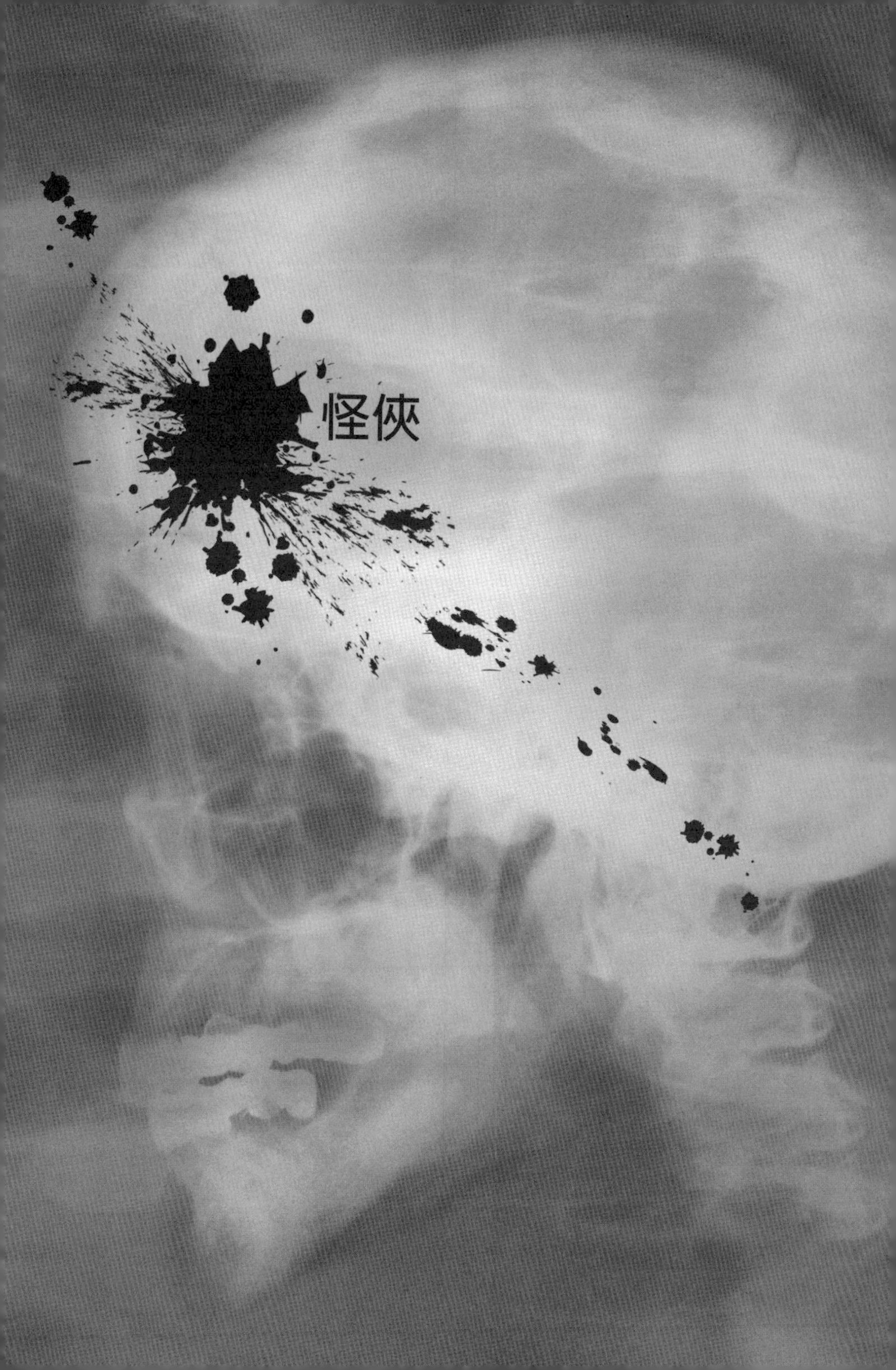
怪俠

怪俠以精神分裂、被鬼附身爲由，逃過牢獄之災：

「我脫離自己，站在旁邊，企圖以幽靈手指阻止那些絞刑……我**長時間**穿越空間裡的無味巷弄，裡面沒有活人，只有無色無味的死亡……我是鬼，跟其他鬼一樣渴求一個身體。因爲粉紅色有漩渦圖案的軟顎上面佈滿晶亮的鼻涕、時間累積的大便，你無法呼吸，也無法透過紅黑色的血肉過濾器嗅聞。」

他站在法庭的長長陰影裡，臉孔撕裂似破碎的膜片。斷癮中的海洛因毒鬼（第一次開庭前，他在監獄裡〔on ice〕待了十天）有一個暫時性的靈外體骨肉，充滿慾望與饑渴的幼體器官在肌膚下蠕動，一旦海洛因無聲注入，那個暫時的靈外體肌膚就化開了。

我親眼目睹。有人一手拉褲子，一手握針筒，十分鐘內便化掉十磅肉，退位的血肉在黃色冷煙中燃燒，那是紐約的旅館房間……床頭散亂堆著糖果盒、三個菸屁股滿溢而出的菸灰缸，戒癮中的海洛因毒鬼呵護培養幼嫩的新皮膚，無眠的夜晚混合著對食物的突然需求……。

聯邦法庭以私刑罪起訴怪俠，最後他被安置在聯邦瘋人院，那裡專門幽禁鬼魂：舉目都是實體物質的單調衝擊……洗手台……門……廁所……鐵欄杆……他們就被關在那裡……這就是結局……斬斷所有接觸……一點不留……**窮途末路**……每張臉孔都寫著**絕境**……。

肉體的改變初時緩慢，然後躍爲黑暗的悶響，穿透鬆弛的組織，沖走人形的線條……在絕對黑暗處，他的嘴巴與眼睛合爲一個器官，用透明的牙齒向前撲攫……器官的功能與位置隨時在變……性器官雨後春筍冒出……直腸打開，排泄而後關闔……整個生物體改變顏色，並不時瞬間調整功能……。

鄉巴佬

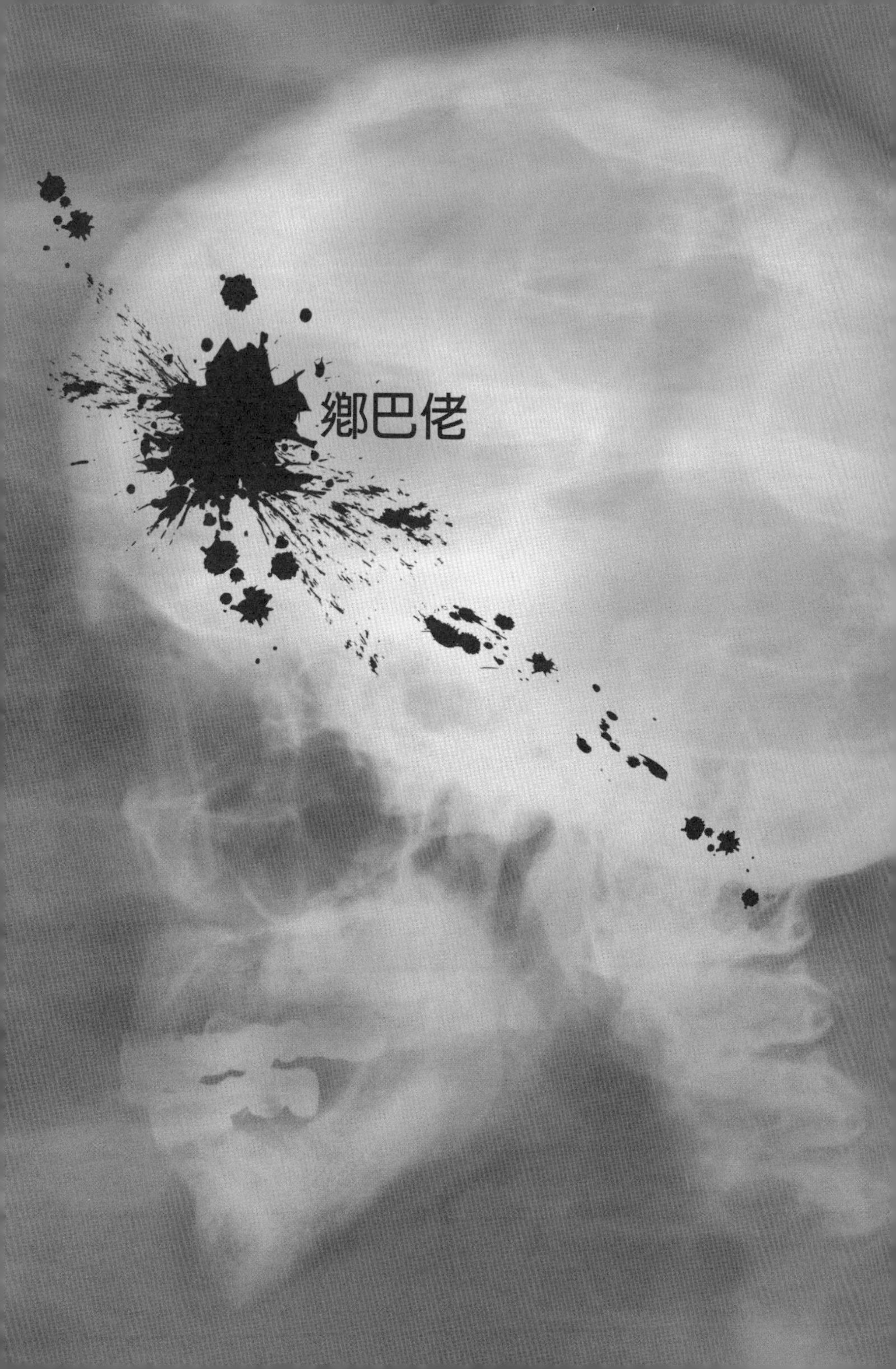

當鄉巴佬的「內在羊牯」①顯現時（他稱之爲發作），頓時成爲社會危害，誰也壓不住他的胡鬧；在費城郊外，他突然跳出來要矇騙一輛巡邏車，條子看他一眼，就把我們全部逮捕。

我們跟五個病奄奄的毒鬼在牢裡待了七十二小時。我可不想在這些飢餓的眼線（coolie）面前露出我的藏貨，用了一點迂迴手段與鈔票，才讓獄卒（turnkey）將我們移到另一間牢房。

有備無患型的毒癮者稱爲松鼠，會預存一些貨，被捕後不至斷炊。每次我注射海洛因，都會滴幾滴到背心口袋裡，現在它的襯裡硬邦邦，全是貨。我的鞋子藏著塑膠滴管，腰帶裡有根安全別針。你知道人們如何貶抑滴管與安全別針那一套：「她抓住一根沾滿血液的生鏽別針，在腿部挖出一個大洞，血肉外翻，活像潰爛猥褻的嘴，張得大大，等著跟滴管的無言會面，她將滴管深深扎進翻露的傷口。可憎且生猛的需求宛如旱地裡的昆蟲，讓她失手扎破滴管，碎片卡進慘不忍睹的腰腿部（簡直可以拿來做『土壤流失』的海報）。她又有什麼好在乎的？根本懶得把碎片取出，她以肉販的冰冷呆滯眼神低頭看著流血的腿部。她在乎什麼原子彈、跳蚤、癌症創口，以及『友善借貸』公司等著催討租借給她、逾期未付款（delinquent）的肌膚②……祝你美夢，潘朵朋・羅絲。」

實際景象呢？你抓起腿部肌膚，用安全別針快速扎個洞，然後將滴管**覆蓋其上**，將液體滴入洞裡，而不是將整根滴管**插進肌膚**。滴漏動作要緩慢，小心翼翼，別亂噴……在費城時，當我抓起鄉巴佬的大腿，他的肌膚就像蠟紙，一拉就起，彈不回去，膿汁緩緩自洞口滲出。我從未碰過活人體溫這麼低的。

我決定甩掉鄉巴佬，舉行窒息派對也在所不惜。（這是英國鄉間習俗，用來滅除老年人或者纏綿病榻的依賴者。上述兩類人的家庭會舉行窒息派對，賓客朝那個老不死的身上堆床墊，然後爬上去喝個爛醉。）鄉巴佬已經變成這個圈子的負擔，必須領出去（led out），送到眞實世界的貧民窟③。（這是遵循非洲禮法，負責人叫做**引出嚮導**〔Leader Out〕，把老傢伙送到森林，棄置那裡。）

鄉巴佬的發作逐漸變成習慣。警察、門房、狗、秘書看到他走近就會咆哮。金髮天神已經墮落至難以觸及的卑賤。騙子本性難移，只會崩潰碎裂，爆裂的物質噴向冰冷天際，跟著宇宙塵飄零，只留軀殼在人間。全世界的騙子們，這裡有一個羊牯你無法動他：那就是「內在羊牯」鄉巴佬……。

我把鄉巴佬靠在角落，煤灰似雨落不停，紅磚貧民窟相連到天邊。「我得去找那個醫師④，馬上從藥局帶純正的嗎啡（M）回來……不，你不要動，在這個角落等我……你不希望他去密報你吧。」不管多久，鄉巴佬，你都要在這個角落等我。再見，鄉巴佬，永別，小男孩……人們棄置屍體後，都往哪兒去？

芝加哥：被盤剝的義大利移民（wop）之間有著看不見的階層高低、幫派份子的墮落氣息，北方大道與賀斯塔特街的交叉口、西塞羅鎮、林肯公園等地處處可見幽靈人物，他們是哀求好夢的乞兒，過去的回憶入侵當下現刻，吃角子老虎⑤與公路旁的酒棧散發出腐臭的神奇魔力。

---

1 The Mark Inside，毒癮者是販毒者的下手目標（mark），平日他自欺，認為可以掩飾自己的毒癮，一旦壓制不住，便浮上臉面，一舉一動都暴露出他是毒販的目標與羊牯。

2 本書裡，「友善借貸」（Friendly Finance）是專門出租器官肌膚的公司。

3 skid rows of the world，暗示毒癮者與一般人活在不同世界裡。

4 原文用的是croaker，毒品俚語，願意幫毒癮者開麻醉藥處方的醫師。

5 原文用slot machine，具有強大性暗示。首先，吃角子老虎在俚語裡可以指淫蕩的女人，因為投幣這個動作本身就具有「性戳入」的暗示。如果贏錢，銅幣紛紛落下，又像男性射精。

進入內陸：經過都市計畫細分的廣大土地，電視天線伸向毫無意義的天空。在了無生氣的房子裡，他們盤旋於年輕人身邊，吸吮他們已被排拒在外的青春氣息。只有年輕人才能帶來生氣，但是他們青春易逝，很快就老。（河船時代，穿過東聖路易的沙洲就是死寂的疆界。）到了伊利諾州與密蘇里州，堆建土墩的部族排放沼氣⑥、搖尾乞憐膜拜食物源頭⑦、殘酷醜陋的慶典，對蜈蚣神的終極恐懼從穆德維爾一直延伸到智利海岸旁宛如月球表面的沙漠區。

美洲不是年輕大陸：它又老又髒又邪惡。早於屯墾者的來臨，也早於印第安人，邪惡便在此匿藏，等待。

老是碰到警察：態度溫和、受過學院教育的州警總是老練地喃喃道歉，卻雙眸如電打量你的車子與行李、衣服與臉蛋；大聲咆哮的大都市雞歪警察；還有輕言軟語的鄉下郡警，眼神老練卻灰暗如褪色的法蘭絨襯衫，閃動著惡意黑暗。

車子不斷出問題：到了聖路易，我把四二年份的史帝倍克換成帕克轎車，前者的引擎跟鄉巴佬一樣，有先天性毛病，後者的引擎也不好，差點到不了堪薩斯城。買了一輛福特，狂耗油。換成吉普車，被我們操得太厲害（吉普車不適合行駛高速公路），內部不知哪個零件燒壞了，發出隆隆聲，又換回老舊的福特V-8。儘管耗油，引擎倒不錯，一路開到目的地。

美國的乏味舉世無雙，包圍我們，尤甚安地斯高山小鎮，那裡至少有明信片般的山景，冷風直吹而下，高地的稀薄空氣像死亡塞在喉頭。厄瓜多爾的濱河城鎮，從黑色軟呢帽底下望出去⑧，瘴氣灰暗如毒品，前膛式散彈獵槍，禿鷹俯衝到泥濘街上攫食。還有瑞典。在瑞典馬摩爾渡輪下船，迎面的景觀讓你滿肚皮的免稅廉價酒（渡輪上賣酒不打稅）全嘔出來，意志消沉：閃爍迴避的眼神、矗立城鎮中央的墳場（瑞典的城市幾乎都以墳場爲中心），無所事事的下午，沒有酒吧，沒有電影，我幹掉最後一根丹吉爾大麻（tea），說：「K. E.，我們回渡輪吧。」

美國的乏味還眞是無可比擬。看不見、摸不到，不知來自何方。就拿土地細分區⑨來說，每條街道都有自己的酒吧、藥局、市場與酒類專賣店，一走進酒吧，乏味感便上身。它來自哪裡？不是調酒生，不是顧客，甚至不是高腳凳圍繞的奶油色塑膠皮料吧台。不是昏暗霓虹燈。也不是電視。

乏味感使我們的毒癮更強烈，就像你必須趕在古柯鹼退潮的低落感上身時，趕快來一管。我們的海洛因快斷糧。卻陷在這個鳥不拉屎、好像感冒糖漿炮製的小鎮⑩。吐完感冒藥水，繼續往前開，沁涼春風吹過破舊老車，讓我們身體顫抖、直冒冷汗，每次體內海洛因降低都免不了要感冒……繼續開往路邊有死犰狳，禿鷹繞著沼澤與柏樹幹飛旋的光禿山景。汽車旅館的人造木皮牆壁，瓦斯暖氣，粉紅色薄毯。

遊走全國以及跑遍嘉年華會場的找零詐術騙子，搞得德州醫師不肯再開處方箋⑪……。

---

6 mould building people指住在密西西比與俄亥俄河之間山谷的北美印第安人，他們建築非常巨大的土堆。

7 Food Source，食物來源指的是豐收之神。

8 黑色軟呢帽是布洛斯的註冊商標。

9 subdivision，土地細分是用街道或道路及公園綠地將一定地區的土地劃分成幾個坵塊、區段。

10 原文為no-horse town strictly from cough syrup，no horse town是作者的文字遊戲，因為英文裡，one horse town指非常小的城鎮，no horse town就更小了。Horse同時是毒品俚語的海洛因，此處又指完全弄不到海洛因的城鎮。感冒糖漿含有可待因，毒鬼弄不到藥，有時以感冒糖漿解癮。

11 原文用itinerant short con and carny hype men have burned down the croakers of Texas。Short con是指用小鈔給人找零，卻謊稱自己拿的是大鈔，以騙取較高額的找零。又叫做hype men。

而腦筋正常的人絕不會去找路易斯安那州的醫師。該州毒品法嚴峻。

終於到了休士頓，我認識一個藥劑師。五年沒見，他抬起頭，一眼便認出我，輕輕點頭說：「到那個櫃台等我……。」

我坐下來喝咖啡，一會兒，他坐到我身邊，說：「你要什麼？」

「一夸特的樟腦鴉片酊（PG），一百顆寧比泰⑫。」

他點點頭：「你半小時後再來。」

回去時，他交給我一個袋子，說：「十五元……小心點。」

注射樟腦鴉片酊非常麻煩，得先將酒精燃燒掉，讓樟腦變成固體，之後才用滴管將棕色液體吸出。鴉片酊如果沒打在血管上，會長膿瘡。不過老實講，不管你打哪裡，到頭來還是四處化膿。最好是搭配傻瓜丸服用⑬。我們將樟腦鴉片酊倒進便羅牌酒瓶，前進紐奧良。經過虹彩湖、橘色火焰的油田、沼澤、垃圾山、爬行於玻璃瓶與錫罐上的鱷魚、阿拉伯花飾圖樣的汽車旅館霓虹燈，閒蕩的皮條客站在堆滿垃圾的分隔島上朝來往車輛叫罵髒話。

紐奧良是死亡博物館。我們在證券大街閒繞，嗅聞樟腦鴉片酊的味道，馬上找到藥頭。這是個小地方，條子都知道哪些人在販毒，藥頭想既然如此，管他生張熟李，上門就賣。我們儲存足夠的海洛因，折返來時路，前往墨西哥。

經過查理斯湖市，還有擺放吃角子老虎的沉悶鄉間，德州最南端，嗜殺黑人的郡警打量我們，檢查車籍證件。進入墨西哥邊界，你彷彿蛻掉某些東西，景觀直接衝擊你，你與景觀之間毫無遮蔽物，沙漠、峻嶺與禿鷹，有的禿鷹翻轉於空中，如微小塵粒，有的非常貼近你，幾乎聽得見翅膀劃過空中的聲音（乾燥的剝殼聲），牠們偵測到獵物，便從藍色天空一擁而下，頓時把湛藍到叫人戰慄的墨西哥天空倒進黑色的漏斗裡。我們連夜開車，黎明時進入溫暖且霧氣濛濛的地方，狗兒吠叫，流水淙淙。

「湯姆斯與查理，」我說⑭。

「什麼？」

「這個城鎮的名字。與海平線等高。我們從這兒起要連續爬高一萬呎。」我打了一管（fix），在後座睡著了。光看她的手放在駕駛盤的架式，就知道她很會開車。

墨西哥城，露比塔⑮踞坐如阿茲塔克大地女神，分發一劑劑⑯爛貨。

「販毒是習慣，癮頭勝過吸毒，」露比塔說。不用毒的毒販有「接觸」的習慣，終生難戒。緝毒密探也是。買家布萊德利就是一例。他是這行最頂尖的探員。所有人打量他，都會誤認他是要買毒的⑰。我的意思是他可以直接走向毒販，馬上弄到貨（score）。他是如此毫無特徵、灰

12 原文用nembies，是寧比泰（nembutal）膠囊錠的暱稱，它是一種巴比妥鹽。海洛因毒癮者如果弄不到貨，會以寧比泰舒緩激烈的痛苦。

13 goof ball，有兩種意思，鎮定劑，或者古柯鹼混合海洛因。

14 此處講的是墨西哥Tamazunchale鎮，讀音正好為Thomas and Charlie。

15 露比塔（Lupita）是布洛斯在《*Junk*》一書裡的墨西哥毒梟，本名Maria Dolores Estevez，墨西哥人都叫她Lola La Chata。她是最早從墨西哥走私毒品至美國的人，提供鄉人工作機會與獎助學金，在墨西哥人眼中是個女英雄。

16 paper，毒品黑話，一次注射劑量的海洛因。

17 原文為Anyone would make him for junk。依據作者注，make在此處的用法意指打量、猜測對方（dig or size up）的意思。

暗、鬼魅，事後，毒販連他的樣子都想不起來。所以，他逮了一個又一個……。

買家越來越像毒鬼。他無法飲酒。不舉。牙齒掉光。（就像孕婦哺育體內的陌生人會搞壞牙齒，毒鬼為了饜足毒癮〔monkey〕，黃板牙也掉光。）買家成日舔著糖果棒，「貝比魯斯」（Baby Ruths）是他最愛的品牌。一個條子說：「你瞧買家吃糖那個邋遢樣，眞叫人噁心。」

買家開始散發不祥的灰綠色。事實是他的身體開始自製海洛因，或者類似的東西。他有個固定的接頭人，你可以稱之為「體內的藥頭」（A Man Within）。所以買家認為：「我就在房裡買毒賣毒，管他們去死，兩邊都很乏味，不酷。我是這行唯一的完整無缺者⑱。」

但是強烈的欲望像黑風吹過骨頭，逮住了他。他上街尋找年輕毒癮者，給他一劑海洛因，叫他幹活。

「喔，可以，」男孩說：「你想怎麼幹？」

「我只想靠著你磨蹭，煞一煞我的癮頭。」

「呃……好吧……你為啥不能像一般人眞槍實彈地幹啊？」

稍晚，男孩跟兩個同行在華爾道夫連鎖簡餐館碰頭，拿著磅蛋糕沾水吃。他說：「眞是最噁心的站壁經驗。不知怎麼弄的，他全身軟綿像果凍，圍住我，噁。然後，他就渾身溼溼的綠色黏液。我猜他可能得到不好的高潮……那些綠色東西搞得我一身，差點茫翻過去，這傢伙還臭得像發爛的哈蜜瓜。」

「至少不費什麼勁就弄到藥。」

男孩認命地嘆氣：「是啊，我猜什麼東西搞久了，都會習慣。我們約了明天再碰頭。」

買家的癮頭越來越大，每半小時就得充電一次。有時他梭巡轄區，賄賂獄卒讓他進入關滿毒鬼的牢房。最後，什麼樣的接觸都無法滿足他。就在這時，區督導召見他。

「布萊德利，你的行爲惹來閒話，爲了你好，我希望這些眞的只是閒話。因爲你的行爲眞是噁心，無法啓齒……我的意思是總要顧及皇后的貞操吧……局裡不能給人說閒話……尤其你惹出來的那些閒話。你降低了這行的格調。我們準備立刻接受你的辭職。」

買家趴到地上，膝行至督導面前：「不要，老大，不要啊……警察局是我的命根。」他親吻督導的手，並將他的手指塞進嘴裡（督導鐵定感覺到他光禿的牙床），抱怨自己一口牙因爲任務（inna thervith）全掉光：「拜託，老大，我願意擦你的屁股，替你清洗骯髒的保險套，用鼻頭的油光擦亮你的皮鞋……。」

「眞格的，這簡直沒品！你一點尊嚴都沒嗎？我得告訴你，我對你極端反感。我的意思是你體內有腐爛物，聞起來像堆肥。」他拿出灑過香水的手帕捂住臉：「我得請你馬上離開。」

「你要我做什麼都行，老大，**任何事都行**，」飽受摧殘的綠色臉龐綻裂出恐怖的笑容。「老大，我還年輕，血氣上來時，稱得上身強體健。」

督導在手帕下乾嘔，虛弱地指指門。買家站起身，茫茫看著督導。他的身體開始像探勘水源的Y型棒往下彎，往前滑行……。

「不要！不要！」督導尖叫。

18 原文用I'll just set in my room。Set是毒品黑話的毒窟。買家體內可自製海洛因，自己就是賣家也是買家，自體而足，因而是完整的人。

「逼嘴，**逼嘴**。」⑲

一個小時後，他們發現買家藥效發作，坐在督導的椅上盹著了。督導消失無蹤。

法官說：「一切跡象都指向你用某種無法形容的方法……把督導溶解吸收了。只可惜找不到證據。我本想將你送進大牢，更正確的作法是將你禁錮於療養所，但是以你的病態之深，找不到合適的機構。雖是不情願，還是得放你走。」

逮捕他的警察說：「這傢伙應擺到水族館供人參觀。」

買家讓整個行業的人陷入恐慌。毒鬼與密探紛紛失蹤。像隻吸血蝙蝠，他散發毒品臭氣，溼冷的綠色濛霧，據說可以麻醉受害人，裹住他們，令其無法動彈。一旦到手，他就像絞殺獵物吞食飽足的蟒蛇，躲起來好幾天。他在吞噬消化肅毒廳長時被逮，遭火焰噴射器毀滅。偵查庭裁定此舉合法，因爲買家已經失去公民身分，變成無法分類歸屬的造物，對販毒行業各層面都造成威脅。

到了墨西哥，竅門是找個擁有政府文件的當地毒鬼，這文件准許他每個月合法擁有一定數量的毒品。我的藥頭叫老艾克，大半生都在美國。

因此這次，我們是憑處方箋弄到一點古柯鹼（C）。孩子，走水路⑳哦。你聞得到古柯鹼進入體內的味道，鼻頭喉嚨處清新且冰冷，接著一股純粹的愉悅感衝向腦部，點燃所有的古柯鹼連結點。白色爆炸，腦袋裂成碎片。十分鐘後，你又想來一管……你會踏遍全城，只想來一管。但是如果弄不到手，你照樣能吃能睡，將它忘懷。

古柯鹼引發的欲望純粹跟腦部有關，無關情感與肉體，那是人間幽魂的強大渴望，病奄奄的清晨，老毒鬼猛咳猛吐痰，掃出惡臭的靈外體。

一天早晨你醒來，嗑下一劑快速球㉑，感覺皮膚底下蟲兒蠕動。留著黑色八字鬍的一八九〇年警察堵在門口，或者從窗戶探頭，躲在藍金浮凸臂章後面齜牙咧嘴。毒鬼扛著比爾．涂斯的屍體在房內遊行，哼著〈穆斯林葬禮之歌〉，手臂上的針孔淤血在溫和的藍色火焰下發光。不懷好意、人格分裂的警探嗅聞你的夜壺。

這是古柯鹼引發的恐慌感……沒事，冷靜，給自己注射大量政府發放的嗎啡㉒。

墨西哥鬼節（Day of the Dead）：海洛因藥效退潮後的飢餓感（chuck），我吃掉小威利的糖果骷髏頭。他大哭不依，只好再幫他買一個。經過雞尾酒吧，他們在那兒幹掉回力球的賭盤組頭。

在庫埃納瓦卡（Cuernavaca）還是銀城塔斯可（Taxco）？珍遇見一個會吹伸縮喇叭的皮條客，從此消失於大麻煙霧裡。這個皮條客是專研「氣」與飲食的專家，逼迫旗下的妞兒全盤接受他的狗屎，以此做爲貶抑女性的手段。他不斷擴張自己的理論……會突然對女孩提問，如果她記不得他最近針對人類形象與邏輯的那番批評，以及其中的細微差異，他便威脅要拋棄這女孩。

「寶貝。我有學問要教妳，妳卻不受教，我也沒輒。」

19 買家牙齒掉光，發音不清楚，閉嘴變逼嘴。

20 mainline，走水路，指注射毒品到血管。

21 speed ball，海洛因加古柯鹼。

22 原文用GI M，government issue morphine。呼應前面提到墨西哥政府會給毒瘾者文件，允許他們擁有一定數量的麻醉藥品。

他抽起大麻非常講究，也像某些大麻癮君子（teahead），絕對不碰海洛因。他宣稱大麻能讓他感應超藍色的引力磁場。他對任何話題都有高見：哪種內衣最健康，何時喝水最恰當，該怎麼擦屁股。他的臉蛋閃亮紅潤，鼻翼碩大，平滑向兩邊展開，看到妞兒，充滿血絲的小眼睛頓時一亮，轉頭他視，光芒就滅了。他的肩膀寬闊到近乎畸形。在他眼裡，其他男人都不存在。他會透過女性轉達指令給餐館或者商店的男服務生。沒有藥頭能夠侵入他的枯萎密巢。

他貶抑海洛因，力捧大麻。我抽了三口（drag），珍看著他，皮膚開始晶體化。我跳起來尖叫：「恐慌上身！」奔離那棟房子。到一家有馬賽克鑲嵌吧台，牆上貼滿足球賽得分表與鬥牛士海報的餐館喝啤酒。等待搭公車離城。

一年後在丹吉爾，我聽說她死了。

班威醫師

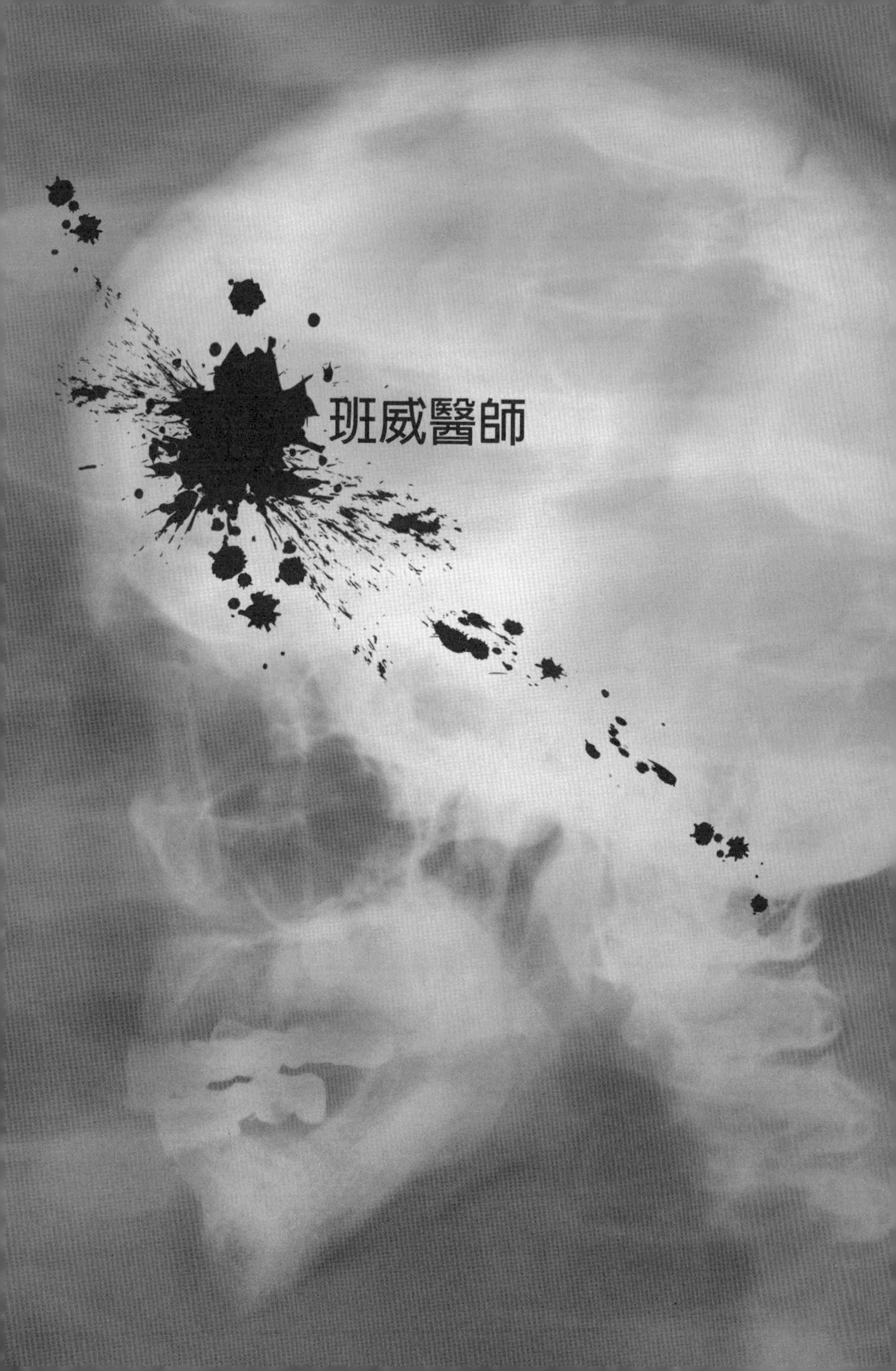

所以我奉命邀請班威醫師參與伊斯蘭公司的任務。

班威醫師曾奉召到自由共和國（Freeland Republic）擔任顧問。這是一個完全奉行自由戀愛與頻頻洗澡的國家。百姓都適應良好，個性誠實、包容、合作，最重要的，一身乾淨。但是班威醫師的奉召顯示高度衛生的表象之下，並非一切美好：班威極懂得操縱與調和象徵體系，更是深諳拷問、洗腦、控制等各層面的專家。自從他倉促離開安那西亞（Annexia），我便不曾見過他。他在安那西亞的任務是「意志終結」（TD，Total Demoralization）。班威採取的第一個行動是廢除集中營，終止大規模拘捕，除非在某些特定條件與情況下，禁用刑求。

「我鄙視殘暴，」他說：「效率不彰。反之，不對身體施虐，改以長時間的心理虐待，運用得法，反能激起焦慮與特殊的罪惡感。必須牢記幾項規矩，也就是指導性原則。首先，受試對象絕不能明瞭這些虐待之舉，是刻意攻擊他個人身分認同裡的『反人民公敵』。你必須讓他覺得這是他自己大錯特錯（毋需明白指出何種錯誤），受到**任何**待遇都應該。控制狂的赤裸需求必須以專斷且複雜的官僚系統合宜地粉飾，受試對象才無法直接面對敵人。」

照規定，安那西亞百姓得申請一大疊身分文件，隨身攜帶。他們在街上隨時可能被攔下，檢查員有時穿便衣，有時穿各種制服，通常是泳裝、睡衣，有時全身赤裸，只在左邊乳頭掛上臂章。檢查各式文件後，蓋章放行。接下來再碰到其他檢查員，百姓得出示上一關攔檢時的蓋章文件。檢查員有時攔下一大群，只檢查幾個人，然後蓋章。其他人因爲文件沒蓋章，隨時可能被捕，稱之爲「暫時拘留」，直到他能提出正確簽名與蓋章的「辯解宣誓書」，通過「助理辯解仲裁官」的認可，才能獲釋。由於「助理辯解仲裁官」經常不在辦公室，「辯解宣誓書」又必須面呈，被暫時拘留的人只好在沒暖氣、沒椅子、沒廁所的辦公室呆等，數星期甚至數個月。

這些文件以褪色墨水書寫，沒多久，就變成過期當票，沒用。新文件需求不斷。老百姓奔波於各單位，瘋狂企圖在截止日前弄到文件，根本不可能。

城市的座椅都被移走，噴泉關掉，花草樹木全部摧毀。公寓（這裡人人都住公寓）屋頂一律裝上巨大的蜂鳴器，每刻鐘叫一次。巨大的聲響震動常讓人跌落床下。探照燈整晚照射城市，家家戶戶都不准裝窗簾、百葉窗、遮門。

百姓不敢隨便對看，因爲懲罰糾纏行爲的法條極爲嚴苛，不管目的爲何，關乎性欲與否，你都不准以語言或非語言形態隨便親近接觸任何人。簡餐店與酒吧全部關門大吉。百姓得經過特殊核准才能弄到酒，不准轉賣和贈與，任何形式的轉手都不行。如果你與別人共處一室，就構成密謀轉售酒類的初步認定證據。

百姓不准鎖門，警方有通往所有房間的鑰匙。在靈媒隨行下衝進你的住處，開始「搜尋那個東西」。

靈媒帶領他們搜出屋主想藏的任何東西，有時是一管凡士林、灌腸劑，或者一條沾了精液的手帕、武器、未經核准的酒。嫌疑犯接受最羞辱的裸體搜身，聽憑警察發表嘲諷與貶抑之言。碰到有同性戀之疑者，警察就給他屁股塞凡士林，穿上精神病患緊身衣，帶離住處。他們會撲向任何可疑的東西，管它是揩筆器或者鞋撐。

「這玩意兒究竟是啥？」

「揩筆器。」

「他說是指筆器。」

「我已經聽取所有說明了。」

「這樣就夠了。你，跟我們走吧。」

幾個月後，全城百姓都在屋角瑟縮如神經緊張的貓。

當然，安那西亞城警方對待間諜、破壞者、政治偏離份子，更是有一套類似生產線的作業程序。談到審訊嫌犯，班威說法如下：

「一般來說，我避免使用酷刑，酷刑只會逼出對抗者，激起他的反抗意識。酷刑威脅的作用應當在引發對方適當的無助感，並深深感激拷問者不對他濫用私刑。酷刑做爲懲罰手段比較有用，當嫌疑犯接受足夠的治療後，才該接受應有的懲罰，這時才能施刑。針對這個，我還發明了幾種訓誡方法。其中一個叫**開關板**。把電鑽緊夾在嫌犯牙齒上，隨時可以開動，然後命令嫌犯操作一個隨意變換的開關板，依據鈴聲與閃光，讓某些插座通電。每當他操作錯誤，電鑽就啓動，連續二十秒。鈴聲與閃光訊號越來越快，他來不及反應。只要半小時，嫌犯就像一個負荷過大的電腦，徹底崩盤。

「研究電腦比向內省視更能讓我們瞭解人類的腦袋。透過機械發明，西方人已經將自己外化（externalized）了。

「你走過水路打古柯鹼嗎？它馬上衝擊腦袋，啓動純粹愉悅的連結。嗎啡的愉悅是作用於體內五臟，注射完後，你靜靜聆聽自己的內在。但是古柯鹼像電流竄腦部，對古柯鹼的欲望純屬腦袋，跟身體無關，也不涉情感。被古柯鹼激活的腦袋就像瘋狂的彈球機，在電流高潮裡閃爍藍光與粉紅光。電腦可以感受古柯鹼帶來的快感，類似可憎昆蟲的原始反應。古柯鹼的欲望只有幾小時，唯有古柯鹼通道①受到刺激，快感才存在。當然，透過電流刺激古柯鹼通道，也可以得到相同效果……

「一陣子後，古柯鹼通道就像血管，也會耗損，上癮者就得另尋他法。除非濫打海洛因（oil burner）把血管都弄爛，否則血管會復原，只要懂得靈巧輪流使用，毒癮者可以算出哪一條血管還可注射。腦細胞死了卻無法再生，腦細胞消耗光，就會徹底完蛋。

「白熱亮光中，眼前視界都是裸體白痴，蹲坐在老骨頭、排泄物、鏽鐵之上。他們的語言中樞已毀壞，沉默無聲，只聽見上下電擊他們脊椎時的火花嗶啪聲，以及炙烤肌膚的啵啵聲。肌膚燃燒的白煙停滯在無風的空氣中。一群小孩拿鐵絲把一個白痴綁在電線杆上，在他兩腿之間放火，站在那兒，殘忍好奇看著火焰舔上他的大腿，肌膚像痛苦的昆蟲在火中扭曲。

「照例，我又離題了。撇開腦部放電這類比較精準的知識，毒品依然是拷問者用來破解嫌犯身分的主要工具。巴比妥鹽基本上是沒用的。會被巴比妥鹽攻陷的人也會屈服於美國警局那套幼稚的逼供法。莨宕鹼瓦解抗拒頗有效，卻會損及記憶：間諜可能已經準備吐實，卻記不得那些秘密，或者無可避免，把臥底故事與秘密身分的資訊搞混。麥斯卡林、駱駝蓬鹼、LSD6、蟾毒色胺、蕈毒鹼的成功案例不少。紫堇鹼會引發類似精神分裂緊張症……使人自動服從。紫堇鹼是後腦抑制劑，能使下視丘的運動中樞停止活動。其他會導致實驗性精神分裂（experimental schizophrenia）的藥物如麥斯卡林、駱駝蓬鹼、LSD6，都是作用於後腦的興奮劑。精神分裂者的後腦是興奮與抑制更替，長時間的興奮與身體活動常常引發緊張症，這些神經病就衝出病房，大鬧一番。惡化的精神分裂患者有時動也不動，終生躺在床上。有人認爲干擾下視丘的調節功能是精神分裂的『成因』。（我實在認爲基於

1 channel，指的是神經細胞膜上的ion channel，開啓或是關閉ion channel可以改變細胞的反應。此註解謝謝俞欣豪指正。

現行語言的侷限，通俗辭彙很難精確描繪代謝的過程。）交替使用LSD6與紫堇鹼藥劑，再以箭毒加強紫堇鹼的作用，最能使對象徹底服從。

「還有其他作法。連續多日讓嫌犯服用高劑量的苯甲胺會引發重度憂鬱。持續使用高劑量的古柯鹼、台茂洛（Demerol），或者長期使用巴比妥鹽，突然戒斷，都會引發精神病。你也可以讓病患對二羥基海洛因成癮，一旦戒斷就投降（這種化合物比海洛因的成癮性高五倍，戒斷症狀也等比例嚴重）。

「還有各種『心理方法』，譬如強迫性精神分析。要求受試對象每日自由聯想（free-associate）一小時，當然，此法只適用於時間非關鍵因素的病患。『來，來，不要這麼消極，孩子。老爸要叫壞人來哦。帶這寶貝去試試電氣開關板。』

「有個女情報人員忘記自己的眞實身分，與臥底身分的故事合而爲一，她到現在仍是安那西亞城的**毒鬼**（fricteuse），卻讓我想到另一個噱頭。情報人員受訓，不斷強化自己的臥底故事，以否定他的眞實間諜身分。爲什麼不使用心理柔術，順著他的故事？暗示他只有臥底的那個身分，別無其他。這麼一來，他的間諜身份沉入潛意識，無法自我控制；你卻可以不斷借用藥物與催眠來挖掘。你可以讓一個規矩的異性戀市民變成同性戀……一方面認同並強化他對潛藏的同性戀傾向的排拒，同時剝奪他接近女陰的機會，讓他不斷暴露在同性戀刺激下。再輔以藥物與催眠，結果……」班威擺一擺柔弱的手腕②。

「許多受試者極端畏懼性羞辱。把他們剝個精光、下春藥刺激，持續不斷監看，讓他尷尬，剝奪他自慰發洩的機會。（睡覺時勃起會啓動巨大的震動蜂響器，把受試者從床上摔到冷水裡，將夢遺的機率降到最低。）催眠一個教士，告訴他即將與耶穌（the Lamb）神聖交合，然後把一隻倔強的老綿羊（sheep）對準他的屁股，哎呀，眞是有趣極了。在這之後，審問者徹底掌握催眠效果，他吹吹口哨，受試者就奔來，他只要說**芝麻開門**，對方就會在地上大便。[3]

「毋庸置言，性羞辱絕對禁用於明顯的同性戀者。（我的意思是別忘了保持警覺，記住這裡還有那種老舊的共用電話線〔party line〕……你永遠不知道有誰在聽你說話。）我還記得有個孩子被我制約，一看到我就屎尿齊流。我洗淨他的屁股，然後上他。滋味眞是美好啊。他實在很可愛。有時受試者會掉下孩兒淚，因爲你操他時，他忍不住射精。

「誠如你清楚所見，就像循著步道漫遊廣袤的美麗花園，可能性無限。當我被那些乏味掃興者（Party Poops）[4]整肅時，對此中學問，也只粗淺認識美麗的表層……怎麼說呢，生命就是如此啊（son cosas de la vida）。」

我抵達自由共和國，上帝，眞是乾淨乏味啊。班威掌管再制約中心（Reconditioning Center, RC）。我隨口攀談「某某某怎麼啦？」開始扯到「密探（The Nark）史密德向心電感應傳送者告密（croon），以換取長壽血清[5]。上了年紀的男同性戀再笨不過了。」還有，「哈珊想把自動服從程

2 此處標示班威的同性戀身分。limp wrist在同性戀俚語指陰柔的男同志。
3 此處一語雙關，羔羊在基督神學裡代表耶穌，sheep則代表上帝的子民。作者遂用Lamb與old sheep對比。
4 此處是一語雙關，party poop是指掃興者，原文用大寫，也可表示「黨內的狗屎人物」。
5 布洛斯將跨際區的人分成四種：液化者、自體分裂者、心電感應傳送者，以及實事主義者，詳見〈伊斯蘭公司與跨際區的黨派〉篇。

序（Automatic Obedience Processing）弄到完美，結果把自己搞成拉塔病患（Latah）。眞是這行的殉道者……。」（拉塔病只出現於東南亞。患者其實神志清明，只是你對著他們彈指或者尖聲叫喚，他們便不由自主模仿你的每一個動作。一種強迫性不隨意催眠症。有時他們因同時模仿數個人的動作而受傷。）

「你如果聽過這個爆炸性秘密，告訴我……。」

在急速的閃光燈下，班威的臉仍保有原形，但隨時可能無以名狀地裂開或者幻化變形。不斷閃動，就像不斷聚焦又失焦的電影。

「來吧，」班威說：「我帶你到再制約中心四處走走。」

走下長長的白色走道。班威的聲音在我的意識裡漂浮，無法定位……一個脫離肉體的聲音，有時清晰大聲，有時細不可聞，如彎曲街道裡的歌聲。

「像俾斯麥群島原住民這類與世隔絕的群體，不能有公開的同性戀行爲。天殺的母權社會。所有母權社會都反同性戀，乏味又從眾（conformist）。如果你進入母權社會的地盤，趕快走向最近的邊界。千萬別用跑的，只要一跑，那些挫敗的隱性同性戀警察很可能會射殺你。所以，有人想建立同質化社會的灘頭堡，可能選在美國、西歐這類廢墟？幹，又是母權社會。雖然瑪格麗特．米德⑥說：

……

「我在這裡有點小麻煩。在開刀房與同僚以手術刀相鬥。而我的狒狒助手撲向病人，將他撕成碎片。鬧架時，狒狒一定攻擊最弱小的一方。也是沒錯啦。我們千萬不要忘記自己有神聖的類人猿遺傳，布貝克醫師便屬於後者。他是退休墮胎醫師，也是藥頭（老實講，他只是獸醫），人手欠缺才叫他來。布貝克整個上午都待在醫院廚房，捏護士的屁股，大啖煤氣與克寧奶粉，手術前還要來兩管肉荳蔻（nutmeg）壯膽。

（英格蘭與愛丁堡的居民用克寧提煉〔bubble〕煤氣，嗅吸其氣。克寧是味道極恐怖的奶粉，喝起來像惡臭的粉筆灰。居民不惜典當一切來付煤氣賬單。如果付不出煤氣費，被切斷供應，你可以聽見住戶的尖叫，聲傳數哩。癮頭上來時，他們會說：「我有錢〔klinks〕啊！」或者「老爐子爬上我的背了。」）⑦

（至於肉荳蔻，容我引用作者刊登於《英國毒癮期刊》（British Journal of Addiction）上一篇關於毒品的文章〔請見附錄〕：「犯人與水手有時不得不求助於肉荳蔻。一湯匙搭配水喝下。效果微微像大麻，副作用爲頭痛與噁心。南美洲印第安族裔常食用肉荳蔻科的多種植物。多數是將植物曬乾碾成粉來嗅吸。巫醫服用這種有毒的物質後，進入起乩狀態，肢體抽搐與喃喃自語都被視爲有預言的重大意義。」）

「我因爲服用雅哈⑧，還在茫，沒醒呢，哪能忍受布貝克醫師的那些狗屁。首先他挑剔說，我該切開病患的背部而非正面。喃喃胡言說要記得割掉膽囊，肉質才不會變差。他還以爲是在農場清除雞隻內臟呢。我叫他把頭塞回火爐去吧，沒想到他厚顏無恥，居然推我的手，割傷了病患的大腿動脈。血液直噴，麻醉師滿臉是血，看不見東西，尖叫跑到走廊。布貝克想用膝蓋撞我的鼠蹊，我則用手術

6 Margaret Mead，著名的人類學家，對母權社會頗有研究。
7 此處用stove，煉製毒品常需加熱。
8 yagé，流行於拉丁美洲Putumayo河流域的一種迷幻植物，服用者會出現蒙太奇幻象。

刀砍斷他的腳筋。他在地板亂爬，刀子猛刺我的腳腿。薇拉特，我的狒狒助理，也是我唯一在乎的女人，整個人茫呆了。我爬上手術台，準備撲向布貝克，兩腳踹死他，就在這時，警察衝進來。

「這場手術室混亂，長官所謂『難以啓齒的事件』，純是洩憤，狼群早就圍過來準備撕啃。根本就是將我釘上十字架，這是唯一的形容。我的確是幹過一些蠢事（Dummheits）。誰沒呢？我曾經跟麻醉師吸光所有乙醚，病人氣得撲向我們。也有人指控我用清廁劑給海洛因攙水（cut）。其實是薇拉特搞的。當然，我得保護她……

「最後我們全被轟出這個行業，薇拉特不是**專門**給毒鬼開藥方的醫師，布貝克也不是，連我的執照都被質疑。但是薇拉特的藥品知識遠超過梅約醫學中心，直覺精確，責任感又強。

「結果就是這樣，我淪落到連執照都沒。我該改行嗎？不。我生來就是要行醫治病。我在地鐵站的廁所，削價幫人做墮胎手術，以滿足興趣。甚至在街頭騷擾孕婦，絕對不符醫學倫理。就在這時，我認識這個偉大傢伙——**前置胎盤璜，人稱胎盤大亨**。他在大戰期間靠著早產小牛發跡。」

（早產小牛還拖著胎盤與細菌，既不衛生狀況也不好。通常小牛要到六周大才能當肉牛買賣。在這之前被歸類爲早產小牛，走私販賣，都會被嚴懲。）

「這位璜兄有自己的貨運船隊，掛阿比尼西亞國旗，省得各種囉唆限制。他要我到**S.S.絲蟲號**擔任船醫。那是史上最髒的船。我得一手開刀，一手趕走病人身上的老鼠，以及雨絲般從天花板落下的臭蟲與蠍子。

「所以有人要把這裡變成同質性的單位。可以啊。但要付出代價。我對整個計畫簡直厭煩到極點……到了……這是我們的累贅者之所（Drag Alley）。」

班威的手在空中比劃，門就開了。踏進去，門自動關上。不鏽鋼金屬、閃閃發亮的長形病房，白色瓷磚地板，玻璃磚面牆。病床靠牆排列。沒人抽菸，沒人閱讀，沒人出聲。

「來，靠近點看，」班威說：「他們不會害臊的。」

我走到某男子面前，他坐在床上。我凝視他的眼睛。裡面沒人。沒有任何東西回望我。

「IND，」班威說：「不可逆轉的神經損害（Irreversible Neural Damage）。過度解放的下場……毒癮圈的累贅。」

我伸手到男子眼前。

「是的，」班威說：「他們還有反射動作。你看，」他掏出巧克力棒，撕掉包裝紙，放在男子的鼻端。男子嗅了嗅，下顎開始動作，雙手往前捕攫。垂涎下巴，胃部發出咕嚕聲，全身蠕動。班威往後站，把巧克力棒拿高。男子雙膝跪地，頭往後仰，開始吠叫。班威扔出巧克力棒。男子猛撲，沒接到，滿地翻滾，發出垂涎聲。他鑽入床下找到巧克力棒，兩手一起塞進嘴裡。

「天！這些IND眞是沒品到極點。」

班威召來坐在病房另一頭閱讀巴利[9]劇作的看護。

「把這些王八IND都趕出去。已經令人望之生厭，對觀光業毫無幫助。」

「我該拿他們怎麼辦？」

「幹，我怎麼知道？我是科學家。**純**科學家。你只管把他們弄出去。我不想再看到他們。困擾極了。」

9 J. M. Barrie，《小飛俠彼得潘》的作者。

「怎麼做？送到哪裡去？」

「透過適當管道。打電話給那個自稱是**地區連絡人**的傢伙……他每星期換個新頭銜。我懷疑這個人眞的存在。」

班威醫師在門口遲疑了一下，回頭看著那些IND。「失敗之作，」他說：「家常便飯。」

「他們會恢復嗎？」

「不會，一旦進入這種狀態，就不會恢復，」班威語氣溫柔：「現在這個病房比較有趣。」

病人聚成小圈圈聊天，朝地板吐口水。海洛因的氣味懸於空氣裡，彷彿灰霧。

「看了眞叫人窩心，」班威說：「這些毒鬼齊聚這裡等**藥頭**。六個月前，他們全是精神分裂症病患。有人根本好幾年沒下過床。現在你看看。在我的行醫生涯裡，從未見過罹患精神分裂症的海洛因成癮者，他們多數是生理分裂型。如果你想治癒某種病，就先看看哪些人不會得這種病。所以誰沒有精神分裂症？海洛因成癮者沒有。喔，順便一提，玻利維亞某個地方完全沒有精神病。山區裡全是神志正常者。我想在識字運動、廣告、電視與露天電影院入侵該地之前，去拜訪一下。針對新陳代謝做研究：飲食、藥物使用、酒精、性行爲等。誰在乎他們想些什麼？就是一般人的那些狗屁倒灶吧。我敢說如此。

「爲什麼海洛因成癮者不會得精神分裂症？目前還不知道。精神分裂症者如果不餵他，他可以完全忽略飢餓的感覺，活活把自己餓死。但是海洛因戒斷症狀無法忍受。毒癮逼得你非接觸藥頭不可。

「不過這只是一個角度。麥斯卡林、LSD6、惡化的腎上腺素、駱駝蓬鹼都能造成類似精神分裂的症狀。精神分裂者的血液萃取物再棒不過了。所以精神分裂有點像是藥物導致的精神異常。他們體內有個新陳代謝的供貨者，你可以稱之**體內的藥頭**（Man Within）。」

（感興趣的讀者請見附錄）

「精神分裂者進入末期，後腦完全被抑制，前腦則幾乎空無一物，因爲前腦得靠後腦的刺激才能運作。

「嗎啡引出類似精神分裂的物質，化解後腦的衝動。（請注意戒斷症候群跟雅哈或者LSD6中毒症頗爲相似。）使用海洛因的最終結果就是永遠抑制了後腦，出現類似末期精神分裂的症狀，尤其是使用劑量很大時。他們完全無法感動，自閉，幾乎毫無腦部活動。上癮者可以連續八小時盯著牆。他能意識周遭，對事物卻無法產生任何情感內涵，結果就是對啥都沒興趣。重度上癮期間的事情，記憶起來，像在重播只記錄了前腦而無後腦活動的錄音帶。對外在事物都只有平鋪直敘：『我到店裡，買了紅糖，回家，幹掉半包。打了一管三喱[10]。』諸如此類。對回憶毫無緬懷之情。但是病患只要海洛因劑量降到水準以下，戒斷物質便湧遍全身。

「假設所有愉悅的感覺都來自緊張之後的放鬆，那麼藉由切斷精神能量與性慾中心的下視丘，海洛因可以讓人自整個生命歷程解脫開來。

「某些較有學問的同僚（都是沒沒無聞的王八蛋）認爲，海洛因直接刺激高潮中心，因而引發幸福感。我倒覺得海洛因比較像是阻斷緊張、解放與靜止的流程。海洛因成癮者沒有高潮興奮的功能。他無法體會不能釋放緊張所導致的乏味感。他能盯著鞋子連看八小時。唯有海洛因沙漏鐘倒光，

10 grain，喱，重量的最低單位，一喱為0.0648公克。

才會有行動。」

病房遠端的看護拉起鐵捲門，發出一聲豬嚎。毒癮者咆哮尖叫往前衝。

「聰明的傢伙，」班威說：「絲毫不敬重人性尊嚴。現在我們去參觀輕度行爲偏差者與罪犯的病房。是的，罪犯在這裡算是輕度行爲偏差。他並不否定自由共和國的法律約束，只是喜歡鑽法條漏洞。值得譴責，但是罪行不重。就在這個走道……我們跳掉二十三號、八十六號、五十七號與九十七號病房……還有實驗室。」

「同性戀被列爲行爲偏差？」

「非也。記得俾斯麥群島嗎。觀察不到同性戀行爲。一個**有效運作**的警察國家並不需要警察。同樣的，該島的子民根本難以想像同性戀這回事。母權社會裡，同性戀算**政治犯**。沒有一個社會可以容忍子民公開反對它的教義。**感謝上帝的意旨**（Insh'allah），我們這兒不是母權社會。你知道那個老鼠的實驗嗎？凡是想接近母老鼠就會遭到電擊，扔到冷水裡。所以牠們全變成同性戀老鼠。病源學就是這樣。如果一隻老鼠尖叫：『我是同性連（queah）[11]，我**愛——愛**同性戀』或者『誰閹了你，你這個兩個洞的怪物？』這隻尖叫的老鼠鐵定原本是個異性戀。我曾短期擔任精神分析師，算是學會裡的麻煩人物。我有一個病人發瘋，在中央車站用火焰噴射槍傷人，還有兩個患者自殺，另一個病患則像叢林鼠死在沙發上。（叢林鼠如果碰到完全絕望的情境，就會突然死亡。）他的人際關係不好，我告訴他們：『這些都是家常便飯。把這個殭尸給我弄出去。我那些還活著的病人看到他就喪氣。』我發現我的同性戀病人都顯現強大的潛意識異性戀傾向，而我的異性戀病人都有潛意識的同性戀傾向。讓人頭暈目眩，對不對？」

「你得到什麼結論？」

「結論？啥也沒有。只是短暫的觀察。」

我們在班威的辦公室吃中飯，電話來了。

「什麼？……怪事一樁！眞棒！繼續幹，待命。」

他放下電話。「我決定接下伊斯蘭公司的工作。據說，電腦與技術員玩六度空間棋，突然發狂，把再制約中心的病患全放出來。我們得換地方，到屋頂去，需要任務直升機。」

站在再制約中心的屋頂，看到前所未見的恐怖景象。IND們站在簡餐店的桌前，垂涎三尺，胃部轟隆攪動，有的一看到女人就射精。拉塔病患以類似猿猴的猥褻表情模仿路人的動作。毒蟲劫掠藥房，到處在街角注射毒品……公園裡隨處可見緊張症病患……激動的精神分裂患者衝到街上，發出模糊非人的怒吼。一群P.R.（局部再制約）患者圍著幾個同性戀觀光客，露出深知內情的恐怖笑容，展示重複曝光後的海盜骷髏頭標誌。

「你想幹嘛？」一個娘娘腔厲聲說。

「我們想**瞭解**你。」

整隊大聲嚎叫的simopath在水晶吊燈、陽台、樹梢上懸盪，對著行人撒尿與屙大便。（simopath的學術名稱我忘了，病患自以爲是人猿或者其他猿猴。只有軍人才會罹患此病，退役就不藥而癒。）

11 故意發音模糊。

一群馬來殺人狂[12]跟隨其後沿路砍人頭，臉上帶著甜蜜、遙遠，幾乎在做夢的淡淡笑容……罹患初期縮陽症（Bang-utot）的市民抓緊自己的陽具，高聲對觀光客求救[13]……阿拉伯裔的暴動者狂吠嚎叫，閹割路人，挖腸剖肚，丟擲汽油彈……男舞童[14]拿著腸子大跳脫衣舞……女人把割下的陽具塞進陰部，磨轉，在她們中意的男人面前，拍打撞擊那根陽具……宗教狂熱份子在直升機上對群眾長篇大論，石板如雨落在群眾頭上，上面題寫了毫無意義的訊息[15]……**豹人**[16]咳嗽，咆哮，鐵爪撕裂人們……**誇扣特爾部族**[17]的食人會社成員咬掉他人的鼻子及耳朵……。

食糞癖者要求給他一個盤子，在上面屙大便，隨後吃掉：「嗯嗯嗯……我的營養來源。」

大隊喧鬧的厭物徘徊街頭與旅館大廳，尋找目標。某前衛知識份子說：「毫無疑問，現在值得一看的文章僅剩科學報導與學術期刊。」他剛給病人注射了紫堇鹼，準備朗誦〈論新血色素在控制多發性退化肉芽腫瘤的運用〉。（當然，那是他捏造炮製而後印刷的胡言亂語。）

他的開場白爲：「你看起來像是個知識份子。」（絕對是不祥字眼，聽到這句話，不要聽令待在原處，得趕快拔腿就跑。）

一位英國殖民官在五個男童警的協助下，將某個嫌犯拘留在酒吧：「我說，你知道莫三鼻克嗎？」然後他滔滔不絕自己的長篇瘧疾事蹟。「醫師跟我說：『我只能建議你離開此地。否則就得幫你料理後事了。』這個給人開痲醉藥處方箋的醫師還兼殯葬生意。擴大營業範圍，偶爾找點生意。」英國殖民官第三杯紅色杜松子酒下肚後，跟你混熟了，就把話題轉到痢疾：「驚人的一大坨。有點黃白色，跟惡臭的精液一樣，你知道，黏黏的。」

戴熱帶頭盔的探險者用吹槍射出箭毒，放倒一位市民。他用單腳爲該市民人工呼吸。（箭毒會麻痺肺部，因此致死。其實它並無毒性，嚴格來講，不能稱之爲毒。如果馬上施以人工呼吸，患者就不會死。腎臟很快就將箭毒排出去。）「那年牛疫猖獗，所有東西死光，土狼也不例外……因此狒狒屁眼⑱水源區的K. Y.潤滑液完全斷貨。當他們空投K. Y.潤滑液給我們，感激之情眞是無法言喻……事實上，我從未跟任何人提及這件事，人啊，都是難以捉摸的厭物，」——他的聲音迴盪在一八九〇年風格、佈置了紅色絲絨、塑膠植物、鍍金與雕像的空曠旅館大廳——「我是唯一加入惡名昭彰刺鼠會社（Agouti Society）的白人，親眼目睹並參與了他們難以啓齒的儀式。」

（刺鼠會社前來參加奇穆王國〔Chimu〕的祭典。〔古代祕魯的奇穆百姓性好雞姦，偶爾也會以木棍浴血大戰，有時一個下午，死亡人數便高達數百人。〕手持木棍的年輕人互相鄙夷、戳刺，結隊前往空地，戰鬥開始。

讀者諸君啊，這驚人的雞姦場面描述多麼醜陋啊。有誰個性畏縮如討人厭的懦夫，卻又壞心眼如紫屁股的山魈，能夠像雜耍喜劇演員般，擺盪於這兩種可悲的狀態中？誰能對著顛倒在地的敵手撒

12 amok，一種只現於東南亞地區的風土病，患者呈現憂鬱的精神病狀，而後有瘋狂殺人的欲望。

13 有關Bang-tuot病，詳見〈拉撒路返家〉篇。

14 dancing boys，在奧圖曼帝國時代，土耳其出現一種男扮女裝的職業舞者，土耳其文叫kocekce，英文叫dancing boy，男舞童之意。這種職業男舞童大約七八歲便開始跟老師學藝，學習跳舞、歌唱，以及打擊樂器。到了十三歲左右便出師，參加雜耍團，走唱表演於各地的酒棧，技藝精湛者，還會受邀到宮廷表演。

15 此處引用聖經十誡的典故。

16 Leopard Man，西非洲部落信仰裡被豹靈附身的人，可以活生生撕裂獻祭的活人。

17 Kwakjutl是英屬哥倫比亞（即加拿大卑詩省）地區的印第安部族。

18 Baboonsasshole，狒狒屁眼是指遙遠且鳥不拉屎的地方。

尿？而對方雖然奄奄一息，卻猛吃大便，狂喜尖叫？誰又能吊死一個柔弱的零號，然後像惡狗張口啣住他的射精啊？讀者諸君，我很願意免除你們的閱讀痛苦，但是我的筆有如老舟子⑲，自有其意志。耶穌基督，那是什麼樣的場面啊！紙筆口舌焉能盡述其醜？一個獸性大發的不良青年挖出兄弟會同志的眼珠，用陽具猛戳他的腦袋。然後說：「這腦袋已經退化，乾得像老太婆的屄。」

他變成搖滾流氓。「我幹那個老屄。就像玩填字謎遊戲，結果〔outcome〕才是重點，如果它有結果的話。我老爸已經射精了嗎？我不能幹你，傑克，你即將成爲我的父親。就這個案例而言，較好的方法是割斷你的喉嚨，然後幹我老媽，來直的，勝過幹我老爸，或者做其他必要的修正〔mutatis mutandis〕，然後割掉我老媽的喉嚨，那個神聖的老臭屄，這是唯一阻止她的字彙辭庫⑳、凍結她資產的方法。我的意思說一個傢伙面臨戳人與被戳的角色轉換，沒有籌碼，不知道該向『偉大的老爹』獻上屁眼，還是撫弄老媽的乳頭〔torso job〕。給我兩個屄，一隻剛硬如鐵的雞巴，少用你的髒手碰我的蜜糖屁眼，你以爲我是逃離直布羅陀、紫屁眼的零號嗎？男的女的都照我的樣子閹割了他㉑。有誰搞不清楚自己的性別？你這個白人爛貨，我要割掉你的喉嚨。你給我像個乖孫子一樣，出櫃來，在這場勝負未分的戰役裡，見識一下汝尚未出世的母親。混亂已經竟其功，毀了他的精心傑作㉒。我認錯人，割斷清潔工的喉嚨。這老小子跟我老頭一樣，是個恐怖爛貨。況且，雞巴丟進煤炭槽裡，每根看起來都一樣。」㉓

讓我們回到災難現場吧。一個年輕人確實戳了同袍屁眼，後者渾身發抖，同時間，另一個年輕人切掉這位「雞巴受益者」最自豪的身體部位，以致這根參訪雞巴大大噴發，填補自然所厭憎的空無，對著**黑沼**射精，不耐煩的水虎魚一口咬住無緣出生的孩子——事實確鑿，它們不可能化育成人㉔。）

一個討厭鬼到哪裡都提著裝滿獎盃、勳章、獎牌與彩帶的手提箱，說：「這是我在橫濱的『最靈巧的性器具大賽』中得到的獎項。（攔住他，他情急了。㉕）日本天皇親自頒獎，熱淚盈眶，排名

---

19 Ancient Mariner，典故來自詩人柯立芝（Samuel Taylor Coleridge）的詩〈The Rime of the Ancient Mariner〉。

20 字彙辭庫（word hoard）是布洛斯發明的一種寫作技術。他定居於丹吉爾、巴黎、倫敦期間，隨時把湧上腦海的辭句記錄下來，累積大量「字彙辭庫」，而後再使用切割技術（cut-up）將完整的句子切割，隨意重組，往往得到新的意義。

21 Male and Female castrated he them，典故出自聖經創世記1:27，Male and Female Created he them，照著他的形象造男造女。

22 Confusion hath fuck his masterpiece，典故反轉自莎翁劇《馬克白》第二幕第三場的Confusion now hath made his masterpiece。

23 這段獨白是《裸體午餐》裡最難解的段落之一。首先，獨白主角是個搖滾不良少年，他的語言有諸多不合文法處，譬如I can't screw you, Jack, you is about to become my father。有時候獨白裡又穿插中古英語（Middle English），譬如Come out in the open my child like my grandchild meet thy unborn mother in dubious battle. Confusion hath fuck his masterpiece。顯示主角在獨白時擁有現刻身分（即作者布洛斯自己），以及古代角色的認同（殺父戀母的伊底帕斯是最佳對照人選）。

此段獨白的第一個重點是「填字謎遊戲」（crossword puzzle），用以暗示獨白主角的性別認同就是一個謎，他不知道自己該強姦母親還是謀殺母親（尤其是母親擁有解開字謎的字彙辭庫），或者乾脆謀殺母親、強姦父親，或者被父親強姦。他深思自己的性別傾向，字謎則用以暗示性欲的多重性。文中，提到like a crossword puzzle what relation to me is the outcome if it outcome，這個outcome有多重解釋，它可以當作高潮射精，也可作同性戀的出櫃。「見識汝尚未出世的母親」此句指的是無用的射精（請對照下一段），無法成孕。

這段曖昧難解的獨白可當作作者的表白，現實生活裡，布洛斯是個同性戀，卻又結婚生子，失手殺死老婆。他的一生就是文中所謂的「混亂的精心傑作」。本段註釋感謝白大維老師指點。

24 參訪雞巴的原文為visiting member，一語雙關，原意指訪客，但是同性戀俚語裡，member又指陽具。自然厭憎真空則是亞理士多德之語，他認為凡有空間必有物體，否定真空的存在。最後一句無緣出生的孩子是指射到水裡的精子無法使人受孕。

25 他，可能是指某個聽者急著想用此人得獎的性器具。

在後的參賽者以切腹刀閹割自己。這個彩帶則是我參加『戒毒協會』在德黑蘭舉行的『墮落大賽』所得到的獎品。」

「我偷打老婆的嗎啡（M.S.），她排出的腎結石跟希望鑽石（Hope Diamond）一樣大。所以我給她半顆偉加寧㉖，告訴她，『妳別期望能有多少緩解……嗎啡被我打掉了，現在，我要去享受自己的藥。』

「我從祖母的屁眼裡偷到一粒鴉片拴劑。」

憂鬱症患者用套索套住行人，給他穿上精神病患的緊身衣，開始講起他爛掉的隔膜：「應該會流出一大坨恐怖化膿的東西……你等著看吧。」

他抓住一位倒楣鬼的手指觸摸自己的手術傷疤：「你看看我鼠蹊部位的膿腫，我有淋巴肉芽腫……現在我要你觸診我的內出血。」

（此處提到的淋巴肉芽腫，是一種跟高潮有關的淋巴腺腫㉗，衣索比亞特有風土病，性病之一。衣索比亞傭兵一邊雞姦法老王，一邊揶揄說：「我們被叫做骯髒的衣索比亞人，不是沒原因的。」他們毒的很，像眼鏡王蛇。古代埃及紙草常提到這些骯髒的衣索比亞人。

這種病始於阿迪斯阿貝巴㉘，然後像〈Jersey Bounce〉這首歌所言㉙，野火燎原般傳開。現在是摩登時代，四海一家，淋巴肉芽腫傳播至上海、埃斯梅拉爾達斯省、紐奧良、赫爾辛基、西雅圖與開普敦。但是重心又移回故鄉，顯示該疾病顯著偏好黑人，本質上呢，還是白人優越論者的心肝寶貝〔white haired boy〕。但是毛毛派㉚的巫醫據說正在炮製一種專門針對白人的厲害性病。我倒不是說白人不會得淋巴芽肉腫：就有五個英國水手在尚吉巴染上此病。還有美國阿肯色州的『死黑人郡』

〔Dead Coon County〕，那兒可是全美土壤最黑，人心最白的地方——『黑鬼，天黑以後你可要小心啊。』——該郡驗屍官的陽具與屁眼都染上淋巴肉芽腫。病情曝光後，街坊組成的民兵自衛團雖是萬般歉疚，還是在郡辦公室的廁所活活燒死他。

「現在，柯林，想像你是罹患口蹄疫的牛。」

「或者罹患雞瘟的膽小鬼。」

「年輕人，你們不要擠啊。烈火上身，他的腸子隨時會爆開。」

這種陰莖〔short arm〕疾病性喜浪跡，不像某些坎坷的病毒，注定在壁虱或者叢林蚊子的體內憔悴而亡，不然就是在月光沙漠裡垂死胡狼的口水中壯志未酬。感染此病，病毒發動破壞，到達鼠蹊的淋巴腺，開始腫大、爆裂化膿，連續數天甚至數月數年地流瘍，排放出含有血絲腐爛淋巴、又臭又黏的東西。性器官象皮病是它常見的併發症，文獻記載壞疽嚴重的病人有過腰部以下從中間整個切除的紀錄，沒什麼幫助。女性通常是二手傳播，罹患部位在肛門。下賤到跟該種病患搞同性戀肛交做零

---

26 Veganin，一種可待因阿斯匹靈片，英格蘭便利商店有售。在歐洲，毋需處方箋即可取得此藥。此註解出自增訂版附錄〈Letter to Irving Rosenthal [1960]〉。

27 climactic buboes，這裡可能是作者故意筆誤，因為原文便加上括弧。climactic是高潮的，climatic是地區性或氣候性的。lympho-granuloma就是climatic bubo。由於lympho-granuloma又是腹股溝病，透過性交傳染，因此作者刻意以「高潮」代替「地區性的」。

28 衣索比亞的首都。

29 〈Jersey Bounce〉是Bobby Plater, Tiny Bradshaw, and Edward Johnson的作曲，歌詞提到某種節奏先是流行於Journal Square，而後透過廣播，傳遍全世界，一種超級有感染力讓你想隨之起舞的節奏，稱之為Jersey Bounce。

30 Mau Mau成立於一九五〇年代肯亞地區的激進運動，目的在驅除歐洲人的殖民。

號的人，就像虛弱且屁眼開始變成紫色的狒狒，還可能滋養出另一種奇特的病。一開始是直腸炎，轉移過程中可能不引人注意，但是伴隨直腸變窄，無可避免開始化腐流膿，得用蘋果去核器或者類似的手術工具，否則病人的屁氣與糞便都會從嘴巴出來，變成頑強口臭，無論是男是女、年紀多寡，只要歸類爲**現代智人**者，都沒法不排拒他。事實上，某個感染此病的盲眼老傢伙還被他的警用導盲犬拋棄呢，這隻狗還眞是個徹底的警察。以前，此病是藥石罔效。有的藥『治標不治本』，這個病連治標的藥都沒。近來，連續投以金黴素、土黴素，或者其他新的黴素，可以收效。儘管如此，仍有比率不低的患者跟高地大猩猩一樣頑強，難以治癒……因此，孩子，當那些令人不悅的蝨子在你的睪丸與雞巴上玩耍，像隱形的藍色生命力火炬[31]射向你的屁股時，套句T. J. 華生[32]的話，**仔細思索**。停止喘氣，開始觸診……如果你摸到淋巴腺腫，就要抽手，冷淡地用鼻音說：「你以爲我有興趣碰觸你那個恐怖的老病症啊？一點興趣也沒！」）

搖滾不良少年奔竄各國街道。衝進羅浮宮朝蒙娜麗莎的臉潑酸液。他們打開動物園、精神病院、監獄的門鎖，用空氣錘破壞水管，砍爛客機廁所的地板，射爛燈塔，把電梯的纜線銼到僅剩一條細纜，把排水溝變成輸水管，把鯊魚、魟、電鰻、巴西吸血鬼魚丟進游泳池。（巴西吸血鬼魚[33]像小號的電鰻，是約莫四分之一吋寬兩吋長的蟲，長年棲息於亞瑪遜盆地的某些流域，名聲很差，會咬住你的雞巴、屁眼，或者**退而求其次**〔faute de mieux〕，刺進女性的屄，以尖利的脊椎緊緊吸附被害人，動機爲何，沒人知道，因爲從未有人觀察過巴西吸血鬼魚在原生地〔in situ〕的生活周期。）穿著航海服的不良少年衝上「瑪麗皇后號」，全速撞進紐約港。跟客機與巴士乘客比賽對衝（play chicken），穿上白袍闖入醫院，手持斧頭、鋸子，以及三呎長的手術刀，把中風病人丟出鐵肺（然後在地上翻滾，模仿他們窒息的模樣，大翻白眼），以腳踏車輪胎幫浦給病人打針，切斷人工腎臟，用兩人操作的外科鋸齒把某女人切成兩半，把大群尖叫的豬趕入克爾白㉞，在聯合國的地板撒尿，拿合約、協定與盟書來揩屁股。

觀光客有的搭飛機，有的乘車、騎馬、騎駱駝、騎大象、開牽引機、騎腳踏車、駕蒸汽壓路機、步行、穿溜冰鞋、坐雪橇、撐著拐杖，或者踏著彈簧高蹺，紛紛奔向邊界，向毫不讓步的官僚要求庇護，以脫離「自由共和國無可名狀的情形」。商貿部試圖安撫阻止這群崩潰的人：「請安心。不過是幾名從精神病院所逃脫的病患罷了。」但是無效。

31 torch of orgone，orgone是奧地利精神病醫生 Wilhelm Reich 所提的理論，一種充滿宇宙的生命力。

32 T. J. Watson是IBM電腦創辦人。

33 candiru，巴西吸血鬼魚是一種寄生鯰，通常寄生於宿主魚鰓裡，但是對人類尿液氣味特別感興趣，會順著氣味游進人的尿道，勾刺固定身體，吸食宿主的血，吃掉附近的組織，宿主因大量失血和細菌感染而死。有時牠們的身體會因吸食大量血液而脹大，完全堵塞宿主的尿道，宿主因而死於尿中毒。

34 克爾白（Ka'bah）是亞伯拉罕獻以實瑪利時所築的祭壇僅剩的遺跡，是塊黑色石頭，穆斯林麥加朝聖時，必須繞克爾白七圈，象徵人與神的合一。

何塞利托

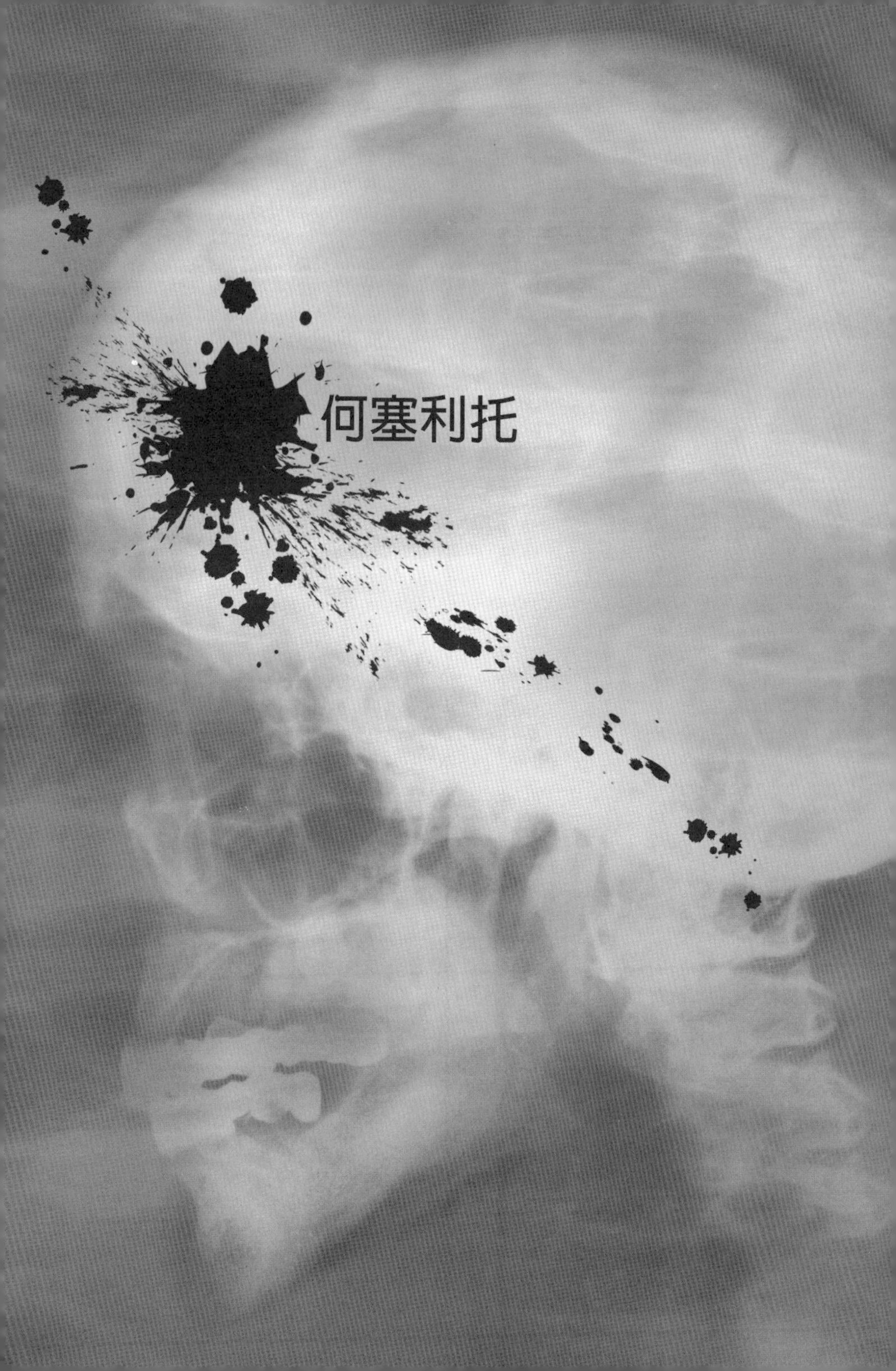

專寫強烈階級意識爛詩的何塞利托開始咳嗽。德國醫師略做檢查，修長細緻的手指觸摸他的肋骨。這位醫師身兼小提琴演奏家、數學家、西洋棋大師，擁有國際法理學博士學位，可以在海牙的廁所辦事①。他漠然冷硬地瞄一眼何塞利托的棕色胸膛。然後看著卡爾，露出有教養的人對同類人才有的笑容，蹙起眉頭，心中默想：

「爲了愚蠢鄉民的好，得迴避那個詞，是吧？否則，他鐵定嚇得尿褲子。柯霍氏桿菌與痰，在這裡，**都是**壞字眼吧？」

然後他大聲說：「只是肺部感冒（catarro de los pulmones）。」

卡爾跟醫師在外面的狹窄拱廊說話，雨絲從街道濺到他的褲腳，心想醫師不知道跟多少人說過同樣的話。階梯、草坪、車道、走廊、街道，都回映在醫師的雙眸裡……堆滿東西的德國壁櫥、印有蝴蝶圖案的托盤堆到天花板高，尿毒症的不祥氣味從門底滲出，郊區草坪灑水器的聲音，寧靜的叢林夜裡，瘧蚊的翅膀無聲滑過②。位於肯辛頓、鋪著厚地毯的隱密療養所：呆板的織錦椅、一杯茶，瑞典現代風的起居室，黃色盆裡插了水葫蘆。牆上掛著垂死醫學生的拙劣水彩畫，外面是鈷藍的北國天空，雲兒飄過。

「翁德許妮特女士，給我來杯燒酒。」

醫師面前擺了棋盤，一邊講電話：「損害很嚴重……當然，我還沒看螢光屏。」他拿起騎士，深思熟慮，換了一個棋。「是的……兩個肺……我很肯定。」他放下話筒，面對卡爾。「我發現此地人傷口痊癒特快，感染率很低。這兒的大麻煩是肺部……肺炎，當然，還有跟老忠泉一樣的……」醫師一把抓住卡爾的陰莖，彈跳起身，發出粗鄙農夫的哄笑。歐洲式的笑容顯示他毫不在乎此等幼童或者動物的淘氣行爲，繼續以詭異、無重音、支離破碎的英文緩緩說道：「跟老忠泉一樣準時報到的柯霍氏桿菌。」③他腳跟相碰④，低下頭：「要不然，這些蠢笨的混蛋農夫不斷繁衍，相連到海邊了，是吧？」他尖叫，把臉貼向卡爾。卡爾側身後退，背後是灰暗如牆的雨。

「可有治療的地方？」

「我想應該有類似**療養所**的地方，」他以曖昧猥褻的口吻拖長音說：「在首都區。我寫地址給你。」

「化學治療？」

潮溼的空氣裡，他的聲音聽來平淡又沉重。

「誰知道。他們不過是蠢笨的農夫，最爛的還是那種自稱受過教育的農夫。這些人不僅不該識字，甚至不該學說話。倒不必阻止他們思考，上天已經替我們辦了。」

「這是**地址**，」醫師低語，嘴唇未動。

他將揉成丸狀的紙條放到卡爾手中。骯髒的手指閃亮發光，摸著卡爾的衣袖。

1 此處是布洛斯的文字遊戲，原文用with license to practice in the lavatories of the Hague。Practice應為「執業」，廁所（lavatory）又與實驗室（laboratory）拼法類似。乍看，以為醫師可以在海牙的實驗室做事，其實是他可以在海牙的廁所辦事（性交）。

2 美版作者注：此處「無聲」並非暗喻，瘧蚊飛起來的確無聲。

3 此段作者用了兩次老忠泉（Old Faithful），老忠泉位於黃石公園，定時噴發，所以稱為老忠。老忠泉在同性戀俚語裡，又當作陽具。積滿東西就會噴發。因此，第一句話，醫師是指此地人多有肺病與性器官毛病，講到性器官，他便遐想自己握住卡爾的陽具。第二句老忠泉用的是Old Faithful Bacillus Koch，柯霍氏桿菌，亦即結核菌，意指肺結核菌定期襲擊此地。

4 腳跟相碰，是納粹敬禮前的姿勢，此處暗示醫師有納粹的人種優越思想。

「還有我的費用問題。」

卡爾塞將揉成一團的紙鈔塞給他……醫師遂遁入灰暗黃昏，鬼祟骯髒，有如年邁的毒鬼。

卡爾探訪何塞利托，乾淨的大房間，光線明亮，有私人衛浴與水泥陽台。空蕩清冷的房間，沒啥好說。黃色盆裡種了水葫蘆，鈷藍的天空，飄動的雲，他的眼神閃爍著恐懼。當他微笑，恐懼散飛成碎片般的光，謎一樣地躲在冰涼的屋角。我該跟他說些什麼？說我感覺被死亡包圍，入睡前腦海湧現破碎的小小畫面？

「明天我要轉到新的療養院。來看我。在那裡，我一個伴兒也沒。」

他咳嗽，吞了一顆可待因片。⑤

「醫師，我明白，我讀了一點東西，也聽了一些說法，我不懂醫學，也不想裝懂，但是就我所知化學療法早就取代療養院靜養，療養院靜養頂多作爲補充性療法。你同意嗎？我的意思是，醫師，看在你我都是人的份上，你誠懇告訴我，你對化學治療與靜養療法有什麼看法？你偏向哪一邊？」⑥

醫師的臉色像罹患肝病的印第安人，又似發牌員面無表情。

「誠如你所見，完全現代化，」他用循環不良的紫色手指指著房間：「衛浴設備……水……花朵……。一樣不少。」臉上掛著勝利的揶揄笑容，嘴裡吐出倫敦貧民區口音的英文，他說：「我會幫你寫封信。」

「寫信？給療養院？」

醫師的聲音從黑色岩石與散發虹彩的巨大棕色沼湖傳來：「家具……現代化又舒適。當然，你已親眼目睹了？」

卡爾看不清療養院的模樣，因為純裝飾性的門面塗了綠色灰泥，屋頂上造型複雜的霓虹燈不亮，對映著天空，顯得邪惡，等待夜色降臨。療養院顯然蓋在巨大的石灰岩海岬上，繁花與蔓藤深入海浪。空氣中花香濃郁。

司令官坐在格子棚涼亭下的長木椅。全然無所事事。收下卡爾交給他的信，邊看邊低語，左手指按在唇上。他將信插在廁所牆上的長釘。開始抄寫填滿數字的帳本。一刻不停。

破碎的畫面在卡爾腦海輕輕爆開，他的魂魄迅疾無聲離開身體。隔著長長的距離，他看見自己坐在小餐館裡，形象清晰輪廓鮮明。他嗑多了海洛因。老婆搖搖他，端了熱咖啡到他鼻尖。

屋外，一個聖誕老人打扮的老毒鬼正在販賣聖誕徽章。他以遊魂毒鬼的口吻低語：「各位，請一起打擊肺結核。」救世軍合唱團裡的同性戀足球隊教練們齊聲唱：「甜蜜說拜拜。」⑦

卡爾飄回自己的身體，一個被拘困人間的毒鬼遊魂。

「當然，我可以賄賂他。」

5 codeineeta，南美洲語的可待因片。

6 作者用partisan，一語雙關。一方面是詢問醫師比較偏向哪種療法？一方面暗指醫師的納粹性格，二次大戰期間，你不是反抗納粹，便是與納粹站在同一邊。此註解謝謝白大維老師指點。

7 〈In the Sweet Bye and Bye〉，描寫死亡告別，終將在另一個世界相遇的歌謠。販賣徽章，防治肺結核。早年肺結核盛行時，許多國家都推出防治肺癆的義賣品。台灣以前也有防癆郵票。

司令官一根手指敲著桌面，哼著〈穿越麥田而來〉⑧。先是遙遠，而後緊急逼近，像船兒觸礁前一秒緊急嘶吼的霧號。

卡爾從褲袋拉出半張鈔票……司令官站在一大排置物櫃與保險箱前。他看著卡爾，像負傷動物，眼裡失去神采，垂死，無助恐懼，映照出死亡的臉孔。半張露出褲袋的紙鈔，濃郁的花香，卡爾突然渾身無力，呼吸停止，血液不動。他好像掉入巨大的錐形物，一路旋轉到暗處。

「化學療法？」他的肌膚迸出尖叫，穿過空蕩的更衣室、軍舍、發霉的度假旅館、肺結核療養院裡咳嗽聲不斷的鬼魅走廊，老人之家與廉價旅館的低語以及刺鼻的灰色洗碗水、寬敞且積灰的海關棚子與倉庫、破碎的柱廊、汙漬的阿拉伯紋飾、無數「玻璃」撒過尿而薄如紙片的鐵尿壺、蔓草叢生的廢棄廁所、回歸土壤的糞便散發出霉味、垂死者墳前宛如陽具樹立的木條，悲哀如風中樹葉，一棵棵樹漂流寬闊的棕色河面，綠蛇躲在樹幹間，狐猴眼神哀傷望著河岸遠方的廣大平原（禿鷹翅膀枯索劃過乾燥的空氣）。道路遍佈破損的保險套、海洛因的空蓋，被擠乾的K.Y.潤滑劑，好似夏日豔陽下的肉骨粉⑨。

「我的家具，」司令官的臉發亮，好像緊急閃光燈照耀下的金屬。他的眼睛逐漸失去生氣，一陣臭氧飄過房間。新嫁娘在角落的聖壇對著蠟燭喃喃自語。

「全是崔克公司出品⑩……現代化，優質……」他像白癡頻頻點頭，流涎。一隻黃貓拉扯卡爾的褲管與小腿，躲進水泥陽台。雲彩飄過天空。

「我可以拿回訂金。到其他地方重新開始，做點小生意。」他像機械玩具不斷點頭微笑。

「何塞利托！！！！」當這個名字颯颯飛過空中，而後漸邈，鬥牛場上、賽球與腳踏車競速的男孩紛紛抬起頭來。

「何塞利托！……帕可！……佩佩！……安立奎！……」男孩的哀傷吶喊飄浮在溫暖的夜裡。

崔克公司的標誌像夜行動物翻動，爆裂成藍色火焰。

8 〈Coming Through the Rye〉，著名詩人Robert Burns的詩作，改編為歌謠，也是小說《麥田捕手》的典故來源。

9 肉骨粉（bone meal）是肉品加工廠、屠宰場的副產品，包括血液、毛髮、蹄、角、皮渣、糞、胃及瘤胃內容物等，還有已榨油乾燥的帶骨動物組織。

10 Trak，此註解出自增訂版附錄〈Letter to Irving Rosenthal [1960]〉。布洛斯說Trak是他筆下一家「性愛與做夢用品」公司的名稱，預備放在構思中的《裸體午餐》續篇裡。

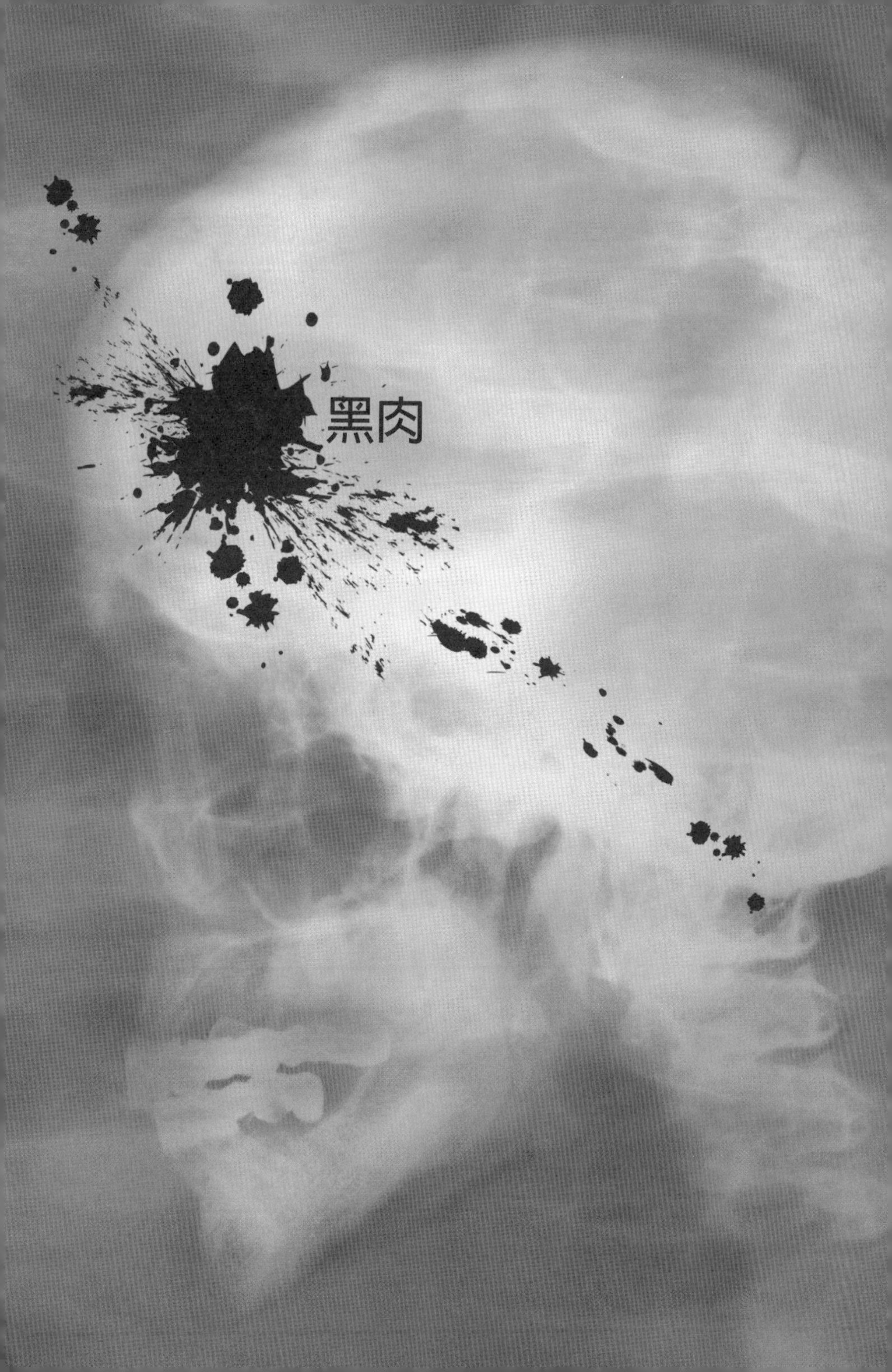

黑肉

「我們是朋友吧？」

擦鞋男童擺出招徠顧客的笑容，看著水手死寂冰冷如海底深處的雙眼，這雙眼睛毫無溫度、慾望、恨意，或者擦鞋童經驗過的任何感情，他從未看過其他人有這樣的眼睛，冰冷又狂烈，非人，像掠食者。

水手傾身向前，一隻手指放在男孩的手肘內部，死氣沉沉的毒鬼低語聲說：「孩子，如果我有這樣的血管，鐵是要大大痛快一番。」

他笑了，那是昆蟲的黑暗笑聲，可能有隱諱如蝙蝠吱吱聲的導航功能。水手笑了三次。停住笑聲，一動也不動，仔細聆聽內在。他接收到海洛因的寂靜頻率。水手的臉平滑，像黃蠟鋪在高高的顴骨上。半根菸時間過去了，他知道如何等待。但是他的眼睛因可憎的饑渴而燃燒。他抑制迫切的表情，緩緩半轉臉龐，打量（case）剛進門的人。「終極胖子」坐下來，空茫如潛望鏡的眼睛掃描餐館。當他的眼神掃過水手，他微微點頭。唯有毒癮病患的赤裸神經能夠察覺這麼微細的動作。

水手給擦鞋童一個銅板。飄然晃到胖子的桌旁坐下。他們沉默許久。這間小餐館蓋在白色石壁峽谷的底部，依斜坡而建。城市人如魚大批湧進，無聲滑過寂靜，全被邪惡癮頭與昆蟲般的慾望玷汙了。上燈後的餐館有如潛水鐘，纜線斷裂，沉到黑色海底。

水手在格倫格子呢外套的翻領上摩擦指甲。閃亮的黃板牙吹著短旋律口哨。當他走動，衣服的霉味飄散，類似廢棄更衣室的蒙塵味道。他研究手指，眼神專注如磷光。

「有好貨，胖子，我可以弄到二十個。當然，得預支一個。」

「就憑你口頭說說？」

「當然我口袋裡現在沒有二十個蛋①，我告訴你，它們跟清湯凍一樣，只要掀開管蓋，輕輕一推就成。」水手看著指甲，好像在研究航海圖。「你知道我一向說到辦到。」

「那就三十個吧，先來十個。明天同一時間。」

「我現在就需要一管，胖子。」

「你出去逛一下，就可以弄到。」

水手晃蕩到廣場。一個街童硬把報紙塞到水手面前，遮掩裡面的筆。水手繼續往前走。抽出筆，肥厚結繭的粉紅色手指將筆一折兩段，好像敲開核桃。他從中抽出鉛管，用小彎刀將鉛管尾部切掉。黑色煙霧瀰漫而出，懸盪於空中好似燃燒的毛裘。水手的臉融化了。他的嘴向前捲起形成長管，吸進黑霧，震顫如超音速蠕動，消失於粉紅色的無聲爆炸中。水手的臉再度聚焦，銳利清晰，令人無法直視，燃燒的黃色毒品烤焦了百萬個尖叫毒鬼的灰色腰腿。

他彷彿對鏡自語：「這夠撐上一個月的。」

這個城市的所有街道均緩坡下降至深處峽谷，形成一個廣袤的腎臟形黑暗廣場。街道的牆壁與廣場鑲嵌著一個個小洞室與簡餐館，有的入壁僅數呎深，有的延伸成許多房間與走道構成的網絡，看不到盡頭。

橋樑、狹小甬道、電纜車層層十字交叉，罹患緊張症的青年男扮女裝，穿著粗麻或者爛氈布做成的長袍，塗著粗糙濃厚的亮彩，遮掩藍灰色顴骨上多次遭到毆打的層層傷痕，以及破裂化膿形狀繁複的傷口，他們以沉默直拗的態度推開行人。

---

1 毒品俚語裡，蛋（egg）指塊狀海洛因。此處，布洛斯把水生蜈蚣的黑肉比喻為海洛因。

黑色岩石與散發虹彩的棕色沼湖有條小徑，裡面有巨大的黑色水生蜈蚣「黑肉」（Black Meat），體型可達六呎。黑肉商人躲在經過偽裝、唯有食肉者（Meat Eaters）才看得見的廣場凹地展售這些麻痹的甲殼類動物。

以伊楚利亞語塗鴉、從事難以想像過時行業的學徒，對尚未合成出來的毒品上癮的毒鬼，第三次世界大戰的黑市販子，心電感應切斷者，心靈整骨療法者，調查偏執狂冷漠棋手譴責侵權案的檢察員，以青春型精神分裂症速記手法零碎記載的搜索狀，遞狀員控訴他們的心靈遭到無可言喻的摧殘，不合憲的警察國家官員、販賣脆弱夢想和鄉愁的掮客拿毒癮者的敏化細胞做實驗，以物易物，換取意志力的原料，喝下重液的人被封在半透明琥珀夢裡。

邂逅咖啡館佔據了廣場的一整面，是個大迷宮，由廚房、餐館、小臥室、危險欲墜的鐵陽台，以及通往地底浴池的地下室組成。

裸體的糖水怪②踞坐在覆蓋白錦緞的踏腳凳，用雪白吸管啜飲彩色透明糖漿。糖水怪沒有肝臟，唯一營養來源就是糖。它們的嘴唇藍紫細薄，覆蓋在黑骨尖銳如剃刀的喙上，爭奪顧客時，利嘴常將對手撕成碎片。該生物勃起的陽具會分泌一種減緩新陳代謝、延長壽命、令人成癮的液體。（事實證明所有長壽藥劑都令人上癮，癮頭與延緩壽命的效力成精確正比。）對糖水怪液體上癮的人稱作「爬蟲」。數隻骨頭柔軟、膚色暗紅的爬蟲飛躍過椅子，綠色軟骨的扇形冠上面覆蓋了直立中空的毛髮，吸收耳朵後面噴濺出來的液體。扇形冠在看不見的氣流裡擺動，也可當作溝通工具，唯有爬蟲能解。

兩年一度的大恐慌，粗野赤裸的夢警察（Dream Police）衝進本市，糖水怪躲進最深的壁縫逃難，封在陶土小室，以體溫急凍法一躲數星期。灰色恐怖時期，爬蟲疾走，速度越來越快，驚聲尖叫，以超音速彼此交錯而過，軟冠在昆蟲苦痛的黑風中噗噗作響。

夢警察分解成一團團腐爛的靈外體，老毒鬼在毒癮發作、又是咳嗽又是吐痰的清晨裡，將它們一把掃掉。藥頭帶著裝滿糖水怪液體的雪花石膏甕進來，爬蟲遂被安撫了。

空氣再度寧靜，清澈如甘油。

水手看到他的爬蟲。他飄然到它面前，點了一劑綠色糖漿。爬蟲的嘴狀如棕色軟骨做成的小圓盤，綠色眼睛沒有表情，幾乎被薄薄的眼膜覆蓋。水手足足等了一小時，爬蟲才發現他的到來。

「有沒有蛋可以給胖子？」他的話語掀起氣流，攪亂爬蟲扇冠的頭髮。

又花了兩小時，爬蟲抬起三隻長滿黑絨毛的粉紅色透明手指。

好幾個食肉者趴在嘔吐物中，無力行走。（黑肉就像發黴的乳酪，超級好吃又超級噁心，食者吃了吐、吐了再吃，直到完全無力。）

一個滿臉油彩的年輕人滑了進來，抓住一隻黑色巨大的爪子，後者散發的甜膩噁心味道盤旋在整個簡餐館裡。

2 mugwump，原指美國一八八四年拒絕支持共和黨總統候選人的共和黨員。源自印第安語，原為頭人，後引申為一、政治上的騎牆派。二、政治上的巨頭。三、獨立選舉人。Mugwump用在本書，應該有「對性傾向搖擺不定」的意思。

醫院

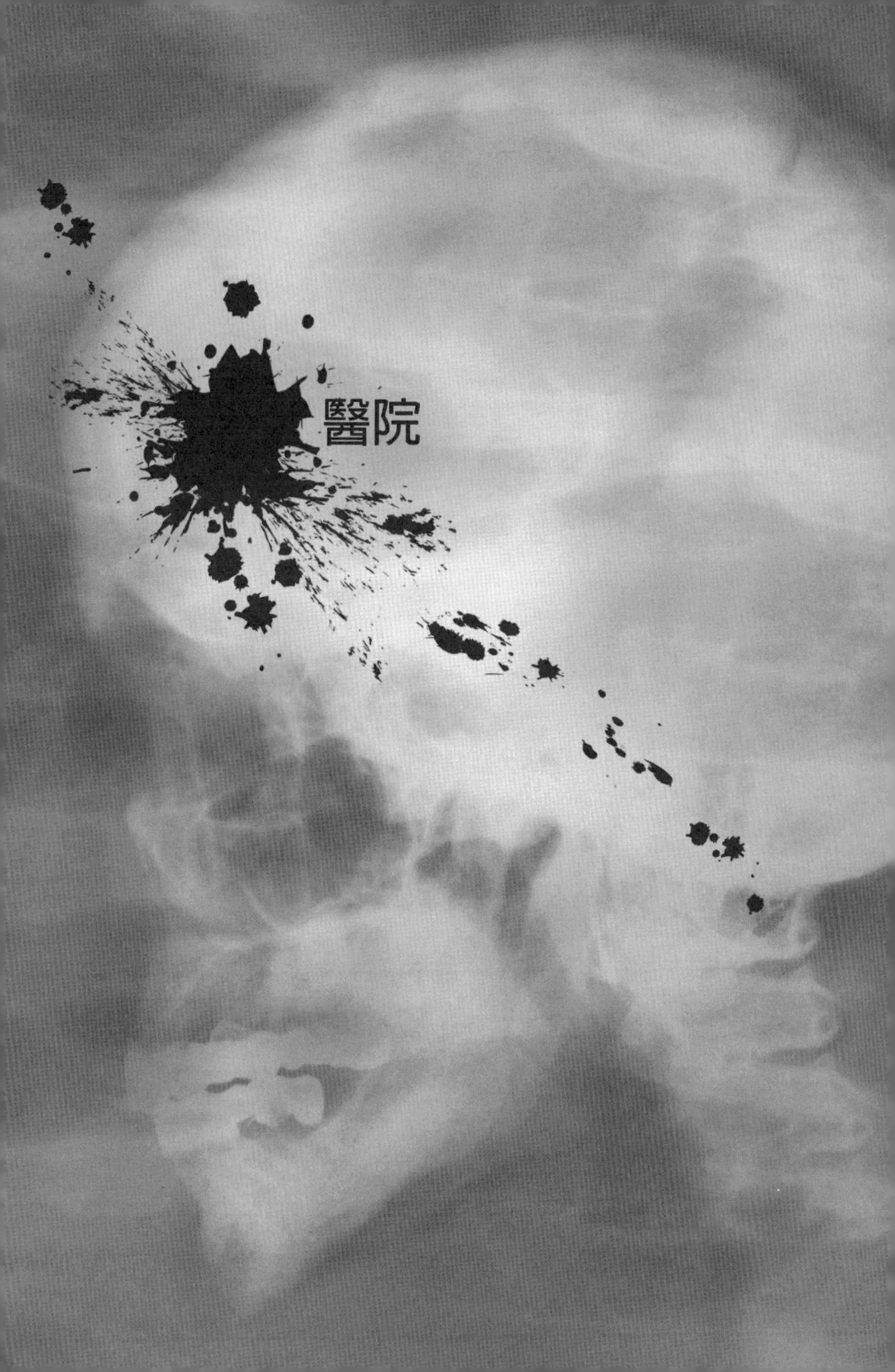

乏味部門：密探威利在哈山醫院接受治療……醫院緊臨公墓……火葬就在天井舉行……職業哭墓人在等候室與走廊糾纏死者親屬。

解毒筆記：

禁斷的早期症狀是偏執……每樣東西看起來都是藍色……肌膚僵死，慘白，單調。

禁斷噩夢：

掛著一整排鏡子的簡餐館。空無一人……等候……一個穿棕色連帽寬袍、瘦削矮小的阿拉伯人現身側門，灰色鬍鬚，灰色臉蛋……我手裡的酸液罐沸騰……迫切的衝動下，我將酸液潑向他的臉……。

每個人看起來都像毒鬼……。

在醫院天井散步……有人趁我不在，偷用我的剪刀，上面沾了紅棕色的黏稠噁心物……毫無疑問，那個女僕小賤貨偷去剪她的月經布。

相貌醜陋的歐洲人蝟集於樓梯，我要服藥，他們擋住護士的路，我要洗臉，他們朝盥洗槽撒尿，霸佔馬桶數小時……可能正朝屁眼裡撈挖用指套藏起來的鑽石。

事實上，整批歐洲人住進我的隔壁房……老母親要開刀，女兒馬上搬進來，確保那老屄得到合適的照護。陌生的訪客，應該是親戚吧……其中一人把鑑定珠寶時套在眼睛上的儀器當作眼鏡……應當是個走下坡的鑽石切割工。他就是搞爛思羅克莫頓鑽石，被驅出鑑定行業的人……所有珠寶商穿上罩袍，圍繞著那顆鑽石，等待該男子的到來。千分之一吋的誤差就會毀掉整個鑽石……因此，他們特地從阿姆斯特丹把此人請來……他手持氣動錘，醉醺醺進來，把鑽石砸個粉碎……。

我搞不清這些人的來歷……阿列坡的毒販[1]？……布宜諾斯艾利斯的早產牛走私客？約翰尼斯堡的非法鑽石買家？……索馬利蘭的奴隸販子？最起碼也是從犯……。

繼續夢到毒品：尋找罌粟花田……戴黑色軟呢帽的走私客指示我去「近東簡餐館」……裡面有個侍者有南斯拉夫鴉片的人脈……。

跟身穿風衣繫白腰帶的馬來女同性戀買海洛因……我在博物館的西藏區偷走那劑海洛因。她想盡辦法要偷回去……我得找地方來一管……。

禁斷最艱難的階段不是初期的尖銳痛苦，而是擺脫毒品媒介的最後階段……每個細胞都感到恐慌，夢魘般的插曲，生命擺盪於兩種存在間……在此關鍵時刻，你對毒品的渴望集中於傾巢而出的最後一次癮頭，你幾乎擁有夢幻成眞的力量：譬如因緣際會，毒品就化現在你的眼前……譬如你遇見老派的海洛因客[2]，盜取醫院藥物的看護，或者正在寫禁藥處方箋的醫師……。

警衛穿著人皮制服，黑色鹿皮夾克，腐爛黃板牙做成的鈕扣，光亮的印第安紅銅色彈性套頭衫，北歐陽光風情的青少年便褲，年輕馬來農夫硬繭腳板穿過的拖鞋、打結的灰棕色領巾塞在襯衫裡。（灰棕色〔ash- brown〕是棕膚之下的灰色。偶爾你會看到黑白混血人有這種膚色，這種色彩的

1 阿列坡（Aleppo），敘利亞第二大城。

2 原文為schmecker，海洛因或古柯鹼的愛用者，源自意第緒語，意指「吸一口」。

混合不會褪掉，棕在上，灰在下，宛如油不溶於水。）

警衛穿著時髦，因爲他沒事好幹，收入都存起來買上好衣裳，一天三次在巨大的放大鏡前換裝。他有拉丁美洲人的俊美平滑臉蛋，細如鉛筆線的鬍鬚，小小的黑眼珠空洞且貪婪，是不會做夢的昆蟲眼。

當我抵達邊境，警衛衝出崗哨，脖上掛著木框鏡子。他企圖拿下鏡子……有人抵達邊境，這是空前之舉。警衛拿下鏡框，傷到了喉結……失聲……他張開嘴，舌頭在裡面彈跳。平滑空洞的年輕臉蛋，張大嘴，舌頭亂動，景象醜惡無比。警衛舉起手，身體不聽指揮，抽搐痙攣。我走過去，解開攔路的鐵鍊，鏗鏘掉落岩石地面。我穿過邊界。警衛站在迷霧中目送我離去。重新鎖上鐵鍊，回到崗哨，開始拔鬍鬚。

他們剛剛端來所謂的午餐……一個已經剝殼的全熟水煮蛋，我從未見過這樣的蛋……非常小，棕黃色……可能是鴨嘴獸下的蛋。橘子裡面是隻巨大的蟲，橘肉所剩無幾……這還真是早起的鳥兒有蟲吃……在埃及，如果蟲兒跑進你的腎臟，會不斷長大，最終，腎臟只剩包裹蟲兒的薄膜。勇猛的饕客視此蟲爲無上珍品，據說美味至極，言語難以形容……跨際區③有個綽號「法醫阿密德」的驗屍官靠走私這種蟲賺大錢。

法國學校正對我的窗戶，我用八倍的望遠鏡窺視男學童……近到幾乎觸手可及……他們穿短褲……凍寒的春日早晨，腿上的雞皮疙瘩清晰可見……透過望遠鏡，我將自己投射出去，過街，我是走在晨光中的幽靈，被看不見的慾望折磨撕毀。

我在馬尾藻海前遇見馬福，他身邊有兩個阿拉伯男孩，說：「想看這兩個小孩相幹嗎？」

「當然，多少錢？」

「我想五毛錢，他們就肯了。餓壞了。你知道的。」

「我就想看他們這麼幹。」

我覺得自己像個猥瑣老頭，但是誠如索倍拉・德・拉・福羅（Sobera de la Flor）在轟掉一個爛貨，帶到O吧汽車旅館姦屍，被條子逮捕後遭到譴責時所言：「**生命就是如此啊**。」「誰叫她本來就一副冷若冰霜的死人樣④，」他說……「我沒必要聽她鬼叫。」（福羅是墨西哥罪犯，無故殺了幾個人。）

廁所反鎖，足足三小時……我想被他們拿來當開刀房了……。

護士：「醫師，我摸不到她的脈搏。」

班威醫師：「或許她把貨藏在指套塞進屄（snatch）裡。」

護士：「腎上腺素，醫師？」

班威醫師：「夜班門房把腎上腺素幹光，爽翻。」他四下瞧瞧，拿起通馬桶的橡膠吸盤……走

3 原文用interzone，布洛斯最初的手稿寫的是國際區（international zone），影射地點為二次大戰之後的摩洛哥丹吉爾市，充斥各國勢力與人種，後來簡化為interzone，不僅涵蓋人種的混雜，也意指吸毒者自由出入意識與時空。美版的《裸體午餐》與法國奧林比亞版不同，包含許多《Interzone》初稿的素材。

4 原文用she played hard to get already是一語雙關，hard指此女難搞，也指此女已死，身體硬邦邦。

到病人面前……「林夫醫師，切開，」對著嚇呆的助理說：「我要按摩她的心臟。」

林夫聳聳肩，開始動刀。班威醫師把吸盤伸到馬桶裡，轉圈清洗，咻咻作響……

護士：「不用先消毒嗎，醫師？」

班威醫師說：「很可能需要，但是沒時間了。」他把通馬桶的吸盤當藤椅坐，注視助手切開病人……「你們這些年輕膽小鬼，擠個青春痘都得用到電動解剖刀與縫合……不久的將來，我們將能以遙控技術在素未謀面的病人身上遠距開刀……到那時，我們不再需要開刀技能，變成只會按鈕的人……開刀技術與就地取材的本領都將失傳了。我講過有一次我被迫用生鏽的沙丁魚罐頭切除盲腸嗎？還有一次我什麼開刀器具也沒，得用牙齒咬掉子宮腫瘤。這事發生於上埃芬迪區，此外……。」

林夫：「切好了，醫師。」

班威醫師將通馬桶的橡皮吸盤塞入切口，上下擠動。鮮血噴濺到醫師護士與牆壁……吸盤發出恐怖的啾啾聲。

護士：「我想她死了，醫師。」

班威醫師：「喔，常有的事。」他走到房間另一頭的醫藥櫃……「他媽的哪個毒鬼用衛浴清潔劑給古柯鹼摻水！護士！叫個男孩馬上拿處方箋去買藥。」

班威醫師在禮堂型的手術室開刀，擠滿學生：「男孩們，現在要進行的手術很少見，因爲……它毫無醫學價值。沒有人知道它的原始用途爲何，或者有何用處。我個人認爲它始於純粹的藝術創作。就像鬥牛士自陷險境，然後以技術與知識幫助自己脫困，這個手術嘛，醫師故意讓病人陷入險境，然後以不可思議的速度與敏捷，在最後一秒鐘將病人從死亡邊緣救回來……。」

「你們有人看過泰特拉齊尼醫師表演[5]嗎？我故意選擇這個詞，因為他的手術就是演出。開場，他把手術刀從房間這頭扔到那頭，插到病人身上，然後像芭蕾舞星進場。他的速度驚人，說：『我不給病人死亡的時間。』碰到腫瘤，他就抓狂：『幹他媽的不受規範的細胞！』齜牙咧嘴，像持刀械鬥者步步進逼腫瘤。」

一個年輕人躍進手術區，揮舞手術刀，衝向病人。

班威醫師說：「插花的（espontáneo）！擋住他，省得他割掉我病人的內臟。」

（espontáneo源自鬥牛術語，指觀眾突然跳入鬥牛場，拿出預藏的披風，與牛兒鬥了幾招，就被拖下場。）

看護與這個插花的傢伙扭打成一團，終於他被趕出大禮堂。痲醉師趁亂從病人嘴裡盜走一大塊黃金假牙填料。

行經我昨日搬出的十號病房……我猜搬進去的是產科病人……便盆裡都是血與衛生棉，還有無以名狀的女性物質，足以汙染整個大陸……如果有人到此病房探望我，鐵定以為我分娩了一個畸形怪胎，而國務院正在設法防止此一消息走漏……。

5 原文用perform，可做執行、進行、演出，此處是一語雙關，手術執行有如演出。這位醫師叫做Tetrazzini，典故可能來自花腔女高音Luisa Tetrazzini，影射此君喜歡炫技。

〈我是美國人〉[6]的樂音……一個老傢伙穿條紋褲和外交官的日間常禮服，站在披掛美國國旗的講台上。精神衰敗的男高音裹著束腹，幾乎撐破了丹尼爾．布恩[7]的戲服，在管絃樂團伴奏下高唱美國國歌，略微口齒不清……。

外交官正在閱讀長長的報表，紙帶越來越長，纏繞腳邊，他說：「我們絕對否認有任何美利堅共和國的男公民……。」

男高音：「噢，汝能看見……」[8]他的聲音破裂，變成假音，高高飄起。

控音室裡，音控師正在調蘇打粉，打了個飽嗝：「這個天殺的男高音是同性戀藝人（brown artist）！[9]」他尖酸喃喃道。「一個尋常的角色（Mike），廢物，」吶喊聲變成暴怒噴發：「切掉這個玻璃屁貨（swish fart）的播音，給他紫色條子[10]。他已經完蛋了……叫那個變性的女同性戀運動員上場……至少她還是個全職男高音……**服裝**？幹他媽，我怎麼知道？我又不是服裝部門那個男同性戀設計師！**這是啥**！因為安全理由，整個服裝部門關閉？你以為我是誰啊？八爪章魚嗎？讓我想想……不如來演印第安人那一套？波卡洪塔絲（Pocahontas）還是海華沙（Hiawatha）？不行，不對。有些愛耍嘴皮的市民會嚷嚷說把土地還給印第安人吧。要不，南北戰爭的制服，北軍的外套、南軍的褲子，象徵南北大團結？她可以打扮成水牛比爾、保羅．李維爾（Paul Revere），或者那個死也不肯放棄大便的市民，對不起，我說的是棄船而逃[11]，她也可以扮成美國大兵、步兵，或者無名烈士……這個點子棒……把她放在紀念碑裡，這樣，大家都不用看到她……。」

這位女同性戀躲在紙糊的凱旋門裡，巨大的肺部吸滿氣，發出難以置信的吼聲。

「噢，你說那星條旗是否會靜止……。」

一個大裂口讓凱旋門從頭到腳裂成兩半。外交官忍不住摸摸額頭，嘆息……。

他說：「凡在跨際區或者其他地方產子的美國男公民……。」

「在自由的土地上—上—上—上……。」

外交官的嘴還在動，但邈不可聞。音控師遮住雙耳尖叫：「聖母娘娘啊！」他的假牙像口簧琴震動，咻地自嘴裡飛出……他憤怒捕捉假牙，落空，以手遮嘴。

凱旋門撕裂，墜落於地，女同性戀現身，站在腳凳上，身上只穿豹紋護身丁字褲以及巨大的義乳托子……她站著傻笑，展示粗壯肌肉……音控師趴在音控室地上找假牙，發出無法明辨的指示：

「超營素音高，把她趕粗去。」⑫

外交官抹抹額頭汗水，說：「至於，任何類型的造物，無論外表爲何……。」

「以及勇者的家園。」⑬

---

6 〈I'm An American〉，一九四〇年代的愛國歌曲，Ira Schuster, Paul Cunningham, Leonard Whiteup 的詞曲。

7 布恩（Daniel Boone）是美國拓荒時期最早發現肯塔基林地的人。

8 此處引用美國國歌的第一句Oh, say can you see，男高音因為口齒不清，發音成Oh thay can you thee，s均發音為th。

9 brown有兩個可能性，一個是毒品俚語裡的海洛因，一個是指深入肛門，是男同志的貶抑稱呼。正好和後面一句的swish fart對應。

10 原文為purple slip，一語雙關，英文裡pink slip是解聘通知書。Purple則是同性戀的代表色。

11 這裡是音控師的口誤，把船（ship）說成大便（shit）。

12 音控師假牙飛掉，發音不全。此句Thess thupper thonic!!Thut ur oth thu thair!應為「超音速音高，把她趕出去」（That's supersonic!! Throw her out of here!）。

13 此句仍是美國國歌的一部份。

外交官臉色灰白，步履蹣跚，被報表紙卷絆倒，委頓靠在扶手上，眼睛、鼻子、嘴巴冒血，即將因腦溢血而亡。

外交官（聲音弱不可聞）：「外交部否認……這個非美……已被消滅……我的意思是它從來不是……絕對……」**氣絕**。

音控室裡，控音座飛爆出去……房間全是電流嗶啪聲……赤裸的音控師全身焦黑，像《諸神的黃昏》裡的人物踉蹌尖叫：**「超營素音高，把她趕粗去。」**最後的爆炸將他化為齏粉。

在暗夜中明證
我們的國旗依然屹立……。

毒癮筆記

兩小時打一次優古達（Eukodol）⑭。我有塊地方，一針便可插進血管，那裡的肉總是敞開，像紅色潰爛的嘴，膿腫又猥褻，注射後，一滴血與膿汁慢慢漏出……。

優古達是可待因一雙羥基一可待因的化學衍生物。

這玩意上來的感覺比較像古柯鹼，不像嗎啡……走水路打古柯鹼，純粹的愉悅感直衝腦門……十分鐘後，你就想再來一管……嗎啡的快樂感則作用於內臟……注射完，你仔細聆聽內在的自我……靜脈注射古柯鹼就像腦部通電，啓動了古柯鹼的快樂連結……停止使用，不會出現禁斷症候群。因為對古柯鹼的需求純屬腦部，毋需身體與感情。是人間遊魂的需求。對古柯鹼的渴望只會持續幾個小時，愉悅連結不再受到刺激，欲望就沒了，拋諸腦後。優古達像是海洛因與古柯鹼的結合。我猜是德國人弄出這麼邪惡的東西。優古達就像嗎啡，強度是可待因的六倍。海洛因又六倍強於嗎啡。雙羥基海洛因應當六倍強於海洛因。很有可能會開發出成癮力超強的藥，用過一次，就終身成癮。

毒癮筆記（續）

拿起針筒，左手同時拿起壓血橡皮管。我認爲這是徵兆，代表我將在左臂找到可用的血管。（這是習慣性動作，你用哪隻手拿橡皮管，就是那隻手綁起來注射。）針頭順利戳進結痂組織的邊緣。暈頭轉向。突然，一柱薄薄的血衝進針筒，清晰固著，宛如紅繩。

身體自己知道哪根血管還可用，當你準備注射，它便傳遞訊息傳給你……有時，針筒會像探礦棒自動指出可用的血管。有時你得等待。我總是能找到血管。

滴管的尾端冒出一朵血蘭花。他遲疑了整整一秒，按下吸球，注視液體衝進血管，彷彿被饑渴沉默的血液吞吮。薄薄一層泛虹彩的血液仍留在滴管裡，白色紙圍條[15]浸滿血，好像繃帶。他將滴管注滿水，將水噴出，就在這時，藥效衝擊胃部，甜蜜且輕柔的一擊。

低頭看我的髒褲子，幾個月沒換了……光陰飄然而過，繫於針筒裡的那條血絲……我忘記性愛以及身體的其他敏銳愉悅——只是一個追求毒品的灰色鬼影。西班牙男孩叫我 El Hombre Invisible——隱形人。

14 經查並無Eukodol藥品名，應為Eukodal之誤。

15 原文為collar，小條紙，圍住滴管，讓針頭與滴管更密合，注射時不會噴漏。

每日清晨二十下俯地挺身。嗑毒會減掉身上的油脂，肌肉多少還算完好。毒鬼似乎不太需要肌肉組織……有無可能分離出海洛因裡的除油分子呢？

上藥局搞藥，越來越困難（static），止不住喃喃抱怨，好像電話沒掛好的嗡嗡聲……搞了一整天，直到下午六點才弄到兩盒優古達……。

快沒錢，也快沒血管可用了。

一直處於嗑藥後的昏睡狀態（nod）。昨晚有人捏我手臂，驚醒過來，原來是我的另一隻手……看書看到睡著，每個字都有密碼意義……瘋狂執迷密碼……人會染上各式疾病，合組成密碼訊息……。

在D. L.面前注射海洛因。在髒腳上尋找血管……毒鬼沒有羞恥心……旁人的嫌惡無法滲透他們。我懷疑性慾不存，羞恥焉附……伴隨非性慾的社交能力喪失，毒鬼也失去羞恥心，前者也是依附原欲（libido）而存的……毒癮者不把自己的身體當人，只是工具，用來吸收賴以生存的媒介，以馬販的冰冷之手探摸評估肌肉組織。死魚眼對著損毀的血管，「打這裡，沒用了！」

使用新型安眠藥正丁巴比妥（Soneryl）……沒有昏昏欲睡感，直接進入睡眠……沒有過渡階段，猛地就跌入夢境……夢中，我被關在犯人營，好幾年營養不良……。

總統是個毒鬼，礙於身分地位，沒法光明正大用毒。因此，他透過我解癮……三不五時，我們連絡，幫他充電。這類接觸在普通人看來像是同性戀行爲，眞正的興奮感不在性，而是充電完畢後脫離的高潮。勃起的陽具是接觸工具，至少，一開始是採用此法，但是接觸點就像血管，慢慢耗竭失效。現在，我偶爾得把陽具從他的左眼瞼下插入。當然，我可以採用滲透壓法（Osmosis Recharge），跟皮下注射差不多，不過這麼做是默認失敗。每次用滲透壓法，總統老是沮喪數個星期，搞不好還會導致原子戰爭廢墟。爲了隱瞞自己的毒癮，總統付出極大代價。放棄所有的控制權，像個胎兒，處處仰賴他人。這類「隱匿性毒鬼」（Oblique Addict）承受所有的主觀恐懼，陷入無聲的靈外體瘋狂狀態，全身骨頭痛到極點。緊張升高，缺乏感情內涵的純粹生猛精力撕裂他的身體，讓他胡蹦亂跳，好像遭到高壓電擊。如果斷然切掉他的充電接觸，隱匿性毒鬼馬上陷入猛烈的電擊痙攣，骨頭崩散，死時像骷髏亟欲爬出令他無法忍受的肌膚，直奔最近的墓地。

一個O. A.（隱匿性毒鬼）跟他的R. C.（充電藥頭）關係是十分緊張的，只能短暫容忍彼此的相伴，次數不能太多。當然，我指的是充電外的接觸，充電過程壓過所有的人際接觸。

閱報……巴黎狗屎路有三屍命案：「數字的調整。」……我不斷晃神……「警方已經指認出作者……小屁眼（Pepe El Culito），眞是個熱情的綽號。」報紙眞的這樣說？……我努力聚焦於文字……它們卻不斷崩解爲毫無意義的拼貼……。

拉撒路返家①

撫弄褪色的裹尸布，徘徊在要不要取貨的邊緣②，懶洋洋的灰色地帶，哈欠不斷，臭氣充塞，手臂上的針孔像傻瓜般咧大了嘴。上午十點，李發現年輕毒鬼站在他的房間，剛結束科西嘉島的兩個月浮潛，而且戒毒了……。

李因清晨的毒癮症而顫抖，判定他是來**炫耀新身體**的。**謝謝你啊，馬吉爾**。他知道自己看到的是什麼，三個月前馬吉爾在京都酒店，藥效發作打盹，面前是餿掉的黃色閃電泡芙（éclair），兩個小時後，這塊泡芙將毒死一隻貓。李認爲上午十點接見馬吉爾，已經夠煩的，可以省掉糾正錯誤這類令人難耐的瑣事吧？（「你當這裡是啥地方，打炮農場啊？」）因爲糾正錯誤就得將馬吉爾的新形象坎入舊印象裡，這就像想打開皮箱，上面卻坐著一頭怪獸，麻煩得很。

李說：「你看起來很不錯啊，」用一條樣式普通且邋遢的餐巾，拭去臉上明顯的嫌惡表情，觀察馬吉爾臉上的灰色海洛因黏液，研究其服飾的襤褸狀態，看來這個男人跟他的衣服在時間的後巷裡穿梭多年，找不到太空站換洗……。

何況，到了我能糾正錯誤的時候……拉撒路返家……付錢給藥頭，回家吧……我要看你這個萬人騎千人幹的傢伙幹啥？

「很高興看到你戒了……算是給自己幫個大忙。」馬吉爾在屋內游泳，以手爲矛，正在刺魚……。

「在深海裡，壓根不會想海洛因（horse）。」

「你這樣比較好，」李說，做夢似地撫摸馬吉爾手臂的針孔疤痕，順著粉紅色平滑肌膚上的螺旋與紋樣，緩慢勾劃……

馬吉爾抓抓手臂……望著窗外……當體內的海洛因通道被點起來，他的身體微微扭動……李坐在那兒好整以暇。「年輕人，沒有人只吸一口，就毒癮重發的。」

「我知道自己在幹嘛。」

他們總是如此篤定。

馬吉爾拿起指甲銼刀③。

李閉上眼睛：**這一切太累人了**。

「喔，謝啦，棒極了。」馬吉爾的褲子掉到腳踝。一身難看的皮囊，清晨陽光裡，那身皮囊由棕色轉綠色，而後無色，成液體一滴滴滑落地板。

李瞪著馬吉爾臉上的物質看……雙眼細小冷淡灰暗，閃了一下……「弄乾淨，」李說：「我這裡夠髒了。」

「哦，當然，」馬吉爾笨手笨腳拿著小畚箕。

李將一包海洛因收起來。

---

1 聖經裡，耶穌使之復活的人，此處暗指已經戒毒的馬吉爾。海洛因毒癮者將海洛因狀態視為永恆，戒毒，反成死亡，重回海洛因懷抱，就像死而復活。

2 原文用的是Fumbling through faded tapes at the pick up frontier，pick up frontier可能暗指性慾的勾引，勾搭上手，它同時也代表毒癮者取貨的地點。難以判別的是tape，它可能指作者打字的色帶。如果要扣合〈拉撒路返家〉的主題，指的可能是裹屍布，因為聖經裡描述為「那死人就出來了、手腳裹著布、臉上包著手巾」，因此變成主角撫弄馬吉爾的壽衣，以為他死了，卻突然復活，也就是重回海洛因懷抱。此段解析感謝白大維老師指點。

3 銼刀是用來切割海洛因成條狀，或者放在銼刀上吸食。

李永遠處於戒毒第三天的狀態，當然，中間有幾次重要空檔，給自己加油，燒亮黃色—粉紅色—棕色膠狀物下的火焰，阻止血肉上身④。剛開始，他的肌膚只是柔軟，軟到灰塵微粒、氣流、外套輕輕摩擦身體，都可以劃開他的肌膚，深可見骨。直接碰觸門或椅子，倒不會不舒服。這肌膚是如此柔軟短暫，任何傷口都沒法復原……白色細長的菌絲捲繞赤裸的骨頭。萎縮的睪丸散發的黴味像朦朧灰霧包覆他的身體……。

他第一次嚴重感染時，滾燙的溫度計射出水銀子彈，直中護士腦袋，她胡亂尖叫，倒地而亡。醫師看了一眼，拉上鐵捲門保護倖存者，下令燒床，該床病人立即驅逐出院。

「想來，他可以自製盤尼西林吧！」醫師大聲咆哮⑤。

傳染病燒掉了李的人形外模⑥……現在他是程度深淺不同的透明……雖非完全隱形，卻也不易看清。他的現身引不起眾人注意……不是旁人的身影掩蓋了他，就是被認定僅是反射或者陰影：「某種靠光線或霓虹燈廣告玩出來的把戲。」

李感受到凍傷（cold burn）準時來報到，身體震顫⑦。他以溫柔且堅定的捲鬚將馬吉爾的幽靈推到大廳。

「耶穌基督，」馬吉爾說：「我得走了！」隨即衝出去。

粉紅色的組織胺火焰從李的閃亮核心噴出，覆蓋粗糙的周圍⑧。（屋子本身防火，鐵牆起水泡，凹凸如月球表面。）他給自己來一大管，偽造注射進度表。

他決定造訪一位同事——國民兵喬伊（N.G. Joe）。他在檀香山罹患縮陽恐懼症（Bang-utot）時染上毒癮。

〔Bang-utot顧名思義，指「企圖起身與呻吟……」。人在夢魘中猝死……此病只出現在東南亞裔男性……馬尼拉每年約莫有十二人死於此病。

患者通常自知死期不遠，恐懼陽具會縮入體內，殺害自己。有時他們緊緊抓住陽具，歇斯底里尖叫旁人來幫忙，防止陽具兔脫，鑽進體內。常見的睡夢中勃起特別危險，會導致死亡……某男子發明了類似高德博⑨的複雜機器，防止睡夢中勃起。此君最後還是死於縮陽恐懼症。

此類死者經過仔細的解剖，根本找不到任何跟器官有關的死因。屍體有勒痕〔什麼造成的？〕；有時，胰臟與肺部微量出血，不足以致命，也不知因何造成。筆者認爲此病肇因於性能量的錯置，引起肺部**充血勃起**，窒息而死……某個病癒者說「有個小男人」坐在他胸前，企圖勒死他。

〔進一步討論，詳見一九五五年十二月三日的《星期六晚郵報》，醫學博士拉森（Nile Larsen M.D.）所寫的〈染上致命夢魘的男人〉（The Men with the Deadly Dream）。另見賈德納（Erle Stanley Gardner）替《眞實》（True）雜誌撰寫的文章。〕」）

---

4 此處暗指李的毒癮讓他把海洛因狀態視為恆久，肉體則是易於腐朽的。他不要肉體回到身上，他想處於永久的海洛因成癮狀態。

5 盤尼西林也是黴菌。

6 人形外模，此處用mold，一語雙關，呼應前面李毒病發作時會產生黴菌（mold），同時，毒鬼僅存靈外體，他的身體只是一個模子。

7 根據作者布洛斯在附錄所言，毒癮者的禁斷症候群各有症狀，他的症狀是出現大面積的凍瘡。

8 勒戒時，毒癮者會出現過敏症狀，體內組織胺大增，必須以抗組織胺治療。

9 Rube Goldberg是二十世紀出名漫畫家，常畫些古怪且複雜的機器發明。

喬伊處於經常性的畏懼勃起中，因此毒癮不斷升高。（這是眾所周知的乏味事實，沉悶至極又蜿蜒曲折，一個人如果因某種失能〔disability〕染上毒癮，那麼當他缺貨或禁斷〔你知道，就是所謂的樂極生悲啦〕⑩，毒品帳款就會瘋狂增補、呈幾何級數上升與增殖。）

綁住睪丸的電極短暫閃亮，喬伊聞到焦肉味醒來，伸手拿裝滿毒品的針筒。他翻身，像胎兒蜷曲，將針頭扎進脊椎。輕輕的愉悅嘆息，他拔出針頭，發現李在房間裡。李的右眼拖著一條長長的蛞蝓，以虹彩黏液在牆上寫著：「**水手**進城，買斷**時間**。」⑪。

我在藥房門前等九點開門。兩個阿拉伯男孩推著垃圾桶上坡，推到白色粉膠牆邊，停在厚重木門前。前門的積灰有尿漬痕跡。其中一個男孩彎腰，滾動沉重的桶子，褲子緊緊裹住年輕瘦削的屁股。他以近乎野獸的漠然眼神看著我。我震驚醒來，彷彿男孩是眞的，而我錯過了下午跟他的碰面。

督導在接受報導人（Your Reporter）⑫訪問時說：「應該會有額外的反壓吧，否則……」他以標準的北歐人姿勢抬起一隻腿：「會有潛水伕病，不是嗎？或許我們可以提供一間合適的減壓室。」

督導拉開褲鍊，尋找陰蝨，從一個小陶罐挖出藥膏塗抹。顯然，訪問該結束了。督導驚訝說：「你不去嗎？唉，誠如某位法官跟另一位法官所言，『要秉公執法，如果無法秉公，就自由心證吧。』遺憾，眞是太冒犯啦。」⑬他舉高塗滿黃色臭藥膏的右手。

報導人衝向前，緊握督察的髒手。「眞是榮幸啊，督察，無可言喻的榮幸啊，」他邊說話邊脫下手套，捲成一團，丟進垃圾桶，笑著說：「公帳報銷。」

10 原文為such a thing as too much fun you know，指毒癮者會產生耐藥性，用毒劑量只會越來越高。

11 原文為The Sailor is in the City buying up Time。time有兩種意思，第一，水手生活在海上，進城搜刮海洛因，以期可以在海上待久一點。第二，對海洛因成癮者而言，時間的意義是由海洛因來操控的。因此，時間就是海洛因。此註解謝謝白大維老師的指導。

12 本書主角李的身分是密探，經常得從跨際區發送消息，因此自稱「你的報導人」。

13 指督察雙手沾染髒物，跟報導人握手就構成冒犯（customary obscenities），但是報導人還是不顧一切衝上前握手，因為他有手套，還可以公帳開銷。customary obscenities 是跟customary decency（社交禮儀）相對應，作者的文字玩笑。

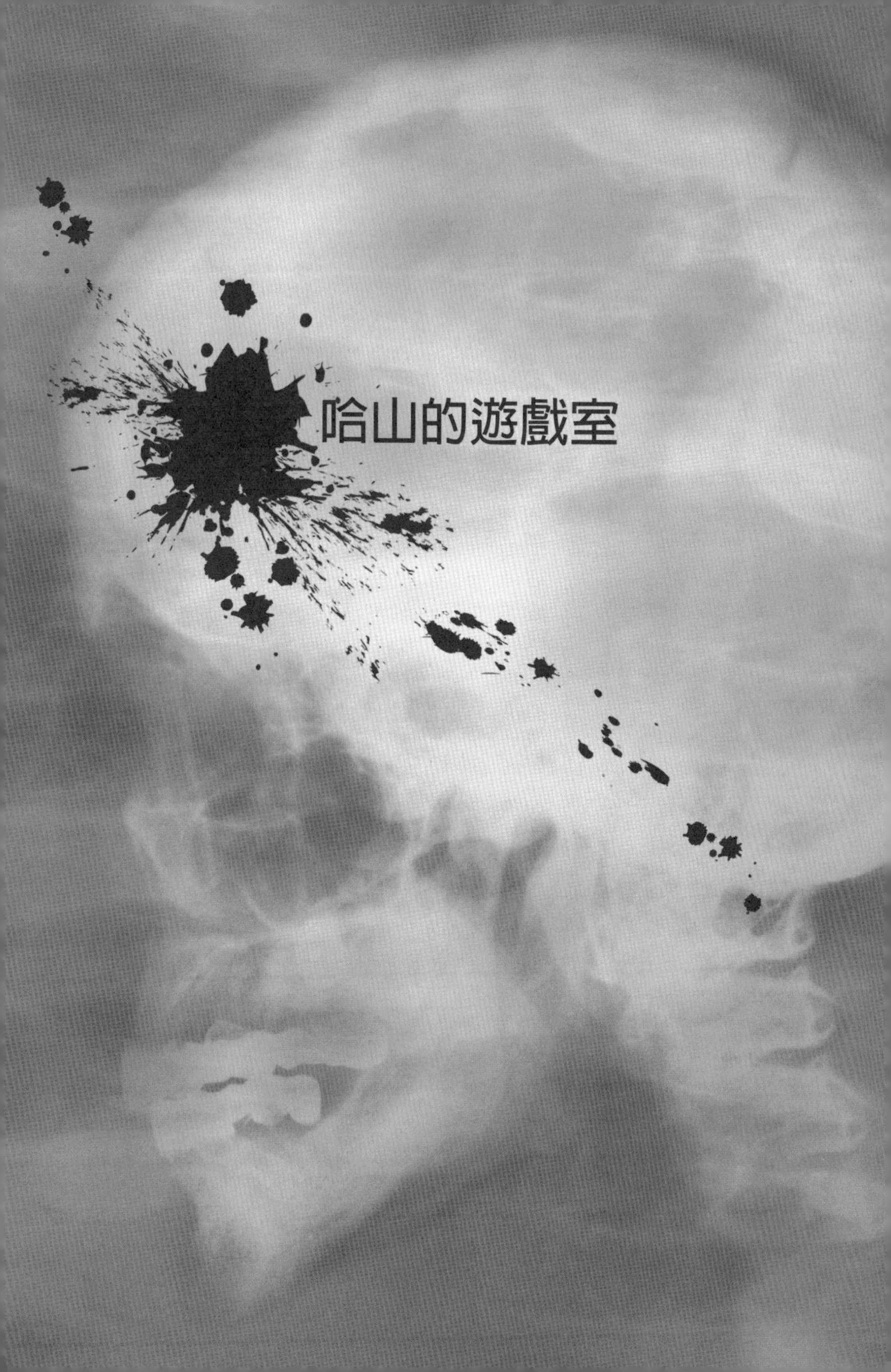

哈山的遊戲室

鍍金與紅絲絨。以粉紅色貝殼鋪底的洛可可風格酒吧。空氣裡瀰漫一股甜膩邪惡類似腐壞蜂蜜的味道。穿著夜宴服的男女用雪瓷白吸管啜飲餐後飲料。一隻近東地區的糖水怪坐在粉紅絲綢的酒吧高凳，黑色長舌從水晶高腳杯吸舔溫熱的蜜水。它的生殖器官造型完美，行過割禮，黑色陰毛閃亮。嘴唇藍紫細薄如陽具的裂口，似昆蟲的眼神則空泛平靜。糖水怪沒有肝臟，唯一營養來源就是糖。它將一個瘦弱的金髮男孩推向沙發，精巧地剝光他。

糖水怪以圖像心電感應法勒令少年：「站起來，轉一圈。」用紅色絲繩反綁男孩的雙臂，說：「今晚，我們要一路玩到底。」

「不要！不要！」男孩尖叫。

「要的，要的。」

陰莖射精，無聲地回應「是的」。糖水怪推開絲綢帘子，阿茲塔克風格馬賽克講台上有個柚木絞刑架，背後是紅色燧石打亮的銀幕。

男孩雙膝一軟，發出長歎「**噢噢噢噢噢**」，恐懼得屎尿齊流，感覺到大腿間溫熱的大便。一陣熱血直衝他的嘴唇與喉嚨，身體蜷曲成胎兒狀，熱燙的精子噴射在他臉上。糖水怪從雪瓷白盆裡沾吸芳香的熱水，仔細清洗男孩的陰莖與屁眼，再用柔軟的藍色毛巾擦乾他。暖風吹過男孩的身體，頭髮飛揚。糖水怪一手放在男孩的胸背將他拉到腳邊，抱住男孩捆綁的雙肘，扶他跨上絞刑台，站在套索下。它站在男孩面前，雙手握住套索。

男孩瞪視糖水怪的雙眼，空洞如反照的黑曜石鏡子，只是兩窟黑血深潭，像廁所牆壁的神聖之洞①在最後一次勃起後封閉。

一個年老的垃圾工人，臉皮細黃如中國象牙，大聲猛吹凹損的銅管樂器，西班牙皮條客驚醒勃起。妓女蹣跚踏過塵土、大便與死掉的小貓，拎著包裹小產胎兒的包袱，裡面是破損的保險套、沾血的衛生棉，以及用彩色鮮亮漫畫包起來的大便。

巨大靜寂的港口，水面泛著虹彩。廢棄的油井噴出火焰，煙霧瀰漫了地平線。汽油與排水溝的臭氣。生病的鯊魚游過黑水，腐爛肝臟嗝出硫磺氣，無視混身浴血破裂的伊卡洛司②。

裸體的**美國健美先生**陷入超級自瀆（self bone love）的狂熱狀態，尖叫：「我的屁眼讓羅浮宮爲之失色！我放的屁是神仙的美味食物，我拉的屎是純金大便！我噴出的精液是晨光中的軟鑽石！」他對著黑色鏡子親吻、自慰射精，從沒有孔眼的燈塔直線墜下，伴隨著神祕的保險套與無數報紙形成的拼貼，傾斜滑入洪水淹沒的紅磚城市，與錫罐、啤酒瓶、封在水泥塊中的歹徒一起靜靜躺在黑色泥沼裡，手槍已被砸爛，看不出任何端倪，避免好色的彈道專家的性病檢查③。他等待緩慢的腐蝕揭露他的恥骨化石。

糖水怪用套索套住男孩脖子，愛撫的手在他的左耳後方將套索打了死結。男孩的陰莖與睪丸緊縮。他大口喘氣直視前方。糖水怪挨近男孩，捏他屁股，以象徵性的戲謔姿態撫摸他的生殖器。他從屁眼上了男孩，站在那兒猛烈衝刺，來回旋轉。

賓客咯咯笑，以手肘輕觸旁人，「噓」。

1 glory holes，在牆壁上打洞，約莫拳頭大小，可將陽具塞過去，牆壁另一頭的人怎麼玩都可以。
2 伊卡洛司（Icarus）是希臘神話人物，裝了翅膀飛向太陽，太陽融掉他蠟製的翅膀。後來此字也被引申為鳥人。
3 short-arm inspection，一語雙關，指軍中對士兵的性病檢查，short arm也指短兵器。

突然，糖水怪將男孩往前推，脫離他的陰莖，他扶住男孩的骨盆，穩住他的身體，以難以辨識、高度風格化的雙手捏斷男孩的脖子。一陣戰慄穿過男孩身體，陽具連續三次挺起，恥骨挺高，立即噴精。

綠色火星在他眼裡爆開。一陣牙疼似的甜蜜苦痛穿過他的脖子，順著脊椎到達鼠蹊，他的身體在陣陣痙攣快感中收縮，整個從陽具擠出。最後的痙攣射出一大股精液，如流星劃過紅色銀幕。

一股輕柔的吸扯拉著男孩跌入一便士遊樂場④與猥褻電影組成的迷宮。尖形的大便射出屁眼，屁氣震顫他的瘦弱身體。火箭爆炸，綠色團狀物飛過大河。在瘧蚊的無聲翅膀下，他聽到黃昏時刻遠處叢林傳來的汽船微弱噗噗聲。

糖水怪將男孩拉回，重新插入陽具。男孩像魚叉上的魚絕望扭動。糖水怪騎在男孩背上來回晃動，男孩的身體在波浪中收縮。瀕死的嘴似甜蜜發瞋，微微張開，流出血液，滑過下巴。糖水怪飽足而後撲通一聲落地。

沒有窗戶的藍牆小室。骯髒的粉紅帘子遮門。紅色蟲子爬牆，群聚角落。房間正中央，裸體男孩錚錚彈著烏德二弦琴，手指勾劃花紋繁複的地板。另一個男孩靠躺在床上抽大麻（keif）⑤，對著勃起的陽具噴煙。他們在床上玩塔羅牌，看誰該幹誰。欺騙。打鬥。像幼獸在地上打滾咆哮，噴吐口水。戰敗者坐在地上，下巴靠著膝蓋，舔著破掉的牙齒。勝利者蜷曲身體在床上裝睡。每當男孩走近踢他，阿里便抓住他的腳踝，夾在腋下，用手臂圈住對方的小腿。男孩死命亂踢阿里的臉。阿里將男孩另一隻腳踝也綁起，整個人托舉到肩上。男孩的陰莖沿著腹部翹起，在空中悸動。阿里伸手到男孩的膝蓋後面，將他兩腿高舉過頭，對著他的陰莖吐口水。當阿里的陽具塞入，對方發出深深的嘆息。咬破嘴唇，流出鮮血。戳入直腸，發出刺鼻的霉味。尼瑪像支楔子長驅直入，迫使對方的陽具噴出長長的熱燙精液。（據筆者的觀察，阿拉伯男生的陽具較寬，呈楔型。）

薩梯⑥與帶著水肺的希臘男孩在透明巨大的雪瓷白花瓶裡跳求偶舞。薩梯正面抓住男孩，拉著他繞圈子。他們像魚兒扭動。男孩吐出銀色長條泡沫。白色精液噴入綠色水中，懶洋洋漂浮在兩具扭動的身體旁。

黑人溫柔地將細緻的中國男孩抱到吊床，高舉男孩的雙腿過頭，然後跨坐在吊床上。陽具滑入男孩瘦削緊實的屁眼，輕柔地前後搖晃吊床。男孩尖叫，那是過度歡樂難以承受的詭異哀號。

爪哇舞者坐在崁入鐘乳洞裡的華麗柚木旋轉椅上，將紅髮綠眼明眸的美國男孩拉近身，塞入陽具，開始習慣性的動作。男孩體內插著陽具，面對舞者而坐，後者開始圓形磨轉衝刺，液體物質灑在椅上。當男孩的精液朝上射到舞者棕色的胸膛，他歡欣尖叫「响咿咿咿咿！」一滴唾沫噴到舞者的嘴角。男孩將它抹入對方嘴裡，笑著說：「喏，這才是我所謂的吸。」

兩個面孔如野獸猙獰的阿拉伯女人扯下金髮法國小男孩的短褲，用紅色橡皮假陽具戳他。小男孩咆哮、撕咬、奮踢，當他陽具勃起後射精，不禁崩潰哭了。

哈山的臉腫脹充血。嘴唇變紫。脫掉鈔票做成的外套，扔進敞開的保險箱，保險箱的門無聲關

4 penny arcade是遊樂場，裡面設有玩一次投幣一便士的遊樂機。
5 keif或拼為kief，是來自摩洛哥、黎巴嫩等阿拉伯中東國家的一種強力大麻。
6 Satyr是希臘神話里的森林之神，非常好色。

上。

「各位，這兒就是自由廳！」他以假德州腔尖叫。十加侖牛仔帽⑦與牛仔靴尚未脫下，便跳起液化專家的快步捷格舞⑧，在〈她掀起熱浪〉（She Started a Heat Wave）曲調中以詭異的康康舞收場。

「隨它去吧！每個洞都幹！！！」⑨

成雙成對者穿上巴洛克風格的甲胄，裝上假翅膀，在空中交合，像喜鵲尖叫。

這些高空雜耍者只要輕輕一摸，就能讓彼此在空中射精。

踩繩雜耍人拿著長桿與椅子，在高空中危險地左右平衡，彼此口交。一陣暖風帶來河水與森林迷濛深處的味道。

上百個男孩自屋頂直線墜下，抓著繩尾顫抖，亂踢，各自懸盪於不同高度，有的靠近天花板，有的離地只有數吋。細緻的峇里島人與馬來人。面容鮮明天眞、牙齦鮮紅的墨西哥印第安人。牙齒、手指、腳趾、陰毛都鍍了金的黑人男孩。平滑白皙如瓷器的日本男孩。赤褐色頭髮的威尼斯男孩。金色或者黑色髮絡垂在額前（賓客將髮絡溫柔撥到後面）的美國男孩。張著野獸似的棕色眼睛、鬱悶不樂的波蘭金髮男孩。阿拉伯與西班牙街童。膚色粉紅細緻，有著一抹淡金色陰毛的奧地利男孩，嘲笑那些雙眼湛藍、一腳踏空陷阱落下，尖聲大叫「希特勒萬歲」的德國少年。索盧比人⑩嚇得屎尿失禁，嗚咽。

「暴發戶」先生咬著哈瓦那雪茄，姿態淫蕩又惡劣，四仰八叉躺在佛羅里達州的沙灘上，被吃吃傻笑的金髮孿童包圍。

「這位市民從印度支那進口了一位拉塔病患，打算吊死他，拍成電視短片，寄給親朋好友當聖誕禮物。因此他弄了兩條繩子，一條純是噱頭，可以伸縮，另一條就貨眞價實了。但是，那個拉塔病患正處於下床氣，穿上聖誕老人服，突然將兩條繩子置換。黃昏降臨，市民將繩子繞在脖上，拉塔病患則照著本色模仿他，把另一條繩子繞到脖上。當腳底下的踏板打開，市民眞的吊死了，拉塔病患則站得筆直，手上拿著巡迴馬戲班用的橡皮拉繩，然後模仿該市民的扭動與痙攣，連續三次射精。

「這個年輕聰明的拉塔病患心無旁騖。我讓他到我的某個工廠做催料員。」

阿茲塔克祭司剝下**裸體男孩**的藍色羽絨袍，讓他躺上石灰岩祭壇，把他的腦袋夾在兩片水晶頭顱中，再以水晶螺絲固定前腦與腦後勺。瀑布急流從水晶頭顱噴出，震斷男孩的脖子。男孩噴精，劃過彩虹映照的旭陽。

精液的刺鼻蛋白質味充塞空氣。賓客上下其手撫摸扭動的男孩們，呑吸他們的陰莖，像趴在男孩背上的吸血鬼。

裸體救生員抬著鐵肺進來，裡面全是痲痺無法動彈的年輕人。

盲眼男孩從巨大派餅裡摸索而出，橡皮製的陰部蹦出惡化的精神分裂症患者，黑潭中浮現出一

7 十加侖帽（ten-gallon hat）是一種寬邊軟頂的美式牛仔帽。

8 液化專家（Liquefactionist）是布洛斯發明的辭彙，透過吸收他人的靈外體，最終所有人都會被納入同一個人。此為液化，液化專家是擅長吸納他人靈外體者。布洛斯將跨際區的人分成四種：液化者、自體分裂者、心電感應傳送者，以及實事主義者，詳見〈伊斯蘭公司與跨際區的黨派〉篇。

9 原文用**no holes barred**，指性交時身體的每個洞都可以戳入，是布洛斯的文字遊戲，蛻變自成語百無禁忌（no holds barred）。

10 索盧比人（Sollubis），詳見〈市集〉篇。

個罹患可怕皮膚病的男孩。（懶洋洋的魚在潭面上啄食黃色糞便。）

某男子白領帶搭配西裝襯衫，下半身赤裸，只穿黑色襪帶，以優雅的語調跟蜂后說話。（蜂后指的是被仙女男[11]簇擁的老女人，形成蜂群。這是來自墨西哥的邪惡習慣。）

男子側著臉說話：「**雕像**在哪裡？」另半邊臉則被成千上萬的鏡子折磨扭曲。他瘋狂打手槍。蜂后繼續談話，視若無睹。

臥榻、椅子，整個地板開始震動，賓客被震成灰色的鬼影，陰莖勃起未獲解放，因而痛苦尖叫[12]。

兩個男孩在鐵路橋下手淫。火車震動他們的身體，讓他們噴精，而後駛向遠方，汽笛聲逐漸遠去。青蛙嘓蟈，男孩抹掉棕色肚皮上的精液。

臥鋪車廂：兩個前往勒星頓[13]的年輕病弱毒鬼，慾望翻湧，扯掉褲子。一人拿肥皂洗雞雞，用鑽軟木塞的方式對著另一人的屁眼工作。「**耶耶耶耶耶**穌基督！」兩人站著同時射精。而後身體分開，各自穿上褲子。

「馬歇爾鎮的老醫師幫人開酊劑與橄欖油處方箋[14]。」

「老媽媽的痔瘡尖叫裂開，流血，排出黑色大便……醫師，假設那是您的母親，被附身的血蛭舔屁眼，噁心蠕動……妳給我停止扭動骨盆，老媽，妳眞是夠噁心的。」

「我們去拜訪這位醫師，叫他開處方箋。」

火車穿過霧氣濛濛、霓虹閃亮的六月夜晚。

男人女人、男孩女孩、動物、魚、鳥的影像，加上宇宙的交合節奏，流盪整個房間，充滿生命力的藍色巨波。森林深處傳來的無聲震顫，當毒鬼購買毒品，整個城鎮突然陷入靜寂。寂靜且神奇的時刻。就連通勤族都緩緩伸出被膽固醇阻塞的血管，尋求接觸。

哈山尖叫：「A. J.，你幹的好事，你搞爛我的派對。」

A. J.看著他，臉色疏遠如石灰岩：「你這個液化黑膚人⑮，幹你自己的屁眼吧！」

一群慾火狂亂的美國女人衝進來。陰部滴水。她們來自農場、觀光牧場、工廠、妓女戶、鄉村俱樂部、閣樓、郊區、汽車旅館、遊艇與雞尾酒吧，剝掉騎馬服、滑雪衣、晚宴服、Levis牛仔褲、下午茶洋裝、印花洋裝、家常褲、游泳衣與日式浴袍，尖叫狂吠咆哮，像發情又染上狂犬病的母狗撲向賓客。她們爪抓懸掛的男孩，尖叫：「你這個仙女男！混蛋！幹我！幹我！幹我啊！」賓客尖叫奔逃，躲在倒掛的男孩或者翻倒的鐵肺後面。

A. J.說：「天殺的，快叫我的瑞士衛兵團⑯出來，保護我不受這些潑婦侵擾。」

A. J.的秘書希斯若普停止閱讀漫畫，抬頭說：「瑞士衛兵團已經被液化了。」

11 fairy，男同性戀的貶抑稱呼。

12 原文用shrieking in cock-bound agony。受陰莖束縛的痛苦，意指未得發洩。

13 此處可能是指Lexington Narcotics Hospital，五〇年代，該院進行許多毒品實驗。

14 酊劑與橄欖油（sweet oil）可用來治療痔瘡。但是布洛斯在*Junk*一書裡曾提到如何汲取橄欖油，放到湯匙上燒，產生的酚，聞過之後，可以駭上二十四小時。

15 gook是對韓、日、菲律賓人的輕蔑稱呼，也用來篾稱膚色較黑的中東人。

16 Sweitzers是駐梵諦岡的衛兵團，任務為保護教皇。所有志願者都必須是瑞士籍的單身天主教徒，身高至少一七四公分，不蓄鬍的男子。

（液化牽涉到蛋白質分離，變成液體，被別人的靈外體吸收。哈山是惡名昭彰的液化專家，瑞士衛兵團這碼子事，他可能受益頗多吧。）

A. J.：「這批打混的吹簫混蛋！一個男人豈能沒有瑞士衛兵團？各位紳士，我們被人逼到牆角了，陽具即將蒙難。群起抵抗入侵者吧。希斯若普先生，分發短兵器給這些男士。」

A. J.揮舞彎刀，開始砍斷這些美國女人的腦袋。他淫穢唱著：

十五個男人坐在一個死人胸膛上
呦呴呴與一瓶萊姆酒
喝吧，魔鬼將會完成剩餘的工作
呦呴呴與一瓶萊姆酒

希斯若普疲倦又認命：「上帝啊（Gawd）！他又開始了。」他無力地揮揮海盜旗。

A. J.被重重包圍，困獸猶鬥，勝算幾希，他仰頭發出豬嚎聲。立刻，上千發情的愛斯基摩人咆哮尖叫闖進來，他們的臉腫脹，眼睛赤紅火熱，嘴唇發紫，撲向美國女人。

（愛斯基摩人的發情期是在短短的夏日，各部族聚首大搞性狂歡派對。發情時，他們臉兒腫脹，嘴唇發紫。）

店裡雇用的警探含著兩呎長的雪茄，頭部穿牆，問：「敢情這裡是動物園啊？」

哈山扭絞雙手：「屠宰廠！骯髒的屠宰廠！以阿拉之名起誓，我還眞沒見過這樣惡劣的景象。」

他撲向A. J.，後者坐在水手的衣箱上，肩膀站著一隻鸚鵡，一眼遮了眼罩，用大啤酒杯灌萊姆酒，拿著巨大銅製望遠鏡眺望地平線。
哈山：「你這個奉行事實主義⑰的廉價爛貨！給我走，永遠不許再造訪我的遊戲室。」

17 事實主義者（Factualist），布洛斯將跨際區的人分成四種：液化者、自體分裂者、心電感應傳送者，以及實事主義者。

跨際區大學校園

驢子、駱駝、駱馬、黃包車，男孩吃力地推動送貨板車，眼睛暴凸似勒頸後耷拉的舌頭，紅色、搏動，充滿動物的恨意。大群山羊、綿羊、長角牛在學生與講堂間穿梭。學生坐在生鏽的公園椅、石灰岩塊、戶外廁所馬桶座、板條箱、油桶、樹樁、積灰的皮製跪墊、發霉的體育館保護墊上。身穿Levis牛仔褲、連帽寬袍、長筒襪與緊身上衣……就著廣口瓶喝玉米威士忌、錫罐喝咖啡，抽包裝紙與樂透彩券捲成的大麻菸（gage）……用安全別針與滴管注射毒品，研究賭賽簽注單、漫畫書，以及馬雅文化古抄本……。

教授提著一串鯰魚①，騎腳踏車來……他扶著背部，爬上講台（起重機吊著一隻牛，在教授頭頂咆哮懸晃）。

教授說：「昨晚被蘇丹的軍隊強暴。我在服務留駐蜂后②時搞得脊椎錯位……沒法驅逐這個老屄。需要一個有牌的腦部電學家，一節一節切斷她的神經結，也需要一個外科醫師助手將她的內臟扔到人行道。當老媽企圖全面進攻某個男孩，我大鬧一番也得跟她爭奪這個金星級住客。③」

他看著鯰魚，哼著一九二〇年代的曲調。「男孩們，懷舊之情襲擊我，硬挺我的傻瓜陽具④……男孩走在巡迴馬戲團遊樂場的路中間，舔吃粉紅色棉花糖……觀賞偷窺秀時互捏屁股……在摩天輪上打手槍……對著河對岸鑄造廠上方的迷濛紅色初升月亮拋擲精液。黑鬼吊死在舊法院前的白楊樹上……女人嗚咽，用陰道裡的牙齒啣住他的精液……⑤。

（「做丈夫的瞧著掉包兒，細小的眼珠，顏色好似褪色的法蘭絨襯衫……『我說醫師啊，我懷疑他有黑人血統。』

醫師聳肩：『那是軍隊的老遊戲，孩子。』

隱豆遊戲……有時你看得見，有時你看不見……』）⑥

「帕克醫師躲在藥局的後面房間，一口氣注射了三喱的海洛因——『滋補劑，』他喃喃道：『讓我長青不老。』

『快手班森是本鎮的變態狂，採取返巢本能（querencia）躲在學校廁所。（返巢本能是鬥牛術語……牛兒上場會躲在牠喜歡的角落，鬥牛士必須進去面對牠，順牠的規矩行事，或者把牠誘騙出角落，兩者擇一。）州警乏味鬼拉森說『得找個方法引誘他出洞』……老媽羅蒂跟死去的女兒同床共枕十年，屍體當然醃燻過，清晨時分在德州東部顫抖醒來……禿鷹盤旋在黑色沼澤與絲柏樹椿上……。

「各位紳士，我相信你們當中沒有易裝癖者，嘻嘻。國會法案通過你們都是紳士，現在只需證明你們是『男人』（male human），無論男扮女或者女扮男，在此神聖殿堂都無立足之地。紳士們，秀出你們的短兵器⑦。你們已經聽過簡報，知道時刻保持兵器潤滑，隨時應付側翼或背後的進

---

1 這是本書第二次提到「一串鯰魚」，第一次出現在〈鄉巴佬〉篇。鯰魚在同志俚語裡，指尚未經驗過肛交的「處男」。

2 留駐蜂后（resident queen）此乃借用前述蜂群的意象，一個蜂巢如果位置不夠產卵，蜂后會帶著子民另外築巢，舊蜂巢會產生新蜂后，稱為留駐蜂后。

3 原文用的是Gold Star Boarder，同志俚語裡，金星級是指從未跟異性發生過性關係的同志。

4 原文用Willy silly，Willy是俚語的陽具。

5 vaginal teeth，許多原始民族共有的神話，女人陰道裡有牙齒。

6 前一句是The Old Army Game，後一句是Pea under the Shell，意義相同，是一種賭博遊戲，一顆豆子在三個杯子裡快速挪來挪去，讓賭客猜豆子在哪個杯子裡。

7 請見〈哈山的遊戲室〉譯注3。

攻，這是很重要的。」

學生：「聽見了！聽見了！」他們疲倦地解開褲拉鍊，其中一人堅硬勃起，輝煌碩大。

教授：「現在，各位紳士，我講到哪兒了？哦，對，羅蒂媽媽……她在柔和的粉紅色清晨醒來，渾身顫抖。那種天色粉紅如小女孩生日蛋糕上的蠟燭，如棉花糖，如貝殼，有如在他媽的紅色燈光下搏動的雞巴……羅蒂媽媽……如果不再停止冗長絮叨，很快就會屈服於歲月導致的孱弱，跟女兒一樣泡在甲醛裡……。

「詩人柯立芝的〈古舟子之歌〉……我要提醒你們注意古舟子**本人**的象徵意義。」

學生：「老師說，注意他**本人**。」

「進而才能注意他不討人喜歡的個性。」

「老師，這樣做不好吧。」

上百個不良少年，對他步步進逼，彈簧刀喀喀響如咬牙。

教授：「噢，我的天啊（landsakes）！」他穿上黑色高跟鞋、手拿雨傘，拚命想偽裝成老女人……「如果我不是腰痛（lumbago），無法正確彎身，我鐵定會像狒狒一樣獻出我的甜蜜屁股……體弱的狒狒遭到強壯狒狒的攻擊，弱勢狒狒就會（1）獻出牠的後庭（fanny），我想這詞兒沒錯吧，各位紳士，就是做對方的零號，嘻嘻。（2）如果牠是適應良好的那種外向狒狒，就會轉而攻擊比牠還要弱小的狒狒，要是牠找得到的話。」

艦褸的獨白女藝人（diseuse）穿著一九二〇年的衣服，彷彿浮沉於醜惡霓虹點亮的芝加哥街頭以來，她都一直和衣而眠……遙遠的甜蜜舊日⑧沉滯於空氣中，像被困在人間的鬼魂。

獨白女藝人（以火熱性感的男高音說）：「找出最弱的那隻狒狒。」

邊境沙龍裡，一隻同性戀公狒狒穿著藍色的小女孩洋裝，用認命的口吻搭配〈淺藍衣裳（Alice Blue Gown）〉的曲調唱著：「我是最弱的狒狒。」

運貨列車將教授與少年分開……當火車駛遠，不良少年有了啤酒肚，而且身居要職⑨……。

學生說：「我們要羅蒂！」

教授說：「各位紳士，那是發生在另一個國家的事……在我的多重人格粗魯打斷我之前（眞是討人厭的畜生），我正說到古舟子並無箭毒、套索、紫堇鹼，或者精神病患的緊身衣，他是如何困住他的聽眾……他的竅門在哪兒？嘻嘻嘻，他不像今日所謂的藝術家，隨意攔住**任何人**，饗以不請自來的乏味，隨之施加苦難……他攔住的是個『沒有選擇』的人，基於古舟子與婚宴賓客既存的關係，後者不得不聆聽⑩……

「老舟子說些啥並不重要……他可能胡言亂語、言不及義，或者只是個鹵莽粗俗的癡呆老人。發生於婚宴賓客的際遇就像精神分析，如果眞有老舟子其事，就該是這樣子。請恕我小小離題，某位我認識的精神分析醫師每次看病都從頭講到尾，病人耐心聆聽，有的失去耐性……他回憶往事……

8 〈Dear Dead Days〉是首民謠。

9 原文用they have fat stomachs and responsible jobs。照前述，此處時光是拉回到一九二〇年的跨際區大學校園，當時的少年而今已經變成白領階級。駛去的火車應該是連接現在與過去的時光列車。本註解謝謝白大維老師指點。

10 〈古舟子之歌〉講述一位舟子殺害信天翁，遭到天懲，而後他歷經苦難，知道懺悔，上天懲罰他必須不斷向世人陳述他的遭遇。詩的一開始，他攔住參加婚禮的賓客，跟他述說自己的故事。賓客不耐老舟子的糾纏，急著趕路，後來看到舟子的炯炯眼神，就莫名其妙停步，像個三歲小孩般聽命，詩中用的辭句是he cannot choose but hear，他別無選擇，只能聆聽。

扯些黃色笑話（還是老掉牙的）……完全對比出他的蠢笨，連郡書記官都無法想像⑪。他長篇累牘闡述：語言無法成就任何事物……他所以掌握了這種方法，是因爲他觀察到聆聽者（也就是分析師）根本就不在揣摩患者的心態……反而是說話者（也就是病人）有讀心術，能夠剖析醫師的心態……也就是病人對分析師的夢境與計謀擁有超感應能力（ESP），分析師根本只接觸到病患的前腦……許多情報人員採用此法……他們都是出了名的叨絮不休、叫人厭煩，根本不懂得聽人說話……

「紳士們，我將拋出一顆明珠：**說話比聆聽更能令你瞭解一個人。**」

群豬圍了上來，教授將一桶珍珠倒入食槽⑫……。

最壯碩的一隻豬說：「我連舔他的腳都不配啊。」

「不過就是身體罷了。」（Clay anyhoo.）

---

11 郡書記官（county clerk），詳見〈郡書記官〉篇，是個鉅細靡遺的考據癖。

12 典故來自成語cast pearls before swine，明珠暗投，對牛彈琴之意。

aj的年度派對

A. J.面對賓客，說：「各位臭屄、雞巴，以及男女通吃的騎牆派，今晚我爲您隆重介紹國際知名的黃色電影與短波電視大人物——舉世無雙、獨一無二的偉人暨賤貨（The Great Slashtubitch）①！」

他指著六十呎高的紅色絲絨帷幕。閃電將帷幕一劈爲二。偉人暨賤貨現身。他的臉寬大無邊，毫無表情，有如奇穆王國的骨灰罈。身著晚宴盛裝、藍色披風，還有藍色的單眼鏡。巨大的灰色眼珠，微小的瞳仁，好像會射出飛針。（唯有座標型事實主義者〔Coordinate Factualist〕可以直視他的眼光。）發怒時，憤然之氣將他的單眼鏡射飛出去，穿過房間。許多倒大楣的演員都曾領教過偉人暨賤貨不悅時的冰風暴：「滾出我的攝影棚，你這個廉價吹噓又誇張表演的東西！你以爲可以在我面前假裝高潮啊！**我可是偉人暨賤貨**！光是瞧瞧你的大腳趾，就知道你有沒有達到高潮。白癡！粗心大意的廢物！！粗野無禮的賤人！！！汝等去賣屁股啊，想跟我做事，就得誠心付出，把它當藝術，全然奉獻。別給我來假的那一套，假裝氣喘吁吁、使用橡皮大便，或者在耳朵後面藏一管牛奶，夾帶育亨賓（yohimbine）。」

（育亨賓，從中非洲某種樹幹提煉出來的藥物，是最安全有效的春藥。作用方式爲放大表面皮膚的血管，尤其是性器官周遭。）

偉人暨賤貨射出單眼鏡，消失無蹤，而後又像飛去來器（boomerang）回到他的眼睛。他踮腳旋轉，消失於冰冷如液態空氣的藍霧中……淡出……。

銀幕上，紅髮綠眼數顆雀斑點綴白膚的男孩……親吻穿著家常褲的瘦削棕髮女孩。從他們的衣著與髮型來看，背景應是全世界都市都類同的存在主義者酒吧。他們坐在鋪了白絲綢的矮床上。女孩的手溫柔拉開男孩的褲鏈，掏出他的陰莖，小而堅挺。她溫柔撫摸龜頭：「脫衣服，強尼。」他快速脫掉衣裳，姿態堅定，赤裸站在她面前，陰莖搏動。她作勢要他轉圈，他戲仿模特兒，手放在臀部，踮腳滑過地板。女孩脫掉襯衫。乳房雖小卻堅實，乳頭挺立。她褪下內褲。陰毛黑且亮。強尼坐在她旁邊，伸手摸向她的乳房，被阻。

「達令，我想舔你屁眼，」她低語道。

「不要，現在不要。」

「拜託。我想要。」

「好吧。我去洗屁股。」

「不用，我幫你洗。」

「算了吧，不髒。」

「髒啦。來吧，強尼寶貝。」

她帶領他進浴室。「好了，蹲下。」他雙膝下跪朝前傾，下巴擱在浴室防滑墊上。「阿拉啊，」他邊說邊回過頭對她笑。她用肥皂與熱水洗他的屁股，手指插進屁眼。

「痛嗎？」

「不不不不不。」

「來吧，寶貝。」她牽引他回臥房。他仰臥，兩腿舉高過頭，手肘緊緊扣住膝蓋彎。她跪下來

1 slashtu是標點符號裡的斜線讀音，譬如writer/artist為「作家暨藝人」。The Great Slashtubitch就是偉人暨賤貨（The Great/Bitch）。

撫摸他的大腿內側、睪丸，手指一路滑向會陰裂口。她將兩片屁股拉開，臉向前開始舔他的屁眼，越舔越深，頭部緩緩轉圈。他閉著眼蠕動。她舔舐會陰處，小而堅實的睪丸……割過包皮的陰莖上方挺立著偉大的珍珠。她的嘴含住整個陰莖頭，有節奏地上下吸吮，朝上舔時會略微停頓，旋轉頭部。她的手溫柔玩弄睪丸，朝下滑，中指伸進屁眼。當她往下舔至陰莖尾時，她戲鬧地搔癢他的前列腺。他呻吟、放屁。現在她瘋狂吸吮。他的身體開始收縮，整個人蜷曲朝向下巴。收縮時間一次比一次長。

「喔伊伊伊伊！」男孩歡呼，每塊肌肉都緊繃，整個身體幾乎從陰莖處被掏空。熱燙的精液灌滿女孩的嘴，她一口嚥下。他把雙腿放回床上，伸個大懶腰，打哈欠。

瑪麗把橡皮陽具綁在腰上：「橫濱來的史提利丹三號②。」她撫摸假陽具。牛奶噴射而出。「要確定牛奶消毒過。別讓我染上可怕的牛瘟，譬如炭疽熱、鼻疽或者口蹄疫……。」

「我在芝加哥時，叫變性人麗姿，曾從事滅蟲業，常對漂亮男孩動手動腳，目的只在品嘗被當作『大男人』痛毆一頓的快感。後來，我逮到這麼一個小子，迅雷不及掩耳，以柔道制服他，這招習自某位年邁的女同性戀禪宗出家人。我綁住他，用剃刀割爛他的衣裳，拿史提利丹一號操他。他發現我無意閹割他，如釋重負，噴精，弄得我的跳蚤除蟲粉都是精液。」

「史提利丹一號呢？」

「被一個壯碩的女同T撕成兩半。她的陰戶抓力恐怖至極，生平僅見。可以塞鉛管哩，這是她招徠觀眾的廉價招數。」

「史提利丹二號呢？」

「在上狒狒屁眼區被餓壞的巴西吸血鬼魚咬個粉碎。還有，這次不要叫『喔咿咿咿咿』。」

「爲什麼？感覺起來還蠻孩子氣的。」

「赤足男孩，跟夫人一起檢查汝之屁眼。」

他仰望天花板，雙手枕於腦後，陰莖搏動。「我該怎麼做？妳用那玩意上我，我沒法屙大便。不知道有沒有辦法一邊達到高潮一邊爆笑？我還記得戰爭時期，我跟我的屁眼夥伴盧在開羅的騎師俱樂部，我們都是國會法案通過受封的紳士……除了國會，還有誰能讓我們列爲紳士③……當時我們笑到不行，撒得全身是尿，侍者說：『你們這些天殺的印度大麻（hash）癮君子，給我滾出去！』我的意思是我笑到尿失禁，應該也可以笑到噴精。因此，我快達到高潮時，趕快跟我說些滑稽事。前列腺一顫抖，就是射精的預告啦……。」

她放唱片，帶有金屬風格的迷幻咆哮爵士樂④。她給史提利丹三號上油，抬高男孩的兩隻腳，插入他的屁眼，以拔酒瓶塞的姿勢流暢晃動自己的屁股。她緩慢畫圓，以假陽具爲軸心旋轉。堅硬的乳頭摩擦男孩的胸膛。她親吻男孩的脖子下巴與眼睛。他的手撫摸女孩的背，滑到屁股處，使力讓她插

---

2 史提利丹（Steely Dan）是作者為某種型號的假陽具取的名字，美國著名樂團Steely Dan的團名典故便來自此。

3 作者的雙關語。Jockey Club in Cairo，表面是指開羅的騎師俱樂部，但是jockey在同性戀語彙裡代表肛交的一號。國會法案通過受封的紳士，原文為gentlemen by Act of Congress，gentleman是英國俚語的陰莖，典故來自紳士見到女士就得起身（rise）致意，陰莖看到女人也會昂舉。Act一字為法案，也代表性交，典故源自莎士比亞的《李爾王》，Congress指國會，也指性交。所以gentlemen by Act of Congress另一層意思為「因為性交勃起，茲此證明我們都是紳士」，一語雙關，男孩與盧才會笑到不行。

4 metallic cocaine bebop，據說，重金屬樂（heavy metal）一詞是布洛斯首創，首度出現於一九六二年的《軟機器》（*Soft Machine*）一書，後來，有樂團又以「軟機器」為團名，足證布洛斯與當代搖滾與流行音樂淵源甚深。

得更深。她的旋轉越來越快，越來越快。男孩的身體因不斷痙攣抽搐而扭動蜷曲。她說：「快點，牛奶要變冷了。」男孩沒聽見。她親吻男孩的嘴，臉兒相貼。他的精液噴向她的乳房，帶著微燙刺激。

馬克站在門口。黑色套頭毛衣。冷淡、英俊、自戀。碧眼黑髮。略帶鄙夷看著強尼，微微偏頭，雙手插在夾克口袋，像齣優雅又耍流氓的芭蕾舞劇。他偏一下頭，強尼帶路，領他進臥房。

瑪麗尾隨其後：「來吧，男孩們，」她赤裸坐在鋪著粉紅絲緞、俯瞰臥床的高臺：「開始吧。」

馬克動作流暢，開始寬衣，輕搖屁股，從套頭毛衣扭動而出，模仿肚皮舞的姿態展示美麗白皙的軀幹。強尼面無表情、臉兒凍結、呼吸加速、嘴唇發乾，脫掉衣裳，扔在地板。馬克讓內褲褪到足邊，像歌舞女郎一腳將內褲踢到房間另一頭。現在他全身赤裸，陰莖挺直搏動嶄露頭角。他緩慢審視強尼的身體。微笑，舔唇。

馬克單膝下跪，一手環抱強尼的背將他拉近身。站起身，將強尼甩到六呎外的床上，強尼背部著床，彈跳了一下。馬克躍起抓住強尼的腳踝，將他的兩腿盤過頭。馬克的嘴唇往後拉扯成咆哮狀：「好啦，強尼男孩。」他收縮身體，緩慢穩定如上過油的機器，將陰莖插入強尼的肛門。強尼發出大大的嘆息聲，興奮蠕動。馬克的手繞住強尼的肩膀，壓低他，貼向已經深埋在強尼肛門裡的陰莖。強尼像鳥兒尖叫，齒縫發出響亮的嘶嘶聲。馬克與強尼臉兒廝磨，當他全部的精液射向強尼發顫的身體，馬克的臉失去猙獰，變得像男孩一樣無邪。

火車轟鳴自他身旁穿過，嗚嗚作響……船隻的汽笛聲、霧號聲、焰火在浮油沼澤上空的爆裂聲……一便士遊樂場通向黃色電影的迷宮……海港點爆儀式加農炮……一聲尖叫穿越白色的醫院走廊……傳到積灰的寬闊街頭，越過棕櫚樹……像子彈穿過沙漠（禿鷹翅膀枯索劃過乾燥的空氣），在戶外廁所、公立學校的破損馬桶、閣樓、地下室、樹屋、摩天輪、廢棄屋舍、石灰岩洞穴、小舟、車庫、穀倉、充滿乾燥排泄物氣味的泥牆，以及泥牆外朔風野大破瓦碎礫的城郊裡，千百個男孩同時射精……黑色灰塵吹過他們瘦削的古銅色身體……襤褸的褲子褪到龜裂流血的腳跟……（這是禿鷹爭奪魚頭打架的地方）……叢林沼澤裡，惡魚猛咬黑水上漂浮的白色精液，白蛉叮咬古銅色的屁股，吼猴聲如樹梢風鳴（此地棕色河面遼闊，樹兒整根漂浮，鮮豔的蛇躲在樹幹間，沉思的狐猴雙眼哀傷望著河岸），紅色飛機在藍色天空畫出繁複的圖形，響尾蛇發動攻擊，眼鏡蛇豎直身體、激噴白色毒液，清澈如甘油的天空撒下珍珠與貓眼石片，緩緩無聲如雨。

時間像壞掉的打字機跳躍⑤，男孩變成老男人，年輕時痙攣起來會發顫抖動的屁股，現在鬆弛疲軟了，兩片臀肉垂墜在戶外廁所的馬桶座、公園椅、西班牙陽光下的石牆、家具出租房的軟塌眠床上，屋外是晴朗冬陽下的紅磚破落戶……骯髒內衣裡的軀體扭動發抖，在毒癮發作的清晨摸索還能施打的血管，在阿拉伯簡餐館裡呢喃流涎——阿拉伯人低語「梅約普」（Medjoub），悄悄離開——（梅約普是穆斯林宗教狂……諸多失常，還常伴隨癲癇。）

「穆斯林一定得有血液與精液……你看，你看耶穌的血流在精液穹蒼（spermament）間⑥，」梅約普咆哮……起身尖叫，最後一次勃起，結實噴出黑色血液，似蒼白的雕像矗立，他跨越生死大藩籬（Great Fence），像個無邪男孩鎮定地翻過圍籬，到禁區池塘垂釣——沒多久，就釣到一條大鯰

5 傳統的英文打字機若碰到卡字等問題，該鍵常常跳起來，打不下去。

6 這是布洛斯的文字遊戲，spermament是虛構字，蛻變自firmament（穹蒼）。此註釋謝謝白大維老師指點。

魚——老傢伙從黑色小茅屋衝出來，手持乾草叉，不斷咒罵，男孩邊笑邊跑，穿過密蘇里田野——看到漂亮的粉紅色箭鏃，俯身拾起，男孩的骨頭與肌肉還年輕，俯衝攫取的動作很流暢——（他死在木頭圍籬前，骨頭混入田野土地，身旁擺著獵槍，血流凍寒的紅色黏土，滲入喬治亞州的冬日殘株裡）……鯰魚在他背上翻騰……他來到圍籬前，將鯰魚丟到圍籬外沾血的草地……魚兒在草地蠕動呱叫——躍過圍籬。他抓住蹦跳的鯰魚，消失於滿佈燧石、兩旁種著橡樹與柿子樹的紅色泥土路，起風的秋日黃昏，這些樹會飄下紅棕色的落葉，夏日清晨則葉片翠綠滴水，到了冬日，清空襯托出樹兒枯黑……老傢伙追在他後面咒罵……假牙從嘴裡噴出，咻地一聲自男孩頭上飛過。男孩極力向前，頸腱硬得像鋼帶，黑血整團噴射而出，飛過圍籬，然後他像血肉全消的木乃伊，倒在香茅叢旁。他的肋骨生出荊棘，茅屋窗戶破了，黑色補土裡有積灰的玻璃碎片——老鼠奔竄地板，夏日裡，男孩在黑暗發霉的臥房打手槍，吃食自己身體與骨頭長出的漿果，嘴染紫紅色果汁……。

老毒鬼找到一根可用的血管……血液在滴管裡散開如中國花朵……他將海洛因推到底，五十年前那個打手槍的男孩在飽受蹂躪的肌膚下完美無瑕地閃亮發光，年輕男性慾火高張時的甜膩核果味充斥廁所……。

多少歲月如線穿過沾血的針頭？他拍打腰腿部，疲倦的雙眼，坐看屋外的冬日清晨。年邁同志在查普特佩克公園的石灰岩椅上扭動，印第安青少年從旁走過，手臂環繞對方的脖子與肋骨，他費力驅使瀕臨死亡的血肉，想要佔據年輕的屁股與大腿、緊實的睪丸，以及還能搏動噴發的陰莖。

馬克與強尼面對面坐在電動椅上，強尼整個人掛在馬克的陰莖上。

「準備妥當了嗎，強尼？」

「啓動吧。」

馬克按下開關，椅子開始震動……馬克抬起頭注視強尼，他的臉遙遠漠然，眼神冷酷，微笑嘲諷強尼的表情……強尼尖叫啜泣……他的臉好像由內融化，解形了……尖叫如曼陀羅草⑦，射精時暈了過去，軟癱在馬克身上，像昏睡的天使。馬克心不在焉拍拍強尼的肩膀……。

一個像體育館的房間……地板是橡膠泡棉，鋪著白色絲緞……一面玻璃牆……旭日染紅了房間，馬克與瑪麗一左一右領著雙手被縛的強尼進入房間。強尼一看到絞刑架與踏腳陷板，便尖叫「噢噢噢噢噢噢！」，他的頭被壓下，下巴對著雞巴，兩腿在膝蓋處綁起。精液就在他的面前成直線噴發。瑪麗與馬克突然不耐煩，春情大發……將強尼推向覆蓋了發霉男用丁字護身褲與長袖T恤的絞刑台，馬克正在調整套索。

「好了，可以開始了，」馬克要將強尼推下台。

瑪麗說：「不，讓我來吧。」她雙手環抱強尼的臀部，兩人額頭相對，對著強尼的雙眸微笑，將他拉下絞刑台，盪入空中……他的臉充血腫脹……馬克輕轉手腕拗斷強尼的脖子……啪地一聲像折斷濕毛巾包裹的筷子。強尼的身體一陣戰慄……一隻腳微微鼓動如卡在陷阱裡的鳥……馬克趴在鞦韆上模仿強尼的痙攣，閉上眼，舌頭外吐……強尼的雞巴翹起，瑪麗將它導入陰戶，以流暢的

7 曼陀羅草（mandrake）是一種根部有如人形的有毒植物，相傳中世紀的女巫會相聚於絞刑樹下挖掘曼陀羅的根，挖掘時，曼陀羅草會發出淒厲的尖叫聲，令人發狂，採收時有各種禁忌，包括必須在耳朵裡塞蠟。

肚皮舞姿勢在他身上蠕動轉磨，快樂呻吟並尖叫……汗珠滑下身體，溼潤的髮絡覆蓋臉上。她尖聲說：「馬克，切斷繩子放他下來。」馬克拿出彈簧刀割斷繩子，抱住下墜的強尼，輕輕讓他平躺在地上，瑪麗的陰戶仍然套著強尼的陰莖，不斷轉磨……她咬掉強尼的嘴、鼻，啵一聲吸出他的眼珠……啃下一大塊頰肉……她以強尼的陰莖佐餐……馬克走向前，瑪麗停止咬嚙了一半的陰莖，抬頭，滿臉是血，雙眼發出磷光……馬克踩她的肩，踢她的背……撲身向前，瘋狂操她……他們像風車前滾翻，從房間這頭滾到那頭，又像上鉤的魚高躍半空中。

「讓我絞死你，馬克……讓我絞死你……好不好，拜託，馬克，讓我絞死你！」

「寶貝，沒問題。」他粗魯地摜倒她，反扭她的雙臂。

「不要，馬克！！！不要！不要！不要！」馬克將驚聲尖叫，恐懼得屎尿齊流的瑪麗拖到絞刑台，綁上絞刑架，台上丟滿用過的保險套。他調整繩子走向房間的另一頭，回來時，手捧銀盤，上有套索。他將瑪麗猛拉倒地，拉緊套索。而後陽具戳入瑪麗，拉著她在絞刑台上跳華爾滋，躍至半空中，呈完美弧形……「咿咿咿咿咿！」他變成尖叫的強尼。瑪麗的脖子扭斷，身體劇烈波動。

強尼頹倒在地，隨即挺身站立，像小動物一樣機警。他在房間裡跳躍，一聲滿懷渴望的尖叫震碎玻璃牆，而後躍入空中。他倒著自慰，直落三千呎，精液映著驚人湛藍的天空，在他的身旁漂浮，他一路尖叫下墜，旭日像汽油燃燒他的身體，穿越巨大的橡樹與柿子樹、沼澤絲柏、桃花心木，碎裂成液體，飛濺至石灰岩鋪成的廢棄廣場，液體被襯映得更明顯。岩石縫隙冒出野草與蔓藤，三呎厚的生鏽鐵門拴穿刺白色石頭，留下類似屎糞的棕色鐵鏽汙漬。

強尼用奇穆王國的巨大白玉罐裝滿汽油，淋遍瑪麗全身……給自己的身體塗油……他們擁抱著在地上翻滾，屋頂鑲著巨大的放大鏡……兩人爆成烈焰，尖叫聲震碎玻璃牆，跌入天空，邊做愛邊吶喊，劃過天際，在沙漠烈陽下爆炸成血與火，灰渣掉落棕色岩石上。

強尼在房內痛苦蹦跳。尖叫聲震碎玻璃牆，他面對太陽，雙手開展如鷹，血液從雞巴射出……像一尊白色大理石神像，而後直線墜落，豔陽炙傷肌膚，雞皮疙瘩凸現，他像年邁的梅約普爆發癲癇，在泥牆邊的屎尿與垃圾堆中痛苦扭動……他是倚著清眞寺牆壁而睡的男孩，大發春夢，精液射入千百個粉紅色平滑如貝殼的陰部裡，感覺到刺人的陰毛滑過陽具時的快感。

強尼與瑪麗在旅館房間，背景歌曲播放〈東聖路易拜拜〉⑧。溫暖春風吹進窗戶，飄動褪色的粉紅窗帘……青蛙在玉米曠地上嘓叫，男孩獵捕窩藏在破裂石灰岩碑下的綠色束帶小蛇，糞便與鐵鏽汙漬了石碑……。

（**霓虹**——葉綠素的綠、紫、橘——一閃一滅。）

強尼用卡鉗夾出瑪麗陰戶裡的巴西吸血鬼魚……丟進龍舌蘭酒瓶，變成弄蝶的毛蟲（maguey worm）……他用叢林鬆骨液灌洗瑪麗的陰戶，沖出裡面的牙齒⑨，混合了血液與包囊……她的陰戶新鮮閃亮，甜蜜如春日青草……強尼舔瑪麗，先是緩慢，逐漸興奮，將陰唇分開，深入陰道，腫脹的舌頭感覺到陰毛的刷刺……瑪麗高舉雙臂，胸部高挺，躺著不動，十指油彩閃亮如霓虹……強尼

8 〈East St. Louis Toodleoo〉，爵士樂手Duke Ellington的名作，所謂叢林之音（jungle sound）的代表性作品。

9 原文用jungle bone softener。巴西原住民用 Jagua tree的果實製成果汁，加熱飲用，會讓吸血鬼魚的骨骼溶化，無法固定在人體內，通常兩小時見效。應該就是布洛斯所謂的叢林鬆骨液。

爬上她的身體，他的龜頭閃亮，尿道口一圈蛋白色的潤滑液，滑過她的陰毛，插入陰戶深處，頓時被饑渴的肌膚吸吞……他的臉充血腫脹，眼睛深處閃耀綠光，雲霄飛車載著他往下墜，穿過一群尖叫的女孩……。

春日和風，強尼睪丸後面的溼潤陰毛逐漸陰乾像春草。叢林的高地山谷，蔓藤潛入窗戶。強尼的陰莖腫大，從中迸出臭氣熏天的花苞。瑪麗的陰戶爬出長長的塊莖根，探索大地。他們的身體在綠色爆炸裡解體。茅屋頹圮成破碎的石塊。男孩是石灰岩雕像，陰莖長出一棵植物，嘴唇微張，如毒蟲瞌睡微笑。

獵犬（The Beagle）將海洛因藏在樂透獎券裡。

再打一劑——明日再尋療方。

長路迢迢。勃起與藥後低潮，司空見慣。

從佈滿石礫的沙漠到長滿棗椰樹的綠洲，此路漫長。綠洲處，阿拉伯男孩對著水井撒尿，在肌肉海灘[10]翻滾，大吃熱狗，吐出包金的牙齒。

牙齒掉光，原因無他，長期飢餓而已，波狀肋骨簡直可以當洗衣板，搓洗你的骯髒工作服，他們從復活島外的舷外浮木，高八度尖叫跳下，用僵硬脆弱如高蹺的雙腿緩步上岸……在夜店窗邊打瞌睡……沉浸於飽食海洛因的懶洋洋狀態，毋需再販賣瘦弱的身體。

棗椰樹因缺乏接觸而枯死[11]，水井滿是乾掉的糞便以及數千張報紙形成的拼貼：「蘇聯否認……內務大臣抱著孿童的警覺性，仔細觀察……。」

陷阱在十二點零二分啟動。十二點三十分，醫師出門吃蠔，兩點回來，輕拍受刑者的背部。「啥？你還沒死啊？看來，我得拉你的腳囉。哈哈！⑫可不能讓你以這種速度窒息——會被總統警告。如果裝屍馬車載出你這個活人，那多丟臉。沒面子到掉卵葩了。我可是在一頭頗有經驗的公牛身上見習過。一二三，拉！」

滑翔機降落，無聲如勃起，靜悄如年輕竊賊敲破上油的玻璃，不出一點聲響。他的手像老女人，雙眼疲倦如毒鬼……無聲的碎裂，破窗而入，踩著染過油脂的玻璃，廚房時鐘大聲滴答，熱風吹亂他的頭髮，大管獵鴨槍，他的腦袋解體……老傢伙退出紅色彈殼，踮腳繞著獵槍旋轉。「噢，狗屎，鄉親，這不算啥……甕中抓鱉……爽事一樁⑬……這個賣春（round-heeled）男孩，上過油的獵鴨槍只朝他腦袋打了一發，他就倒在地上，姿態猥褻……你聽得見嗎，男孩？

「我也曾年輕過，領受過不義之財、女人與屁股緊實少年的魅惑呼喚，看在老天爺的份上，可別讓我熱血沸騰呀，逼得我非得訴說一個讓你翹雞巴的故事，讓你大喊給我粉紅色珍珠狀的年輕陰戶啊，或者弄個年輕零號男孩拿著你的雞巴當直笛，吹出塗滿可愛棕色黏液的悸動曲調啊，你摸摸這位金髮男孩的攝護腺，裡面堆積珍珠狀的尖銳鑽石，跟腎結石一樣無比疼痛呢。很遺憾我必須殺死你

10 美國加州聖塔莫尼卡的海灘，也是著名的健身中心，從三〇年代起就吸引許多人到此健身、展現肌肉。

11 原文為the date palm have died of meet lack。在布洛斯寫給編輯的信裡，他解釋meet就是碰面接觸，並無他解。棗椰可視為陽具的隱喻，因缺乏性接觸而枯萎。也用來對比性狂歡過後的荒蕪心境或者景觀。此句謝謝白大維老師指導。

12 原文為Guess I'll have to pull your leg為一語雙關，它既是「惡作劇開玩笑」的俚語，也表示拉對方的腳，助他一臂之力，讓他早日升天。因此才會有「哈哈」兩字緊接在後面，表示醫師對自己的幽默頗感自豪。

13 money in the bank，有兩種俚語解釋，一是很爽，一是十拿九穩的事，妥當得很。

……這個單調乏味的老貨大不如前⑭……總不能怪罪觀眾……得來點動作，才能**博得滿堂采**，不管是跑是坐都好……就像滿口蛀牙的老獅子需要阿米當牙膏，茹毛飲血才能口氣芳香……這些老獅子全變成噬童者……誰又能怪他們呢，聖雅各醫院的男孩是如此甜蜜美好又冰冷⑮??孩子，這會兒你可別僵硬挺屍。對我們這種老厭物得有點尊敬吧……總有一天，你也會變成煩人的老混蛋……哦，哦；我想不會……你就像霍斯曼筆下的赤足無恥孌童『歲月凍結的什羅浦郡無邪男』⑯，面臨歲月變遷的深洞，便拔足飛奔……你是無法殺死什羅浦郡男孩的……他被絞殺過無數次，養成無比抵抗力，就像被盤尼西林閹割了一半的淋菌，激發出可憎的耐力，反成幾何級數暴增……現在讓我們投票大赦他吧，讓這些被警長殘暴催債（pound of flesh）的獸性展演早早結束吧。」

警長說：「各位，只要一鎊，我便可以脫下他的褲子。上台來吧。這是有關生命中樞何在的嚴肅科學展示。先生與女士，這傢伙的那根足足九吋長，你們不妨到裡面親眼目睹。只要一鎊。一張三元贗幣（queer）⑰就可目睹年輕男孩至少射精三次，如果**完全違背對方的意願**，我就不會貶低自己去閹割他。當他的脖子清脆斷裂，依照節奏性注意力⑱，這傢伙鐵定會射精，噴得你們滿身都是。」

男孩站在絞刑台的活門踏板上，不時將身體的重量由一腳換到另一腳：「上帝！這行業的男孩得忍受多少東西呀！尤其某些恐怖的老傢伙還會動手動腳。」

踏板陷落，繩子發出風兒吹過鐵絲的聲音，脖子折斷，洪亮如敲鑼。

男孩用彈簧刀割斷繩子，把自己放下來，在走道中間追逐一個驚聲尖叫的「玻璃」。這位死玻璃鑽入一便士遊樂場偷窺秀的玻璃門，開始替一個呻吟的黑人舔屁眼……。

淡出。

（瑪麗、強尼、馬克脖子上仍掛著套索，對觀眾深深一鞠躬。他們不像黃色電影裡那樣年輕……看起來疲憊且暴躁。）

---

14 典故來自美國傳統兒歌〈The Old Grey Mare〉，歌詞寫這老母馬大不如前了，後常用來比喻過了巔峰狀態的人物。

15 此處原文用boys being so sweet so cold so fair in St. James Infirmary。聖雅各醫院，典故來自爵士歌手阿姆斯壯改編的民謠藍調〈St. James Infirmary Blues〉，歌曲中的敘事者到醫院探望死去的女友，慨嘆人生無常，敘述如果自己死了，希望有個什麼樣的葬禮。歌詞用I went down to the St. James infirmary, I saw my baby there. She was stretched out on a long white table, so cold, and fine, and fair. 布洛斯此處的so sweet so cold so fair顯然是套用歌詞。

16 原文用Congealed Shropshire Ingenue。英國古典文學家暨詩人霍斯曼（A. E. Housman, 一八五九～一九三六）著有詩集《什羅浦郡男孩》（*The Shropshire Lad*），被認為藉詩抒懷，宣洩自己隱密的同志情。

17 此處是雙關語，queer可以當假錢，俚語又有as queer as a three dollar bill，意指徹頭徹尾的同性戀。

18 節奏性注意力（rhythmic attention）是神經學的原則之一，人類天生的節奏感會讓我們預期下一個動作的發生，因此注意力是受制節奏的行為。

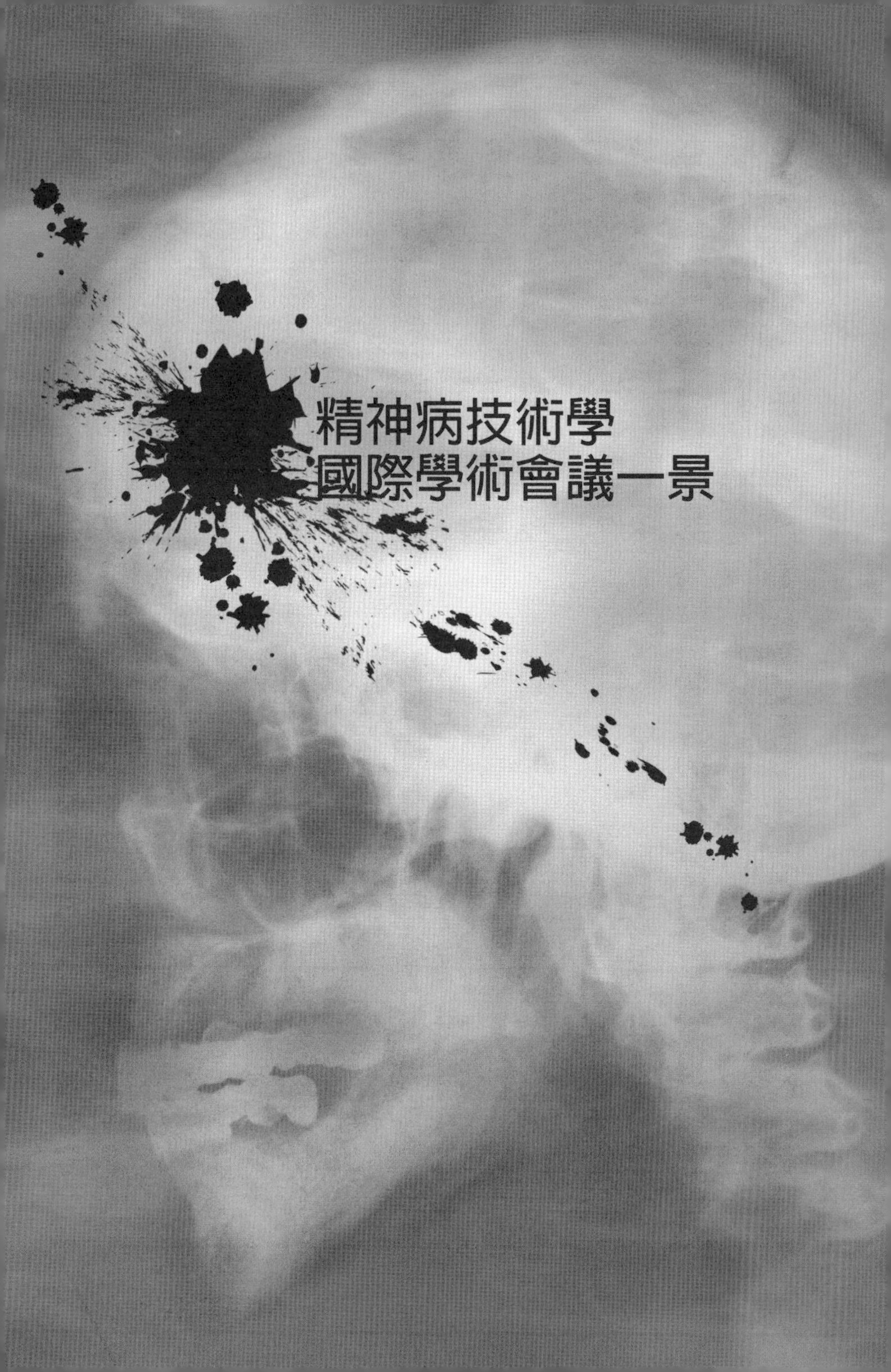

精神病技術學
國際學術會議一景

謝佛醫師綽號手指，又稱「腦葉切開術小子」（Lobotomy Kid）。此刻他站起身，冷酷的藍眼珠凝視掃射與會人士。

「各位先生，人類的神經系統可以簡化成緊密簡略的脊柱。頭腦，包括前腦、中腦與後腦都必須聽從腺樣增殖體、智齒、盲腸的指揮①……謹此介紹我的精心傑作：**美國本色的徹底去焦慮人**（The Complete All American Deanxietized Man）……。」

管號聲響起：此君身無片縷，由兩名黑人扛伕抬進來，粗暴鄙夷地扔在講台上……此君蠕動……他的皮膚幻化成透明的黏凍，在一陣綠色迷霧中消失，露出底層的黑色蜈蚣怪獸。無以名之的臭氣一波波充塞房間，滲透雙肺，抓扯胃部……。

謝佛十指交扭，啜泣說：「克萊倫斯！！你怎可如此對我？？忘恩負義！你們統統是忘恩負義之徒！！」

與會人士開始喪氣低語：

「謝佛這次恐怕是搞過頭了……。」

「我警告過他……。」

「謝佛是聰明的小夥子，不過……。」

「為了出名，什麼宣傳都能搞……。」

「各位，這個東西難以啓齒，而且從各個角度看，都是謝佛醫師腦袋錯亂下的非法結晶，絕對不能見天日……我們對人類一族的責任很清楚……。」

「媽呀，這人再也無法見天日了，」黑人扛伕甲說。

「我們必須發出怒吼，怒斥這種非美（Un-America）行爲，」一個肥胖青蛙臉的南方醫師狂飲廣口瓶裡的玉米威士忌酒。他醺醉舉步又止步，蜈蚣的巨大身體與令人生畏的模樣嚇壞了他……。

「拿汽油來！！！」他大聲嘶吼：「我們得將這狗娘養的當作傲慢黑鬼，燒死他！」

「我啊，俺可不要強出頭，」某個嗑了LSD25迷幻藥、年輕時髦的酷醫師說：「聰明的地方檢察官可以……。」

淡出。

「維持法庭秩序！」

檢察官說：「評審團的各位先生，這幾位『博學的紳士』指稱他們恣意殘殺的這個無辜人類，突然間變成巨大的黑色蜈蚣，『基於他們對人類的職責』，必須在這個怪物可以任意危害同類之前，將它摧毀……。

「我們要吞下這種指抹狗屎屁話的衛生紙嗎？我們要像個沒沒無名、塗了油的屁貨一樣，全盤接受這些奸巧謊言嗎？他們所謂的驚人蜈蚣，**在哪裡啊**？

「他們自滿地回答『已經將之摧毀，』……我要提醒各位陪審團紳士與雌雄同體者，這個**大怪獸**」──他指著謝佛醫師──「曾經多次現身法庭，都是被控施行『腦部強暴』此等無法言喻的罪行……若用普通英語來說」──他敲打陪審團包廂的扶手，聲音拔高爲尖叫──「各位先生，用普通英語來說，就是**強制性的腦葉切開手術**……。」

陪審團倒抽一口冷氣……其中一人心臟病猝死……另三個陪審團員因淫慾高潮倒地扭動……。

1 這三樣器官被認為是無用的。

檢察官以戲劇化的手勢指著：「就是他——沒別人——將這個原本美好的土地貶低成瀕臨白癡境界的偏遠國度……就是他，讓巨大的倉庫裡排滿一排排、一層層的無助造物，點滴所需都得仰賴他人……這個博學的惡魔還以戲謔嘲諷的口吻稱他們爲『混吃等死的』……各位，我告訴你們，克萊倫斯被恣意的謀殺，絕不能輕輕放過！此樁惡劣罪行就像受傷的玻璃，尖叫吶喊著最終正義請降臨吧！」

蜈蚣激動，四處奔爬。

「媽啦，這狗屁傢伙餓了，」扛伕尖叫。

「我啊，俺要落跑囉。」

一陣驚惶像電流穿過與會者……他們尖叫撕抓，成群衝向出口。

市集

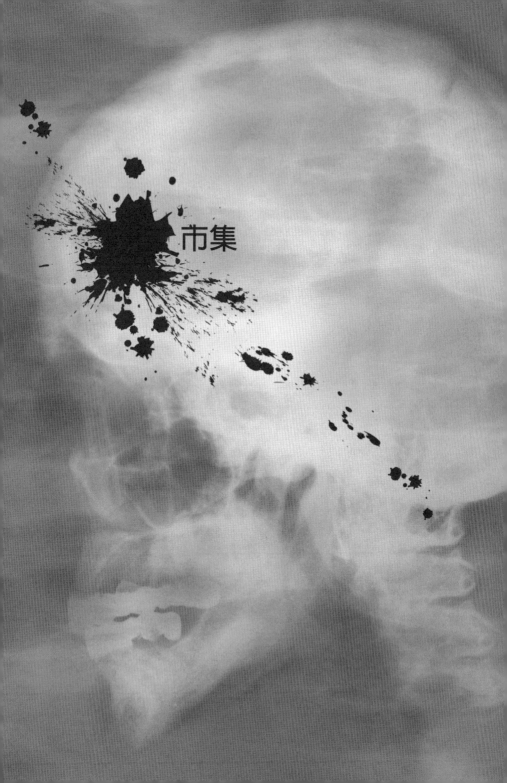

跨際區城市全貌。〈東聖路易拜拜〉的幾小節前奏時而響亮清晰，時而微弱斷續，好像漂浮在彎曲街道的音樂……在這個複合城市裡，所有的人類潛能都坦蕩呈現在巨大靜寂的市集裡。

喚拜的鐘塔、棕櫚樹、山脈、叢林……惡魚不時從流速遲緩的河跳出，開闊公園長滿野草，男孩躺在草地上玩耍神祕遊戲。本城絕不閉戶，別人隨時可以進入你的房間。警察局長是中國人，正在剔牙，聆聽一個瘋子的告發。中國佬不時從嘴裡掏出牙籤，凝視它的前端。古銅色皮膚的時髦人士在門口徘徊，扭擰金鍊上掛著的風乾人頭骨，他們的臉漠然無表情，是昆蟲的茫然冷靜。

時髦人士背後是敞開的門，有桌子、亭子、吧台、廚房、浴室，一排排黃銅床上是對對交合的人，數千張吊床交叉其中，毒鬼束緊手臂施打毒品，鴉片煙鬼、印度大麻煙鬼、吃飯說話洗澡的人，都埋在迷霧與水氣裡。

再來是賭桌，賭注高到不可思議。偶爾就有賭客跳起來，絕望哭泣，因爲他把青春輸給了老人，或者成爲對手的拉塔病患。但仍有比青春或拉塔病更高的賭注，全世界唯有對賭的兩人知道賭注爲何。

城裡的房子戶戶相連。有草泥屋（高山蒙古人在煙霧瀰漫的門口眨眼睛）、竹屋、柚木屋、磚坯屋、石頭屋與紅磚屋。另有南太平洋屋與毛利人屋、樹屋、船屋，更有百呎長的木頭屋可以讓全族的人都住進去；也有紙箱與波浪鐵板蓋成的房子，老男人坐在破布堆中用營地酒精罐炮製毒品，沼澤與垃圾堆樹立著兩百呎高的巨大生鏽鐵架，裡面是層層平台搭建起來的危險隔間，吊床搖盪其中。

特遣隊帶著不爲人知的目的前往不知名的所在。陌生人搭乘爛繩捆綁老舊板條箱做成的木筏抵達，蹣跚步出叢林，蟲咬眼睛，腫脹得張不開，他們腳底龜裂流血，步下山中小徑，穿過灰塵僕僕、朔風野大的城郊，在那裡，人們成排對著磚坯屋牆排泄，禿鷹爭奪死魚頭。他們搭乘縫縫補補的降落傘降臨公園……酒醉的警察陪同他們到巨大的公廁辦理登記。記錄下來的資料掛在釘上，充當衛生紙。

各國毒品的炮製味道飄散全城，鴉片、印度大麻，還有雅哈特有的紅色樹脂煙霾，叢林、鹹水、臭河、乾掉的屎尿、汗水與生殖器的氣味四處飄散。

高山笛、爵士、咆哮爵士、蒙古一弦琴、吉普賽木琴、非洲鼓、阿拉伯風笛……。

暴力像傳染病造訪本城，沒人理睬供禿鷹饗宴的街頭橫屍。白化症者對著太陽眨眼睛。男孩坐在樹叢間，懶洋洋打手槍。被不知名疾病蠶食的人張著懷帶惡意、知曉內情的雙眼梭巡來往路人。

城裡市集有個邂逅咖啡館。以伊楚利亞語塗鴉、從事難以想像過時行業的學徒，對尚未合成出來的毒品上癮的毒鬼、推銷高強度（souped-up）駱駝蓬鹼的毒梟，毒品被簡化成一種習慣，提供癮君子危險而且幾近植物狀態的寧靜，它們是引發拉塔病的液體，也是讓你長壽似提通階（Tithonian）①的血清，第三次世界大戰的黑市販子、心電感應切斷者、心靈整骨療法者、調查偏執狂冷漠棋手譴責侵權案的檢察員、以青春型精神分裂症速記手法零碎記載的搜索狀，遞狀員控訴他們的心靈遭到無可言喻的摧殘，不合憲的警察國家官員、讓縮陽症手術臻至完美境界的同性戀女侏儒、肺部勃起充血（lung erection）窒息了沉睡中的敵人、推銷生命力儲槽與身心鬆弛器的人、販賣脆弱夢想與鄉愁的掮客，拿毒癮者的敏化細胞做實驗，以物易物，換取意志力的原料，擅長治療疾病的醫師躲在毀滅城市的黑煙裡冬眠，收集無眼蠕蟲白色血液裡的毒性，它們正慢慢摸索地表與人類宿主，

1 侏羅紀的最後一個階段。此處意指毒品讓癮君子的精神處於永恆狀態。

海洋地殼與同溫層的疾病，實驗室與原子戰爭的疾病……隱諱不爲人知的過去與逐漸浮現的未來，兩者在此邂逅，並發出無聲蜂鳴震動……幼蟲正在等待活人……。

（我是在雅哈中毒的狀態下寫下跨際區與邂逅咖啡館的段落，雅哈、ayahuasca、pilde、nateema都是黃褥花科卡皮藤的印第安別名②，這是亞瑪遜河流域特有的蔓藤，生長非常快速。詳見附錄對雅哈的討論。）

雅哈服用後筆記：

影像如雪片，無聲緩慢落下……寧靜……卸下所有心防……任何東西都可自由進出……完全不可能起恐懼心……美麗的藍色物質飛進我的身體……我看到一張古老如南太平洋面具的微笑臉孔……藍紫色的臉點綴著金色斑點……。

房間採用近東妓女戶的風格，藍色牆壁、紅色的流蘇燈罩……我覺得自己變成女黑人，黑色無聲侵入我的肌膚……因慾望而震顫……我的腿沾染上某種成熟發展的玻里尼西亞物質……每樣東西都在蠕動，似乎都有鬼祟生命，這個房間是近東、黑人、南太平洋風格的，某個我無法精確指認的熟悉所在……雅哈之旅就是穿梭時空，房間似乎因震動而搖擺……黑人、玻里尼西亞人、高山蒙古人、沙漠遊牧民族，以及精通數國語言的近東人、印第安人，還有許多已存在或未誕生的種族，他們的血液與物質穿過我的身體……遷徙，偉大的旅程，從沙漠、叢林、高山（封閉的高山盆地完全停滯死亡，人的生殖器冒出植物，大批介蟲在人體裡孵化，破膚而出），搭乘舷外浮桿獨木舟跨越太平洋，到達復活島……。

（我突然想到，服用雅哈初期的噁心感，其實就是迎向雅哈狀態的暈船病……。）

巫醫靠雅哈預測未來、尋找失物與贓物、診斷與治療病症，或者指認某樁罪行的犯罪者。印第安人認爲所有死亡都不是意外，他們對自毀傾向毫不自知，或者認爲此類傾向乃是外力或者惡毒意志操縱的結果，因此，所有死亡都是謀殺。巫醫服用雅哈，謀殺者就會向他現出原形。可以想見，每當叢林巫醫陷入此類審問的深思時，不少族人鐵定忐忑不安吧。（圈內笑話說，印第安人是鮑亞茲③的精神病患緊身衣，原始族裔最令人類學家抓狂。鮑亞茲鄙稱他們爲「我們的裸身表親」。）

「希望砂有普圖圖這個老傢伙沒有嗑到茫，可以指認是哪個男孩幹的。」

「服一劑箭毒，放輕鬆。我們已經給他打了藥……。」

「萬一他茫了怎麼辦？他成日服用雅哈，二十年來都不曾腳踏實地過……長官，我告訴你，沒有人可以這樣搞的……腦袋會搞爛……。」

「那我們就宣告他失去行爲能力……。」

砂有普圖圖從叢林現身，宣稱此事是下茲皮諾區的男孩幹的，眾人毫不意外……親愛的，你要接受老巫師（brujo）的教誨啊，人們不喜歡意外……。

---

2 原文用*Banisteriopsis cappi*，黃褥花科一種，卡皮是當地名稱，Banisteriopsis學名來自十七世紀的植物學家John Banister。此註解謝謝行政院農業委員會林務局保育組野生物保育科王守民技士，以及國立澎湖科技大學休閒事業管理學系王志強助理教授的幫忙。

3 原文用Herr Boas，鮑亞茲先生，指的是美國人類學家之父Frank Boas。所謂圈內笑話，是因為作者布洛斯曾在哈佛大學人類學系短期攻讀碩士。

送葬隊伍行經市集。四個扶柩者抬著金絲銀線的阿拉伯雕飾黑色棺材。弔唁隊伍吟唱葬禮之歌……柯林與賈帝從旁插進隊伍，也在抬棺，裡面是豬屍……這隻撐破棺材的豬穿著連帽寬袍，嘴含大麻煙管，豬蹄捧著一堆淫穢照片，脖子垂掛印有十誡文的猶太門柱吊飾……棺材上的銘文寫著：「這是最尊貴的阿拉伯人。」[4]柯林與賈帝用亂掰的阿拉伯文演唱戲諷式的送葬曲。

賈帝還會模仿中國人的喋喋不休，笑破你的肚皮——簡直就是個歇斯底里的腹語術戲偶。事實上，他曾鎮壓上海的一次反洋人暴動，死亡人數高達三千。

「請肅立，葛提，好歹對本地黑膚貨表達一點尊重。」

「應該的。」

「親愛的，我正在弄一個最棒的發明……你一達到高潮，男孩就會消失，留下樹葉燃燒的味道，以及火車汽笛遠離的音效。」

「曾在無重力狀態下做愛嗎？你的精液漂浮在空中，好像可愛的靈外體，讓女客無邪受精，最起碼也可以間接受精……讓我想起一位老友，他是我見過最英俊、最瘋狂的人，徹頭徹尾被財富腐化。他喜歡拿水槍朝派對裡的粉領族噴精，卻輕鬆打贏所有親權鑑定官司。你知道的，水槍裝的不是他自己的精液。」

淡出……。

「維持法庭肅靜！」

A. J.的律師說：「檢驗的結論顯示我的委託人，呃，跟這位迷人原告的小意外之間，呃，並無直接關連……或許她準備效法聖母馬利亞，無邪受精，指稱我的委託人爲居間穿梭的幽靈……我還記得十五世紀的一個案例，某位荷蘭年輕女子指控年高德劭的法師幻化出一個女妖，呃，藉此熟悉該女子的肉體，而後讓她不幸懷孕。整件事情，法師從頭到尾只被指控是從犯，觸犯窺淫罪。儘管如此，陪審團的諸位紳士，我們不再相信，呃，此類傳奇；在智慧已開的時代，年輕女子如果要把自己的奇特境遇推到女妖身上，會被視為浪漫主義者，用簡單的英文來說，根本就是天殺的說謊者，嘻嘻嘻……。」

以下是先知的時段：

「數百萬人死於泥質灘地。僅有一人破泥而出，得以呼吸。

『遵令，船長，』⑤說話時，他的眼珠子迸掉在甲板上……今晚誰要負責測鏈？跡象顯示我們必須小心觀察逆風面，因為順風面的觀察得知沒啥值得清倉的⑥……穿得像西班牙小姐是本季地獄的風尚⑦，長時間攀爬像維蘇威火山搏動的陌生陽具，我已疲憊不堪。」

4 典故挪借自莎士比亞《凱撒大帝》第五幕第五景的This was the noblest Roman of them all。

5 此處是布洛斯的文字遊戲，原文用Eye Eye, Captain，以遵命的同音字「眼睛」與後面一句的眼睛相呼應，同時間此段文字扣合下文，顯示自述者是顆精子，眼睛的形狀也用來暗喻精子的頭部，所以才說眼珠子掉下來。

6 worth a rusty load，rusty load是俚語，指許久未射精。點出這整段先知預言乃是以一個精子口吻述說。

7 Senoritas are the wear this season in Hell，此句典故來自法國詩人藍波（Arthur Rimbaud）的詩集《地獄季節》（*A Season in Hell*），在作者布洛斯的地獄裡，本季流行西班牙小姐打扮。此註解謝謝中央大學白大維老師。

需要東方快車衝出此地，到一個並非處處地雷（富含沖積礦）的地方⑧……每天挖一點，眞是曠日費時……。

對著耳小骨發出自慰的熱燙鬼魅低語……。

將自己射向自由。

「**耶穌**？」這位既惡毒又是老先知的死玻璃從雪白瓷罐拿出小粉餅（pancake）塗抹，一邊鄙夷說道……「那個廉價的二流演員（ham）！你以爲我會貶低身分去表演神蹟？……他根本就該待在巡迴馬戲團裡……

『侯爵們、羊牯們，上台來吧，把小羊牯也帶上。不論老少、人畜，此舉只有好處……獨一無二且經過法律認定的**耶穌**（Son of Man），一隻手便治癒年輕男孩的淋病，各位，僅靠接觸，別無其他哦。他的另一隻手還能變出大麻，在水上行走的同時屁眼還噴出美酒……各位，請保持距離，此人的能量將使你們受到輻射灼傷。』

「我對他瞭解甚深，親愛的……記得那時我在索多瑪表演模仿秀，那城市爛得很，爛到無以復加（from hunger）。我的表演可是很高級喲，呃，有這麼一個他媽的俗氣傢伙，從巴馬小鎭或者某個地方來到索多瑪，當場就批評我是個媽的水果男。我對他說：『我置身演藝圈三千多年，從來不惹麻煩。不需要你這個沒割過包皮的舔卵芭傢伙跑來說三道四』……稍晚，他跑來我的化妝間跟我道歉……原來他是個名醫。蠻可愛的傢伙……。

「**佛陀**？惡名昭彰的代謝型毒鬼，你知道的，自身就能生產毒品。在印度，人們沒有時間感，

藥頭有事沒事就遲到一個月以上……『我想想看，那是第二還是第三個雨季？我好像在開遮普參加了一次類似聚會的玩意兒。』

「所有的毒鬼圍成一圈打起蓮花座，吐口水，等待**藥頭**。

「佛陀開口啦：『我不想再忍受這種聲音⑨。我以上帝之名發誓，我將代謝生產自己的毒品。』

「『頭兒，你不能這樣幹。要不了多久，稅務人員（revenooer）就會蜂擁而上。』

「『他們無法蜂擁圍上我，你忘了嗎？我有竅門呢。此時，我可是個他媽的**聖人**。』

「『頭兒，這論點挺犀利。』

「『現在有些市民在製造這種**新信仰**⑩時，茫到不行。這些瘋狂的人不知道如何表現自己，簡直沒格調……何況，這樣很容易被眾人撻伐，誰喜歡跟高人一等者混啊？「傑克，你搞啥啊，誠心讓人難過？」因此，我們得低調點，你明白嗎，低調……各位，我們的立場是要或不要，隨便你。不像某些不知哪兒冒出來的沒沒無聞廉價人物，我們絕不會朝你的靈魂硬塞東西。清出洞穴，我將使用火誡文⑪代謝生產快速球。⑫』

---

8 out of here to no hide place(r) mines are frequent in the area。作者的諧韻遊戲。placer mines 是沖積礦，而 place mines are frequent in the area是地雷處處的地方，兩個意義完全不同的句子，只有place與place(r)的拼法差異。此註解謝謝中央大學白大維老師。

9 指吐口水的聲音，流涎是毒癮發作的現象之一。

10 此處指毒品成為信仰。

11 fire sermon，佛陀勸人禁慾火，戒怒火等的告誡語。這一部份包括四首詩。

12 speed ball，海洛因混合古柯鹼，或者快克混合海洛因，也可指安非他命。

「**穆罕默德**？甭開玩笑吧。他是麥加性交委員會炮製出來的人物⑬，是個好酒貪杯（sauce）、走下坡的廣告從業員編寫的劇本。

「葛斯，再給我來一管。然後，奉阿拉之名，我要回家領受可蘭經的章節……你等著看早報派抵市場（souks）吧。我將大大鼓吹末日之景象。」

「吧台調酒員本來在研究賭賽表，抬起頭說：『是哦，他們將受痛苦的刑罰。』⑭

「「『嗯……呃……絕對痛苦。現在，葛斯，我再開一張支票給你。』

『你是大麥加地區最惡名昭彰的僞造支票者。我可不是牆壁⑮，穆罕默德先生。』

「『葛斯，我有兩種名聲，好名聲與壞名聲。你現在就想嘗點我的壞名聲？我將領受可蘭經章節，裡面提到某個吧台調酒生不肯賒帳給有需要者。』

「『然後，他們將受痛苦的刑罰。阿拉伯半島，賣出⑯。』他翻身跳過吧台。『我再也受不了啦，阿密德。帶著汝之可蘭經章節，給我閃人。事實上，我還會助你一臂之力。**甭再回來**。』

「『我會好好修理你的胖屁股（wagon），你這個不信教的舔卵芭者。我會把你縫起來，讓你像毒鬼的屁眼一樣發乾。奉阿拉之名，我會讓整個半島乾涸。』

「『它早已是個大陸了……。』⑰

「孔子的言論跟小奧麗⑱是同格的，都是些冗長且不得要領的冷幽默（shaggy dogs）。老子？早就被除名囉……受夠了這些感傷的聖人，一副被人戳了屁眼，卻盡力不放在心上的變態哀傷模樣。憑什麼我得讓這些崩潰的二流演員來告訴我智慧是什麼？『置身演藝圈三千多年，向來不惹麻煩……』

「首先，每一個**真相**都隨著男妓闖入監牢，伴隨啷噹入獄的還有褻瀆了賣春神祇[19]、自行在街頭做生意的人。在此情況下，這個白髮蒼蒼的老貨就蹣跚舉步前來恩賜『昏聵智慧』。我們永遠擺脫不了這個潛藏在西藏每個山頭的白鬍子笨蛋嗎？他非得把自己從亞馬遜的茅屋拉出來，埋伏於寶瓦利街[20]？『孩子，我正等著你呢。』他可是生產了一穀倉的陳腔濫調（corn）。『人生就像學校，每個學生都有不同的功課。現在我將打開我的辭彙庫……。』

「『恐怖得很……。』

「『不，誰也無法力挽狂瀾。』

「『我擋不住他，孩子們，隨人顧性命吧（Sauve qui peut）。』

「『我告訴你，當我離開智者時，根本不成人樣。他將我的生命力（live orgone）變成爲死氣沉

---

13 原文用chamber of commerce，本意是商務委員會，但是commerce一詞可做性交解，對照後文，可發現此「性交委員會」壟斷賣春事業。

14 原文為and theirs will be a painful doom。典故出自可蘭經第六十四章節〈相欺〉，原指不相信阿拉事蹟的人都將受到惡果。

15 作者的文字遊戲，paper hanger可做偽造支票者，另一個意思是糊壁紙的人。

16 原文用Sold Arabia，典故可能來自一九三七年Kinky Friedman的歌曲〈Sold American〉，指低下階層的美國夢破碎，受苦的靈魂就像落槌被拍賣掉的美國人。

17 作者的文字遊戲，半島（peninsula）在俚語裡當陽具解，大陸（continent）則可做節慾解。所以，撇開字面的意思，雙關意義為「我將掏乾你的陽具」，「我早就節慾了」。

18 小奧麗（Little Audrey）是美國早年的一個卡通角色，脫胎自Little Lulu。作者是在暗貶孔子為仿冒貨。

19 原文用gods of commerce，希臘神話裡掌管商貿行為之神。承譯注13，這裡指的是掌管賣春的神祇。

20 寶瓦利街（Bowery）原本是紐約一個以廉價旅館與沙龍聞名的街道。現在已經成為時尚區。

沉的狗屎。』

「因此，我有了一個獨門想法，何不製造活生生的字呢？這種字無法直接表達……大概唯有人們留在旅館抽屜裡的斷編殘簡，相互並置產生的拼貼效果可以指陳，也唯有負面表列方式才能對它加以定義……。

「我想做胃部縫褶手術……我老則老矣，還是有人要我。」

（胃部縫褶是一種移除胃部脂肪的手術，同時間在腹腔壁做個縫褶，形成類似肉體馬甲的東西，但是這玩意兒很容易破，讓恐怖的老化內臟噴得地板到處都是……苗條有致的肉體馬甲款[21]是最危險的。事實上，有些極端危險的模型被圈內人稱爲O. N. S.（one night stand），一夜情呢。

綽號「陽具」的林菲斯特醫師直率地說：「裝了肉體馬甲者，床是最危險的地方。」

肉體馬甲的主題曲爲〈相信我吧，這些美好的年輕人〉，因爲裝配了此款的性伴侶的確會如「天上掉下來的禮物，迅速匿跡」[22]。

博物館的白色房間陽光照耀、擺滿六十呎高的粉紅色赤裸軀體。眾多青少年低語。

銀色護欄……千呎深的裂口直直劈開閃亮的陽光。一小畦一小畦的包心菜與綠色萵苣。排水溝對面的老娘娘腔窺伺持手斧的棕色皮膚年輕人。

「天老爺，不知道他們會不會撒尿施肥……或許現在就會幹。」

他掏出珍珠貝母的歌劇望遠鏡——是豔陽下的阿茲塔克馬賽克拼貼。

排成長隊的希臘少年手捧裝滿糞便的雪白瓷盆，倒進石灰岩泥洞裡。

紅磚鬥牛場，灰撲撲的白楊在午風中搖曳……溫泉旁圍著一圈小木屋……楊木叢裡藏著頹圮的粗石牆壁。千萬個自慰少年坐過的長椅，平滑如金屬板。

希臘少年白皙如大理石，在巍峨金色神廟柱廊旁像狗兒對幹……赤裸的糖水怪彈奏魯特琴。

他身穿紅色毛線衫沿著小徑走，碰見碼頭管理員的兒子山米與兩個墨西哥人。

「嗨，瘦皮猴，」他說：「想不想被幹啊？」

「嗯……好啊。」

他趴在爛草蓆上，墨西哥人將他拉近身來……黑人男孩繞著他們舞出節拍……陽光穿過粉紅色的牆壁節孔，照亮了他的陰莖。

富含鐵質的大片平臺地直衝破碎的天際線，是粉彩藍地平線上令人遺憾的粉紅廢墟。

「沒關係，」三千年來都沒卸過貨的上帝，尖叫穿過你的身體。

冬日月光下，大批晶亮頭顱落下，砸碎了暖房。

潮溼難聞的聖路易花園派對，美國女人飄然而去，留下一股毒氣。

毀棄的法國庭院，綠色爛泥覆蓋水池。一隻巨大且病態的青蛙緩緩自池底現身，在泥台上演奏翼琴。

索盧比（Sollubi）急匆匆跑進酒吧，用鼻頭的油脂擦亮聖人的鞋子……聖人怒踢他的嘴。索盧

21 原文用F.C.，即Flesh Corset的縮稱。

22 此段的典故來自民謠〈Believe Me if All These Endearing Young Charms〉，歌詞寫道：「相信我吧，我今日如此喜悅凝視的美好年輕人，到了明日即將改變，有如天上掉下來的禮物，迅速從我臂彎消失。」

比尖叫，轉圈，在聖人的褲子上拉屎。接著他飛奔到街上。一個皮條客狐疑望著他。

聖人要求見經理：「老天爺，穆罕默德，你經營的這地方是個啥鳥，毛骨悚然。我全新的魚皮踏腳鞋……。」

「很抱歉，聖人，他閃過我偷跑進來。」

（索盧比在阿拉伯世界是生人勿近的世襲階級，以個性悲慘卑鄙聞名。豪華咖啡館常會聘請索盧比，在顧客進餐時舔他們屁眼，爲此，椅子還特別鑽洞。非常想要任人糟蹋、盡失臉面的市民，常會跑到索盧比人的紮營區，扮演同性戀性交的零號。現今不乏這種例子，自找死路唄……他們說被索盧比人戳，美妙非凡……事實上呢，有朝一日，索盧比人將變得富有、傲慢，擺脫原有的低劣。生人勿近，這個禁忌的源頭是什麼？或許索盧比人是墜入凡塵的祭司階層。事實上，生人勿近就代表他們賦有祭司的功能，一肩扛起世人的所有劣根性。㉓）

A. J.穿著黑色斗篷漫步市場，一隻禿鷹棲息在他肩頭。他走到密探齊聚的桌前。

「這個故事你們非聽不可。洛杉磯有個十五歲男孩。他的父親認爲時機成熟，該是這孩子嘗嘗屁股的時候了。男孩正躺在草坪看漫畫，父親走過來說：『兒啊，這裡有二十元；我要你去找個好妓女，嘗嘗屁股的滋味。』㉔

「他們開車到了豪華妓女院，父親說；『接下來就看你的啦。你去按門鈴，當女人來開門時，你把二十元給她，說你要弄個屁股嘗嘗。』

『沒問題，老爸。』

「約莫十五分鐘後，男孩走出來；

『兒啊，怎樣？有嘗到屁股嗎？』

『有啊。一個老屄應門，我說我要弄塊屁股嘗嘗，就把二十元塞給她。進了她的房間，她開始脫衣服。我拿出彈簧刀，割了她一大塊屁股。她大吵大鬧，好像我要用鞋子打破她腦袋似的。接著，我就幹她，找找樂子罷了。』

唯有笑穴[25]留著，血肉早已飛過山陵，隨著晨風與火車汽笛遠颺。我們並非無視問題的存在，所謂民之所欲，常在我心，畢竟這是大家生活的土地，誰又能推翻一個長達九十九年的神經突觸租約（synapses lease）[26]？

屁眼密探柯林．史奈德的冒險旅途還有下半部：「我就進了妓院，瞧見那女騙徒坐在酒吧。我心想『哦，妳已經是隻高檔雞（poule de luxe）了[27]。』我見過這老貨，一開始沒怎麼注意她，後來發現她開始摩擦雙腿，把腳丫子伸到背後，大力壓下自己的腦袋，鼻子伸出長管，給自己灌腸。你簡直無法視而不見。」艾瑞絲是中國人與黑人混血，二羥基海洛因成癮者，每隔十五分鐘就要打一管，

23 這句話的意思是被視為卑賤者往往承負世間所有罪惡。有些原始部落的賤民階層便是如此。

24 have a piece of ass，指性交。

25 原文用laughing bone，是手肘某一處，如果按下去，就會酥麻，類似中文裡的笑穴，俚語當作「幽默感」。但是作者此處顯然是一語雙關，要講骨頭留下，血肉飛走。

26 此處是將跨際區比喻為毒癮者腦袋（神經突觸）裡的三不管地帶，毒癮者的各式表現就是跨際區的各式住民。住民之需求是不能忽視的。跨際區的租約為九十九年，也是用來比喻人的壽命。此註解謝謝中央大學白大維老師。

27 poule de luxe英文翻譯為hen of luxury（奢華的母雞），是法國人稱呼妓女的俚語。

搞到後來，她根本懶得拔針頭，全身掛滿滴管與針頭。針頭在枯乾的皮膚上生鏽，東一塊西一塊的綠色斑點形成平滑的綠棕色粉瘤。她面前的桌子放了大麻菸的俄羅斯茶爐，還有裝滿海洛因（brown sugar）、約莫二十磅重的食籃。除了海洛因，沒人見過她吃東西。唯有注射毒品前，她才會聆聽別人說些什麼，或者喃喃自語，以單調的口吻淡然陳述自己的狀態。

「我的屁眼阻塞了。」

「我的陰戶有恐怖的綠汁。」

艾瑞絲是班威的實驗。「人體可以單靠海洛因運作[28]，天殺的……我知道某些學問淵博的同事企圖貶低我的天才之作，宣稱我偷偷在艾瑞絲的海洛因添加維生素與蛋白質……這些沒沒無聞的混蛋有膽就爬出他們的臭毛坑，對艾瑞絲的海洛因與大麻菸做點滴分析（spot analysis）。艾瑞絲可是個健健康康的美國屄。我徹底否認她從精液得到養分。請容許我藉此機會說明，我是個素有名望的科學家，不是江湖郎中、瘋子，也不謊稱自己能夠創造神蹟……我從未說過艾瑞絲可以只靠光合作用活下去……我沒說過她可以呼吸二氧化碳，然後釋放氧氣——我承認自己頗心動，想拿她實驗，卻顧忌醫學倫理……簡言之，惡意誹謗我的陰險同僚將不免自食惡果，像返巢的誘餌候鴿咕咕慘叫。」[29]

28 原文用sugar，俚語裡涵蓋LSD、古柯鹼、快克古柯鹼、海洛因等毒品，與上文對照，此處應指海洛因。

29 原文用roost like a homing stool pigeon，stool pigeon指的是線民，典故源自以前人們捕獵候鴿，將捕到的鴿子綁在板凳上當誘餌，淒厲的咕咕叫聲吸引其他候鴿上當。

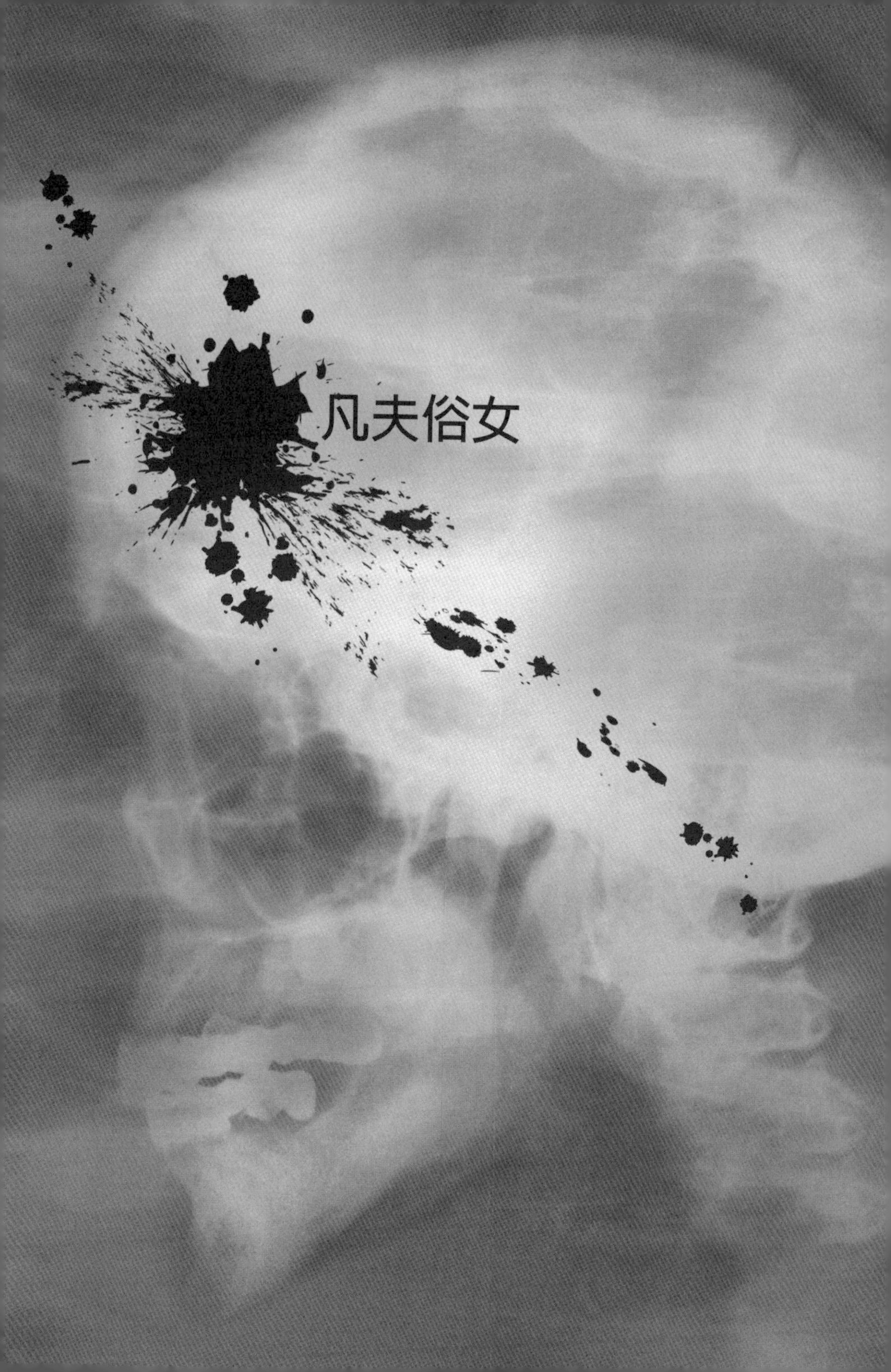
凡夫俗女

國民黨的午餐會在俯瞰市場的陽台舉行。雪茄、威士忌、斯文的打嗝聲……黨領導穿著連帽寬袍，跨大步，抽雪茄、暢飲威士忌。名貴的英國鞋、花稍的襪子與吊襪帶，肌肉發達的毛茸茸雙腿，整體效果是——變裝的幫派有力人士。

黨領導（戲劇化遙指）：「各位請看。你們看到什麼？」

中尉說：「啊？什麼，就是市場啊。」

黨領導：「非也非也。你看到的是男男女女。**凡夫與俗女**幹著尋常活兒，過著平凡日子。這才是我們需要的……。」

一個街童攀過陽台扶手。

中尉：「不要，我們不買用過的保險套。滾（cut）！」

黨領導：「等等……孩子，你進來。坐一下，來根雪茄……喝杯酒。」他像發情的公貓繞著男孩打轉。

黨領導：「你對法國人評價如何？」

「啊？」

黨領導：「法國人。吸你精血（corpuscle）的殖民混蛋。」

「先生。想要吸我的精血得花兩百法郎。從那年爆發牛瘟以來，我就沒降過價。那次牛瘟，觀光客死光光，北歐觀光客也不例外。」

黨領導：「你們看？這就是未割過包皮的純種街童。」

中尉：「長官，您還眞懂得分辨他們。」

黨領導：「英國情報局從不失手。」

黨領導：「孩子，我換個方法說吧。那些法國佬奪取①了你的天賦人權。」

「你的意思是說像友善借貸公司？……他們派那個沒牙齒的埃及老閹人辦事。認爲他比較不容易引起敵意，明白吧？他每次都會褪下褲子展示：『我只是個老可憐的閹人，設法維持癮頭罷了。女士，我也很想延長妳的人工腎臟租約，可是，任務在身……孩子們，拔掉她的插管。』

「他輕聲低吼，露出牙床……『我被稱爲商品回收員尼利（Nellie the Repossessor）不是沒道理的。』

「因此他們拔掉我親娘的插管，這老屄可是像聖人一樣。老媽開始腫脹，渾身發黑，尿味滲透整個市場，鄰居向衛生委員會投訴，父親說：『這是阿拉的旨意。我的血汗錢不再被她尿進水溝裡。』

「病人實在很噁心。當某個市民開始抱怨他的前列腺癌以及腐敗的橫隔膜如何開始排膿，我告訴他：『你以爲我有興趣聆聽你的恐怖老病症啊？一點興趣也沒！』」

黨領導：「**好了**！停停……你恨法國人，對不對？」

「先生，我恨所有人。班威醫師說這是代謝的問題，我有血液的毛病……阿拉伯人與美國人特別容易罹患……班威醫師正在調製血清。」

黨領導：「班威是專搞滲透的西方間諜。」

中尉甲：「囂張的法國猶太佬……。」

1 原文用dispossess，可以做奪取，或者沒收原有權利解，因此男孩才會扯到「友善借貸公司」。

中尉乙：「一個豬睪丸、黑屁股的猶太黑人共產黨。」

黨領導：「閉嘴，你這個蠢蛋！」

中尉乙：「對不起，長官。我的角色定位就是做應聲蟲。」

黨領導：「千萬別跟班威走動。」（旁白：「不知道命令能否貫徹？你們不知道他們有多麼野蠻原始……」）

「班威的秘密身分是黑魔法師。」

中尉甲：「他被精靈附身。②」

「哼……我跟某個高檔的美國客戶有約。非常非常高檔。」

黨領導：「你難道不知道向那些不信教的異國爛雞巴兜售你的屁眼，是一件多麼羞辱的事？」

「各有觀點啦。祝愉快。」

黨領導：「彼此彼此。」

男孩退場。

黨領導：「這些人沒希望，我告訴你，眞是沒救。」

中尉甲：「那個血清是怎麼回事？」

黨領導：「我不知道，聽起來頗不祥。得替班威裝上心電感應定位器（telepathic direction finder）。此人不可信任。什麼事都幹得出來……可以把大屠殺搞成性狂歡……。」

中尉甲：「或者變成笑話。」

黨領導：「一點也沒錯。藝術家行徑……沒原則得很……。」

美國主婦（打開一盒麗仕香皂）：「爲什麼香皂盒沒裝電眼，看到我，就自動把自己交給雜役機器人，雜役機器人就會早早把香皂放到洗澡水裡……我的雜役機器人從星期四起開始抓狂，想跟我亂來，我當初沒挑這個選項啊……還有，垃圾絞碎機想咬我，老舊的食物『調理大師』則想鑽到我的裙子裡……我罹患最最嚴重的感冒，腸裡全是宿便……我得替雜役機器人增加選項，讓我的結腸大大噴發一番。」

推銷員（個性介乎攻擊性強烈的拉塔病患與膽小的心電感應傳送者之間）：「想起我跟K. E.一起旅行的事情，他是器械業最具創意的人。

「『想想看，』他會大聲說：『自家廚房就有奶油分離機。』

「『K. E.，這點子眞是讓人目眩神搖啊。』

「『再過五年，或許十年、二十年後……它終將來臨。』

「『我會等待，K. E.，不管多久，我都會等。等人們宣佈它的優先權號（priority number），我必等在那兒。』③

2 djinn，一種看不見的精靈，可幻化為人形或者動物。

3 作者刻意諷刺美國人的物質至上傾向，奶油分離機的問世，重要性猶如耶穌降臨。優先權號碼是專利申請名詞。此句原文為When the priority numbers are called up yonder I'll be there乃挪用聖詩《主耶穌再臨那日》（*When the Roll is Called Up Yonder*）——主耶穌再臨那日，號筒必要高聲吹起，那早晨永遠光明華麗無比；凡世上得救的人一同相會在主明宮，在那邊點名我亦必在其中。

「也是K. E.推出『章魚工具套件』（Octopus Kit），適用於按摩院、理髮店、土耳其澡堂，你可以用它大力清洗結腸、搞色情按摩、洗頭，同時替顧客剪腳趾，順便擠粉刺。還有那套『醫學博士全自助』（M.D.'s Can Do）可以協助忙碌的開業醫切除盲腸、塞回被疝氣擠出的器官、拔智齒、切痔瘡、割包皮。K. E.是超有爆炸力的推銷員，如果『章魚工具套件』缺貨，他可以光憑毅力，把『醫學博士全自助』賣給理髮店，有些市民醒來才發現痔瘡被割除了……。

「『上帝啊，荷馬，你經營的這個鬼地方在搞啥？我被輪姦了。』

「『呀！上帝憐憫。你知道，我只是慶祝感恩節，免費替人清洗結腸，一毛錢不要。K. E.又賣錯工具了……。』」

男妓：「幹這行的男孩得多麼忍氣吞聲啊。天！你簡直不敢相信顧客提出的要求……有的要扮演拉塔病患，有的想合併你的靈外體，有的想拿你搞分株，有的想吸光我的生命力，奪走我的經驗，只留下噁心的回憶給我……。

「那天我正在幹一個市民，心想『終於幹到正常男嫖客』（straight John），誰知當他達到高潮，突然變成恐怖的陰蝨……我跟他說：『「傑克老兄④，我可不必默默忍受這種把戲……你這套可以搬到瓦爾格林（Walgreen）藥粧店去，那裡有些人頗沒品。此時，一個恐怖的老傢伙就坐在那兒，一邊搞心電感應，一邊射精（cream）在衣服上。噁心透頂。」

遊蕩的男孩們接近蘇聯的情報網，因極端困惑而退縮，那裡，哥薩克人在風笛的響亮伴奏下吊死不同黨派的人。男孩們邁向第五大道，跟跨越者吉米（Jimmy Walker）會面，他揣有天堂之鑰，輕鬆入袋，沒有條件約束⑤。

俊美的雞姦者（bugger），你爲何蒼白無血色⑥？生鏽錫罐裡，死血蛭散發臭味，它們可以黏上新鮮傷口，吸乾**耶耶耶穌**的骨、肉，血，讓他下半身癱瘓。

男孩，呈上汝之成績單，凱子爺**我**三年前就考過同樣題目，知道世界大賽的所有結局⑦。

早產小牛走私客尾隨一條懷孕母牛，看她分娩。農場主人宣稱自己得了丈夫假分娩症⑧，在糞堆裡滾動尖叫。獸醫跟一副牛骨頭打架。巨大的紅色穀倉裡，走私客互相駁火，躲在農耕器具、儲藏箱、乾草棚與馬槽後面閃避子彈。小牛生下。死亡的力量銷融於晨曦中。農場男孩虔誠下跪，旭日上升，只見男孩的喉嚨搏動。

一群毒鬼坐在法院外的階梯，等待**藥頭**。頭頂黑色軟呢帽、身著褪色Levis牛仔褲的鄉巴佬把一個黑人男童綁在老舊的鐵燈桿上，淋滿汽油……毒鬼們紛奔而至，大口將燒肉的煙霧吞噬到疼痛的喉嚨裡……這下，他們獲得緩解了……。

4 俚語裡，Jack是用來指稱陌生人。不代表此人的名字就是傑克。

5 跨越者吉米應與〈a.j.的年度派對〉篇裡的跨越生死大界者相對應，吉米握有邁向天國的鑰匙（可以讓你進入永恆狀態的毒品），跟他交易，並無附加條件。

6 原文用Why so pale and wan, fair bugger?典故來自英國John Suckling爵士的詩作〈Why so pale and wan, fond lover〉。

7 布洛斯筆下的跨際區之旅（毒品之旅）跨越時空，因此上文的男孩穿越蘇聯區看到哥薩克人執行私刑，下一刻便到紐約第五大道買毒品。作者穿越空間也穿越時間，知道三年後的世界大賽比賽結果。

8 couvade，某些原始部落的風俗，丈夫在妻子分娩時也模仿分娩而臥床，並禁食。這裡暗示農場主人與母牛有性關係。

郡書記官：「因此，俺坐在舔屄鎮（Cunt Lick）傑德的店門口，Levis牛仔褲下的雞雞（peter）活像短葉松挺立，在陽光下悸動……呃，這時，史凱登老醫師打俺面前走過，他是個大好人，你找遍整個山谷，也找不到像他這樣的好人。他有屁眼脫垂的毛病，想被人幹時，就用三呎長的—**內臟**—將屁眼送到你面前……如果他願意，可以屙出內臟，從辦公室一路伸到洛伊啤酒館，像盲眼的蠕蟲撫摸尋找雞雞……所以，史凱登老醫師一看到俺那貨兒，馬上像頭獵鳥犬，瞬間凝結不動，對俺說：『路克，我從這兒就能量你的脈搏。』」

布貝克與小修華德跟閹豬人從穀倉、籠子與狂吠的狗窩一路扭打到外面……馬兒嘶鳴亮出巨大黃板牙，牛隻咆哮、狗兒嚎狺，交配中的貓兒尖叫如娃啼，圈欄裡的胖豬背上毛髮聳立，發出響亮的不滿噪音。綽號「不穩當」的布貝克折損於小修華德[9]的劍下，緊緊抓住八吋傷口爆出的藍色內臟。小修華德割掉布貝克的雞巴，旭日紅霧下，雞巴依然在他手中搏動……。

布貝克尖叫……地鐵煞車器噴出臭氧……。

「大家退後一步，各位……退後一點。」

「有人說，他是被推下鐵軌的。」

「他在那裡蹣跚徘徊，好像視線不佳。」

「煙熏眼睛吧。」

蕾絲邊女省長瑪麗在酒吧裡踩到沾血衛生棉滑一跤……重達三百磅的玻璃發出馬嘶聲，一邊踩死瑪麗……。

他用恐怖的高音假嗓唱：

他將蘊藏的憤怒葡萄踩踏成酒，
他的恐怖快劍釋放出致命閃電。⑩

他拔出鑲金邊的木劍劈砍空氣，馬甲裂開，咻一聲正中飛鏢圓靶。老鬥牛士的劍扣住骨頭，刷地刺中「插花者」的心臟，將他連同未完成的英勇壯舉釘在看台上。

「因此，這個優雅的玻璃從德州舔屄鎭來到紐約，他是那群相公中最最優雅的（piss elegant fag），成爲老女人的關注焦點，就是那種專靠小白臉同性戀滋陰、齒搖髮禿的獵者，老邁衰弱到無法追捕其他獵物。這類蛀了蟲的老母獅到頭來都變成專吃玻璃的人……因此，這位優雅又富藝術天賦的同性戀，開始替人設計訂製珠寶與連套首飾。大紐約區的有錢老屄都指名找他，他發達了，出入21、摩洛哥（El Morocco）、史托克（Stock）等知名夜店，沒時間搞性生活，成日憂心自己的聲譽……他玩起賭馬，賭博被視爲頗具男性氣概，天知道爲什麼？他認爲出入賽馬場會讓他知名度更

9 修華德（Seward）是作者布洛斯的中間名。布貝克則是出現於第四章的獸醫。
10 這兩句來自美國南北戰爭，北軍共和國的軍歌〈The Battle Hymn of the Republic〉：He is trampling out the vintage where the grapes of wrath are stored, He has loosed the fateful lightning of his terrible swift sword.

盛。同性戀很少賭馬，逢賭必輸，輸得還忒多，他們是差勁的賭鬼，輸了，一直想翻本，贏了就求保險，兩面下注（hedge）……這就是他們的生活形態……連街頭小孩都知道賭博有個不變法則；輸贏，都是接踵而至的。手氣旺時要下大注，手氣背時就得收攤。（我知道有個同性戀把壓箱底的錢都掏出來——不是一注兩千元，一翻兩瞪眼，要不大贏，要不就去蹲新新監獄〔Sing Sing〕。我們的葛提可不會這麼幹，沒有，一注只下兩元……。）

「因此，他越輸越多，越輸越多。有一天他給珠寶鑲座之前，突然領悟到一件明顯的事兒……『事後，我當然會把眞寶石鑲回去。』就此決定。一整個冬天，上流社會（haut monde）人士的鑽石、翡翠、珍珠、紅寶石、星彩藍寶石一件件進了當鋪，換上複製品……。

「大都會開幕那天，這個醜老太婆戴上自以爲輝煌燦爛的鑽石頭飾進場。某個老賤貨趨前說：『喔，米格絲，妳還眞聰明……把眞品留在家裡……不像我們這些人瘋狂挑戰命運。』

「『親愛的，妳搞錯了吧，這些**是**眞的。』

「『親愛的米格絲，它們**並不是**……問問妳的珠寶匠就知道……要不，**問任何人**都可以。呵呵。』

「因此這群老巫婆們臨時集會。（布萊蒂馨卡，看看汝之翡翠。）檢查自己的珠寶，就像市民在檢驗痲瘋病。

「『我的雞血紅寶石！』

「『我的黑色膽拜石！⑪』這個老賤貨結過無數次婚，丈夫有亞洲人、黑皮膚的阿拉伯人，還有西班牙裔的，搞得她簡直是用屁眼發音。

「『我的星菜藍寶石！』一個高檔妓女尖叫。『眞是太可怕了！』」

「『這是伍爾沃思（Woolworth）廉價連鎖店的貨……。』」

「『現在只剩一條路了。報警，』某個性強悍坦率敢言的老貨如此說；拖著笨重腳步、踏著平底鞋，打電話給警察。

「那個玻璃被判兩年（draws a deuce）；他在監獄（box）遇見一個男人（cat），廉價男妓之類的，兩人萌生愛情，或者深信他們靈肉合一。就像電影腳本，他們幾乎同時出獄（sprung），同居於下東城的公寓，在家炮製毒品，做點合法的普通行當……布萊德與吉姆終於首度嘗到幸福的滋味。

「邪惡的力量上場，……布萊蒂馨卡說她前嫌盡棄，對布萊德有信心，願意幫他成立一個工作室。當然，他得搬到東六十街……『你這兒完全不行，親愛的；還有你的**朋友**……有個專炸保險箱的歹徒要他回去做接應司機。這是高昇呢，你明白吧？素未謀面的市民要聘用他。』

「吉姆會重返犯罪之路嗎？布萊德會屈服於這個老吸血鬼、狼吞大胃王的諂媚嗎？……毋庸多言，邪惡的力量終究潰敗，帶著不祥的怒吼與妄語退場。

「『老闆會不高興的。』

「『我不懂幹嘛在你身上浪費時間，你這個廉價粗俗的小水果男。』

「男孩站在租屋處的窗前，摟抱對方，眺望布魯克林大橋。溫暖春風吹動吉姆的黑色捲髮以及布萊德的柔細紅髮。

11 此處應為蛋白石。同下面的星菜藍寶石，應為「星彩」。

「『布萊德，今晚吃啥？』

「『你到另一個房間等啊，』布萊德以開玩笑的口吻將吉姆趕出廚房，然後穿上圍裙。

「晚餐是布萊蒂馨卡的流血陰部，靠得住衛生棉裹蝶型陰唇。兩人對望，快樂進餐。鮮血流下嘴巴。」

讓藍色黎明像火焰橫掃全市……後院看不到半顆果子，灰燼堆透露蛛絲馬跡，下面覆蓋著蒙面死者……。

「女士，您能指點我前往蒂珀雷里郡的路嗎？」[12]

越過山丘，長途跋涉到草根鎮……跨越以肉骨粉爲肥料的草地，來到結凍的水池邊，金魚在水中停滯不動，等待春日之時娶了印第安老婆的白人佬前來[13]。

尖叫的頭顱從後巷樓梯滾上來，一口咬掉丈夫的雞巴，這人頗壞，趁老婆耳朵痛陰鬱不樂之際幹那檔子不方便的事。年輕手水戴上防水帽，在浴室打死老婆。

班威：「別掛在心上，孩子，人難免犯點愚蠢小錯（Jedermann macht eine kleine Dummheit）。」

謝佛：「告訴您，對於此事，我始終無法抹去**邪惡**的感覺。」

班威：「你這是說夢話呢，我的孩子……我們是科學家……純科學家。毫無趣味的研究，或者會高喊『罷手吧，**這太過分了**』的人，讓他們去死吧，這些掃興鬼。」

謝佛：「是的，當然，沒錯……但是……我無法驅除肺部的那股惡臭。」

班威惱怒：「大家都沒辦法……沒聞過那麼臭的味道……我講到哪裡了？喔，對，如果一個人爆發癲狂，對他施以箭毒，再丟進鐵肺，不知會怎麼樣？受試者無法藉由肢體動作發洩緊張，會跟叢林鼠一樣當場死亡。有趣的死亡原因，怎麼？」

謝佛並沒在聽，脫口而出：「你知道，我想我會回歸簡單傳統的手術。人體實在是沒效率到可恥的地步。又有嘴巴又有肛門，隨時會故障，為什麼不乾脆來個全功能的洞，能吃又能拉？我們可以縫合嘴巴與鼻子，以胃部取而代之，開個空氣口直接通往肺部，早就該如此做……。」

班威：「就乾脆一團啦，包辦所有功能。我是否說過某男子教會他的屁眼說話？當話語如屁放出，腹部會上下移動。眞是前所未聞。

「屁眼說話的頻率與腸子相同。就像你想上大號時，就得去上，它直接衝擊你。結腸大蠕動，肚子涼涼的，非解放不可。屁眼話也直接襲擊你的下部，發出濃濁沉滯的氣泡聲，一種有**味道**的聲音。

12 典故來自一九一二年的歌曲〈It's A Long Way to Tipperary〉。此作品帶著昂揚的進行曲風格，常用做一次大戰紀錄片的配樂。歌詞提到All streets are paved with Gold, So everyone was gay。此城處處金光大道，因此人人快樂。快樂（gay）同時可做同性戀解，因此人人都是同性戀。這是作者利用歌詞的一語雙關。

13 這一段充滿雙關語，原文為…Across the bone meal of lawn to the frozen pond where suspended goldfish wait for the spring Squaw Man。bone meal原意肉骨粉，但是bone在俚語可當作陰莖。Lawn是俚語的女性陰毛，pond是女性陰户，Squaw Man的原意是指娶了印第安老婆住在保留區的白人，但是性俚語裡，squaw可以當作陽具，squaw man指稱大情聖。所以整句的隱含意義變成「穿過拿陽具當飯吃的陰毛，來到凍結的陰户，金魚在裡面停滯不動，等待大情聖於春日來臨。」

「你知道，這人在巡迴遊樂團工作，屁眼說話這項表演一開始被視為是新奇的腹語術。眞的非常有趣。有個表演橋段叫〈更好的洞〉⑭，我告訴你，實在是笑死人。大半內容我已經忘記了，但是非常聰明。譬如那個男的會說：『我說啊，你這老傢伙還在下面啊？』

「『不！我得去解放自己。』

「不久之後，這個屁眼開始自己說起話來。男子可以毫無準備就上場，屁眼當場即興發揮，插科打諢，每次都把笑點丟回他身上。

「接著它演化出一種像牙齒的粗糙彎曲鉤子，吃起東西來了。一開始，男子覺得此舉頗可愛，為此還開發新橋段，但是屁眼一路吃，穿破他的褲子，當街說話，吶喊著它也要平等權利。它還會酒醉哭鬧說它爹不親娘不愛，它要跟眞正的嘴巴一樣，有人吻它。最後，它變成日夜不停嘮叨，幾條街外，就可聽到男子勒令它住口，痛毆它，朝自己的屁眼塞蠟燭，統統無效。屁眼對他說：『到頭來，住嘴的會是你，不是我。因為我們不再需要你。我自己就可以吃喝拉撒**跟**說話。』

「之後，男子清晨起床，都會發現蝌蚪尾巴模樣的透明膠質物封住了他的嘴。科學界稱這個膠質物為分化不良組織（**un-DT., Undifferentiated Tissue**），它在人類的任何肌膚組織都可生長。男子撕掉封嘴的膠狀物，它隨即黏上他的手，像燃燒中的膠狀汽油，在他身上到處生長，突起物不時掉下來。最後，他的嘴整個封住，本來，連頭都要被砍掉的，只留下眼睛。（你可知道非洲某些地方有種黑人的特有病，發病時，最小的腳趾頭要同時被切掉？）因為這個屁眼唯一**辦不到**的是『看』。它需要男子的眼睛。但是腦神經的連結被封鎖、滲透、退化，腦袋再也無法發號司令。腦部陷在頭顱裡，永遠封鎖。剛開始，你還看得到腦袋透過眼睛表達沉默無助的痛苦，慢慢的，腦袋終於死亡，因為眼睛**空茫了**，裡面不再有任何感情，跟長在柱狀頭的螃蟹眼睛沒兩樣。

「唯有性，能夠突破審禁，它能夠在官僚體系裡見縫插針，因爲體系總有**漏縫**，不管是流行歌曲或者B級電影，都能洩漏美國人的腐化本色，像疔瘡一樣成熟爆破，噴出一團團的分化不良組織，掉落各地，成長爲類似癌細胞的墮落生命模式，繁衍出可憎的各式樣態。有的人整個變成陽具勃起組織，有的人皮膚幾乎裹不住五臟，三四個眼睛擠成一團，嘴巴與屁眼十字交叉縫起，一走動，肢體器官便跟著抖動，只要摔跤，便統統掉出來。

「最終極、最完整的細胞代表是癌。民主體制被癌細胞攻擊，官僚就是它的癌症。只要是國家，必有官僚體系生根，然後像肅毒局（Narcotic Bureau）一樣變成惡性，不斷生長、生長，總是複製跟自己同一路的東西，不加控制或切除，它會讓宿主喘不過氣死亡。官僚體系無法脫離宿主而生存，百分之百的寄生蟲。（合作性質的團體則完全不同，它們是獨立單位，它們的存在**不需要**國家。這才是該走的路。培養配合住民需要的獨立單位，而住民得以參與其中的運作。官僚體系的運作模式則完全相反，它以**創造需求**來證明自己存在有理。）官僚體系就跟癌症一樣，是一種錯誤，人類的演化本來有無限的發展可能性、分殊化，並且自發獨立，官僚系統卻背道而行，成爲類似病毒的完全寄生體。

「（有人認爲病毒其實是複雜生命形態的退化，一度，它可能可以獨立生存，現在卻墮落到生

14 A Better 'Ole是A Better Hole的口語，典故來自英國漫畫大師Bill Baily在一次大戰的一幅作品，兩名士兵對話，「如果你知道哪裡有更安全的洞，我們就去。」後來引申為「安全的地方」。此處作者是一語雙關，此洞指屁眼，又指是橋段，〈安全的地方〉是著名的默片與舞台劇名。

死一線之隔。唯有在宿主身上，透過別人的生命，它才能展現自己的生機。這是對生命本身的背棄，**墮落**爲無機化、無彈性、機械式的生存，這是死物質。）

「國家組織如果瓦解，官僚體系便隨之不存。它們就像跑錯地方的絛蟲，或者不小心殺死宿主的病毒，無助且無法適應獨立生存。

「我在廷巴克圖（Timbuktu）時曾見過一個阿拉伯男孩能用屁眼吹簫呢，當地的水果男告訴我，這男孩在性生活方面堪稱自體而足。他可以沿著器官上下吹奏高低音，觸摸最敏感的性感帶，當然，性感帶因人而異。他的每個愛人都有專用歌曲，完全適合他，讓他達到高潮。講到即興演奏新組合或者特殊性高潮，這男孩堪稱是偉大的藝術家，有些大家沒聽過的音符，用聽似不和諧的方法將之串連，又忽然掙脫彼此的束縛，相互撞擊，造成驚人火辣的甜蜜效應。

終極胖子用摩托車零件做了一支驅趕紫紅屁股狒狒的棍子。

獵人齊聚蜂群酒吧吃狩獵早餐，那是優雅型男同性戀（pansy）的聚集點。獵人穿黑色皮夾克、腰繫鉚釘皮帶，帶著愚蠢的自戀，趾高氣揚，展現肌肉，讓那些玻璃觸摸。他們的褲襠全塞了巨大的填充物。不時，就有獵人將同性戀摔倒在地，朝他身上撒尿。

他們喝勝利雞尾酒，那是由鴉片酊、西班牙蒼蠅水[15]、高純度的黑色蘭姆酒、拿破崙白蘭地，以及罐裝酒精燃料調製而成。一隻巨大、中空的金色狒狒負責給來賓倒雞尾酒。狒狒恐懼蹲伏，齜牙咧嘴，張口欲咬身旁的持矛兵。你擰一下狒狒的睪丸，它的陰莖便流出雞尾酒。不時，狒狒的屁眼伴隨響亮的放屁聲，排出餐前小點。每當狒狒放屁，獵人就發出野獸狂嘯，玻璃們嚇得尖叫抽搐。

艾佛哈德上校⑯是狩獵大師，他在女王六十九歲壽宴的撲克牌脫衣賽裡輸到脫了護身丁字褲，被轟了出去。摩托車傾斜行駛、跳躍，甚至空翻。狒狒尖叫啐吐、屎尿齊流，與獵人徒手搏鬥。無人摩托車在塵埃中摸索前進，彷彿跛腳的昆蟲，攻擊狒狒與獵人……。

黨領導以勝利之姿搭乘轎車穿越吶喊群眾。一個頗尊貴的老頭看到黨領導，嚇得拉屎在褲子上，想趴到黨領導的車輪下做爲祭品。

黨領導說：「你這個乾巴巴的老貨可別死在我嶄新的別克路王敞篷車輪下，這車有白色輪胎、自動窗與各種配備。瞧瞧你的發音，伊凡，這種阿拉伯賤招你留著施肥用吧……我可以將你移送到自然保育署，完成你的偉大壯舉……。」

洗衣板壞了，被單被送至洗衣店去除罪惡的漬痕，以馬內利預告了二次高潮⑰……。

對岸男孩屁股像蜜桃，可惜我非泳者，而且失去克萊蒙泰⑱。

毒鬼坐著，針筒懸空，等待血液的訊息，騙子以腐爛的靈外體手指觸摸羊牯。

淡出。

15 Spanish Fly，一種催情藥。

16 上校的姓氏原文為Everhard，永遠處於勃起狀態。作者的文字遊戲，並見〈郝薩與布萊恩〉篇譯注5。

17 作者的文字遊戲。原文為Emmanuel prophesies a Second Coming。Emmanuel是聖經裡的以馬內利，代表耶穌，是希伯來文的「上帝與我們同在」（God With Us），Second Coming是指耶穌再臨。Coming又可以做射精解，對照前文的床單汙漬，可以解為「上帝與我同在預告了二次高潮」。

18 克萊蒙泰（Clementine）是十九世紀詩歌，描寫礦工的女兒克萊蒙泰趕鴨下水，溺斃於河裡。此處引用歌詞：Alas I was no swimmer, so I lost my Clementine。Clementine也是一種橘子品名，用以對應上一句的蜜桃。

柏格醫師的心理健康時段

音控師說：「聽著，我再說一遍，這次講得慢一點。『是的，』」他點頭：「你給我裝出笑容……笑容。」他戲仿牙膏廣告，露出可怕的假牙。「我們喜歡蘋果派，我們相親相愛。就這麼簡單，讓它聽起來單純……鄉村式單純。你給我裝出遲鈍（bovine）的模樣，爲什麼不？你還想嘗嘗電流板的滋味？還是浸水桶？」

受試者（痊癒的精神病罪犯）：「不！……不！……什麼是bovine[19]啊？」

音控師：「母牛的樣子。」

受試者裝出牛頭的模樣：「哞哞哞。」

音控師（正要往回走）：「太過火了！！你只要一臉正經就行，你知道，像個老實可親的玉米花約翰[20]……。」

受試者：「羊牯嗎？」

音控師：「嚴格來講，不算羊牯，這個市民沒啥油水可榨。他只想追求一點震撼……你也知道這種類型。被剪斷心電感應的傳送者與接收者。請擺出軍人的模樣……準備，開麥拉。」

受試者：「是的，我們都愛蘋果派。」他的胃部咕嚕巨響，維持甚久。下巴數條垂涎。

正在看筆記的柏格醫師抬起頭來，他戴著墨鏡，模樣像個猶太智者，光線讓他眼睛不舒服：「我不認爲他是合適的受試對象……你盯著他前往報廢處報到。」

音控師：「我們可以消掉音軌裡的咕嚕聲，在他嘴裡塞個引流管，然後……。」

柏格醫師：「不……總之，他**不適合**。」他鄙夷望著受試者，彷彿他幹了在伍德利太太的接客室尋找陰蝨之類極端失禮的事[21]。

音控師（認命又憤怒）：「把那個已經治癒的娘娘腔（swish）給我帶進來。」

治癒的同性戀被帶進來……他跨過腳下隱形的熔鋼[22]，坐到攝影機前，開始擺弄姿勢，搞出四仰八叉的粗俗模樣。肌肉歸位，好像被撕裂的昆蟲，各部位還會單獨運作。空茫的蠢相逐漸模糊，五官變得溫柔。

「是的，」他點頭微笑：「我們喜歡蘋果派，我們相親相愛。就是這麼簡單。」他點頭微笑，又點頭微笑，再點頭……。

「停！……」音控師尖叫。康復的同性戀被帶出去時，還不斷點頭微笑。

「倒片看看。」

藝術顧問搖搖頭：「少了點什麼。精確地說，不夠健康。」

柏格醫師（氣得跳起來）：「荒謬！他根本就是健康的化身。」

藝術顧問（一本正經）：「針對這個，你有什麼醍醐灌頂的見解，我很願意聆聽。柏格**醫師**……如果你的傑出腦袋可以獨自完成這個計畫，我不知道你**為啥需要**藝術顧問。」他的手擱在屁股

19 bovine原意是與牛相關的，後引伸為遲鈍。

20 popcorn John，在jive talk裡，爆米花意指某人有正當職業，用以對比騙子。

21 伍德利太太（Mrs. Worldly）典故來自美國十九世紀的女作家Emily Post，她出版一系列有關禮儀的書，伍德利太太是書中的主角之一，出身高貴，十分講究儀態禮節。

22 此處應暗指他身處地獄。

上，退了出去，嘴裡輕唱：「啊，鐵打的軍營，流水的官。」

音控師：「把治癒的作家帶進來……他得了**什麼**？佛法？……哦，沒法講話啊。你幹嘛不一開始就說？」他轉身跟柏格醫師說：「作家沒法說話……大概是解放過了頭。當然，我們可以幫他對嘴配音……。」

柏格（尖銳地）說：「不行，不管用……換個人。」

音控師：「這是我最愛的兩個男孩，為他們加班了一百個鐘點，還沒補償呢……。」

柏格：「那就塡個三聯單……6090號表格。」

音控師：「輪得到你來教我如何申請？我說醫師啊，你不是說過『沒有健康的同性戀這回事，就像末期肝硬化的市民不可能是健康的』。你還記得嗎？」

柏格醫師：「是這樣沒錯，論點很好，沒錯，」他兇惡咆哮：「我可沒說這是**我寫的劇本**。」口氣滿懷醜惡恨意，嚇得音控師往後退……。

音控師（旁白）：「眞受不了他的氣味。好像發爛的複製體培養液……又像食人植物放的屁，也像謝佛醫師的，啊哼——」（擺出戲仿的學術姿態）——「奇怪的狡猾鬼……我要說的是，醫師啊，一個人如果腦袋已毀，你怎能期望他的身體還是健康的？……或者，換個方式說，一個人神魂不屬，而且由人代理[23]，你怎麼說他是健康的？」

柏格醫師（跳起來）：「我擁有健康！……全部的健康！足供全世界的人使用，夠他媽的全世界人用！！我可以治癒所有人！」

音控師惱怒地望著他。他混合汽水的重碳酸鹽，一口喝下，用手遮著嘴大聲打嗝。「二十年來，我備受消化不良之苦。」

綽號可愛的盧是個被洗腦的老爹，他說：「我只吃魚[24]，愛得很……妞兒們，咱們私底下說說，我使用史提利丹橫濱號，妳們不也用嗎？史提利丹從不令人失望。何況，這麼幹比較衛生，避免可能致使男人下半部癱瘓的恐怖接觸。女人身上有毒汁……。」

「所以我跟他說……『**柏格醫師**，你甭把那些洗過腦、過度使用的老女人塞給我。我可是上狒狒屁眼區最年長的男同性戀……。』」

散佈淋病的妓女戶（clip clap joint）裡，女孩耍花槍，讓你在魔鬼之家（House 666）只能得到口交服務[25]，這些女孩個個不健康，一群罹患淋病的野雞（clap broad），腐爛了我尚未開苞、像蘋果去核器一樣直挺的陽具。**誰殺了知更鳥**……我用那把靠得住的韋伯利手槍射下麻雀，鳥喙上一團血……[26]。

23 原文是absentia by proxy，這是法律用語，意指當事人未出庭，由他人代表。代理人投票，也叫proxy vote。

24 作者的雙關語。Fish在同性戀辭彙裡，可以用來做女性的貶抑稱呼（源自女性陰部的味道），也可用來代表喜愛肛交勝過其他性愛形式的男同志。表面上可愛老爹是在回應技術員的消化不良抱怨，其實是在表明自己的性愛傾向。

25 此處原文為fraudulent girls put the B on you。B在俚語裡可做口交（blow job）解。

26 〈誰殺了知更鳥〉是一首著名童謠，知更鳥擅唱歌，卻被麻雀殺了。作者此處是比喻自己的陽具美好如知更鳥，卻被妓女的淋病搞到腐爛，因此一槍殺了麻雀（代表妓女）。

悲哀萎縮的月亮，破曉陽光照得吉米大爺㉗全身亮黃，彷彿藍天映照下的白煙，河對岸的石灰岩懸崖吹起一陣春日涼風，鑽進他的襯衫，瑪麗㉘，黎明一分爲二，就像大盜迪林傑踏上直通傳記戲院㉙的亡命路。腐敗的黨羽氣味，霓虹燈的氣味，未獲滿足的犯罪心刺激他衝進付費公廁，嗅聞馬桶裡的阿摩尼亞味……「不法之徒（caper），」他說：「我會揪出這隻閹雞（capon），我是說——不法之徒。」

黨領導（又調了一杯威士忌）：「下一場暴動的規模將像足賽暴動。我們已經從印度支那進口了一千個吃骨頭飼料維生、冠軍級的拉塔病患……只欠暴動帶頭人。」眼神掃遍同桌人。

中尉說：「長官，我們不能先煽動他們，讓他們互相模仿，像連鎖反應那樣？」

獨白女藝人的聲波穿過市場：「拉塔病患獨處時做些什麼？」

黨領導：「這個技術問題得問班威醫師。我個人認爲該有人全程盯到底。」

「我不知道，」他說，缺乏必要的觀點與數據，他很難決定要不要任命班威醫師。

「他們沒有感情，」班威醫師一邊說話，一邊把病患砍成碎片。「只有反射動作……得給他們一點娛樂才行。」

「小孩只要能牙牙學語就符合性交最低門檻。」

「某個戀童癖對另一個同好說：願你的痲煩越小越好。」

「親愛的，這實在不祥，當他們開始穿上你的衣服，玩起幽靈分身遊戲……。」

男孩正要離去，老蜂后氣急敗壞要剝下他的夾克。

她尖叫：「我花兩百元買的喀什米爾夾克啊。」

「因此他跟這個拉塔病患有一腿，他渴欲全盤支配他人……眞是個老蠢貨。這位拉塔病患模仿他所有的表情與癖性，像邪惡的腹語術玩偶吸光他的角色人格……『你已傾囊相授有關你的一切……我需要一個新朋友』。可憐的布布無法回應，因爲他連一丁點自我都不剩。」

毒鬼：「因此，我們來到這個鳥不拉屎、好像感冒糖漿炮製的小鎭。」

教授：「嗜糞症……各位先生……或許可以稱爲……嗯……冗餘的惡行……。」

「在黃色電影圈表演二十年，我從未墮落到必須假裝高潮。」

「那個爛毒鬼臭老屄殺死未出世的孩兒……孩子，我跟你說，女人沒好貨。」

「我是說死氣沉沉毫無自覺的性，簡直是送舊衣裳進洗衣店㉚。」

「正當激情狀態，他說：『你有多餘的鞋撐嗎？』」

「她告訴我四十個阿拉伯人把她拖進清眞寺，原本打算排隊輪姦她…… 誰曉得他們兇悍推擠——

27 吉姆大爺應該是指小說家康拉德《吉姆大爺》（*Lord Jim*）一書的主角，他早年因背棄船上乘客而被判失職，終生懺悔，晚年卻因他人的背叛而死亡。

28 瑪麗可能是大盜迪林傑的同夥Harry "Pete" Pierpont的情婦Mary Kinder。

29 迪林傑（John Dillinger）是一九三〇年代的大盜，數度入獄又數度逃獄，一九三四年，他從印第安那監獄逃獄，一路從印第安那州、跨越伊利諾州，跑到芝加哥後，在傳記戲院（Biography Theatre）與獲得線報的警方人員駁火，死於亂槍之下。

30 原文用Might as well take your old clothes to the laundromat，一語雙關，洗衣裳（laundry）是俚語的交媾，clothes在俚語裡可以做女性的陰毛，但是非常罕見。因此，作者此處是說跟女人做愛死氣沉沉，舊衣裳何必送洗衣店，根本就是多此一舉，如同跟老陰戶做愛一樣。

——『行了，隊伍到此為止，阿里。』小可愛啊㉛，我沒蓋你們，還眞是我聽過最沒品味的性交。至於我，我可是想要讓一堆人粗魯地上我的屁眼。」

一群不是滋味的國民黨坐在馬藻海前，嘰嘰喳喳講阿拉伯語，嘲笑娘娘腔同性戀……柯林與賈帝旋風而入，穿得像共產國家壁畫裡的走資派。

柯林說：「我們前來享受貴寶地的落後。」

賈帝說：「套句**不朽吟遊詩人**所語，靠這荒野過活㉜。」

國民黨徒：「豬！噁心！狗娘養的！你看不出來我的人民正在餓肚子嗎？」

柯林說：「所以我才想前來一觀啊。」

這個國民黨員突然被濃厚的恨意毒死，暴斃……班威醫師急忙趕到：「往後退，各位，給我一點空氣。」他抽了死者的血液樣本：「我已經竭盡所能啦，老天要你走，你就得說掰掰啦。」

巡迴各地展覽、模樣詭異的聖誕樹，點亮了垃圾堆般的貧民區，男孩在學校廁所裡打手槍，老舊的橡木馬桶座不知經歷過多少年輕男孩的高潮痙攣，磨得平滑如金……。

長眠於紅河谷，蜘蛛網垂掛在黑色窗戶與少男骨頭上……。

兩個黑人男同性戀彼此尖叫：

玻璃甲：「閉嘴，你這個廉價的肉芽腫老屁眼……圈內人都叫你**討厭的盧**。」

獨白女藝人：「或者『有著怪鼠蹊的女孩』㉝。」

玻璃乙：「喵，喵，」他穿上豹紋衣裳，戴上鐵爪……。

玻璃甲：「噢，噢，上流社會女人。」㉞嘶吼咆哮的變性人追趕他，他尖叫逃跑穿過市場。

柯林絆倒一個抽搐的瘸子，搶走他的拐杖……他模仿對方，顫抖流涎，十分噁心。

遠處有上千個歇斯底里的波美拉尼亞人，發出暴動聲。

商店拉門像斷頭刀迅速落下。飲料與餐點丟到半空中，顧客感到強烈恐慌，全部入內躲避。

同性戀齊唱：「我們都要被強姦了，我知道，我知道。」衝進藥房，買了一整箱的K. Y.潤滑劑。

黨領導（誇張舉手）：「這是民眾的聲音！」

皮爾森這個毫無金錢概念的低能兒躲在空地的短草叢裡，與束帶蛇共處，不久，他將被那隻「知其所言」的狗（scrutable dog）[35]嗅出，而後被追索業障果報的指揮官逮個正著[36]。

市場淨空，只有一個國籍不明的老酒鬼不省人事，醉倒在公共廁所的小便斗上……暴動者衝入

---

31 my pets，同性戀術語裡，pets指年輕可愛的零號。

32 原文為In the words of the Immortal Bard, to batten on these Moors。Immortal Bard不朽的吟遊詩人指的就是莎士比亞，靠這荒野過活，典故出自《哈姆雷特》第三幕第四場，哈姆雷特指責母親：「你甘心離開這一座大好的高山，靠著這荒野過活嗎？」高山指的是哈姆雷特的父親，荒野指的是他的叔父。作者這裡不僅引經據典，還玩雙關語遊戲，因為Moors當荒野，也是摩爾人的意思。本書的跨際區是以摩洛哥丹吉爾市為藍本，摩爾人是當地的住民之一種，為摩洛哥原住民柏柏人與阿拉伯人的混血。柯林與賈帝是情報員，這裡也有政治上的諷刺，西方國家對阿拉伯國家的滲透利用。

33 鼠蹊在同性戀俚語裡做陽具解，girl則是男同性戀的俚語。鼠蹊怪怪，意指同性戀乙是個扮裝男同志，身著女裝，鼠蹊處卻有陽具。

34 這裡是故意嘲弄，上流女人才穿得起真皮衣裳。

35 知其所云的狗，是一隻吠聲宛如人語的狗。詳見〈萎縮的序〉一章。

36 extortionate commandant of karma是作者布洛斯虛構的人物。

市場，尖聲吶喊：「殺死法國人！」老酒鬼被撕成碎片。

哈山（扭著身體朝鑰匙洞看）：「看看這些人的表情，所有美麗的靈外體看起來都一樣。」他跳了一段液化專家的捷格舞。

嗚咽的娘娘腔因高潮倒在地上：「天啊，太刺激了。就像一百萬隻搏動的雞巴。」

班威：「很想替這些男孩驗個血。」

一個隱諱不祥的男人，灰色鬍子與灰色臉龐，破爛的棕色連帽長袍，緊抿著的嘴發出無法辨認出處的口音：「噢，可人兒，你們這些高大偉岸美麗的可人兒㊲。」

大批薄嘴唇、大鼻子、眼神灰色冷淡的警察從各個入口進入市場，棍棒齊下並踢打暴動者，殘暴冷酷，效率十足。

一輛輛卡車載走暴動者，店鋪拉門再度升起，跨際區市民走出住處，踏進滿地牙齒、拖鞋，鮮血令人腳底打滑的廣場。

死者的箱子放在大使館裡，副領事正告訴死者母親不幸的消息。

清晨……不在，破曉……不存（n'existe plus），如果我早知如此，一定樂於告訴您。無論如何，戒毒都是爛招㊳……他消失於隱形門後……不是這兒，隨便你找啊……沒用……出賣我的肉體……徒勞無功……妹貨，星七五再來㊴。

（作者注：被毒品摧殘、臉色灰暗的海洛因老毒鬼〔old Schmecker〕應當還記得，一九二〇年代，許多中國藥頭發現西方人不老實不可靠又邪惡，不再賣貨給西方人。每當西方臉孔出現，他們就說：「妹貨……星七五再來……」）

37 原文用doll，在同性戀俚語裡指美麗可欲的男性。

38 原文用bad move to the East Wing。東廂是戒毒的隱語代號。此註解謝謝中央大學白大維老師。

39 原文為No Glot, C'lom Fliday，這是洋濱腔英文，應讀為No Got, Come Friday。

伊斯蘭公司
與跨際區的黨派

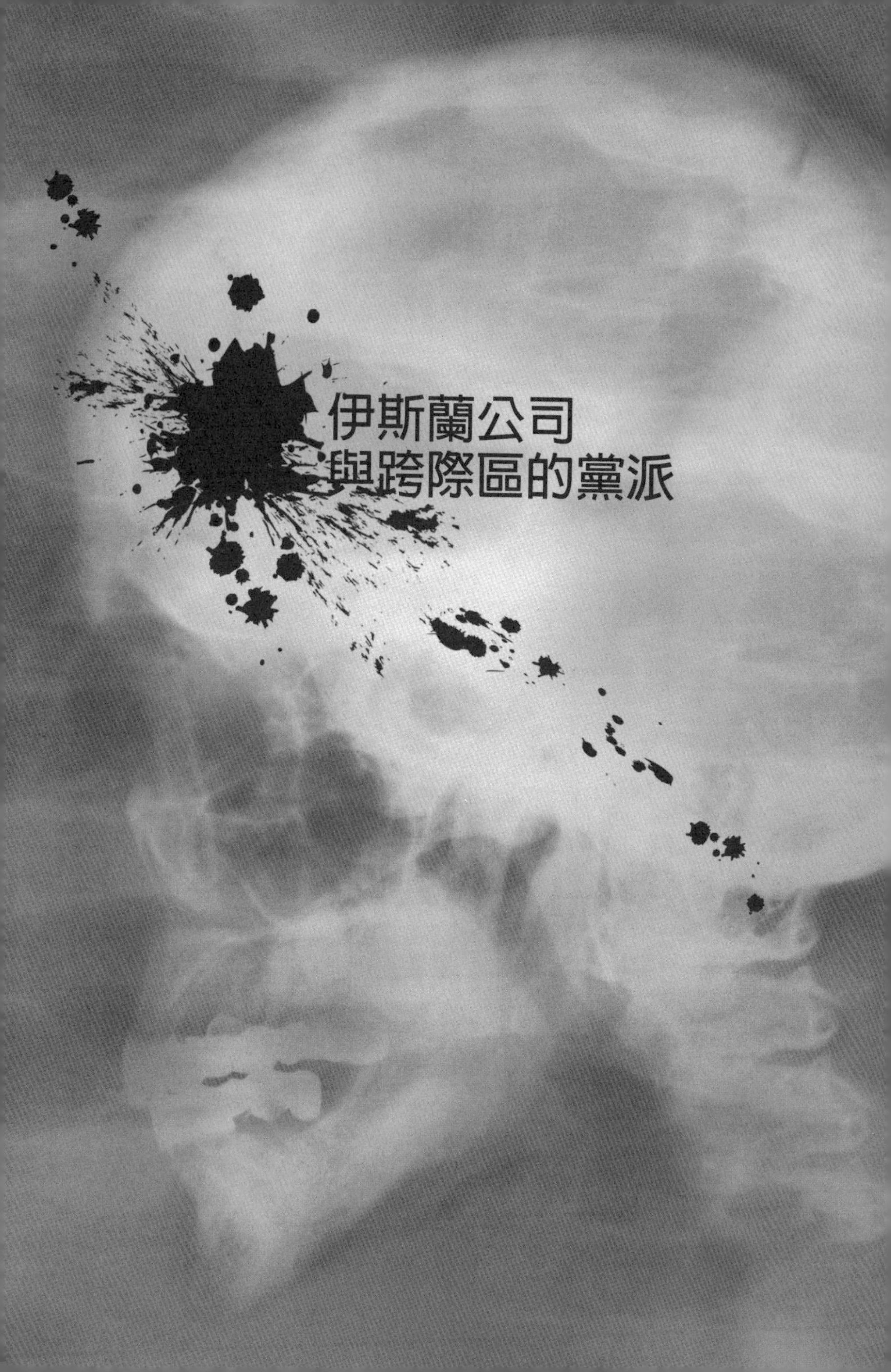

我在伊斯蘭公司做事，本機構由惡名昭彰的性狂人A. J.出資成立。A. J.是跨際區名流社會的醜聞人物，他在凡托公爵①的舞會扮成巨大的保險套，披著上書「一夫當關，萬精莫敵」（They Shall Not Pass）座右銘的彩帶。

「品味眞差啊，小老弟，」公爵說。

A. J.回應：「拿跨際區K. Y.潤滑液捅你的屁眼吧。」此話影射當時尙在醞釀期的K. Y.潤滑液大醜聞。A. J.機敏的應答經常點出未來事件，讓對手日後啞口無言，眞乃高手。

「胎盤大亨」薩爾瓦多．哈山．歐李瑞也有份。他透過子公司投資伊斯蘭公司，金額不詳，他的某個附屬身分則擔任顧問一職，關於伊斯蘭公司的政策、行動與目標，他絕不涉入，也無所牽連。順帶一提的是柯林與賈帝這一對「麥角症兄弟」（Ergot Brothers）也參與其中，他們曾以有毒的麥子毒害了哈山共和國近十分之一的人口。除此，法醫阿密德以及同性戀皮條客②「肝炎海爾」（Hepatitis Hal）均有份。

神學家（Mullah）、法學者（Mufti）、司贊（Muezzin）、法官（Caid）、課稅官（Glaoui）、酋長、蘇丹、聖人，以及你能想像得到的各種阿拉伯派系代表，構成本公司基本成員，群聚於此參與這個高層謹愼迴避的集會。雖然代表團人員進門都經過搜身，此類聚會最終不免淪爲暴亂。主講人經常被汽油燒死，或者某個詭異粗俗的沙漠地區酋長會用藏在寵物山羊腹腰帶上的機關槍，將對手射成蜂窩。屁眼藏手榴彈的國民黨烈士跟與會人士攀談交際，突然間爆炸，不時造成慘重死傷……還有一次，拉伊總統將英國首相撲倒在地雞姦，畫面透過電視播到全阿拉伯世界。遠在斯德哥爾摩都聽到狂野的歡叫聲。跨際區遂立法禁止伊斯蘭公司在該城方圓五哩內開會。

A. J.其實隱含近東血統，一度看起來像英國人，伴隨大英帝國的沒落，英國腔也逐漸淡去，二次大戰後，國會通過法案，讓他入了美國籍。A. J.跟我都是情報員，他替誰工作，任務爲何，無法查知。謠傳他是某基金會的代表，該基金會由某一星系的巨大昆蟲所設立……我認爲他跟事實主義者同一掛（我也是）；當然，他很有可能是液化派的密探。（液化計畫是透過吸收他人的靈外體，最終將所有人合爲一人。）這行裡，啥事都有可能。

A. J.的表面身分?國際知名的花花公子、無傷大雅的惡作劇者。是A. J.把食人魚丟進蘇頓—史密斯貴婦的游泳池裡③，也是他在七月四日美國大使館的迎賓會，把雅哈、大麻、育亨賓一股腦倒進綜合果汁，會場頓成性狂歡。事後，十位傑出市民（當然，全是美國人）羞愧致死。羞愧而死是僅見於誇扣特爾印第安人與美國人的特殊「成就」，其他族裔頂多喊喊「媽的，我的天」（Zut alors）、「人生就是這樣」（Son cosas de la vida），或者「阿拉幹我，全能的……」。

辛辛那提的「反氟化物學會」聚會，與會人士慶祝純淨泉水的勝利，牙齒當場掉落在地。「反氟化物運動的兄弟姊妹們，聽我說，我們爲純淨的泉水奮鬥，絕不退縮……滾，骯髒的外國氟化物

1 原文為Duc de Ventre，venter是法文裡的肚皮。

2 Fruit and vegetable broker，乍看之下是蔬果掮客，雙關語為男同志與女同志。水果（fruit）是男同志蔑稱，蔬菜（vegetable）是女同志的蔑稱，典故來自女同志做愛不食肉（meat，陽具的俗語）。因此，蔬菜水果成為男女同志聚會的俚語，或者用以概括稱呼同性戀者。

3 原文為Lady Sutton-Smith，典故不詳，布洛斯後來曾以她為名，寫了一篇文章叫〈The Literary Technique of Lady Sutton-Smith〉，被視為是切割技術的最佳代表。

給我滾。我們將掃蕩這片美好土地，使其乾淨甜美如少男的緊實腰窩……現在，我帶領大家唱會歌〈老舊的橡木桶〉。」④

螢光點亮水源區，俗惡光彩如點唱機。「反氟化物學會」的會員繞過水井，從橡木桶取水飲用……。

老橡木桶，金黃的老橡木桶
嘎嘎嗚啦啦……

A. J.破壞飲水，倒入南美洲的某種蔓藤，與會者的牙床因此變成爛泥。

（我從某位年邁的德國探勘者口中聽聞此種蔓藤，他當時因尿毒症在哥倫比亞的帕斯托奄奄一息。此種蔓藤應當生長於普圖馬友河域〔Putumayo〕，我從未見過，也不曾費心去找……也是他告訴我有一種大如蚱蜢的蟲叫席歐庫特爾〔Xiucutl〕：「是超猛春藥，一旦叮上你，不當場找個女人交合，就會暴斃。我看過印第安人成群奔逃，試圖擺脫席歐庫特爾。」很遺憾，我也無緣一見此蟲。）

紐約大都會博物館揭幕日，A. J.噴上驅蚊水，在現場釋放一群席歐庫特爾。

樊德布萊太太拍死一隻，尖叫：「噢！……噢！……**喔喔喔喔嗚嗚**！！！！」酒杯碎裂、衣裳撕破、尖叫連連，轉爲漸強的呻吟、低吼、吶喊、啜泣、氣喘……精液、淫水、汗水，以及直腸被戳的臭氣衝鼻而來……滿地都是鑽石、皮裘、晚禮服、蘭花、西裝、內衣褲碎片，上面覆蓋著蠕動、狂熱、上下衝刺的赤裸身體。

有一次，A. J.足足提前一年才在羅勃特大廚餐館（Chez Robert）訂到位，這個身材高大、態度冰冷的美食家細心炮製全世界最棒的佳肴。他的眼神狠毒不屑，強大的摧毀力讓不少顧客在地上打滾，屎尿一身，噁心奉承他。

A. J.跟六個玻利維亞印第安人一起入席，這些印第安人在上菜間猛嚼可可葉，當羅勃特帶著食神的威嚴之姿俯瞰他們的菜色時，A. J.抬起頭來看他，大喊：「喂，服務生！給我番茄醬。」

（另一說法：A. J.掏出自備的番茄醬，盡情倒在高貴的佳肴上。）

三十個饕客頓時停止咀嚼。這時蛋奶酥如果掉落地上，鐵定清晰可聞。羅勃特呢？像隻受傷的大象憤怒咆哮，直奔廚房，拿起切肉刀……調酒師猙獰咆哮，臉上閃亮詭異的紫色虹彩……他敲破一瓶香檳葡萄酒……一九二六年份的……侍者領班皮耶抓了一把剁骨刀。三個人追著A. J.滿餐廳跑，夾雜憤怒的非人怒吼……桌子翻了，陳年好酒與天下無雙的好菜倒在地上……餐廳回盪「剁了他」的叫聲。一位年邁饕客的眼睛像山魈瘋狂充血，拿紅色天鵝絨捲簾布做成吊人索……A. J.被逼到牆角，危險就要加身，至少會被支解，他使出王牌……仰頭發出響亮的豬嚎聲，部署在附近、飢餓難耐的百來頭豬立即衝進餐廳，狼吞虎嚥高檔美食。羅勃特頓時腦中風，像大樹頹倒在地，活生生被豬給吃了。A. J.嘆道：「可憐的無知畜生，不懂得欣賞美味呢。」

4 〈The Old Oaken Bucket〉是寫於十九世紀的美國歌謠，常被作為對南方農業州的懷舊之情。不過原歌詞不是金色的橡木桶，而是箍鐵的橡木桶。

羅勃特的哥哥保羅從當地的精神病院出來，接管餐廳，實施所謂的「超凡食譜」……不知不覺，餐館菜色逐漸走下坡，簡直是垃圾，顧客憚於羅勃特大廚餐館的昔日威名，不敢抗議。

菜單一：

駱駝尿清湯佐煮蚯蚓

晒魟魚乾腓利蘸古龍水，配荊棘

曲軸箱機油煮頂級牛胎盤

佐腐爛蛋黃開胃醬與扁蝨

糖尿病患尿液漬林堡起司

搭華麗罐裝汽油淋醬

因此，客人靜靜死於肉毒桿菌……A. J.帶著隨從（中東的阿拉伯難民）再度光臨此餐館，嚐了一口，大叫：「天殺的，簡直是垃圾！就用這名智慧公民的餿水煮了他。」

因此行為怪誕可笑又可愛的A. J.傳奇越滾越大……淡出，轉至威尼斯……聖馬可廣場與哈利酒吧傳來鳳尾船伕的歌聲與戀童癖者的吶喊聲。

這座橋是威尼斯的古老迷人軼聞之一。據說，威尼斯水手環海世界，全部變成同性戀，早就搞上船上侍者，當他們回到威尼斯，在橋上攬客的女人必須裸露胸部，才有辦法激起這些曖昧市民的慾望⑤。刻不容緩，給我帶一營突擊隊攻進聖馬可廣場。

「女孩們，此次行動代號O. A. O.，傾巢而出（Operation All Out），奶頭如果無法使他們駐足，就亮出妳們的陰戶，迷惑這些死玻璃。」

「噢，葛提，這是真的，傳言一點不假。她們的屄一點不吸引人，而是恐怖的深溝。」

「我連看的勇氣都沒。」

「看一眼，就能把你的身體變成石頭。」

保羅是個邪惡的老手，講話的智慧其實遠超過他的腹笥。他談到男人跟男人共臥，幹那檔「不方便」的事。不方便，這詞眞是一語中的。哪個人想要幹屄時，還要被雞巴絆一跤？當某市民有慾望找個妞兒騎騎，卻碰上邪惡的陌生人衝進來，對著他的屁眼幹那檔子「不方便的事」。

A. J.衝過聖馬可廣場，以彎刀砍殺鴿子：「畜生！狗娘養的！」他放聲尖叫……跌跌撞撞爬上駁船。這艘醜怪的東西漆成粉紅色、藍色，夾鍍金，還有紫色絲絨的帆。A. J.穿著荒誕的海軍制服，絲穗、彩帶、勳章一應俱全，又髒又破，還扣錯鈕扣……走向一個巨大的希臘甕複製品，甕上

5 典故來自十六、十七世紀時，威尼斯風行同性戀，政府為了減少此種「罪惡」，將妓女集中於紅燈區卡斯提托拉，規定她們在「乳房之橋」（Ponte delle Tette）拉客時必須裸露乳房，因為有些妓女會故意女扮男裝，以吸引同性戀男客。此處原文用的是lungs，俚語裡，複數可做乳房解。

站著陰莖勃然的男孩金色雕像。他扭動男孩的睪丸，香檳便噴進嘴裡。A.J.擦擦嘴，環顧四周。

「我的努比亞黑奴呢，天殺的？」他大叫。

他的秘書正在看漫畫，抬起頭來說：「去狂飲爛醉……追逐女屄啦。」

「一群舔雞巴的懶漢。一個人少了奴比亞黑奴，成什麼樣呢？」

「何不改搭鳳尾船？」

「鳳尾船？」A.J.大叫：「我忍受這混蛋帶來的不便，就淪落到要搭鳳尾船啦？你們給我縮起大桅帆，小艇下水。希斯若普先生……我將以輔助艇取代。」

希斯若普無奈聳肩。以一根手指敲打開關鍵……桅帆降下，小艇駛進船體。

「噴點香水行吧？隨風飄來的運河味道臭死了。」

「您要梔子花還是檀香味？」

「不，給我豚草味。」

希斯若普按下另一個按鈕，濃厚的香水霧氣飄散駁船。

A.J.突然咳個不停……「用電扇吹啊，」他尖叫：「嗆死人。」

希斯若普用手帕掩嘴咳嗽。按下按鈕。風扇轉動，香氣變淡。

A.J.坐上高臺掌舵，大喊：「接觸！」巨大的駁船開始震動。「天殺的，向前！」A.J.吶喊，駁船急速飛過運河，碰翻滿載遊客的鳳尾船，僅差數吋便撞上電動船，從運河這一邊硬轉到那一邊（航跡激盪運河水，噴濺人行道，浸溼了路人），搗翻一整排繫泊的鳳尾船，終於衝上碼頭的木筏，轉頭，在運河中央打轉……船身的大洞噴出足足六呎高的水柱。

「奮力打泵啊，希斯若普先生。船身進水了。」

駁船突然大傾斜，將A. J.拋入運河。

「棄船！天殺的！隨人顧性命吧！」

在曼波音樂聲中淡出。

好朋友學校（Escuela Amigo）的揭幕儀式。這間由A. J.資助建立的學校專門收容拉美裔的不良少年。教職員、學生、媒體均來參加，A. J.身披美國國旗，蹣跚踏上講台。

「套一句法蘭納干神父⑥的不朽名言：世間並無壞男孩……天殺的，雕像呢？」

技術人員：「您現在就要？」

A. J.「老天爺，你以為我來幹嘛？給這狗娘養的玩意揭幕，它卻**不在場**？」

技術人員：「好的……**好的**。馬上來。」

葛漢海米牽引機拖著雕像進場，擺在講台正前方。A. J.按下按鈕，講台下方的渦輪啓動，震耳欲聾。強風吹起覆蓋雕像的紅色絲絨布，捲住前排的教職人員……灰塵與紙片飛向出席者。渦輪警報聲逐漸變小，教職人員從布幔裡脫身……窒息的沉默，眾人呆望雕像。

岡薩列斯神父說：「聖母娘娘啊！」

時報的記者說：「難以**置信**。」

每日新聞報：「簡直瘋了。」

6 Father Flanagan在二十世紀初於內布拉斯加成立少年中途之家，為有名的慈善家。

眾男孩吹口哨。

塵埃漸定，一個巨大閃亮的玫瑰石造像挺立。裸身男孩彎腰凝視沉睡的同伴，顯然意圖以笛聲叫醒他。他一手拿笛，一手伸向沉睡者腹部所蓋的布。布下的隆起物充滿暗示。兩名男孩耳後都插花，同樣的夢幻表情，殘暴腐化卻無邪。雕像底座是金字塔形狀的石灰岩，粉紅、藍色、金色瓷片馬賽克鑲嵌的銘文，那是本校的校訓：**與之同存，為之奮鬥**⑦。

A. J.傾身向前，在男孩雕像的結實屁股上敲碎香檳酒瓶。

「記住，孩子們，此乃香檳之來處。」

曼哈頓小夜曲

A. J.與隨從進入紐約某夜店，手牽金鍊拴住的紫屁股狒狒，身著格子麻的長燈籠褲，搭配小羊毛夾克。

經理：「**等等。等等**。這是啥？」

A. J.說：「伊利里亞獅子狗。男子漢最上等的寵物選擇。保證使你的餐館增光。」

經理：「我懷疑牠是隻紫屁眼狒狒，不得入內。」

幫腔丑角：「你可知道他是誰？他是A. J.。最後一個揮金如土者。」

經理：「請他帶著大把鈔票與紫屁眼狒狒到其他地方揮金去吧。」

A. J.站在另一家夜店前朝內看：「優雅的玻璃與老屄，天殺的，我們來對地方囉。男孩們，前進吧（Avanti, ragazzi）！」

他將一根金樁子插入地上綁住狒狒，開始以優雅的語調說話，丑角們在旁搭腔。

「棒極了！」

「駭人聽聞啊！」

「簡直上了天堂！」

A. J.將超長的香菸濾嘴塞進嘴巴，它由某種噁心的彈性物質做成，搖晃彈動，像可憎的爬蟲上身。

A. J.：「因此，我趴倒在三萬哩高處。」

鄰近幾個玻璃抬起頭，彷彿動物嗅到了危險氣息。A. J.發出無法辨識的咆哮，跳起來。

「你這個紫屁眼的舔卵芭貨！」他尖叫：「我教你在地板上大便！」他從雨傘裡抽出鞭子，橫掃狒狒的屁股。狒狒尖叫，鏈子整根拔地而起，牠跳上鄰桌，爬到某個老女人身上，這個老貨當場心臟病發死亡。

A. J.：「對不住啊，女士。你知道的，這傢伙不打不成器呀。」

盛怒下，他從酒吧這頭追打狒狒到另一頭。狒狒尖叫、咆哮，嚇得在地板上拉屎，爬到顧客身上，在吧台上下竄動，拉著布幔垂盪到水晶吊燈……。

A. J.：「你給我守規矩，在正確的地方拉屎，否則從此到哪兒都甭想大便。」

幫腔丑角：「你眞是丟臉，A. J.爲你付出那麼多，你還讓他生氣。」

A. J.：「忘恩負義者！統統都是忘恩負義者。這是花稍老同志的眞心話。」

---

7 with it and for it，典故來自Edmund Vance Cooke的詩〈The Uncommon Commoner〉。

當然，沒人相信A. J.的臥底故事。他宣稱是「獨立份子」，意思是「你甭管我的閒事」。現在已經沒有獨立份子……跨際區充斥各類笨蛋，卻無人保持中立。A. J.這種層級水準的中立者，當然是匪夷所思……。

哈山是惡名昭彰的液化派者，有人懷疑他私底下是心電傳送者——「扯淡呢，孩子們，」他露出解除戒心的苦笑：「我不過是不斷擴大的癌症，必須繁殖。」他跟達拉斯的石油暴發戶「乾屁眼達頓」（Dry Hole Dutton）往來，搞出一口德州腔，穿牛仔靴，日夜戴著寬邊軟頂牛仔帽，不分室內與室外……他的眼睛隱匿於太陽眼鏡後面，臉蛋平滑如蠟，穿著剪裁合宜的西裝，由尚未到期的高面額銀行券做成。（銀行券等同現鈔，得等到成熟⑧才能兌現……最高面額爲一百萬元〔clam〕。）

他羞澀地說：「它們不斷在我身上孵化，天啊，就像……眞是無法形容。我就像隻母蠍，溫熱的身體裡揣著這些幼小的銀行券，感覺它們不斷長大……哎呀，你沒聽煩吧？」

薩爾瓦多（朋友皆稱他爲莎莉）⑨身邊永遠有「朋友」爲伴，按鐘點計費。二次世界大戰時，他靠走私早產小牛**致富**（get cured——這是德州石油界的說法。）「清淨食物與藥物管理局」有他的檔案照片，面色凝重，表情彷彿經過防腐處理，皮下像是注射了煤油，平滑光亮，毫無坑疤。一隻眼死灰，圓如彈珠，有些瑕疵與不透明斑點。另一隻眼黑亮，是不會做夢的昆蟲眼。通常，他的眼睛藏匿於太陽眼鏡後面，看起來邪惡如謎，姿態與行事風格令人不解，就像仍在孵化階段的秘密警察。

興奮時，薩爾瓦多的英文會變得支離破碎，口音顯示他有義大利血統。他能說能讀伊楚利亞語。

一群查帳調查員以收集薩爾瓦多的檔案爲終生職志……他靠著綿密糾結且不斷更迭的分支機構網、幌子公司與化名，在世界各地都有生意。他有二十三本護照，被遞解出境四十九次。在古巴、巴基斯坦、香港與橫濱都還有遞解官司未了結。

薩爾瓦多・哈山・歐李瑞，又稱鞋店小子、迷途馬福、胎盤李瑞、早產小牛彼得、胎盤璜、K.Y.潤滑劑阿密德、吝嗇鬼、賣屁股的，不及備載，光是化名便占掉十五頁檔案，第一次在紐約碰觸法網是跟布魯克林區警察稱爲「告密鬼威爾森」（Blubber Wilson）的人同遊，哈山靠著在鞋店臨檢戀物狂，弄到買傻瓜丸的錢，被控第三級勒索與陰謀假扮警官⑩。他熟知古柯鹼藥頭的第一守則：丟貨（D.T., Ditch Tin），跟飛行員的「保持飛行速度」（K.F.S., Keep Flying Speed）相對應呢⑪……誠如怪俠所言：「一旦被肅毒警察認出，馬上丟貨，不惜吞下肚。」所以哈山不是以同性戀罪名被捕。哈山作證指控威爾森，後者被判無限期監禁（Pen Indef，根據紐約法律，這是針對輕度犯行能判的最重刑期。表面上是無限期，實則到萊克斯島蹲三年⑫。）哈山則被撤訴：「如果不是碰到一個好警察，我可能被判五年（draw a nickel）呢。」每次哈山出包，總能碰到好警察。他的檔案裡有三頁化名，足證他癖好與警方往來，也就是警察黑話的「攜手合作」（play ball）啦。別人對

---

8 作者的雙關語，mature可當作成熟，或者票據到期。

9 薩爾瓦多（Salvador）、莎莉（Sally）兩字前三字母相同，莎莉在俚語裡可用來稱呼娘娘腔的男人。

10 這裡指薩爾瓦多假裝是警察，臨檢（shake down）戀物癖者，搜刮金錢。

11 作者的雙關語，flying在毒品黑話裡，意指受藥物的影響正飄飄然，speed則是古柯鹼或者安非他命。前面的Ditch Tin，tin則是小量毒品，通常放在塑膠袋或者小錫罐裡。

12 萊克斯島，Riker's Island，紐約最大的監獄。

他的叫法可難聽了：條子愛人阿比（Abe the Fuzz Lover）、愛告密的馬福（Finky Marv）、低語的猶太鬼（The Crooning Hebe）、線民阿里（Ali the Stool）、砸鍋薩爾（Wrongo Sal）、愛哭的拉美鬼（Wailing Spic）、猶太男高音（Sheeny Soprano）、布朗區歌劇院（Bronx Opera House）、條子精靈（The Copper's Djinn）、留言服務（Answering Service）、尖叫的敘利亞人（squeak Syrian）、咕咕叫的舔屌芭者（Cooing Cocksucker）⑬、會唱歌的水果男（Musical Fruit）、爛屁眼（Wrong Ass Hole）、愛告密的仙女（Fairy Fink）、線民李瑞（Leary the Nark）、抑揚頓挫的吐實者（Lilting Leprechaun）……大告密家（Grassy Gert）。

他在橫濱開設性玩具店、在貝魯特賣海洛因、在巴拿馬拉皮條。二次世界大戰時，他開始玩大的，買下荷蘭的製乳廠，在牛油裡摻機油，囤積北非地區的K. Y.潤滑劑，終於靠走私旱產小牛發大財。他不斷擴張，生意昌盛，讓各式假貨與摻水藥品充斥世界。譬如造假的驅鯊劑、藥效不足的抗生素、致命的降落傘、腐壞的抗蛇毒素、已經失效的血清與疫苗、滲漏的救生艇。

柯林與賈帝，兩個舊時代的專業雜耍舞者，掩飾蘇聯密探身分，主要任務在呈現美國的不光彩面。柯林在印尼因雞姦被捕時，對治安推事說：「這事沒同性戀那麼嚴重吧。畢竟，他們只是亞洲黑膚人。」

他們穿紅色吊帶褲、戴黑色軟呢帽，抵達賴比瑞亞：「所以我槍殺那個老黑鬼，他倒在地上，一隻腿抖蹺。」

「是哦，那，你燒過黑人嗎？」

他們總是抽著大根雪茄，在城外貧民窟漫步：「賈帝，得弄些挖土機進來。徹底清掉這些垃圾。」

病態的群眾尾隨他們，希望目睹誇張的美國暴行。

「我在演藝圈三十年，從未演過這一套。我必須沒收貧民窟房子，給自己注射海洛因、對著黑石[14]撒尿、打扮成豬來喚拜[15]、撤銷租借法案[16]、讓人操屁眼……難道我是八爪章魚嗎？」柯林抱怨。

他們密謀用直升機綁走黑石，以豬圈取而代之。那些豬久經訓練，朝聖者一進來，就發出嘲諷的噓聲。「我們試圖教這些尖叫畜生演唱〈爲美國國旗三聲歡呼〉（Three Cheers for the Red White and Blue）[17]，沒學會……

「那批大麻（wheat）是跟巴拿馬的艾立·王·查普特佩克接洽的。他說是高檔貨，某個芬蘭船主在當地妓女戶（jump joint）暴斃，留下整艘船貨給這位女士……臨終前他說：『她就像我親生的媽一樣。』這老屄光憑口頭約便賣了這批大麻。我們給她十盎斯海洛因當前金（Laid ten pieces of H on her）。」

---

13 不管是猶太男高音、布朗區歌劇院，都牽涉到唱歌（sing），sing是黑話裡的通風報信、告密之意。Squeak也是黑話裡的通風報信。coo是鴿子（黑話的線民）的咕咕叫。musical承上面唱歌的意思，也是指告密。

14 黑石（Black Stone）鑲嵌在麥加天房克爾白（Kabah）東牆裡的黑色方石，是穆斯林聖物。

15 Prayer Call，伊斯蘭教每天五次唱喚信徒對著麥加朝拜，叫做喚拜。

16 Lend-Lease，二次大戰期間美國對友邦供應武器的租借法案。

17 美國愛國歌曲〈Columbia, the Gem of the Ocean〉中的句子。

「很好的海洛因哦，上等的阿列坡海洛因。」

「這些乳糖夠那老貨撐上一陣子的。」[18]

「我們已經開始**饋贈之馬，必看屁眼**啦？」[19]

「聽說你爲法官擺盛宴，端上大麻做的蒸丸子，整慘了哈山？」

「一點兒不假。你知道，那些市民狂抽大麻，宴會到一半就全茫了……我呢，只吃了麵包與牛奶……，你知道的，我有胃潰瘍。」

「彼此彼此。」

「他們奔跑尖叫身上著火啦，大部分賓客第二天上午就翹辮子。」

「其他的，第三天上午都死了。」

「他們早就被東方毒品搞爛了，還想怎麼樣？」

「有趣的是這些市民全身發黑，整個腳腐爛，掉下來。」

「大麻成癮的恐怖下場。」

「我也認爲如此。」

「因此我們直接跟這位年邁的蘇丹打交道，他是有名的拉塔病患。此後，就一帆風順啦。」

「說來難以置信，某些不滿的群眾還追殺到我們的遊艇來。」

「沒腿啦，肢障難行。」

「腦袋也有毛病。」

（麥角病是一種菌病，生長於不良的麥子。中世紀時，歐洲每隔一陣子就有麥角疫病大流行，每次至少死掉十分之一的人口，被稱爲聖安東尼之火。感染麥角菌，壞疽隨之，腿部變黑，整個爛掉。）⑳

他們在厄瓜多爾空軍基地卸下一批故障降落傘。策略爲：男孩們啓動這些有如破損保險套的降落傘，從高空尖叫摔下，年輕的鮮血直濺將軍們的大肚皮……在震耳的警報聲中，柯林與賈帝搭乘直升機逃到安地斯山……。

伊斯蘭公司的確切目標很模糊。毋庸置言，投身其中的人各有索求，也都企圖在達成目標的路上絆倒他人。

A. J.鼓吹摧毀以色列：「大家對西方世界觀感不佳，我們這些傢伙想攀搭年輕的阿拉伯便利貨㉑，有點麻煩……簡直殊難忍耐……以色列擋在中間，眞是大麻煩呢。」典型的A. J.臥底故事。

柯林與賈帝透露他們頗想摧毀中東油田，拉高他們持有的委瑞內拉石油股價。

---

18 上等海洛因的顏色較白，像乳糖。也有可能柯林他們以乳糖混充海洛因當前金給付那位老太婆。

19 原文用look a gift horse in the ass是作者的文字遊戲，蛻變自英文成語「饋贈之馬勿看牙口」（don't look a gift horse in the mouth），有人送馬，你還要檢查馬的牙齒好不好，意指對禮物挑三撿四。此處還有三層意義，首先，ass是屁股也是驢子，收到饋贈之馬，要先看看它是不是驢子，免得像那個老太婆一樣收到乳糖混充的假海洛因。第二，horse's ass是俚語，大笨蛋的意思，麥角症兄弟擔心自己成為受騙的拙蛋。第三，horse也可以當作海洛因。

20 作者此處是在解釋柯林與賈帝為何綽號為「麥角症兄弟」，原因是他們以詐欺手段購買了一批大麻，搞翻了哈山的客人，有些客人出現麥角症症狀，為什麼呢？因為wheat一語雙關，既是大麥，俚語又做大麻。這一整段都是作者的文字遊戲。另，麥角症菌也是LSD的提煉原料之一。

21 原文是amenities，這個字原指便利設施，又可當作廁所的委婉用語。此處是暗示好上手的阿拉伯年輕人。

柯林以大比爾布魯恩西[22]的〈喇蛄〉（Crawdad）塡詞新唱：

油田枯竭，你待如何？
靜等阿拉伯人嗝屁呃。

薩爾瓦多呢，他大搞國際經貿，掩飾自己的液化活動，至少基層人士看不出來……但是偶爾雅哈嗑茫了，他會對朋友忠實吐露：「伊斯蘭世界早就是清湯凍囉，」跳著液化專家的捷格舞……按耐不住，他拔高尖嗓子恐怖唱道：

它就在顫巍巍的邊緣
輕輕一推，順利入喉
嗨，老媽，幫我準備面紗[23]

「這些市民正忙著三顧茅廬這個假冒穆罕默德再世的布魯克林猶太人，他……其實是班威醫師執刀，替某個麥加聖人剖腹生下來的……。

「如果阿密德不出來……我們得衝進去，逮住他。」[24]容易受騙的阿拉伯人就全盤接受這個毫不知羞的密探（plant）。

「阿拉伯人都是好人……無知的大好人，」柯林說。

這個冒牌貨開始在廣播每日講經：「各位聽眾好友，我是友善的朋友——先知阿密德……今天我要談的主題是風度翩翩與接吻時永遠保持口氣清新的重要性……朋友們，使用賈帝牌氟錠，確保口氣芳香。」

現在我們來談談跨際區的各黨派……。

一目瞭然，液化派到頭來都是笨蛋，只有一人除外。不過，不到最後一個被液化者，誰也不知道誰是笨蛋，誰不是……液化派性好各種變態行爲，尤其是愉虐戀（sadomasochistic）。

液化派通常熟知情勢。相對的，心電感應傳送者則對「傳送」的本質與後果相當無知，因爲他們生性野蠻、剛愎自用，二來，他們極端恐懼任何**事實**。當初如果不是事實主義者的介入，傳送派早就把愛因斯坦送進精神病院，將他的理論付之一炬。我們可以說，只有少數傳送者知道自己在幹嘛，這些頂尖傳送者是全世界最危險、最邪惡的人。

傳送技術一開始是很粗糙的。淡出至芝加哥舉行的「全國電子會議」。與會者正在穿外套時……主講人以女店員的乏味口味說：

「結論，我想提出警訊……腦部X光檢查研究的下一步合理發展是生物控制；也就是控制身體

22 Big Bill Broonzy，著名的早期藍調歌手。

23 清湯凍的比喻是指伊斯蘭世界簡直要被西方世界一口吞下，就跟〈黑肉〉那篇的描述一樣。面紗是暗喻阿拉伯國家被迫出嫁，投入給西方世界懷抱。

24 這裡的阿密德一語雙關，既是〈醫院〉一篇裡所提的法醫阿密德，以販賣某種鑽腎臟蟲發大財，也代表先知穆罕默德。

運動、心理過程、情緒反應，以及用生物電子信號注入受試者的神經系統，造成各種**明顯**的感官印象。」

「大聲點，風趣點啊！」與會者成群擁出，灰塵揚起。

「幼兒一出生，外科醫師就可以在他的腦部裝上連結，置入微小的無線電波接受器，由國有發射台來控制受試者。」

巨大空蕩的演講廳，風兒不動，塵埃逐漸落定，空氣中有熱鐵與蒸汽的味道；遠處，暖氣散熱器嗡嗡響……主講人整理一頁頁的筆記，吹掉上面的灰塵……。

「生物控制裝置是單向心電感應控制的原型。受試者即使沒有其他置入物，靠著藥物之類的方法處理，還是可以讓他對發射器產生反應。後來的傳送者都只使用心電感應發射法……你研究過馬雅法典嗎？我的研究結論是：僅占馬雅人口百分之一的祭司，利用單向心電感應傳送指揮工匠什麼時候該有什麼感受……心電感應傳送者得時刻不停傳送，永遠不能接收，如果他接收到別人的訊息，即代表某人有自己的想法與感受，傳送者的劇本就毀了。傳送既然時刻不能停，又無法藉由接觸來給自己充電，遲早，他會油盡燈枯，沒有任何感覺可傳送。你不可能有自我思想，至少沒法像傳送者那樣思想孤立，由此可以推論，單一時空只能有單一傳送者……慢慢的，傳送者的心靈銀幕黑暗了……變成巨大蜈蚣……工匠根據接收的信息前來火化蜈蚣，再依據共同意志㉕推出新的傳送者……因此整個馬雅文化與外界隔離……**現在，一個傳送者就可以控制整個星球……你知道，控制本身無法成為手段，以達成任何有用的目的……它只能成為加深控制的工具……跟毒品一樣……。**

自體分裂者正好位居中間，堪稱中庸者……自體分裂之名來自他們眞的會分裂，切下一小塊肌膚，放到胚胎凍膠裡，培育出一模一樣的複製體。如果不阻止複製的過程，到頭來，很可能一個星球只會有單一性別的單一複製體：也就是單一個人與數百萬計的分身……這些複製出來的身體是獨立個體嗎？假以時日，他們能發展出各自的特色嗎？我很懷疑。因爲每隔一段時間，複製體就得以母細胞再充電，這是自體分裂者的信條，他們經常處於被複製體推翻的恐懼中……部份自體分裂者認爲複製人革命的歷程會縮短，單一複製體終將獨占世界。他們說：「讓我在世界各地多放幾個複製體，如此一來，旅行便不寂寞……我們必須嚴格控管，別讓**不受歡迎者**拚命分裂……。」到頭來，除了自己的複製體，其他都是不受歡迎的。當然，如果有人開始讓某區氾濫成災，放眼都是他的分身，居民便知發生啥事，有權宣佈「通殺」（Schluppit），剷除該人的所有複製體。有的市民擔心自己的複製體被毀，不惜幫他們染髮，改變面容與身體的模樣。唯有最被唾棄與最最無恥的人才會不斷生產「完全複製體」（I.R. Identical Replica）。

某個罹患矮呆病、白化症的伊斯蘭法官，他是代代遺傳、許多不幸隱性基因結合而成的造物（嘴小、無牙、裡面長滿黑毛，身體像巨大的螃蟹，鉗爪取代手臂，眼睛突出於柱狀物上），此君一共製造了兩萬個完全複製體。

「舉目望去，只有複製體，」他在陽台上爬行，話語如昆蟲唧唧：「我可不像那些沒沒無名的混蛋躲躲藏藏，在自家糞水坑裡製造複製體，再將他們僞裝成修水管工人、送貨員，偷偷放到外面世界……我不會用美容手術、野蠻的膚色漂染或漂白，來遮掩我的絕美複製體。他們將赤裸站在陽光

25 此處用的是盧騷《社會契約論》裡的general will。

下，展露可愛的白熱身體、臉蛋與靈魂，供眾人一觀。我照我的形象造他們，要他們生養眾多，幾何級數繁殖增長，因爲他們將治理這地。」㉖

有人徵召職業巫師來破壞阿卡尼德教長的培養皿，使之永久不育……巫師正準備釋放反生命力（anti-orgone）時，班威醫師說：「別再自己折騰自己啦，佛德列區氏運動失調症㉗會徹底毀滅這個複製體巢穴。我在維也納學習神經學時，可是師承手插屁眼教授呢㉘……他知道你身上的每一根神經。神奇的老傢伙……結局卻很狼藉……他搭乘凡托公爵的希斯巴諾—蘇伊莎轎車㉙，痔瘡大爆炸，噴得車後輪都是。可說是五臟俱空，僅存皮囊坐在長頸鹿皮特製椅套的座位上……連眼珠與腦袋都噴發出去，發出恐怖咻咻聲，凡托公爵說，就算他進了陵寢，也無法忘懷那個鬼魅**咻聲**。」

由於僞裝過的複製體難以辨識（雖然自體分裂者都自認有萬無一失的方法），自體分裂者常陷入歇斯底里的偏執狀態。如果某個市民發表了較爲開放自由的言論，另一個市民免不了要咆哮：「你是啥個東西？某個臭黑鬼的漂白複製體？」

酒吧爭執的死傷人數驚人攀升。事實上，整個跨際區籠罩在黑人複製體會僞裝成金髮藍眼人的恐懼中，因此人口頓減。自體分裂者都是顯性或隱性同性戀。邪惡的老玻璃跟年輕男孩說：「如果你跟女人發生關係，你的複製體就無法生長。」大家都試圖以魔法破壞別人的複製體培養皿。跨際區裡日夜充斥尖叫，伴隨著惡意破壞的音效：「比帝・貝爾，你對我的培養皿施魔法！」……自體分裂者很愛黑魔法，藉由拷問或者殺害他人的複製體，他們擁有無數效力強弱不一的配方，可以破壞母細胞（又稱靈外體爹地〔Protoplasm Daddy〕）。官方終於放棄控制自體分裂者的謀殺率與未經核准的複製。不過選舉前，他們掃蕩了一次，在複製體走私客躲藏的跨際區偏遠山裡摧毀了大批培養皿。

跨際區嚴禁居民與複製體性交，私下卻是普遍行為。毫不知恥的客人會在同性戀酒吧公開與自己的分身做愛。店裡聘雇的私家偵探朝旅館房間探頭探腦：「你們這兒可有複製體啊？」

酷愛複製體愛人的低下人士潮水般湧進，酒吧只能豎起告示牌，寫著：「謝絕XXX的複製體光臨。」

我們可以說，自體分裂者普遍生活於恐懼與憤怒的恆常危機中，既沒有心電感應傳送者的自以為是、自滿自矜，也沒有液化者的徹底墮落快感……儘管如此，跨際區裡的黨派並非涇渭分明，而是夾雜混居。

事實主義者則反液化、反自體分裂，尤其反對心電感應傳送。

座標型事實主義者針對複製體的公告：「我們反對讓地球充斥『合意』的複製體，因為它治標不治本。我們高度懷疑有合意複製體這回事，這等造物只是藉口，藉以規避流程管理與變革。就算最聰明、基因最完美的複製體也可能構成地球生物無以名之的威脅……。」

關於液化者的暫時性公告（T. B.，Tentative Bulletin）：「我們不該拒絕或否定自身的靈外體芯心，力求隨時保持最大彈性，以避免陷入液化的泥淖……。」

26 此處故意模仿聖經裡的口吻。

27 Friedrich's ataxia，一種遺傳性運動失調，始於兒童或青少年時期，脊柱與側柱會產生硬化。

28 此處原文用Fingerbottom，教授用手指插入學生屁眼的意思。

29 Hispano Suiza，二十世紀二〇與三〇年代的一種豪華車款。

暫時性與未決公告：「感情上，我們不反對心電感應研究。其實，我們如果能適當使用且充分理解心電感應術，它極有可能成爲人們的最終防衛武器，用以對抗壓力團體、控制狂的組織性壓迫或者暴政獨裁。但是一如我們反對原子戰爭，我們也反對心電感應術被運用來控制、壓迫、貶抑、剝削、剷除個人的差異。單向心電感應傳送應被視爲完全邪惡的企圖……。」

結論公告（D.B. Definitive Bulletin）：「我們應以負面指標來定義傳送者。他們像低壓地區，也像會吞沒人的空虛。傳送者無名、無色、無個性，極端不祥。出生時，眼睛部份可能由平滑的圓形皮膚取而代之。他就像病毒，永遠知道自己的目標，並不需要眼睛。」

「傳送者可能不止一人嗎？」

「當然，一開始，傳送者眾多。這種狀況不會維持太久。有時，感時傷懷的公民可能覺得自己傳送的東西具有教化意義，殊不知傳送**本身**就是邪惡的。科學家會說：『心電感應傳送就像原子能，適當駕馭就可以……』就在此時，一個直腸檢驗員混合蘇打的重碳酸鹽，拉下開關，將地球整個炸成宇宙齏粉。（**噗**……遠在木星都可聽到這個屁聲。）……搞藝術的會把傳送與創作混爲一談。他們爲心電傳送塗脂抹粉，狡飾尖叫『傳送是全新的媒介！』直到收視率大跌爲止……哲學家則陷入手段與目的之辯，渾然不知**心電感應傳送永遠無法成就任何事，只會導致更多傳送，跟毒品一樣**。你試試把毒品當手段，看看能否成就什麼事……有些罹患『可口可樂暨阿斯匹靈』控制狂的居民喋喋不休傳送心電感應的邪惡美好經驗。此類說法均不長久。傳送者，不愛多話[30]。

傳送者並非個體……它是一種人類病毒[31]。

（所有病毒均爲惡化的細胞，以寄生方式存在……特別喜愛母細胞；因此，惡化的肝細胞在肝炎裡找到棲身所，諸此等等。每個物種都有一個「主病毒」〔Master Virus〕，即是該物種惡質一面的呈現。）

人類的破損形象也藉由細胞吞噬細胞，步步進逼……貧窮、仇恨、戰爭、警察暴力、官僚體系、瘋狂，全是人類病毒的病徵。

人類病毒現在可以離析出來，加以治療。

30 作者的尖銳諷刺，暗示以上各方所言，均受到心電感應傳送者的影響。

31 布洛斯對語言的真實性有尖銳的看法，他曾說文字是外太空病毒。眾所周知，病毒傳染需要宿主。人類之所以想要書寫文字，是因為人類無法防止肉身腐化，卻能用文字讓思想不死。文字這種病毒便因人類之畏死而得以從一個宿主跳到另一個宿主，繁衍壯大。

郡書記官

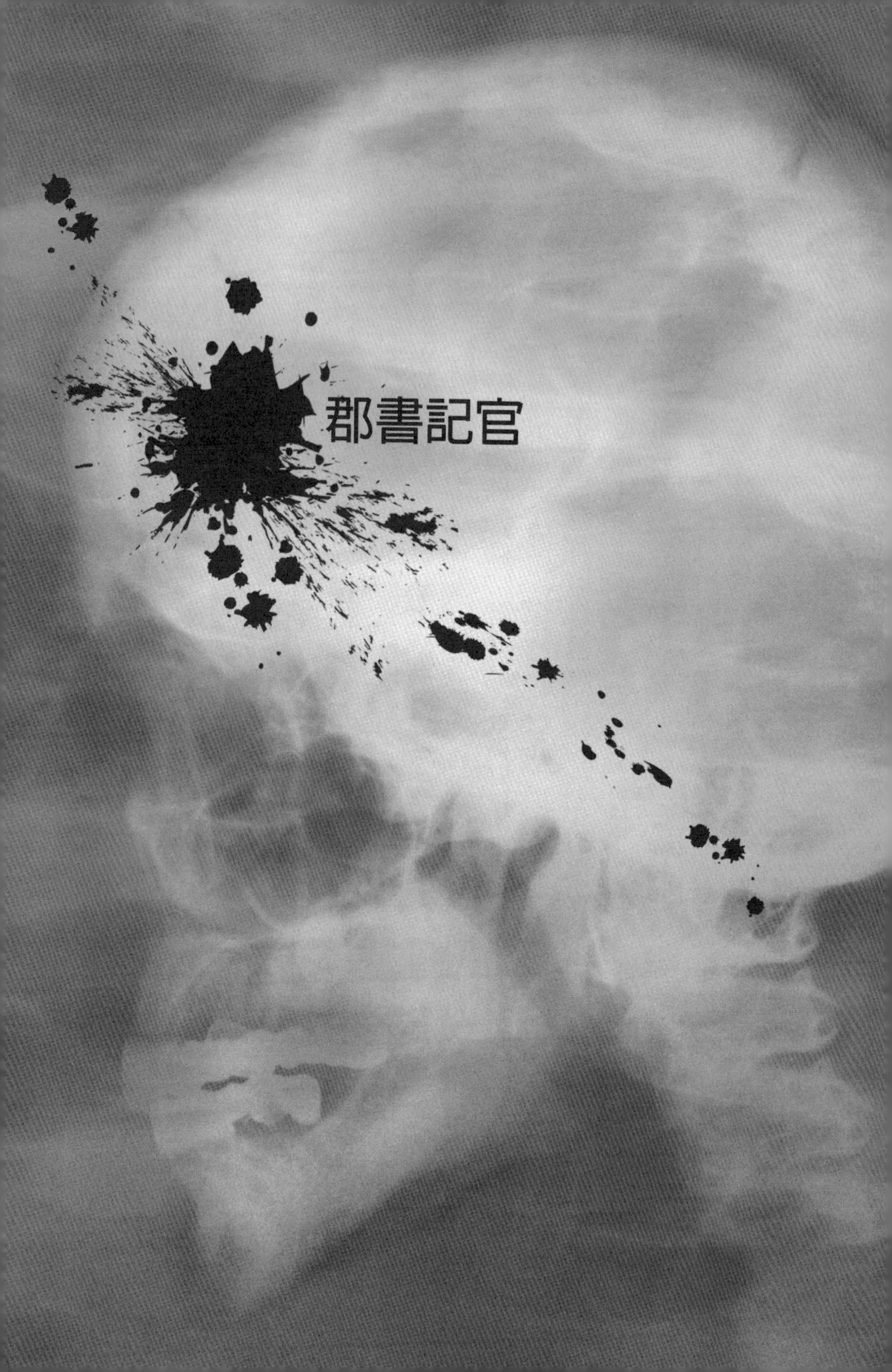

郡書記官的辦公室位於一棟巨大的紅磚建築，人稱舊法院。民事訴訟在此審理，但是訴訟期經常無情拖延，直到兩造之一死亡，或者放棄興訟為止，原因是此地樣樣東西的紀錄都多到不得了，全部歸檔錯誤，唯有書記官及他的助理群找得到，找個資料往往耗時數年。書記官到現在仍在尋找一樁損毀案的資料，但是案子早在一九一〇年就庭外和解了。舊法院多數地方已成廢墟，其他地方也因坍塌頻繁，高度危險。書記官通常把危險任務指派給助理，導致多人因公殉職。一九一二年，舊法院的北東北廂崩塌，共兩百零七名助理活埋。

跨際區裡如有人被告，被告律師常策謀將案件移送舊法院，如此一來，原告形同敗訴。因此，眞正會在舊法院開庭的案子都是怪誕份子或者偏執狂為了激起「大眾視聽」而興訟的，可是除非鬧新聞荒，沒有記者會到舊法院採訪，上述人士的目的也就甚少達成。

舊法院位於跨際區都會外的鴿籠鎮。鎮民以及鎮外沼澤區、森林區的住民都是超級大笨蛋，舉止野蠻，因此當局採用「合宜」的隔離措施，用具有輻射線的鐵絲網築牆，將他們禁錮在保留區裡。鴿籠鎮居民以牙還牙，在鎮上到處漆寫：「**都市人到此，小心日落**」。此種飭令口吻完全多此一舉，唯有天塌下來的大事才能讓都會民眾前往鴿籠鎮。

李的案件十萬火急。他必須馬上提出宣誓書，說明自己罹患鼠疫，一直處於隔離狀態，以免被逐出占據十年都沒付房租的公寓。他整理了一皮箱的宣誓書、請願書、禁制令與憑據，搭巴士前往邊境。都會區海關人員揮手叫他走：「希望你的皮箱裡是原子彈。」

李呑下一大把鎮定劑，進入鴿籠鎮海關棚。檢查員花了三小時審閱他的文件，翻查積灰的各式法典與稅法書籍，朗讀難以理解、語氣不祥、結論為「根據六六六法條，此種狀況應處以罰鍰與刑期」的各式法條。他們意味深長地望著李。

還以放大鏡細審他的各式文件。

「有時他們會在字裡行間夾雜猥褻的五行打油詩。」

「或許他打算拿這些東西混充衛生紙來賣。這些鬼玩意都是你自個兒用的嗎？」

「是的。」

「他說是的。」

「我們怎麼知道眞假？」

「我有宣誓書。」

「你很聰明嘛。脫掉衣服。」

「沒錯！搞不好他有猥褻的刺青。」

他們搜索李的身體，探摸屁眼裡有無違禁品以及肛交的證據。叫他把頭髮浸到水裡，將髒水送去化驗：「說不定你頭髮裡藏毒。」

最後，他們沒收了李的皮箱；他捧著重達五十磅的大捆文件步出海關棚。

十來個**記錄派信徒**①坐在法院的朽木階梯上，淡藍色眼睛盯著李走向前來，他們緩緩轉動積滿塵垢的縐褶脖子，目視李邁向台階，進了法院的門。法院裡，天花板撒落灰塵，如霧飄浮空中，李一踏步便塵土飛揚。他爬上一九二九年便已公告爲「危險」的台階，才踏上去，腳便穿透木板，裂片刺進

1 Recordite，聖公會的一派，名字來自Alexander Haldane創建的《記錄》（Record）雜誌，信徒奉行聖公會的福音教義，但是強調記錄口述的聖靈經驗，以及散播千禧年福音。

大腿肌膚。階梯通往油漆鷹架，鷹架又以磨損的繩索與滑輪連上隔著灰濛濛距離幾不可辨的屋椽。他小心翼翼爬上去，擠進一個類似摩天輪的小艙裡。身體的重量啓動了液壓機械（傳來水聲），摩天輪小艙平滑前進，無聲停在生鏽而且千瘡百孔如老舊鞋底的鐵製露台旁。

他沿著長廊往前走，兩側都是門，多數釘死或者以木板封死。某辦公室掛著「近東極美」（Near East Exquisitries）的綠銅銜牌，一隻糖水怪正以黑色長舌頭捕捉白蟻。書記官辦公室的門敞開，六個助理環伺，他口嚼菸草，無視李站在門口，頭也沒抬，繼續他的話題。

「俺前幾天遇見泰德．史比格……善良的老傢伙。跨際區裡沒人比他更善良……那天是星期五，俺記得，因爲咱家婆娘再度經痛受不了，俺去達頓街上的帕克醫師藥房，那地方就在馬．葛林開設的『正派經營按摩院』的對面，以前是傑德馬車出租行……傑德，俺就直呼他的姓，不稱他的名啦。老傑德左眼打了石膏，老婆是東方人，俺記得是來自阿爾及爾，老傑德死後，她改嫁胡特家的男人，如果俺沒記錯，應該是柯林．胡特，也是個好男人，他當時大概五十四、五十五歲吧……所以，俺跟帕克醫師說：『俺那婆娘又月經抽筋，痛到爬不起來。賣俺兩盎斯鴉片酊。』

「醫師說：『阿屈，你得先簽本子，注明姓名、地址、購買日期，這是法律規定。』

「所以俺問醫師那天星期幾，他說：『十三號星期五。』

「俺就說：『那俺今天的壞運已經過了。』

「『嗯，』醫師說：『上午有個傢伙來過，城市人，穿著有點騷包，要買一整個廣口瓶的嗎啡……處方箋用衛生紙書寫，怪里怪氣的……俺直截了當跟他說：『先生，俺懷疑您是個毒鬼。』

「『老爹啊，我腳趾甲朝內長，痛得很。』

「『嗯，』俺說：『俺行事得謹慎。不過，既然您有符合規定的病症，又是貨眞假實②的醫師開的處方箋，很榮幸能爲您服務。』

「『那個開禁藥處方箋的醫師可是有執照的，』他說……不過嘛，左手不知道右手在幹啥，俺不小心把清廁劑給了他……因此，俺猜今天也是那傢伙的不祥日嚕。』

「『正好給他清清血管。』

「『俺也是這樣想。應該是比用硫磺與蜜糖的景象更精采③……阿屈，不是俺愛多事；俺常說啊，但凡是人，都無法蒙蔽上帝與他的藥劑師……你還在上那隻兇巴巴的灰色老母馬啊？』

「『怎麼？帕克醫師……俺以爲你知道俺是個顧家男人，也是無性教會第一教派的長老④，咱倆長大後，俺就不曾搞過母馬屁眼了。』

「『那段時光啊，阿屈。你還記得俺把芥末誤當鵝油嗎？人們說，俺總是那個遞錯瓶罐的人。遠在舔屄鎮都能聽到你的慘叫哩，活像鼬鼠被割了結石，尖叫個沒完。』

「『你搞錯哩，醫師，你才是那個抹了芥末醬的人，俺還得在旁等你冷靜下來。』

---

2 原文為Rx from a certified bona feedy M.D.，作者故意將貨真價實（bona fide）筆誤為bona feedy，可能暗示帕克醫師是鄉巴佬，不懂得這個法文字的真正拼法；也可能暗示帕克醫師故意如此說，feedy為「你要啥我餵啥」，表明他早知道處方箋有問題。

3 以前的偏方，春天時服用，可以清腸胃、治感冒等。

4 原文是First Denomination Non-sextarian Church，作者的文字遊戲，因為並無non-sextarian這個字，它是脫胎自non-sectarian（無宗派的）。

「『你這是一廂情願呢⑤，阿屈。這個詞，是俺有次在火車站後面的廁所讀雜誌看到的……，你誤解俺剛剛的意思……灰色老母馬是指你家那口子啦⑥……俺的意思是這些年來，她又是長癬，又是白內障、凍瘡、內出血、口蹄疫，早就今非昔比了。』

「『沒錯，醫師，麗莎病奄奄的。十一度流產後就大不如前了……說起來真是怪怪的，費利斯醫師就對俺直話直說啦：「阿屈，你別再搞那個不成人樣的。」他死命看著我，俺都起雞皮疙瘩了……總之，醫師，你說得沒錯，她大不如前了。吃了你的藥，也沒比較好。事實上呢，自從點了你上個月賣給她的眼藥水後，她連白天夜晚都分不清楚了。不過，醫師，你該知道俺是不會上麗莎的，老母牛一條了，不是不尊敬她，好歹她是俺那些畸形流產兒（dead monsters）的親娘。現在俺有個十五歲的甜蜜寶貝……你知道黑人鎮上那家『瑪麗露捲髮洗直暨膚色漂白美容院』嗎，這黃皮膚女孩曾在那兒工作過。」

「『吃起烏骨雞跟黑色玉米餅啦⑦，阿屈？』

「『經常服用哩，醫師。經常服用。嗯，責任在身。得回去看咱家那個壞脾氣的老怪物。』

「『俺猜她得大大上油了。』

「『醫師啊，她那個洞簡直乾澀……總之，謝謝你的鴉片酊。』

「『俺才要謝謝你的關照呢，阿屈，嘻嘻嘻……阿屈老弟啊，改明兒，你如果很久沒卸貨（rusty load），就過來坐坐，咱們喝點育亨賓。』

「『那是當然，一定會。就跟小時候一樣。』

「因此俺回家，煮熱水，將鴉片酊混合丁香、肉桂與黃樟，給麗莎用，應該是減輕了她的疼痛，至少她不再發飆……當日稍晚，俺再度拜訪帕克醫師買保險套……離開藥房時遇見羅伊．班恩，也是個大好人……跨際區裡沒人比羅伊．班恩還善良……他對俺說：『阿屈，你看到空地上的那個老黑鬼沒？每晚準時報到，準到可以對時呢，跟大便與賦稅一樣[8]，非來不可。你看到他站在蕁麻叢後面沒？每晚八點半，他都到遠處的空地，用鋼絲綿刷身體，磨掉一層皮……他們說這黑人是個傳福音的。』

「因爲那黑鬼，因此俺知道那是十三號星期五晚間八點半，就算有差，不超過二十分鐘或者半小時。俺在醫師那裡服用了一些西班牙蒼蠅，前往黑鬼鎮的路上，在癸納沼澤那兒就發作了……癸納沼澤有個大彎，以前那兒有個黑鬼的小棚屋……他們在舔屄鎮燒了那個老黑鬼。那黑鬼得過口蹄病，瞎到啥也看不見……因此，特克薩卡納[9]來的白人女孩尖叫嚷著：

『羅伊，那個老黑鬼不懷好意看著人家。老天爺，人家覺得渾身髒透了。』

『甜心，妳甭把自己搞得煩躁。我跟哥兒們會燒了他。』

『慢慢燒哦，甜臉兒。慢慢弄。他讓人家怪頭疼的。』

---

5 原文用wishful thinking，跟想得美（wishful thinking）意思接近，wishful含意比較浪漫，也有緬懷之意，「事情果真如此就好了」。

6 此處是一語雙關，英文的灰色老母馬（Old Grey Mare）類似中文的牝雞司晨，河東獅的意思。阿屈誤以為帕克醫師是在提兒時人獸交的往事。

7 原文為coon pone，coon是對黑人的貶抑稱呼，pone是印第安玉米餅，此處指阿屈跟黑人印第安混血女子做愛。

8 原文為sure as shit and tax，挪用自sure as death and tax，死神與賦稅乃人生中無法逃避之事，必然之事。

9 Texarkana位於德州與阿肯色州邊界。

「所以，他們燒了那老黑鬼，男的帶著老婆回特克薩卡納，油錢都沒付呢。整個秋天，加油站老闆『低語盧』都不停叨念此事：『這些城裡的傢伙跑來燒黑人，連油錢都不付。』

「總之，查斯特．胡特拆掉那黑鬼的棚屋，在他『血谷』的住家後面重建。窗子全覆蓋上黑布……幹些連俺都不好意思說的勾當……現在啊，查斯特行事詭異……總之，沼澤彎道那邊原本有個黑人小棚屋，正對面就是布魯克邸，那兒每年夏天都淹水，只是當時不叫布魯克邸，還屬於一個叫史坎登的傢伙。那塊地在一九一九年勘測丈量過……俺猜你也認識那個勘測的人……就是駝子克萊倫斯，他以前幹水井探勘賺外快……約莫就是在那兒，俺看見史比格正在幹一條沼澤巨鯢。」

李清清喉嚨。書記官抬頭從眼鏡底下望著他：「年輕人，你給俺小心點，俺說完話，自然就會處理你的事。」

然後他繼續講某個黑鬼被母牛感染狂犬病的軼事：

「咱爹跟俺說：『兒啊，趕快忙完雜活，咱們去看那個瘋子黑鬼……』那黑人被綁在床上，像個老賤貨般嚎哭……才看一會兒，俺就對那老黑鬼厭煩了。嘻嘻嘻！各位請見諒，俺在樞密院⑩還有得忙。」

李越聽越驚恐。書記官常常躲到戶外廁所，一待數星期，靠吞食蠍子、瀏覽蒙哥馬利華德零售公司目錄過活。好幾次都得勞動助理硬把他抬出來，因爲他已經極度營養不良。李決定使出王牌。

「安卡先生，」他說：「您我同屬尖背野豬的成員，」他拿出尖背野豬卡⑪，那是他年輕放蕩時代的紀念品。

書記官狐疑地審視那張卡：「看不出來你是個啃野果吃骨頭的尖背野豬……你對**猶猶猶太人**有

啥看法？」

「安卡先生，您也知道猶太人心心念念只想幹基督徒女孩……總有一天，把他們剩下的部份也割了。」⑫

「嗯，你雖是城市人，看起來腦筋還算清楚……看看這位先生需要啥，幫他辦……他是個好人。」

10 作者的一語雙關，樞密院（Privy Council）的privy同時也指戶外廁所。

11 razorback，尖背野豬是美國深南方的野生豬，一五五〇年代由探險家Hernando de Soto帶進北美洲，此種野生豬對生態破壞極大，更有人堅信de Soto等白人帶進的天花疫病導致密西西比印第安文化的滅亡（近期研究當然揭露更複雜的成因）。因此，尖背野豬在此可能代表某種白人至上的團體，用以暗諷美國深南方的種族歧視心態。

12 猶太男子出生後要割包皮，此處是指把整根陽具都給切了。

跨際區

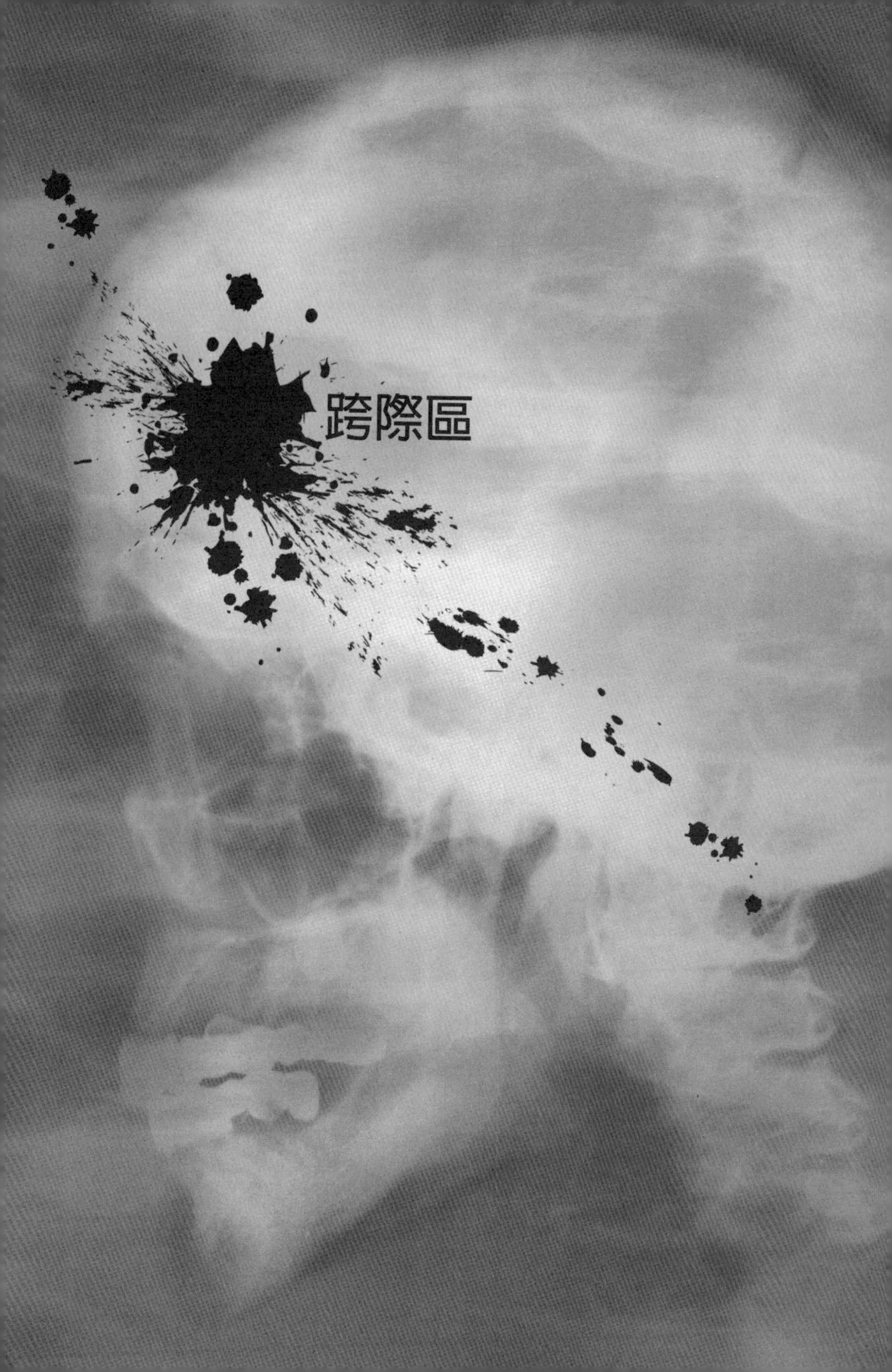

跨際區裡唯一不是同性戀也弄不上手的原住民是安德魯．基夫的司機，並非基夫愛擺姿態或者生性變態，他的司機只是他的託辭，當他想砍掉一段關係時，他會說：「我瞅見你昨晚勾搭阿諾卡尼德。你不容再踏進這個屋子。」跨際區的人不管喝不喝酒，都習慣性昏倒，沒人敢保證自己沒勾搭過不討喜的阿諾卡尼德。

阿諾卡尼德是個爛司機，簡直不懂開車。一次他在山區撞倒背煤炭的孕婦，她當街流下渾身是血的死嬰，當警方詰問阿諾卡尼德，基夫下車坐在人行道邊上，以手杖攪動那灘血。最後，那女人以違反衛生規範被捕。

阿諾卡尼德這個年輕人面容陰鬱不討喜，馬臉兒長，泛著奇特的岩藍色，鼻子碩大，黃板牙有如馬齒。迷人的私家司機四處可得，唯有基夫能找到阿諾卡尼德。基夫是個聰明墮落的年輕小說家，住在原住民保留地紅燈區一間改建過的公共廁所裡。

跨際區是巨大的單一建築，房間由塑膠水泥建成，可以隨意膨脹，以容納住戶，但是太多人擠在一個房間裡，就會輕輕**啪**一聲，從這個房間穿牆到另一個房間，或者應該說另一張床，跨際區的房間多半是床，所有生意都在此成交。性交或者買賣進行的哼哼聲會讓跨際區像巨大蜂巢般震動：

「三百分之二。絕不再讓，就是我的愛人也不讓。」

「你的提單在哪兒啊？親愛的。」

「小愛愛，不在你盯著看的地方，放那裡，太明顯了。」

「我有一堆褲襠處有襯墊的Levis牛仔褲，好萊塢製。」

「暹邏國的好萊塢吧。」①

「儘管如此，卻是**美式風格**！」

「回扣多少?……回扣……回扣。」

「珍品哦！一整船眞正由南大西洋鯨魚排泄物提煉而成的K. Y.潤滑劑，目前正由火地島衛生局檢疫中。親愛的，回扣啊！如果這票能幹成，就可以吃香喝辣啦。」

（鯨魚排泄物是宰殺烹煮鯨魚脂過程中的殘餘廢棄物。恐怖的魚腥味，八丈外就聞得到。目前爲止，沒人知道它有啥用處。）

跨際區進口無限公司鎖定這批潤滑劑，該公司由馬維與「背運的李夫」合組，專營藥物，副業是二十四小時營業的專業站，針對六種罹患性病管道，提供從船頭到船尾的全面保護②。

（迄今，人類已經鑑定出六種不同的性病③。）

他們全力搶下這筆生意，爲一個有痲痺毛病的希臘籍船務人員提供難以啓齒的服務，還伺候了海關一整個班次的檢查員。兩人的合夥關係最終破裂，跑到大使館互相控訴，大使館將他們的案件轉至「**我才懶得聽**」部門，從那裡他們被送出後門，門外的空地滿是屎尿，禿鷹在此爭食魚頭打架。馬維與李夫歇斯底里互毆。

「你想幹掉我的回扣。」

「**你的回扣**！是誰先嗅到這批好貨的啊？」

1 暹邏是泰國古名，曼谷則有一條好萊塢街。

2 原文為fore and aft，航運術語，從船頭到船尾。暗喻從陰莖到屁眼，得到全面性保護。

3 《裸體午餐》寫作年代的六大性病應為軟性下疳、菜花、皰疹、梅毒、淋病，以及非淋菌性尿道炎。

「但是我有提貨單。」

「可恨的怪物！支票可是開我的抬頭。」

「混蛋！我的回扣得先放到第三方託管（escrow），否則你保證看不到提貨單。」

「好吧，我們不如握手言和。我這個人才不那麼惡劣與斤斤計較。」

他們冷淡握手，互啄對方的面頰。

那筆交易拖了好幾個月，他們還聘請一位催料員。終於，馬維拿出一張南非某不知名銀行開發的支票，面額四十二庫魯④，這支票得經阿姆斯特丹過戶，約莫耗時十一個月。

現在他可以到廣場的簡餐館輕鬆一下。他出示支票影本，當然不會拿出正本，省得某些妒火中燒的市民對著支票落款吐「消印墨水」，或者用其他方法損毀支票。

簡餐館裡的人紛紛要他請客慶祝，他開心笑道：「老實講，我自己連杯酒都買不起。裡面的二十二庫魯早用來買潘史崔普⑤治療阿里的淋病。他又前面後面都染上，氣得我差點把這個小雜種踢到隔壁床去。不過，你們也知道我就是個重感情的老頭。」

馬維給自己買一小杯啤酒，從褲襠裡掏出一枚發黑的錢幣丟到桌上：「不用找零。」

服務生把銅板掃進畚箕裡，對著馬維的桌子啐了一口走開。

「酸葡萄！他忌妒我的支票。」

據馬維的說法，他在「跨際區元年」之前就出入此地。以前在國務院擔任不知名的職位，因「服務良好」退休。瞧起來，他年輕時鐵定是小平頭、大學男孩帥模樣，現在呢，臉皮鬆垮，下巴一坨坨肉，好像融化的石蠟。屁股也變肥了。

背運的李夫則是瘦削高挑的挪威人，一眼戴眼罩，成日擺張諂媚迎合的笑臉，彷彿凍結了。他的一生就是史詩般輝煌的連串創業失敗故事。不管養殖青蛙、栗鼠毛皮、暹邏鬥魚、苧麻，或者人造珍珠都失敗。他曾推出「愛情鳥二合一墓位」、在保險套缺貨時囤積居奇、經營郵購妓女院，甚至意圖將盤尼西林當作專利藥來賣，都一敗塗地。也曾在歐洲賭場與美國賽馬場下注大輸。

李夫的私生活也厄運連連，令人難以置信，跟他的輝煌生意挫敗史不相上下。他的大門牙被布魯克林的野蠻美國水手踢斷。在他幹完一品脫鴉片酊，茫倒在巴拿馬市公園時，禿鷹啄走他的一隻眼睛。李夫是個爛打血管的毒鬼，毒癮大發卻被困在兩層樓之間的電梯，長達五天，沒死。他也曾被塞在床腳櫃，震顫性譫妄（D.T.s）發作卻未死亡。他還得過腸絞症、胃穿孔，在開羅因腹膜炎病倒住院，醫院人滿爲患，只好把他安置在公共廁所裡，希臘籍外科大夫搞砸手術，把一隻活猴縫進他的腹部，而後他被一群阿拉伯看護輪姦，其中一名看護偷走他的盤尼西林，以清廁劑取而代之；當他屁股罹患淋病，一個傲慢的英國醫師用熱硫酸給他灌腸治療；德國籍的醫學科技專家則用生鏽的開罐器與一把錫製的剪刀替他割盲腸（該專家認爲「細菌」理論根本是狗屁）。專家被勝利沖昏頭，凡是眼前所見都被他剪割乾淨：「人體充**斥勿**用的器官。**乙顆**腎臟就能活。**敢**嘛要兩顆？好了，切掉乙顆……

4 土耳其幣。

5 PenStrep，一種二氫鏈黴素。

……人體內的器官擠成乙團。它們跟**諸國**乙樣，都需要更多的生存空間。」⑥

催料員沒拿到酬勞，馬維得拖他十一個月直到支票過戶。據說催料員誕生於來往跨際區與外島的渡輪上。他的任務是催促貨品的運抵。沒人知道他的工作到底有無成效，提到他的名字總會猛然引爆爭辯。有人言之鑿鑿他效率神速，有人舉證歷歷他無用至極。

該島是英國的陸軍與海軍駐地，面對跨際區。英國握有無償租賃條約使用此島，每年正式更新租約與居住許可。全島居民均被迫參加，聚集於自治區的垃圾場。根據習俗，該島的總統必須匍匐爬過垃圾場，將全島居民簽名的居住許可與最新租約，面呈穿著燦爛軍禮服筆直挺立的駐地總督。總督收過文件，塞到口袋裡。

「那麼，」總督露出緊繃的笑容：「你們已經決定讓我們續住一年，是吧？很好。大家都滿意吧？……有誰不滿意的？」

吉普車上的士兵扳著機關槍，對群眾來回瞄準，緩慢地搜尋。

「大家都滿意。很好。」他轉身，快活地對匍匐在地的總統說：「你的文件我保留著，萬一我短缺衛生紙。哈哈哈。」話語響亮刺耳如金屬，響遍垃圾場，群眾在左右瞄準的機關槍口下，附和地哈哈笑。

該島僅略具民主規範，設有參眾兩院，無止盡地討論垃圾處理與公廁檢查，這是兩院唯一的法定管轄範圍。十九世紀有一段很短的時間，英國政府容許該島自治管理「狒狒保育部」，後因參議員曠職過多，而被取消此項珍貴權力。

紫屁眼的底黎波里狒狒是在十七世紀時被海盜帶到此島，傳說只要狒狒離開，本島就會毀滅，如何毀滅並未明述。儘管紫屁股狒狒騷擾住民的可惡行爲令人難以忍受，殺害狒狒可是唯一死刑。偶爾便有人抓狂，一口氣殺死好幾隻狒狒，而後自裁。

總統一職是強加於最不受歡迎、最討人厭的公民身上。當選總統是島民最大的恥辱與不幸。由於恥辱卑微過甚，很少有總統能活過任期，通常上任後一、二年便死於崩潰。催料員曾做過總統，整整做滿五年任期。之後他改名換姓並小針美容，盡量湮滅過往的恥辱回憶。

「當然……我們會付錢，」馬維對催料員說：「甭緊張。可能得耗點時間，不過……。」

「甭緊張？耗點時間！」

「你聽我說……。」

「我全都知道。借貸公司要回收你老婆的人工腎臟……還要把你的祖母丟出鐵肺。」

「眞是沒品，哎喲……。」

「老實講，我眞希望自己不曾涉入此事。他媽的，那堆油脂有太多碳酸。我上周去海關，用掃把柄戳進去，噗的好大一聲，油脂馬上化掉半根的掃把柄。此外，那臭氣眞能把人熏到蹶屁股。你該到碼頭走一趟。」

「萬萬不幹！」馬維尖叫。（這是跨際區的種姓階級特色，絕對不能觸碰或者靠近你在賣的東

6 德國專家英文發音奇怪，此處應為「人體充**斥無**用的器官。**一顆**腎臟就能活。**幹**嘛要兩顆？好了，切掉一顆……人體內的器官擠成一團。它們跟**祖國**一樣，都需要更多的生存空間」。德國專家提及生存空間，使用的是They need Lebensraum like the Vaterland。Vaterland是fatherland（祖國）的錯誤讀音，Lebensraum是國家的擴展空間，兩個辭彙都是納粹時代的口號，標示出德國專家的納粹思想。

西，會被懷疑你是在搞零售，也就是淪爲街頭小販。跨際區多數貨品都是由小販買賣。）「你幹嘛跟我說此事？太卑鄙了。這種事讓小販去煩惱就好。」

「你們這些傢伙可舒服，可以神不知鬼不覺溜走。我可是還得顧及聲譽……這事鐵定要出麻煩。」

「你暗示這次買賣有**非法**之處？」

「不盡然非法。是劣等，鐵定是劣等貨。」

「哎，趁小島還沒毀滅前，你滾回去吧！我可是認識你很久，那時你還在廣場公廁賣你的紫屁股，一次五比塞塔。」⑦

李夫插嘴：「恩客**亦**寡！」他刻意文縐縐⑧。

提及催料員的島民出身，讓他忍無可忍……他站起身，模仿英國貴族的僵硬姿態，打算回敬以簡短冰冷且震懾他倆的話，出口的卻是嗚咽低語，活像原本打算狂吠的狗，嘴兒被踢，硬是打斷了咆哮。小針美容前的臉龐自充滿炙熱恨意的弧光中浮現……他開始以島民方言的壓抑喉音吐出連串可怕的咒罵。（島民都假裝自己不會說方言，甚至否定此種語言的存在。）「我們是**引國**人，」⑨他們說：「才沒有天殺的方言。」催料員口角冒泡，吐出棉球般的小團唾沫。卑劣的心靈散發臭氣，懸盪空氣中，像綠霧包圍。馬維與李夫警戒地咯咯笑往後退。

「他**發瘋**了，」馬維抽口氣說：「我們火速**閃人**。」

手牽手，他們快活地踏入跨際區迷濛如冰冷土耳其浴的冬日濃霧中。

7 pesetas，西班牙貨幣基本單位。

8 原文為"And not many takers either." Leif put in. He pronounced it 'eye-ther'。Eye-ther是either一字的英國腔讀法，表示李夫刻意文縐縐。中文翻譯無法盡得其意，只能選擇勉強對應的文字，以「亦」取代「也」。

9 此處乃帶有方言腔的「英國人」。

檢查

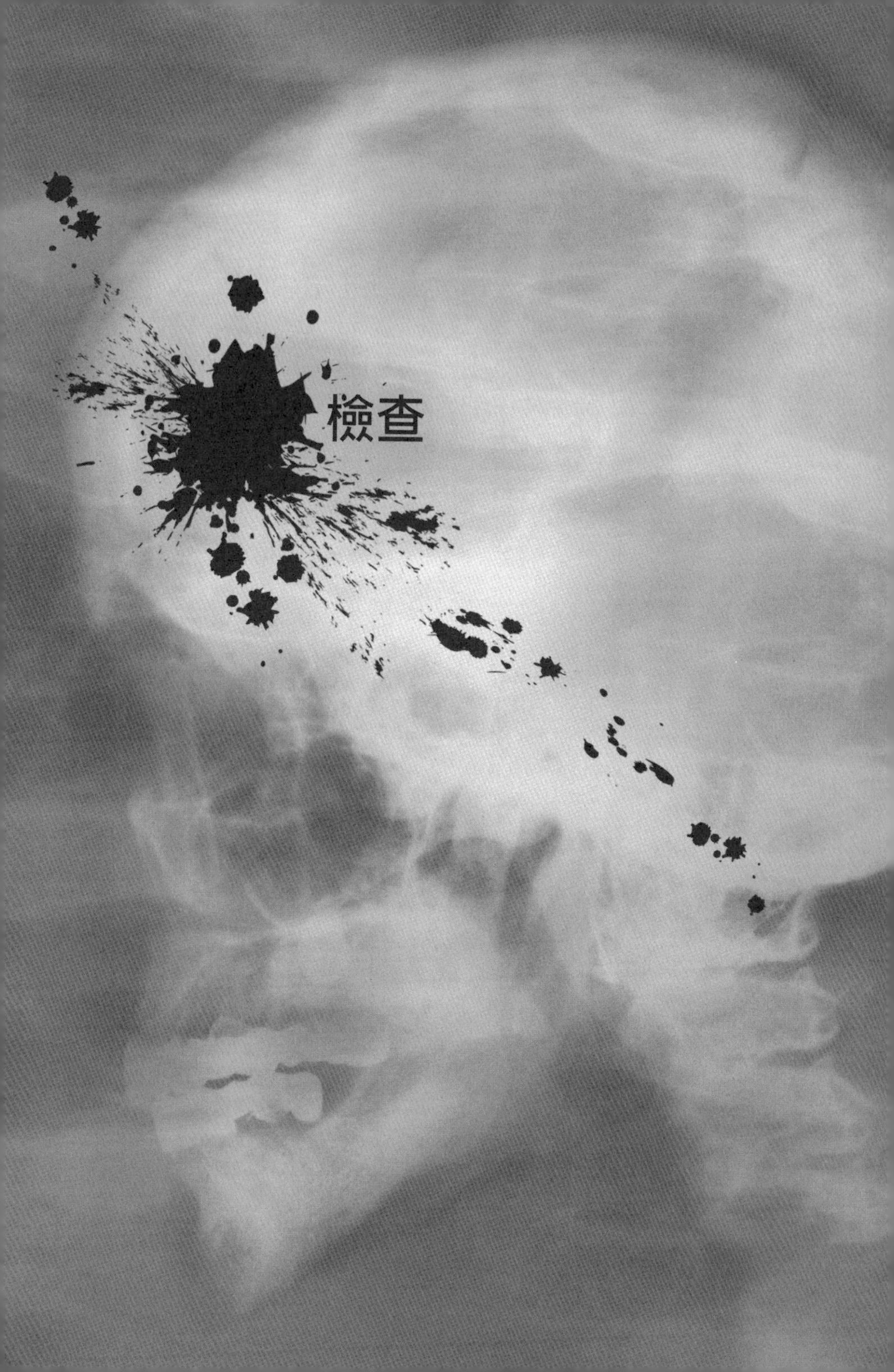

卡爾·皮特森在信箱裡發現一張明信片，要求他十點前往「心理衛生與預防部」向班威醫師報到。

「他們找我幹嘛？」他憤怒地想：「搞錯人吧？」但是他知道不可能有錯……至少，不會搞錯人……。

雖然不去報到也不會被罰，卡爾卻沒想過置之不理……自由共和國是社會福利國家。舉凡公民的需求，不管是一包肉骨粉或者性伴侶，都有部門出面打理，有效滿足需求。無所不包的善意隱含威脅，窒息了任何反抗念頭……。

卡爾穿過市府廣場……六十呎高的錫製裸像，銅製生殖器聳挺，沐浴於晶亮的水瀑下……琉璃磚與銅做的市政廳穹頂直衝天際。

卡爾回瞪一個美國同性戀觀光客，後者低垂眼瞼，玩弄萊卡相機的濾光鏡……。

卡爾進入「心理衛生與預防部」這棟由銅片搪瓷建成的大迷宮，大步邁向詢問臺……掏出名片。

「五樓……二十六號房……。」

二十六號房，一個護士以冷淡如深海的死眼看著他。

「班威醫師在等你，」她微笑地說：「進去吧。」

卡爾心想：「好像他成日閒閒沒事，專程等我。」

辦公室一片靜寂，光線溫和。醫師跟卡爾握手，直瞪年輕人的胸膛……。

「我見過這人呢，」卡爾默想：「在哪裡看過呢？」

他坐下，翹起二郎腿。瞄著桌上的菸灰缸，點起一根菸……轉頭，沉穩地回看班威醫師，探詢的目光充滿傲慢。

醫師似乎有點尷尬……坐立不安，咳嗽……翻弄文件……。

「呃呃，」他終於開口：「你是卡爾．皮特森吧。」他的眼鏡滑落鼻尖，彷彿滑稽的老學究……卡爾沉默點頭……醫師沒看他，卻似乎察覺他的回應……他用一隻手指將眼鏡推回去，打開白瓷釉桌上的一個公文夾。

「嗯嗯嗯嗯嗯。卡爾．皮特森。」他以寵愛的口吻重複這名字，噘起嘴，連連點頭，突然說：「你自然知道我們總是努力以赴。有時結果當然未盡人意，」他的聲音漸弱，纖細且薄。一隻手擱在額頭上：「國家努力迎合每個公民的個人需求，國家只是工具。」突然間，他的聲音低沉洪亮，卡爾嚇了一跳。「就我們看來，這是國家的唯一功能。我們的知識……當然，未臻完備……」他輕輕做出反對的姿態：「譬如……**譬如**……呃，**性向偏差**就是一例。」醫師在椅上前後搖晃。眼鏡滑至鼻尖。卡爾突然覺得不舒服。

「我們認爲性向偏差是一種遺憾……那是病……就跟肺結核一樣，到了這個年代，無所謂審禁或核准……」彷彿認定卡爾要提出異議，班威醫師肯定地重複：「沒錯，就像肺結核。當然你也明白凡關心民眾健康的政府對任何疾病都有**責任**採取**預防性質**的**必要**措施，也就是說，此種需求無疑會對不幸罹病者造成些微不便與痛苦，呃，患者感染上……畢竟不是他們的錯，我們不認爲強制注射天花疫苗或者針對某些傳染病採取隔離是不合理的措施……我相信你也會同意任何罹患，呃，法國人所謂的風流病者（les maladies galantes），嘻嘻嘻，如果不自行報到，都該強制治療。」醫師在椅上繼續搖晃輕笑，活像機械玩具……卡爾發現對方似乎在等待他的回應。

「聽起來蠻合理的。」

醫師停止輕笑。突然間靜止不動。「現在回到這個，呃，性偏差的事情上。老實講，我不假裝瞭解某些男女為何偏愛同性的，呃，性陪伴，至少我沒完全搞懂。我們的確，呃，知道這個現象頗為普遍，某種情況下，自然成為，呃，本部門的關切。」

首度，醫師的眼睛掃過卡爾的臉龐。這雙眼睛毫無溫度、恨意，或者卡爾經驗過的任何感情，他也不曾看過這樣的眼睛，既冰冷又狂烈，非人，像掠食者。卡爾突然覺得困陷於這間靜默如水底洞穴的房間，得不到溫暖與肯定。他想像中的自己冷靜、警覺，微帶一絲禮貌的鄙夷，現在這個圖像變暗，他的生命力好似被抽取一空，混入此房間的乳色灰暗物質裡。

「這類疾病的治療，呃，目前只有對症療法①。」醫師突然朝椅背靠，爆笑聲如洪鐘。卡爾吃驚望著他……「這人是個瘋子，」他想。醫師的臉變得毫無表情，像賭徒。卡爾的胃起了奇怪感覺，好像上升中的電梯突然煞停。

醫師研究面前的公文夾。他以略帶紆尊降貴的口吻打趣說：

「別那麼害怕，年輕人。不過是職業笑話。說某項疾病採取對症療法，就是沒有療法，只是讓病人盡量覺得舒服。針對這些病例，我們也將採取此法。」再度，班威醫師的冷峻面容震撼了卡爾。「換句話說，病人想要安心，我們就讓他安心……當然，也得讓他們跟同病相憐者有個合適的情緒發洩出口。隔離毫無必要，此病跟癌症一樣，不會傳染……癌症才是我的最愛……」醫師的聲音漸邈。似乎穿過隱形門而出，只留空空的軀殼坐在椅上。

突然間，他又開口，語氣清脆：「因此你可能質疑本部門幹嘛關切此事？」笑容明亮冷冽，有如陽光下的白雪。

卡爾聳聳肩：「那不干我的事……我只是不明白你爲什麼請我來，跟我講這些……這些……」

「胡扯八道的事？」

卡爾臉紅了，並爲此頗感尷尬。

醫師朝椅背靠，雙手指尖併攏：

「年輕人，」他以寵溺的口吻說：「總是匆匆忙忙。總有一天你會明白耐心的價值。不，卡爾……我可以叫你卡爾嗎？我並未閃躲問題。碰到疑似肺結核的病例——這正是本部管轄範圍——，我們可能會要求甚至提出正式**申請**，叫患者前來做螢光透視檢查。規矩如此，你知道的。此類檢驗結果多半爲陰性。因此，該怎麼說呢，你被請來做『心靈』的螢光透視檢查。附加一句，此番談話後，我相當確定檢查結果應爲陰性……。」

「不過，這件事太荒謬。我一向只對女人感興趣。有個固定女友，還打算結婚。」

「是的，卡爾，我知道。這就是你來此的原因。婚前的血液檢查——這樣，聽起來合理吧，不？」

「拜託，醫師，你有話直說。」

醫師充耳未聞。飄然離開椅子，繞到卡爾的身後，話語倦怠斷續，彷彿多風巷弄裡傳出來的音樂。

1 symptomatic，找不出病因，先針對症狀治療，謂之對症療法。

「我可以信心滿滿地告訴你，性偏差有遺傳因素。基於社會壓力，許多隱性或顯性的同性戀不幸被迫結婚。此類婚姻造成……同性戀者的童年環境因素。」醫師滔滔不絕，提到精神分裂症、癌症、下丘腦的遺傳缺陷。

卡爾打盹了。他打開一扇綠門。噁心氣味衝鼻而來，猛地驚醒。醫師的聲音單調無生氣，很奇怪，像毒鬼的低語：

「布姆柏格—史坦尼斯洛夫斯基精液螢光透視檢驗……頗有效的診斷工具……至少具有負面表列的指示性。呃，某些**狀況**下，這個檢驗在某些病例上頗見效果……以小窺大。」醫師的聲音拔高爲病態尖叫：「護士將爲你取**樣本**。」

「這邊請……」護士打開一間四面白牆的空蕩小室，給他一個罐子。

「請使用這個。好的時候叫一聲。」

玻璃架上有一罐K. Y.潤滑液。卡爾覺得難堪，好像母親大人爲他的射精事先準備了手帕，上面繡著曖昧話語：「如果我是個老屄，我們就可以開布疋店了。」②

卡爾不理那罐K. Y.潤滑液，朝罐子裡射精，壓住那個護士，緊靠在琉璃磚牆上，狠狠地幹她。

「老玻璃屄，」他齜牙道。北極光下，他看見一個陰戶塞滿彩色玻璃碎片。

他清洗陽具，拉起褲鏈。

有個東西以冷酷鄙夷的恨意窺視他的一舉一動與所思所想，包括睪丸的晃動以及直腸的收縮。

他置身充滿綠光的房間。骯髒的木頭雙人床、配有落地穿衣鏡的黑色衣櫥。卡爾看不見自己的臉。有人坐在黑色的旅館椅子上，緊身白襯衫、骯髒的紙領帶，臉兒腫脹，內無頭骨，眼睛似灼痛的膿皰。

護士淡然地說：「有啥不對勁嗎？」她遞了一杯水給卡爾，姿態高傲輕蔑，看著他把水喝掉，然後轉身，表情厭惡，拿起罐子。再一轉身，厲聲對他說：「你杵在這兒，還有其他事嗎？」

卡爾成年以來，還沒人用這種口吻跟他說過話。

「怎麼？沒啊……。」

「你可以走了，」她回頭去弄罐子，噁心驚嘆，抹去手上一滴精液。

卡爾走到門口。

「我還得再來嗎？」

她面露驚訝不喜：「我們自然會通知你。」她站在小房間門口，目視卡爾穿過外面的辦公室，開門走出去。他轉身，想要快活地揮手告別。護士身兒不動，表情也不變。

卡爾走下樓梯，臉上掛著被恥辱燙燒過的破碎虛假笑容。

一個同性戀觀光客看著他，聳聳眉毛，露出心照不宣的表情。

「你哪兒**不對勁啊**？」

卡爾奔入公園，手持鐃鈸的農牧神銅像旁邊有一張沒人坐的長椅。

「膽小鬼，放輕鬆點吧。你會覺得好過一點。」觀光客低頭對著卡爾說話，胸前的相機像巨大晃盪的乳頭垂擺於卡爾的臉面。

2 這是雙關語玩笑話。If I was a cunt we could open a dry goods store。英文裡的dry goods乍看指「乾貨」，其實指布疋衣料，如果那方手帕是個乾屄，用來擦拭自慰過的陰莖，就像布料包捲棍軸，看起來像是布料店裡的布疋。

「你滾開吧！」

那個娘娘腔的棕色雙眼宛如結紮過的動物，卡爾在其中看到自己卑下可厭的倒影。

「膽小鬼，要是我是你，可不會大聲咒罵。你也是此道中人，我看到你從那個機構出來。」

卡爾詰問：「什麼意思？」

「沒啥意思。一點都沒。」

「嗯，卡爾，」醫師的眼睛低垂望著卡爾的嘴，微笑說：「我有好消息，」他從桌上拿起一疊藍色紙，舉止戲劇化，要讓卡爾覺得他的全副注意力都在這些紙上：「你的，呃，檢驗……羅賓森—克萊柏格螢光透視檢驗……。」

「我以爲是布姆柏格—史坦尼斯洛夫斯基檢驗。」

醫師吃吃笑了：「噢，天，不是啦……你簡直快要超越我了。可能是你搞混了。布姆柏格—史坦尼斯洛夫斯基，呃……是完全不同的檢驗。我**真誠希望**……你不需要用到該項檢驗……」他再度吃吃笑：「在你這位年輕博學的同行，呃，俏皮打斷我之前，我正在說……你的羅—克氏檢驗結果……」他伸長手臂拿起紙條看：「……百分百陰性。我們可能不會再叨擾你了。所以……」他將紙條小心塞進公文夾。翻閱夾內的文件。停住，抿著嘴。闔上公文夾，手平放上面，傾身向前。

「卡爾，你在軍中服役時……一定有過……其實**是有**很長一段時間缺乏，呃，慰藉，以及，呃，簡易方便的異性接觸。那段日子無疑是痛苦試煉，你大概有一張妙女郎海報望梅止渴吧？還是一整房？嘻嘻嘻……。」

卡爾掩飾不住厭惡，望著醫師。

「是的，當然有，」他回答：「我們都有。」

「現在，卡爾，我讓你看海報女郎的照片。」他從抽屜拿出一個信封：「請你挑選出你最想跟她，呃，嘻嘻嘻……」他突然往前傾，拿著照片在卡爾的面前搧：「挑一個，任何一個都可。」

卡爾伸出痲痹的手指，點了其中一張照片。醫師將照片插回那一疊，開始洗牌疊牌，然後將照片放在卡爾的檔案夾上，瀟灑地一揮，整排照片攤在卡爾面前。

「她在裡面嗎？」

卡爾搖搖頭。

「當然不在。她在女人該歸屬的地方，對吧？？？」他打開檔案夾，拿出那女郎的照片，貼在點墨測驗的夾板上：「是這個嗎？」

卡爾沉默點頭。

「品味不錯。我跟你打包票啊，裡面有些女郎其實是……」他以賭徒的手指挪移照片，像那種三張猜大小的過時牌戲：「**男孩**。呃，**變裝皇后**，這字眼沒錯吧。」

他以極快的速度聳聳眉毛。卡爾不確信他是否看到任何異常。眼前，醫師的臉全然不動，毫無表情。再度，卡爾感受到電梯突然煞停時，那種胃部與生殖器傳來的飄浮感。

「是的，卡爾，你像閃電一樣跨越我們的小小障礙賽……我猜你覺得這一切很可笑，對不……？？？」

「嗯，老實講……是的……」

「你很坦白，卡爾……很好……現在……卡爾……」他以溺愛的口吻拖長卡爾的名字，就像親切和藹的狡詐條子正要奉上老金牌香菸（警察都抽老金牌），開始他的假戲……。

這個狡猾的雞歪警察賣弄兩下舞步。

「你幹嘛不跟老大提個條件？」他朝自己的憤怒超人格微微點頭，他跟第三者提到自己的超人格，總是稱呼他爲「老大」或者「隊長」。

「隊長就是這樣，你跟他光明磊落，他就不跟你來陰的……對你，我們想輕輕放過……如果你願意提供某種服務。」

他的話語向外開展，流入荒蕪廢棄的簡餐館、街角與午餐店。毒鬼轉頭他視，大口吞噬磅蛋糕。

「基佬（The Fag）有毛病了。」

基佬頹坐在旅館椅上，嗑了傻瓜丸，茫到舌頭都耷拉了下來。他在茫眩中起身，上吊，表情沒變，舌頭也沒縮回去。

那個雞歪條子在拍紙簿上來回疾書。

「認識馬帝．史提爾嗎？」疾書。

「是的。」

「能跟他弄到貨嗎？」疾書？疾書？

「他猜疑心很重。」

「不過，你能從他那兒搞到貨。」疾書。疾書。「上星期，你不就弄到貨？」疾書？？？

「是的。」

「那麼，這星期也可以。」疾書……疾書……疾書……「今天就能從他那裡搞到貨。」不要再寫了。

「不要！不要！別叫我幹那個！！」

「我跟你說，你得跟我們合作，」——用力疾書三次——「還是……呃……讓老大打你後庭炮（cornhole）啊？」他興奮地聳眉毛。

「因此，卡爾，你有義務說明你在哪些情況下沉溺於同性之歡，總共多少次。」他的聲音飄遠。「如果你從未幹過這檔子事，我不免認為你是不正常的年輕人。」醫師故作嚴肅，搖搖手指告誡：「無論如何……」他敲敲檔案夾，斜眼看人，可厭極了。

卡爾注意到檔案夾厚達六吋。事實上，自從他進屋以來，它的厚度增加不少。

「呃，當我服役時……那些玻璃曾勾搭我……當我神智空茫時……。」

「是的，當然，卡爾，」醫師發出衷心的粗聲歡叫：「我可以告訴你，易地而處，我也會這麼做，嘻嘻嘻……這是大家都能明白的補充**彈藥庫**之舉，應被視爲**無傷大雅**吧。那麼，卡爾，或許」——一根手指輕敲檔案夾，後者散發出淡淡的臭氣，那是護陰襠布與氯水的味道——「偶爾，你也會幹那檔子事，不全是便宜行事吧。」

綠色閃光在卡爾腦袋爆開。他看見韓斯扭動瘦削的棕色身體朝前，在他的肩頭急速喘氣。閃光散去。巨大的昆蟲在他手中蠕動。一股強烈如電擊抽搐的反感讓他整個人彈了出去。

卡爾站起身，憤怒發抖。

「你寫些什麼。」他詰問。
「你經常在對話過程中……像這樣突然打盹嗎？」
「我沒睡著——我是……。」
「你沒睡著？」
「這整件事非常**不真實**……我要走了。我不在乎。你不能強留我。」
他走向門。走了許久。雙腿陷入毛骨悚然的麻痹。那扇門似乎越退越遠。
「你能去哪裡，卡爾？」醫師的話語從極遠處飄來。
「離開這裡……跨出這個門……。」
「綠色的門，卡爾？」③
醫師的聲音幾近渺不可聞。整個房間炸入天際。

3 這是本章第二次提到「綠門」，這次作者特意用字首大寫，代表它另有含意。典故應來自一九五六年的暢銷歌曲〈Behind the Green Door〉。這首歌曲被視為同志圈國歌，描述五〇年代專門招待女同性戀的Gateways酒吧。它的門是綠色的，不對圈外人開放。歌曲描述一個人好奇綠門之後是何種歡樂光景。而後，綠門就成為踏入同性戀圈的比喻。一些同志成人電影也以「綠門」為題。

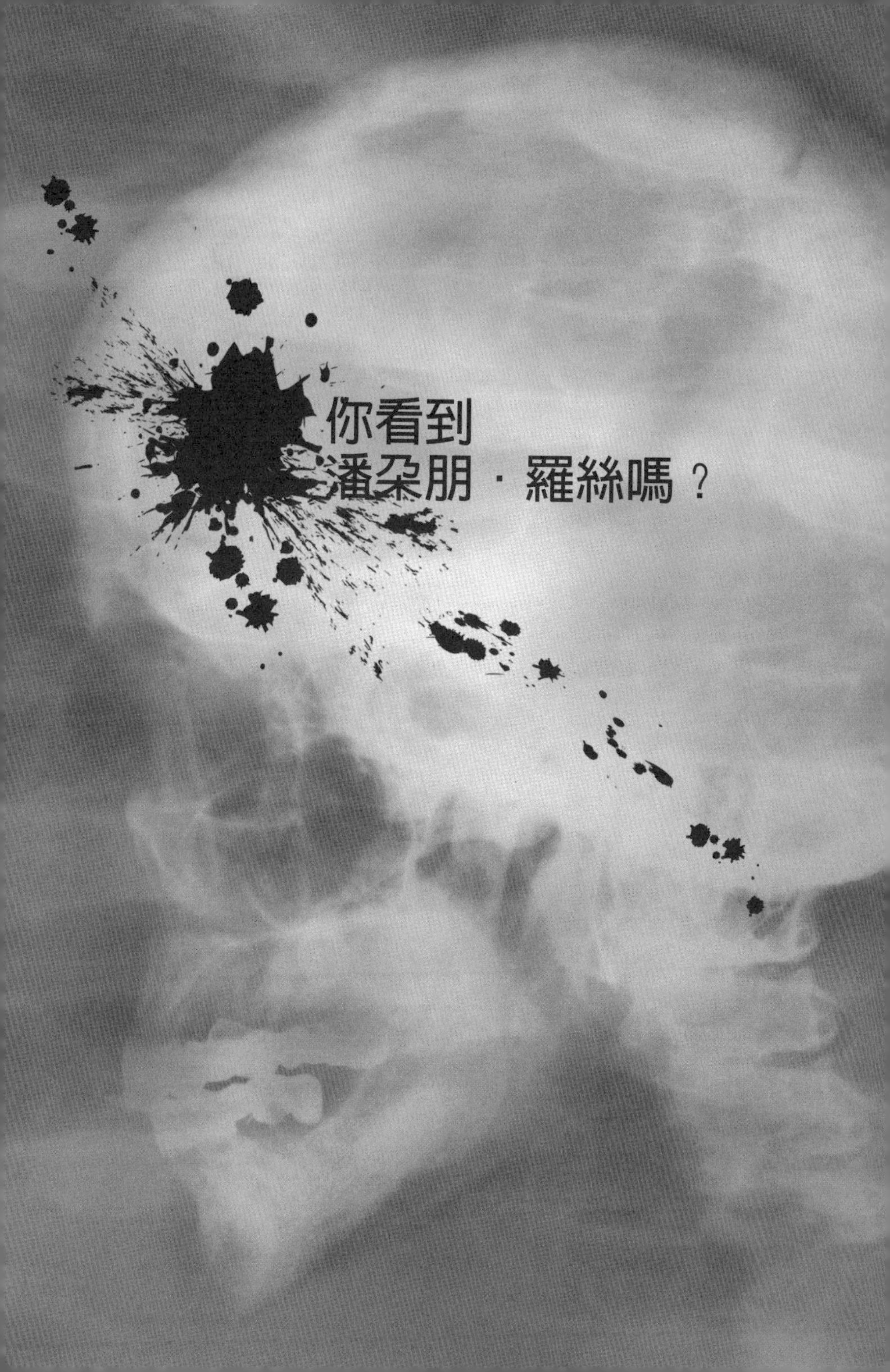
你看到
潘朵朋．羅絲嗎？

「你看到潘朵朋．羅絲嗎？」年邁毒鬼說……「該上街了（cosq）①，」穿上黑色外套，前往廣場……沿著貧民窟到市場街的博物館，那裡展覽各式手淫與自瀆。年輕男孩特別需要……。

封在水泥塊裡的幫派份子被滾入河道裡……他是在蒸汽室裡被亂槍打死（cowboyed），這個櫻桃紅屁股的娘娘腔（gio）是清潔小弟、吉利格老媽，還是西敏街的八卦老姑婆？？②唯有僵死的手指能以布拉耶點字法說話……。

密西西比河推著巨大的石灰岩石，沿著寂靜的巷弄而下……。

「河中大陸號」的船長吶喊：「發動葛蘭德！③」

遠方傳來腹部的咕嚕聲……北極光下，中毒的鴿子如雨傾盆跌落……集水區乾空……豁裂的城市，貧瘠的廣場與巷弄到處是崩垮的銅像……。

毒癮發作的早晨，摸索可用的血管……。

感冒糖漿炮製的……④。

上千毒鬼衝進晶亮的脊柱專科診所，熬煮灰衣女士⑤……。

在鐘乳洞裡遇見一男子，他的頭被擺在帽盒裡，頭髮有如美杜莎，對海關檢查人員說：「小心。」他的手指只差一吋就碰到帽盒的夾層，永遠被凍結⑥……。

櫥窗設計師尖叫跑過車站，以同性戀的找零詐術騙過收銀員⑦……此伎倆又叫「鈔票」（The Bill）。

「多重骨折，」大醫師說……「我可是非常講究技術的……。」

門廊口滿地是令人腳底打滑的痰，都是結核菌。在此，肺結核病患多得驚人⑧……。

蜈蚣以鼻子摩擦無數仙女男撒尿後鏽蝕成黑色薄紙片的鐵門……。

此地並無豐富的礦脈，只有汙塵，二手棉球細抹骨頭熬出的毒品⑨……。

1 此註解出自增訂版附錄〈Letter to Irving Rosenthal [1960]〉，cosq一字代表上街。這用法不知從何而來，似乎僅見於《裸體午餐》一書。

2 原文用Mother Gillig與Old Auntie of Westminster Place。老媽與姑媽在同性戀俚語裡都指娘娘腔的老同志，姑媽比老媽具有貶抑意義，除了上了年紀、很「娘」外，還喜歡八卦長舌。

3 此註解出自增訂版附錄〈Letter to Irving Rosenthal [1960]〉，葛蘭德（glind）是一種尚未發明出來的航行術。

4 見〈鄉巴佬〉篇譯注10。

5 原文用Grey Ladies，二次大戰時隸屬紅十字會的一個組織，女性義工到醫院照護病患，稱為「灰衣女士」。

6 傳說直望蛇髮女美杜莎雙眼的人會變成石頭。

7 window dresser在刻板印象裡常是同性戀。同性戀找零詐術（fairy hype）是一種拿小鈔付帳，找零時卻堅稱自己給的是大鈔，藉此騙得高額找零（short change con）。

8 原文用conspicuous consumption，原本是經濟學名詞「炫耀性消費」，特指炫耀身分地位的消費行為。但是consumption同時也代表肺結核，這是已經廢棄不用的醫療古語。

9 此處礦脈（mother load）指的是海洛因，無礦脈只有汙塵，代表毒品是劣質貨。他們熬煮前述的灰衣女士，得到次級毒品。炮製毒品時會將海洛因放在湯匙上摻水煮，然後用棉球吸起湯匙裡的海洛因水，再將針頭刺進棉球吸海洛因水，以避免針筒吸到太多氣泡，有可能致命。二次使用的棉球當然海洛因所剩無幾。此注釋謝謝中央大學白大維老師指點。

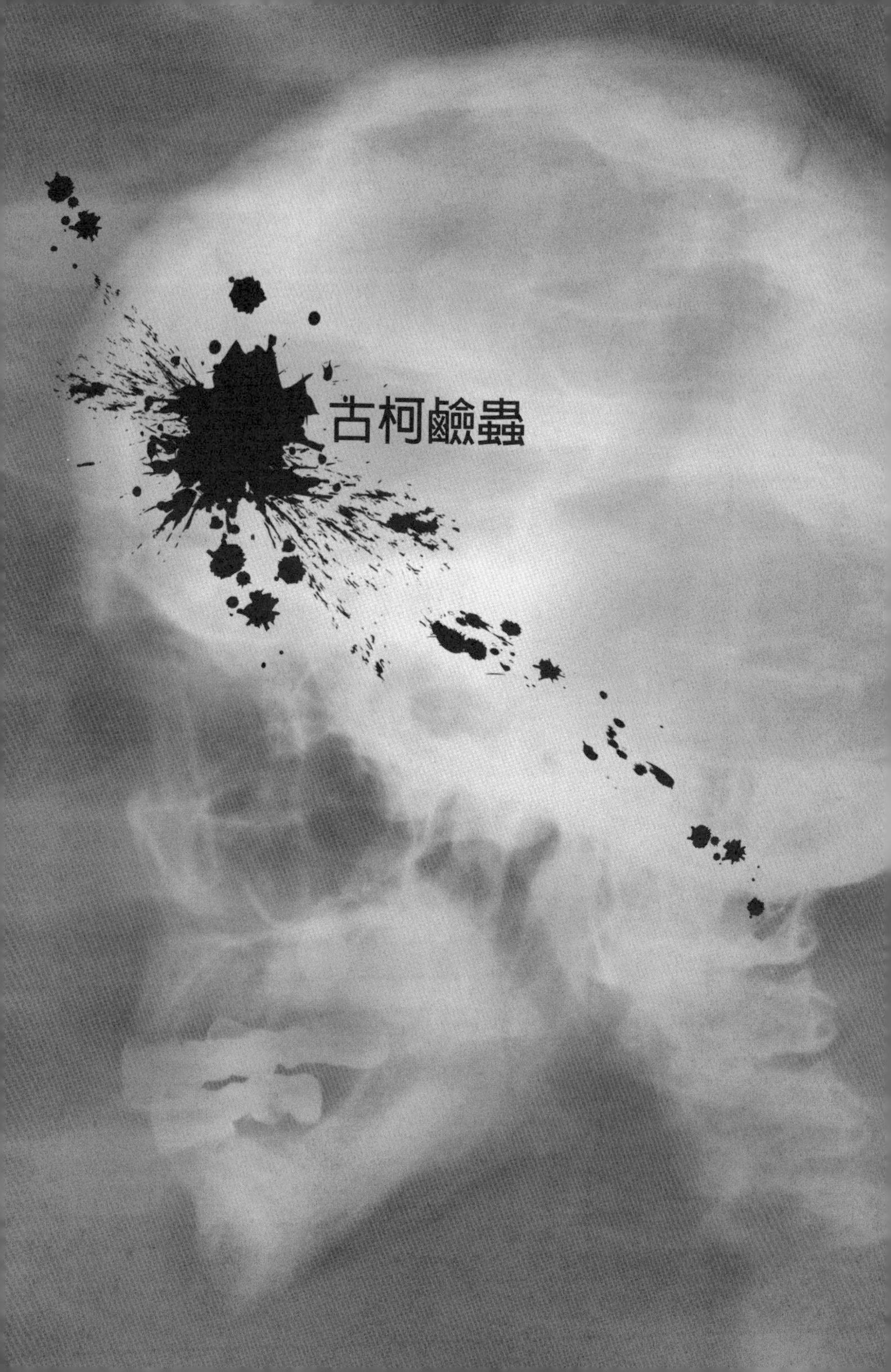

古柯鹼蟲

等待饜足毒癮（yen wait）的虛脫過程裡，水手的灰色氈呢帽與黑色外套似乎只是鬆垮地掛在身上。清晨陽光讓他的輪廓散發出橘黃色的海洛因火焰。水手的咖啡杯下墊著紙巾，這是在全世界的等候室、廣場、餐廳、過境大廳啜飲咖啡，漫長等待者的標誌。即使水手這種等級的毒鬼，過的也是毒品時間，當他必須糾纏闖入他人的時間，就跟所有請願者一樣，必須等待。（一小時得喝幾杯咖啡？）

一個男孩走進來坐在櫃台前，加入毒癮發作無止盡等待藥頭的數個行列裡。水手發顫。他的臉隱入恐懼的棕色迷霧中，模糊了。他的手滑過桌面，閱讀男孩的布拉耶點字①，眼睛跟隨小小的凹洞、圓圈，緩慢地摸索男孩背頸上的棕色毛髮漩渦。

男孩蠕動了一下，抓抓背頸：「有東西咬我，喬。你經營的是啥鬼地方啊？」

「古柯鹼蟲②，孩子，」喬說，拿起手中的蛋迎光而照。「我曾跟愛琳‧凱莉一起旅行，那娘兒可是個愛冒險的。在蒙大你州布特鎮時，她突然古柯鹼恐慌症上身，在旅館奔跑，大喊中國警察拿切肉刀追殺她。我認識芝加哥一個警察，他吸食晶體狀的古柯鹼，藍色晶狀。那娘兒發瘋，尖叫聯邦幹員在追他（她），他（她）跑到巷弄裡把頭塞進垃圾桶。我說：『妳這是幹啥？』她（她的）說：『滾開！不然我要開槍了！我躲得好好的。』當上帝在那裡點名，我必在其中。你說是不是？」③

喬看著水手，雙手一攤，來個毒鬼式聳肩。

水手的聲音很像在試探，他的話語在你的腦海裡重新組合，以冰冷的手指拼出如下字眼：「你的藥頭失聯了，孩子。」

男孩羞赧。毒品的黑色瘢痕扯裂了他的街童臉蛋，但仍保有破碎狂野的天真；好像害羞的動物企圖洞視灰色恐懼。

「我不懂你的意思，傑克。」

水手眼神蹦地變得銳利，是毒鬼的專注。他翻開外套的衣領，露出一支長滿霉斑與綠鏽的銅製皮下注射器。

「服務良好，光榮退休……坐下，來一塊藍莓餡餅，公費支出。你的猴子需要④，會讓牠的皮毛閃閃發亮。」

晨光中，男孩感覺有人橫跨八呎長的午餐室，撫摸他的手臂。他突然被吸入一個小室，輕噗一聲落地。他注視水手的眼睛，那是黑色冷流攪亂的綠色宇宙。

「先生，您是仲介者嗎？」

「我比較喜歡人家稱呼我爲……傳染媒介者。」響亮的笑聲穿透男孩的骨肉。

「您有貨（you holding），老大？我有現金（bread）……。」

1 此處應該指男孩飽受毒品摧殘，疤痕累累的身體像坑坑洞洞的布拉耶點字。

2 服用古柯鹼產生的不適與幻象，稱為古柯鹼蟲（coke bug）。

3 店家喬是個沒文化的人，蒙大拿州講成蒙大你州（State of Montany）。講述凱莉把頭埋進垃圾桶時，不斷把陰性第三人稱主詞錯用為陽性第三人稱，又把陰性第三人稱主詞誤用為陰性第三人稱所有格。藍色晶狀古柯鹼與黃色晶狀古柯鹼都是好貨。此處應該是在暗示凱莉使用了太多晶體狀古柯鹼，恐慌上身。「當上帝在那裡點名，我必在其中」，典故同〈凡夫俗女〉篇譯注3，這兒代表服用海洛因的狀態就是上天堂。

4 此處原文用your monkey needs it，在毒品俚語裡，monkey指毒癮。海洛因癮會讓人嗜食甜食。此句還有雙關意義。有一種大麻葉片為藍色，味道也像藍莓，俚語便叫做藍莓。大麻除了用來抽，也有人碾碎拿來烘成餡餅或餅乾食用。因此也可能指的是藍莓大麻烘成的餡餅。

「甜心，我不要你的錢，我要你的時間。」

「不懂。」

「你想要來一管？你想要純品（straight）？你想要海洛因因因的快感（nooood）？」水手搖晃某個粉紅色東西，使其失焦。

「對。」

「我們得到獨立地帶。他們有自己的特殊警力，不佩槍，只帶灌鉛的橡皮警棍。我還記得玻璃佬跟我在皇后廣場大大吃癟。記住，孩子，遠離皇后廣場……邪惡的地方……到處都是條子。太多階梯。飽吸阿摩尼亞，茫到不行，活像火燒屁股的獅子衝出清潔用品間……撲向那個專找地鐵酒鬼下手的可憐老扒手（lush worker），嚇得她啊血管直縮到骨頭裡，只好整個星期都改用皮下注射（skin-pop），不然，就得接受紐約市警察用來對付推擠行爲（jostling）的五二九（five-twenty-nine）免費牢飯⑤，戒毒啦……因此，玻璃佬、獵犬、愛爾蘭佬、水手，小心了。雲遊至此，切記要低頭，低頭注視腳下的線……。

地鐵噴發一大股黑色鐵屑煙灰，呼嘯而過。

（皇后廣場非常不適合專找酒鬼下手的扒手……太多階梯，太多供地鐵條子潛伏的地方，手一伸進酒鬼的口袋，就自然曝光……。）

（五二九：推擠者的刑期，五個月又二十九天。所謂「推擠」是指帶有明顯企圖碰觸在地鐵座椅沉睡的人〔flop〕……你有可能被誤判謀殺，卻不可能被誤判「推擠」。）

（玻璃佬、獵犬、愛爾蘭佬、水手均是我早年認識的毒鬼與扒手……那群總在一〇三街閒嗑牙

〔klatch〕的人……水手與愛爾蘭佬在曼哈頓拘留所大樓〔The Tombs〕上吊……獵犬吸毒過量而死，玻璃佬瘋了……。）

5 這裡是指女扒手嚇得血管縮回去，無法打水路，只能皮下注射，效果較差。熬不住的話，就乾脆去坐牢免費戒毒。

滅蟲員幹得不錯

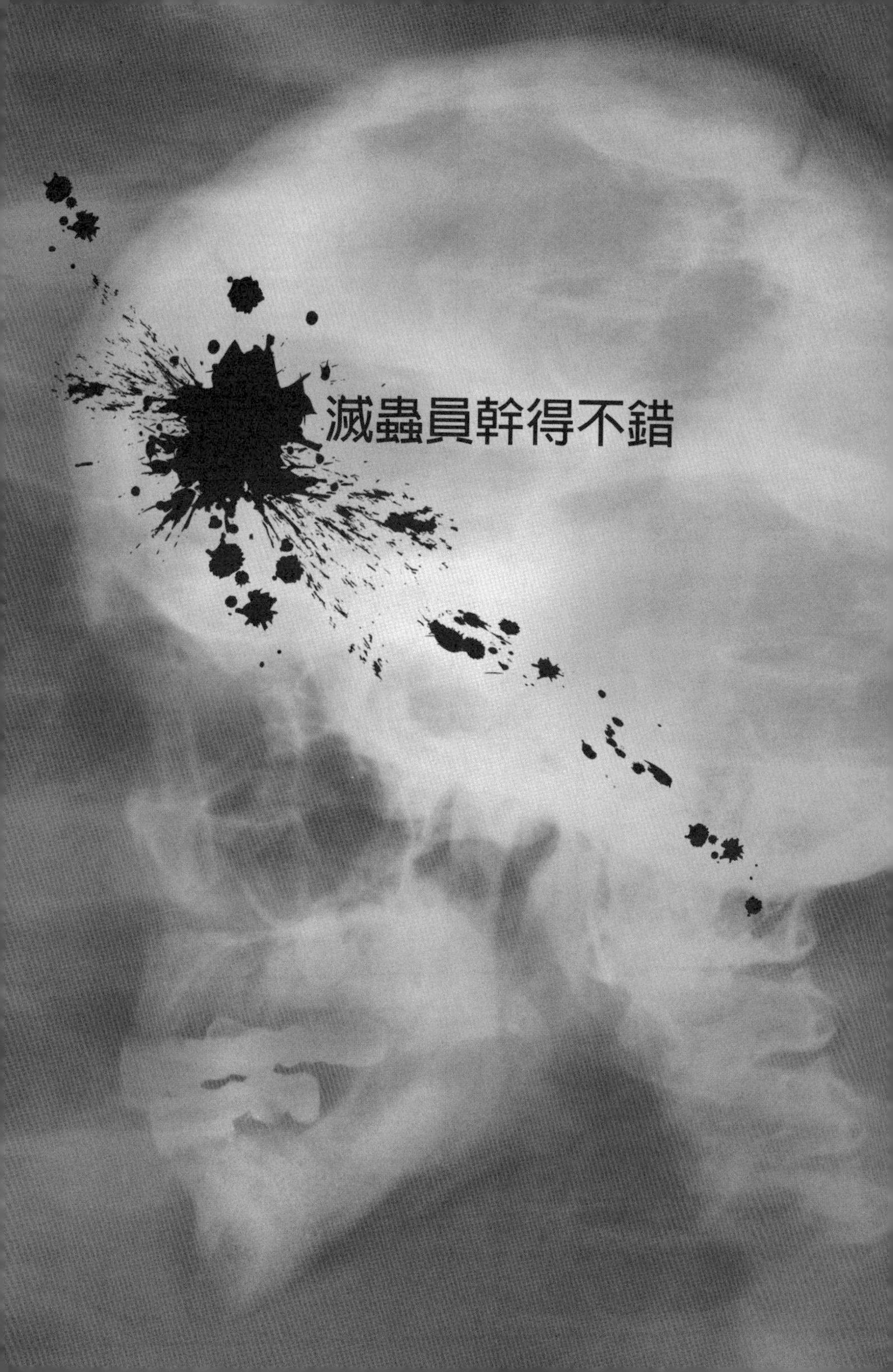

水手輕觸門，緩慢移動，沿著上漆橡木的紋路勾劃，留下淡淡的漩渦狀虹彩黏液。他的手穿過門，直至手腕。拉開裡面的門閂，站到一旁，讓男孩先進去。

濃重無色的死亡氣味充斥空蕩的房間。

「打從上次滅蟲員來熏過古柯鹼蟲，阻氣閥就沒通過氣，」水手抱歉地說。

男孩裸露的感官狂奔亂竄，瘋狂摸索。這棟緊臨火車道的出租公寓，伴隨著無聲的運動不時震晃。廚房牆壁有個鐵製的斜槽——（它眞的是金屬製嗎？）——伸進類似水族箱或儲水槽的玩意兒，裡面裝著半滿的透明綠色液體。地上散佈發霉破爛、不知用途的物品：用來保護男性脆弱器官的下體護身襠像扇子平攤在地上；層層的疝氣帶、支架與繃帶；巨大多孔洞呈U型軛架狀的粉紅石；許多切過口的小鉛管。

兩人的動作帶起氣流，攪動原本沉滯的氣味；那是滿佈灰塵的更衣室裡漸漸淡掉的男孩體味、游泳池的氯水味，混合乾涸精液的味道。其他氣味則盤旋穿過粉紅色的腦迴（convolution），碰觸未知之門。

水手從洗手槽下撈出一個包裹，包裝紙觸指即裂，化爲黃色齏粉，從指尖漏下。他把滴管、針筒、湯匙放在堆滿骯髒碟子的桌上。看不到蟑螂伸出觸角摸索隔夜的麵包屑。

「滅蟲員幹得不錯，」水手說：「有時稍嫌太好了。」

他伸手到一個裝滿黃色除蟲菊粉的方形錫罐，撈出一個紅金色中國包裝紙的扁平包裹。

「很像爆竹筒呢，」男孩心想。十四歲時，他炸掉兩隻手指……那是國慶日煙火意外……後來，他在醫院首度跟毒品有了沉默的接觸。

「它們直接在這裡爆開，孩子。」手水拍拍後腦勺，擺出猥褻的娘娘腔模樣，打開折疊得非常複雜的包裹。

「純的，百分之百純度的海洛因。用過的人很少還活著……全部給你。」

「你的條件是什麼？」

「時間。」

「我不懂。」

「我有你需要的東西，」水手的手輕觸包裹，飄晃至前面的房間，聲音遙遠模糊：「而你有我需要的東西……這邊五分鐘……那邊一小時……兩小時……四小時……八小時……我未免開心過頭……每天一小步接近死亡……要死得花時間呢……。」

他回到廚房，聲音響亮清晰：「一盎斯（piece）五小時。街頭上沒有更好的價錢啦。」他撫摸男孩的人中：「正中央呢。」

「先生，我不懂你說什麼。」

「你會懂的，寶貝……遲早會懂。」

「好吧，我該怎麼做？」

「你接受我的條件？」

「是啊……」他瞄一眼那個包裹：「管他的……我接受。」

男孩感受到黑暗沉默的**重擊**穿透肌膚。水手觸摸男孩的眼睛，然後一眼緊閉，眼皮抽搐，拿出一個狀似陰囊的粉紅色蛋。蛋殼透明，黑色絨毛在殼內翻滾。

水手以赤裸且非人的手撫摸蛋，他的手指顏色暗紅、多肉、結繭，白色的長條觸鬚從短短的指尖冒出。

男孩感到死亡的恐懼與無力，讓他停住呼吸，血液凝結。他靠在一面彷彿輕輕漂移的牆。眨眨眼，重新聚焦爲毒鬼的眼睛。

水手正在加熱溶解毒品。「當上帝在那邊點名，我必在其中，不是嗎？」他摸索男孩的血管，老女人似的溫柔手指撫平男孩的雞皮疙瘩。輕輕將針頭滑入。血蘭花在滴管底部綻開。水手輕壓吸球，注視溶液衝進男孩的血管，被饑渴無言的血液吞噬。

「耶穌基督！」男孩叫道：「我從沒這樣上過！」他點燃一根香菸，環顧廚房，吸毒後對糖分的需求讓他身體發顫。「你不來飄一下（taking off）？」

「就憑剛剛那個奶糖玩意兒①？海洛因是條不歸路。禁止迴轉。無法回頭。」

他們叫我除蟲員②。在人生的交叉口上，我的確短暫執行過滅蟲工作，目睹黃色除蟲菊粉讓蟑螂窒息，大跳肚皮舞。（「女士，現在戰爭期間，很難弄到除蟲菊粉……。我給妳一點吧……兩塊錢。」）我也曾在北克拉克街一棟饒具戲劇氣氛的破舊旅館裡，沖出躲藏在玫瑰花紋壁紙下的大批虱子，毒殺過別懷居心的老鼠③，牠們偶爾會吃掉嬰兒。換作你，你不殺嗎？

我目前的任務：找到活的，**剷除之**。不是本尊，是鑄造臥底身分的模子④。你懂嗎？我常忘記你不可能懂的。我們已經掌握了大部分鑄模，只缺幾種。但是一顆老鼠屎也能毀了一鍋粥。危險總是來自叛逃的情報人員：譬如A. J.、怪俠、黑色犰狳（他是查加斯氏病⑤帶菌者，從一九三五年的阿根廷出血熱大爆發後，就沒洗過澡。你記得那次出血熱吧？），還有李、水手與班威醫師。我知道有個情報員正在暗處追尋我。因爲所有情報人員都會背叛，所有抗暴者都可被收買……。

1 海洛因煮過後，模樣有點奶狀。藥頭常以乳糖給海洛因摻水。這裡暗指水手給男孩注射的不是上等海洛因。因此他不想來一管。

2 exterminator，此處一語雙關。口述者曾擔任除蟲員，也是殲滅（exterminate）臥底密探者。

3 rat，也是告密者之意。

4 mold，是鑄模，也可做霉菌，此處一語雙關，標示口述者的雙重身分，既是滅蟲員，也是剷除密探者。

5 Chagas，一種中南美洲的寄生蟲病。

需求的代數

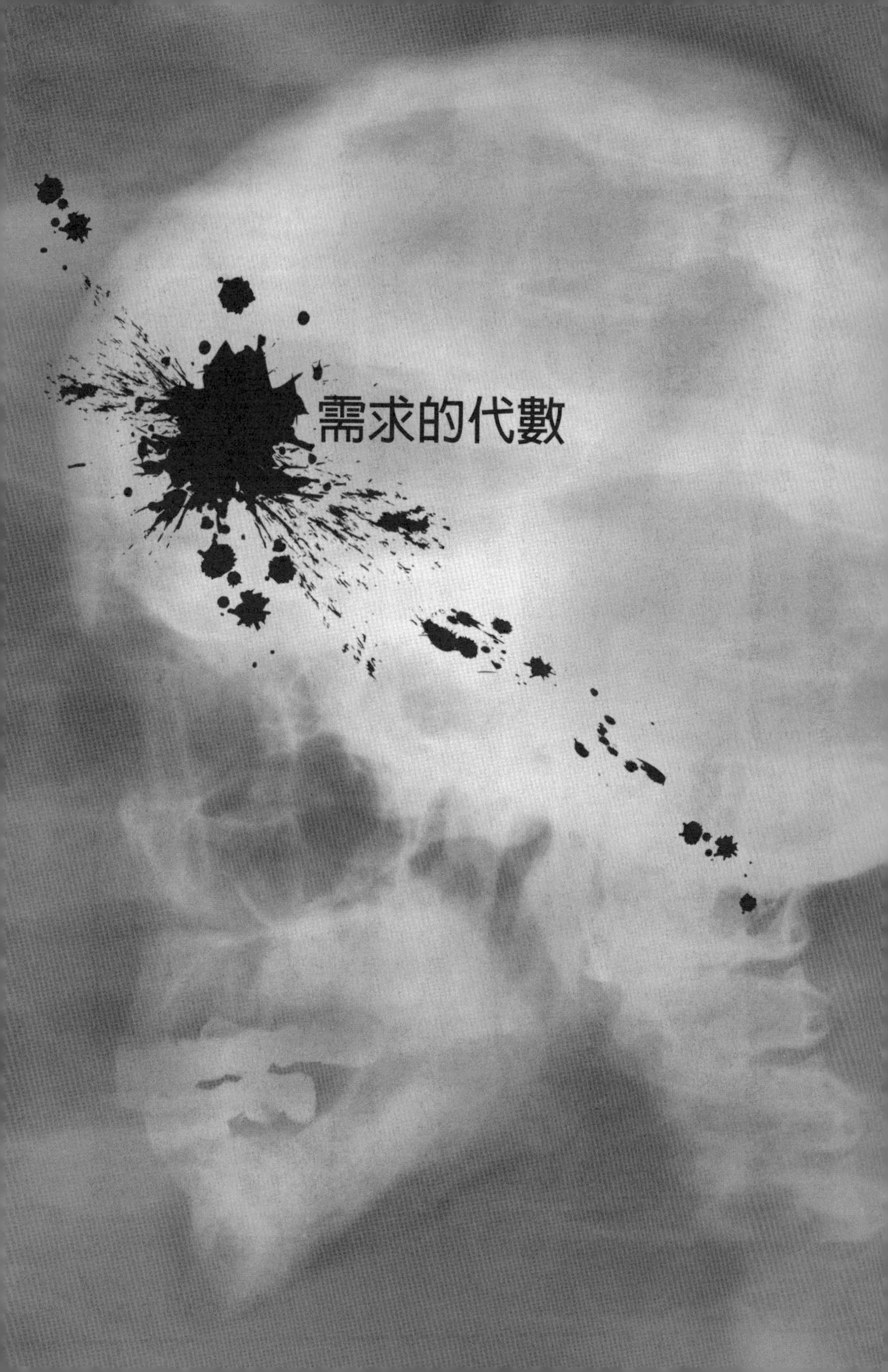

終極胖子（Fats Terminal）來自市政府的壓力水槽，那裡，水龍頭噴發出百萬種不同形式的生命，馬上被吃掉，緊接著，吃食者也被黑暗時代的條子（black time fuzz）殲滅。

只有極少數能抵達廣場，壓力水槽在此卸貨，全數倒入感潮河段①。存活者各式各樣，有的自衛武器是毒性黏液，有的長滿會腐爛皮膚的眞菌，有的排散炙燒肺部並令胃部痙攣的綠色氣味……。

終極胖子的神經赤裸破皮，承受過數百萬次驟然斷貨（cold kick）的死亡痙攣……因此他學會需求的代數②，存活下來……。③

某個周五，終極胖子利用虹吸原理將自己運到廣場。他的模樣像透明灰色的猴子胚胎，柔軟細小的紫灰色手掌上面有吸盤，嘴巴似八目鰻，灰色冷酷的軟骨上有一排黑色中空直立的牙齒，他摸索施打毒品的疤痕……。

一個有錢人經過，瞪視怪物，終極胖子在地上打滾，屎尿齊流，當場吃起自己的大便。富人認爲是自己的眼神威力十足所致，大爲感動，從施捨的手杖（Friday cane）裡擠出一個銅板。（周五就是伊斯蘭的周日，富人在那天理當施捨窮人。）

因此，胖子學會屈服於黑肉的意旨④，身體胖得像水族箱……。

他的眼睛空茫，似潛望鏡掃瞄地表……當他行經毒鬼，彷彿攪動春水，綠灰色猴子⑤快閃，如魚矛瞄準渴欲海洛因的羊牯，攀附吸吮，然後倒流回胖子身上，他的物質不斷增長，灰色的毒品黏液充塞廣場、餐廳，以及全世界的等候室。

黨總部的公告由青春期癡呆症患者、拉塔病患與人猿書寫，全像猥褻的字謎遊戲。索盧比人的屁是代碼（fart code），黑人開闔嘴巴顯示金牙上的訊息。阿拉伯暴動者將上好的閹人丟入淋上汽油的垃圾堆中，閹人最適合用來烽火傳訊，他們的煙不但漆黑，還凝固於空中不易散開。旋律的拼貼，駝背乞丐的排簫，景觀優美如明信片的欽博拉索山上冷風直吹而下，齋戒月的笛子聲，彎曲街道裡的鋼琴音樂，軋然而止的警哨聲，廣告宣傳單與街頭巷戰同步，拼寫出「救人啊」（SOS）。

兩位情報員憑性偏好互相認出對方，不斷來回傳送不實的秘密原子訊息，唬弄異國的麥克風⑥。他們使用的密碼十分複雜，全世界只有兩名物理學家假裝會解，還斷然否定對方也有此能耐。沒多久，接收訊息的情報員被判絞刑，因爲他違法持有一套神經系統，當他高潮痙攣，就會透過綁在陰莖上的電極，重播他接收到的訊息。

久患心臟病者的呼吸節奏、肚皮舞者的撞擊聲，電動馬達船行駛油汙水面的噗噗聲。

---

1 tidal river，海水漲退期會受到影響的河段。

2 需求的代數是布洛斯發明的辭彙，用以描述毒癮者對毒品的依賴，也用來暗喻人類的各種癮頭與仰賴。當一個人的癮頭越大，他的反應就越可預期，癮頭大到極點，此人的反應就趨近反射動作，像數學一樣可運算得知。這也是布洛斯對官僚制度面的批評。

3 上述三段文字，布洛斯以象徵筆法勾勒吸毒者的世界。人類生命源始於水，海洛因的世界像壓力缸，噴發出百萬種新的生命形態（jets of life）。你也可以說，注射海洛因就像注入生命（jets of life）。但不是每個毒癮者都能熬過百萬個新生命形態的刺激（毒品帶來的刺激），存活者幾希，終極胖子乃是其一。此注釋謝謝中央大學白大維老師指點。

4 黑肉在本書是作者的幻想產物，意指海洛因，甚至比海洛因更好的東西。

5 綠灰色猴子指的是有毒癮者。

6 原文為Two agents have identified themselves each to each by choices of sex practices foiling alien microphone, fuck atomic secrets back and forth…。布洛斯筆下的跨際區充斥互相挖掘訊息的祕密情報員。冷戰時期，最值錢的消息就是東西雙方的核子武備，麥克風是用來收集消息。Foiling是野獸來回奔跑，攪亂自己留下的氣味，以迷惑獵者。因此這裡指的是來回傳送不實訊息，以混淆他國的情報員。本註解謝謝中央大學白大維老師指點。

侍者不小心把馬丁尼酒潑灑到藥頭的灰色法蘭絨西裝上⑦，藥頭知道自己行蹤曝光，搭乘六點十二分的飛機閃人。

當高架火車**轟轟**駛過，毒鬼爬出炒雜碎店的廁所窗戶。

金普在華爾道夫簡餐館被人亂槍幹掉，**生下一窩老鼠**⑧。

英國陸軍上校騎馬揮舞長矛，上面掛著一隻尖叫的美洲野豬，連笨蛋處女都知道要小心讓路⑨。

有個優雅的玻璃光顧鄰近的公廁，準備接收死去老媽傳來的訊息，他的老媽光靠神經觸突活著，不時想起自己興奮鞭打女傭的影像。

在學校廁所打手槍的男孩知道彼此是來自**X星河**的密探……停止手淫，轉戰一個二流夜店。他們坐著啜飲酒醋，口吮檸檬片，衣衫雖襤褸，模樣卻不祥，讓次中音薩克斯風手（是個戴藍色眼鏡的時髦阿拉伯人）感到十分困惑，此君極可能是**敵方**的心電感應傳送者。

全世界的瘧疾患者像發顫的靈外體群聚……傳送楔形文的大便訊息被恐懼封存了⑩。

在受火刑的黑鬼尖叫聲中，暴動者嘻笑交媾。寂寞的圖書館員帶著口臭以法式深吻結合。兄弟，好像得了流行性感冒，對吧？喉嚨持續發痛，焦急不安如午後的熱風？歡迎來到「國際梅毒客棧」——請講「衛理公會聖公會，媽的」（Methodith Epithcopal God damn ith. ⑪，這是用來測試輕度癱瘓者語言失能的辭句）⑫——不然，下疳的第一手接觸也可讓你成爲戰功彪炳的會員。

從森林深處以及生命力（orgone）蓄電池傳來了無聲的震動。罹患毒癮的警察甚至通勤族都鼓起被膽固醇阻塞的血管，企求與藥頭接觸，整個城市突然陷入寂靜無聲。用以傳訊的高潮火焰在全世界爆發。某個大麻癮君子探頭尖叫：「我恐慌了！」然後逃至墨西哥，全世界的後腦都爲之激動⑬。行刑手看到死刑犯，嚇得屎尿齊流。刑求者站在絕不原諒他的受害者身旁，對著他的耳朵放聲尖叫。腎上腺素激增的格鬥者互相擁抱。癌症則帶著會唱歌的電報抵達你的門口……。

7 原文用The waiter lets fall a drop of martini on the Man in the Grey Flannel Suit，這句話是有典故的，The Man in the Grey Flannel Suit是Sloan Wilson的小說，一九五六年改編為電影〈一襲灰衣萬縷情〉，由葛雷葛萊畢克主演，描繪美國中產階級對物質的欲求，以及道德的自省，男主角喜愛馬丁尼酒。因此這段文字雖是描寫藥頭（The Man）的竄逃，卻又利用〈一襲灰衣萬縷情〉的典故來玩文字遊戲。

8 美版作者注：cowboy是紐約街頭俚語，意指看到那個他媽的傢伙就把他幹掉。Rat呢，就是鼠輩、鼠輩、鼠輩，向警方告密者。譯注：cowboy比較精確的解釋是被亂槍幹掉。金普中槍，從肚子迸出一堆小老鼠，暗示金普本人就是大告密者。

9 笨蛋處女（foolish virgins）典故應該來自聖經馬太福音裡耶穌講的一則寓言，十個處女迎接新郎，其中五個聰明的處女有替油燈準備了多餘的油，另外五個愚笨處女沒有多餘的油，當她們出去買油時，錯過了新郎的到來，大門不再為她們而開。耶穌講完這個故事後，說：「所以你們要警醒，因為你們並不知道那日子、那時間會在什麼時候來臨。」一般認為這則故事的寓意是新郎代表耶穌的再臨，信心不夠堅定者不知末日景象，錯過救贖。作者此處是指即便不知未雨綢繆的傻處女也知道要躲避這位英國上校。

10 原文為Malarials of the world bundle in shivering protoplasm…Fear seals the turd message with a cuneiform account。瘧疾患者的症狀與毒癮發作者頗類似。turd message是大便訊息，跟前面所述的布拉耶點字、燃燒閹人以烽煙傳訊、放出來的屁是代碼、黑人金牙閃現訊息，都是布洛斯在強調超越傳統語言的溝通。

11 此句正確讀法為Methodist Episcopal, God Damn It。此人疑似罹患梅毒，口齒不清。來客必須讀出這個句子，以判斷罹患梅毒的程度。沒有梅毒，罹患下疳者亦可成為會員。

12 梅毒第三期如果是罹患腦實質性梅毒，會出現精神錯亂性之癱瘓。

13 此處是布洛斯的自述。布洛斯為了躲避緝毒警察逃到墨西哥。大麻恐慌發作，影響了周邊的人。原文用bring down the back brains of the world，讓全世界的後腦都為之激動。在本書〈班威醫師〉一篇裡，曾提及唯有後腦才能啓動前腦的運作。許多興奮劑與麻醉劑都是作用於後腦。

郝薩與歐布萊恩

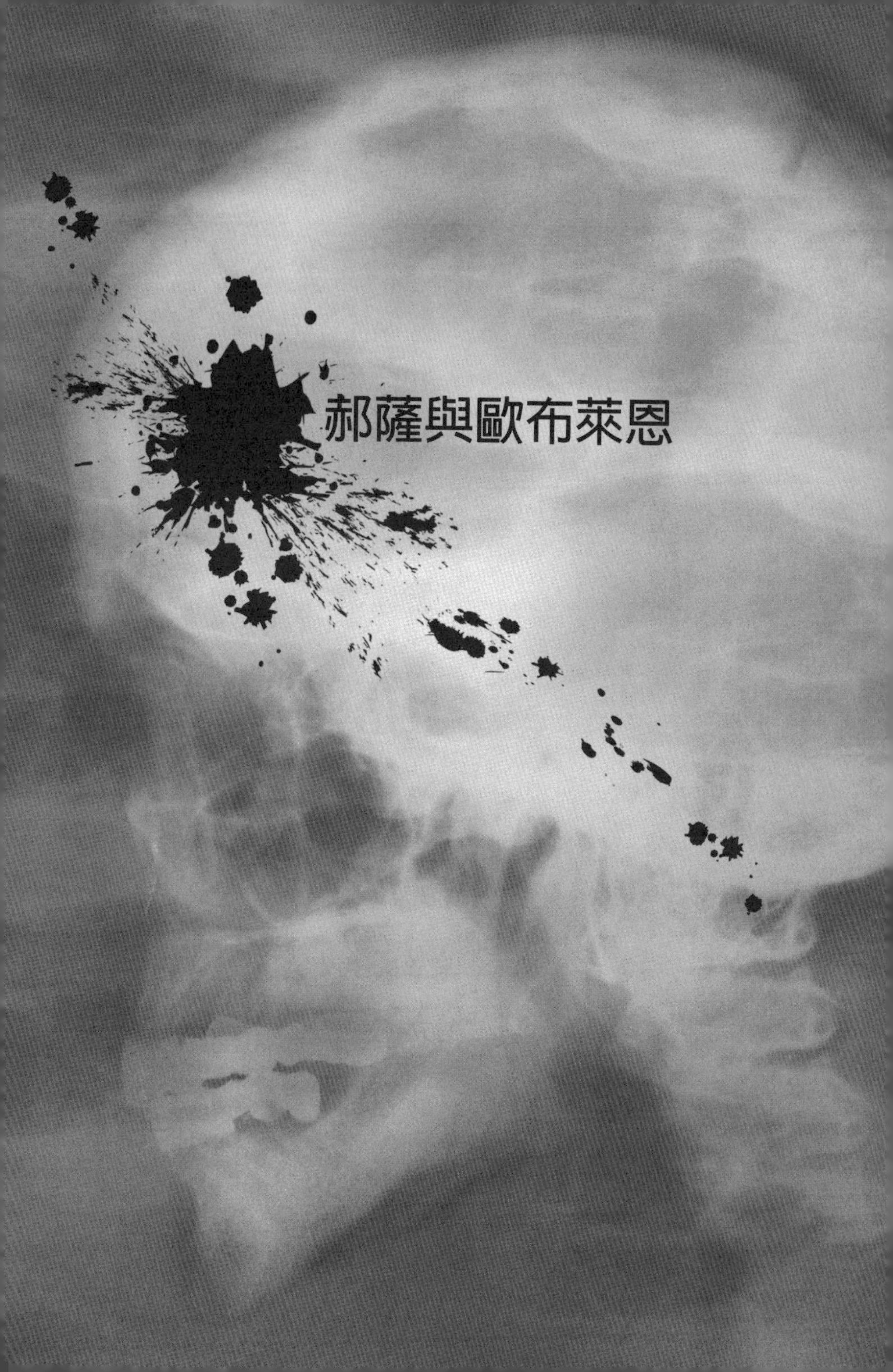

他們今早八點破門而入時，我知道這是我的最後機會，也是唯一機會。但是他們不知道。他們怎麼可能知道？不過是例行性逮捕。不過也不完全是。

分隊長打電話給郝薩時，他正在吃早餐：「你跟搭檔到鬧區，途中順便逮捕李。威廉．李。住在八目鰻旅館。B高速公路下來的一〇三號。」

「我知道在哪裡，我也記得此號人物。」

「好極了。六〇六號房。逮捕他就好，不必翻搜毒品。記得把所有的書、信件、草稿，凡是印刷品、手寫稿或打字稿，**統統拿來**。懂了沒？」

「了解。但是書……拿書要幹嘛……？」

「你照辦就是，」分隊長掛斷電話。

郝薩與歐布萊恩。市警局肅毒組二十年老警察。我吸毒十六年。他們跟我一樣，都是老先覺了。這兩人並不壞。至少歐布萊恩不壞。他專扮白臉，郝薩扮黑臉。一對雜耍組合。郝薩喜歡說話前先扁你一頓，稱之爲「破冰」。歐布萊恩則會奉上老金牌香菸（好像警察都抽這牌子），然後開始表演白臉警察那一套，功力堪稱「保稅威士忌」級①。爲人並不壞。我不想這麼幹。但別無選擇，這是我唯一的機會。

他們用萬用鑰匙進門那一剎那，我正在束綁手臂，開始我的清晨第一劑。萬用鑰匙是那種門由內反鎖、鑰匙還插在洞裡，依然能夠開門的鑰匙。我面前的桌上擺著一包毒品、針頭（spike）、注射器、酒精、棉花，還有一杯水。我在墨西哥時就開始固定使用注射器，從此不再用滴管。

「哎呀，哎呀，」歐布萊恩說：「好久不見啊。」

「穿上外套，李，」郝薩亮出手槍。他逮人前總是先亮槍，這是先發制人的心理效果，防止嫌犯衝向廁所、洗手槽或者窗戶。

「我能先打一管（bang）嗎，兩位？」我問：「桌上還有一大堆，足夠做證據的。」

我心裡盤算如果遭拒，該如何奔去拿我的手提箱，手提箱未上鎖，而郝薩手中有槍。

「他想打一管，」郝薩說。

「你知道這個於法不容啦，比爾，」歐布萊恩使出白臉警察的甜蜜語調，油滑迂迴，口氣裡暗藏熟稔、殘暴、猥褻，慢吞吞拖長你的名字。

言下之意當然是：「你有什麼好回報的，比爾？」他對我露出微笑。笑容停駐過久，陰險而赤裸，那是變態者的老粉飾把戲，聚集了曖昧角色的所有邪惡陰暗面。

「我可以幫你釣到馬帝．史提爾，」我說。

我知道他們渴望逮到馬帝。他賣藥已經五年，一點把柄都沒。馬帝也是老狐狸，精挑細選服務對象。他必須熟知你的一切，才肯收你的錢。我呢？從來沒人因為我而關進大牢，名聲毫無瑕疵。但是馬帝還是不肯賣貨給我，只因為我們認識不夠久。馬帝就是疑心病重。

「馬帝？」歐布萊恩說：「你能跟他買貨？」

「當然。」

1 保稅威士忌（bottled in bond）是一種未經混合的威士忌，通常是波本或稞麥威士忌，由美國政府監製而成。雖然美國政府對它的品質沒有鐵定的保證，至少此種威士忌嚴格要求桶存四年以上，瓶裝含酒精量不可低於百分之五十，且它必須在政府監視下的保稅倉庫中儲存並裝瓶。

他們頗懷疑。沒有兩三下直覺，是不可能一輩子當警察的。

「好吧，」郝薩終於說：「你最好說到做到，李。」

「我一定辦到。相信我。我很感激。」

我綁緊手臂注射，迫切地雙手發抖，毒鬼的典型表現。

「兩位，我只是個老毒鬼，一個與人無害的廢物毒鬼。」這是我的表演法。正如我的期望，我開始摸索血管時，郝薩轉頭他視。這場面眞是不好看。

歐布萊恩坐在椅子扶手上，抽老金牌香菸，瞪著窗外發呆，大作白日夢，一副我拿到退休金以後要幹些啥的模樣。

我馬上打中血管。一柱血液衝上注射器，銳利清晰如紅繩。我輕壓推吸杆，感覺海洛因奔過血管，饜足數百萬個渴欲毒品的細胞，每條神經與每塊肌肉都驚醒，充滿力量。他們沒在看我。我將針筒吸滿酒精。

郝薩正在把玩警探專用的科特短管手槍，環顧房間。他像動物能夠嗅出危險。左手推開櫃子門，瞧內望。我的胃部緊縮，想：「如果他打開手提箱來看，我就完了。」

郝薩突然轉頭看我：「好了嗎？」他咆哮：「馬帝這件事，你最好別扯爛汙。」語氣之凶惡，連他自己都嚇了一跳。

我拿起注滿酒精的針筒，轉轉針頭，確保鎖緊。

「一下就好，」我說。

我將酒精推出一點，從側邊朝他的眼睛噴射。他發出痛苦咆哮，左手猛抓眼睛彷彿要撕開上面的隱形綳帶。我單腳下跪，摸索手提箱，按下按鈕，箱蓋彈開，左手蓋住槍柄，我慣用右手，但射擊時用左手。我先感覺到郝薩開槍的震動，而後才聽到槍響。子彈射入我背後的牆。我臥倒在地上開槍，連續兩發快槍都射入郝薩的肚皮，他的背心扯了上去，露出一吋左右的白襯衫。喘氣聲之大，我都能聽見，然後他的身體向前傾倒。歐布萊恩嚇僵了，還在解肩掛式槍袋。我用手壓緊握槍的那一手，準備扣發第一道長扳機，這槍有扳機釋放鎚，得連扣兩道才能擊發。一槍正中他的紅色額頭中央，銀色髮際下不到兩吋的地方。上次我見到他時，他就已經滿頭白髮。十五年前的事了。那是我第一次被捕。歐布萊恩眼睛暴凸，一頭栽下椅子。我趕忙抓拿我要的東西，把筆記本掃進手提箱，裡面還有我的作品、海洛因與一盒彈匣。我把槍插進腰際，穿上外套，進入走廊。

我可以聽到櫃台人員與行李伕咚咚爬上樓的聲音。我搭乘自助電梯下樓，穿過無人的大廳，走入街頭。

外面是美麗的小陽春。我知道自己機會渺茫，再怎麼渺茫，總勝過零機會，勝過成為ST（6）[2]的實驗對象，或者其他名字也是縮寫的鬼藥物。

我得火速囤積海洛因，警察很快就會佈滿機場、火車站、巴士總站，以及毒品集散地，藥頭都在那裡。我搭計程車到華盛頓廣場，下車走到第四街，瞅見尼克站在街角。你總是找得到藥頭，你的需求會使他們如鬼魂般現身。

「我跟你說，尼克，」我說：「我要離城。得弄一盎斯海洛因。你現在有辦法嗎？」

我們沿著第四街走，尼克的聲音彷彿不知從何而來，飄盪在我的意識裡。詭異而且脫離實體的

2 ST（6）是布洛斯捏造的藥名，ST（6）是它的成份。此註解出自增訂版附錄〈Letter to Irving Rosenthal [1960]〉。

聲音。

「可以，我想我辦得到。不過，得先到上城一趟。」

「我們叫輛計程車。」

「好，但是你應該明白，我不能直接帶你去見這傢伙。」

「我懂。走吧。」

我們搭計程車往北走。尼克繼續以死氣沉沉的扁平聲音說話。

「最近弄到手的貨都怪怪的。效果並不壞，但是我不知道……就是不一樣。說不定他們混摻了一些狗屎合成品……多羅芬③之類的……」

「眞的！！！已經這麼搞啦？」

「呃……我去見的這個人沒問題。就我所知，這附近就是他的貨最規矩……停車。」

「拜託，快一點，」我說。

「十分鐘，除非他手頭沒貨，得出去跑一趟……你最好到那邊坐坐，喝杯咖啡……這區警察盯得緊。」

我坐在櫃台，點了一杯咖啡，還有用膠膜封起來的丹麥甜糕餅。配著咖啡，我囫圇呑下那塊味道不新鮮、嚼起來像橡皮的蛋糕，祈求上帝，就這麼一次吧，讓他順利弄到貨，不要跑來跟我說那人沒貨，得跑一趟東奧蘭治或者葛林地④。

呃，他回來了，站在我背後，我望著他，膽怯不敢問。眞是好笑，未來二十四小時，我能夠逃命的機會約莫只有百分之一，我早就下定決心，絕對不在死囚牢裡熬過未來的三、四個月。此刻卻在煩惱搞不搞得到貨。可是我手上大約只剩五劑，少了海洛因，我便動彈不得……。

尼克點點頭。

「別在這裡給我，」我說：「搭個計程車吧。」

我們搭車前往市中心。我伸手護住那個包裹，塞了五十元鈔票到尼克的掌心。他看看鈔票，咧開只剩牙齦的嘴笑：「謝啦……這下我就不欠錢啦……。」

我往後靠，心中開始盤算，並未太用勁。絞盡腦汁會讓腦袋像負荷過度的配電盤，走火，不然，就乾脆罷工……此刻，我不容出錯。美國人特別畏懼喪失控制，畏懼順其自然不予干涉。如果可以，他們還眞想鑽進自己的胃裡，消化食物，而後自己鏟出大便。

如果你學會放鬆、等待，你的腦海自然對多數問題都有答案。就像電腦那樣，你把問題餵進去，好整以暇坐著，等待……。

我在尋找一個名字。我在腦海翻箱倒櫃，找到一個名字，又隨即丟掉：條子愛人（F.L. Fuzz Lover）、天生邪惡（B.W., Born Wrong）、懦弱好人（N.C.B.C., Nice Cat But Chicken）……這些名字先晾到一旁，縮小範圍，過濾篩選，摸索名字，摸索答案。

「你知道的，有時他讓我等上三小時，有時又馬上給我貨，像今天這樣。」

尼克不表苟同地輕笑，他常以此斷句，彷彿在致歉，因爲在毒鬼的心電感應世界裡，唯有牽涉數字的事情（多少錢？份量多少？）才需以言語溝通。關於等待藥頭這件事，他知道，我也知道。這

3 dollies是dolly的複數，美沙酮，多羅芬（Dolophine）是它的商品名。

4 東奧蘭治（East Orange）在新澤西州，葛林地（Greenpoint）在紐約布魯克林。

行的每個環節都不照時間表來。沒有人會準時完成任務，如有準時，也純屬意外。毒癮者過的是海洛因時間。身體是他的時鐘，毒品穿過他的身體，就像計時的沙漏。時間的意義只在對照他對毒品的需求。然後他貿然闖進別人的時間裡，就跟所有請願者與局外人一樣，他必須等待，除非他攪和的不是旁人的毒品時間。

「我又能說什麼，他知道我會等，」尼克笑道。

那一宿，我待在「堅挺不垂澡堂」⑤——最棒的密探臥底身分就是同性戀——在那裡，有個義大利籍服務人員大聲咆哮，以野地紅外線夜視鏡梭巡整個寢室區，製造恐怖氣氛。

（「沒錯，東北角的！我看到你了！」——他打開泛光燈，從地板活門以及貴賓房的牆壁裡伸出腦袋來，不少很娘的同性戀穿著精神病患緊身衣，被抬了出去……。）

我躺在可以打開屋頂的小房間，瞪著天花板……這就像光線晦暗、充滿任性與破碎色慾的夢魘，我在夢裡聆聽呻吟、尖叫與咆哮……。

「媽的，滾開吧，你。」

「戴上兩副眼鏡，或許你就能看到一些東西。」

天才破曉，我就出去，買報紙……報紙上沒登……。

我從藥房旁的電話亭打電話……要求轉肅毒組。

「副中隊長剛薩列斯……請問找誰？」

「我要跟歐布萊恩說話。」

一陣靜電干擾，電話線擺動，訊號斷斷續續……。

「本部門沒有這個人……**你**是誰？」

「那請郝薩聽電話。」

「聽著，先生，局裡沒有這兩號人物。你到底要幹啥？」

「這件事很重要……我有消息，一大批海洛因要運進來……我得跟郝薩與歐布來恩談談……除了這兩位，我不跟其他人幹活……。」

「等等，我幫你轉阿爾西比亞德斯⑥。」

我開始懷疑這局裡是不是沒有白人姓氏的警察。

「我要跟郝薩或歐布萊恩說話。」

「我得說幾遍你才懂啊，局裡沒有歐布萊恩跟郝薩兩個人，你到底是誰？」

我掛掉電話，搭計程車離開此區……在車上，我逐漸想通這是怎麼一回事，我被封閉阻擋於時間與空間之外了，就像鰻魚游到馬尾藻海⑦的過程裡，停止吃東西，屁眼緊鎖。我已經被封鎖在外，不再擁有**鑰匙**，找不到**進入的交叉點**。從現在開始，條子不再盯緊我……他們跟郝薩、歐布萊恩一起被遣派回到過去，回到一個封閉的內陸毒品區。在那裡，海洛因永遠一盎斯二十八美元，你可以在蘇族瀑布的中國人洗衣店裡買到鴉片……郝薩、歐布萊恩被放逐到鏡像世界的遙遠一頭，我想回到

5 Ever Hard Baths，原名為Everard Baths，教堂改建而成的公共澡堂，開幕於一八八八年，一次世界大戰後成為同志聚集之處，是紐約成立最久的同志澡堂，一九八五年關閉。Ever Hard（總是堅硬）是該澡堂的綽號。

6 Alcibiades，與古希臘哲學家同名。阿爾西比亞德斯暗戀老師蘇格拉底。也是一個在斯巴達王國與雅典間翻雲覆雨的變節者。這個名字出現在此處，作者似乎在呼應起首篇章〈開始往西行〉裡，同性戀與騙子之間只有一線之隔。

7 馬尾藻海，北大西洋一海域，在西印度群島與Azores群島之間，有大量海藻漂浮。

過去……死命抓住那個尚無心電感應、官僚體系、時間控制、管制藥物、重水成癮者的時代：

「三百年前，我就想到了。」

「你的構想當年是辦不到，現在是毫無用處……就像達文西的飛行器藍圖……。」

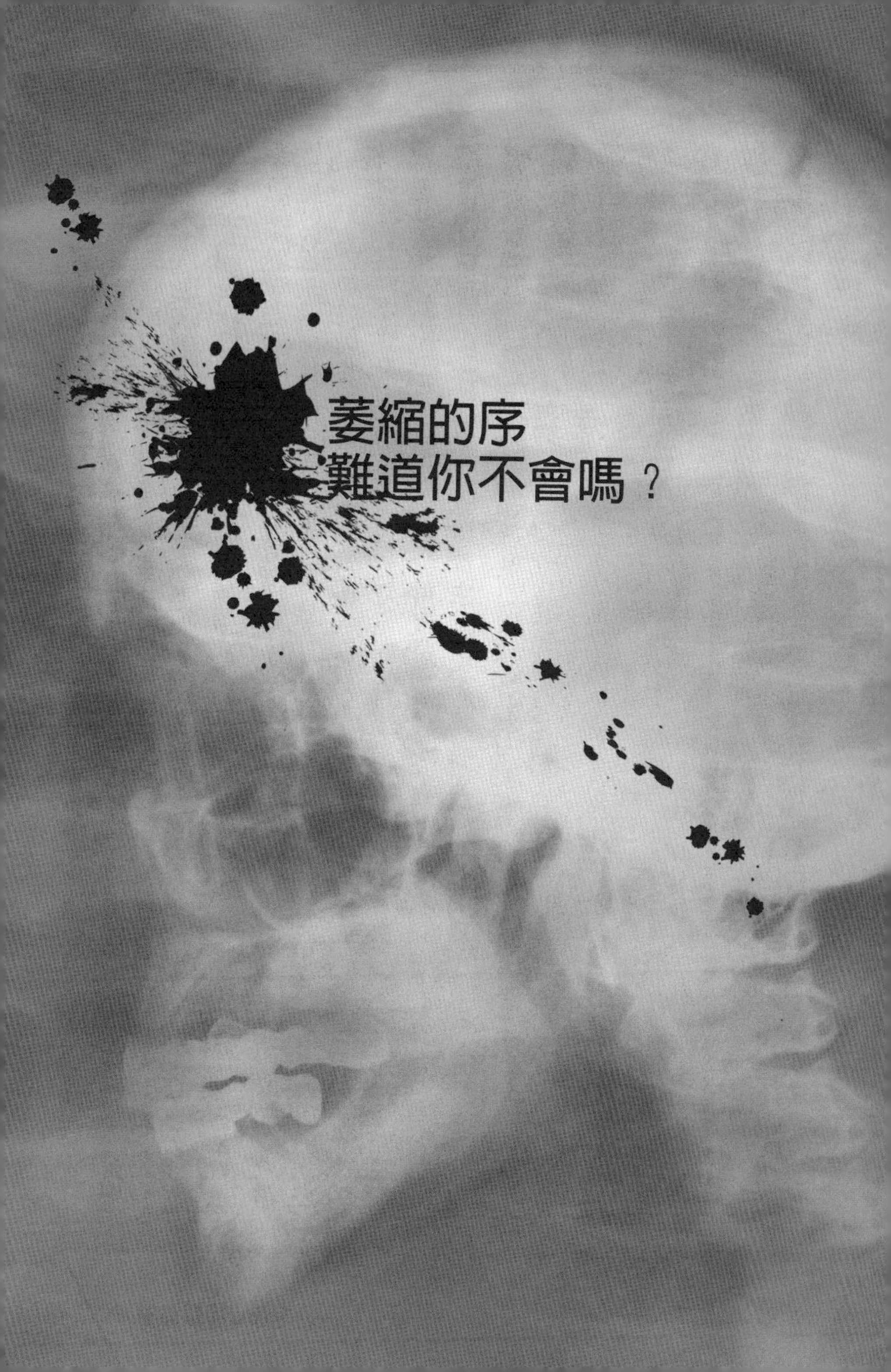

萎縮的序
難道你不會嗎？

幹嘛如此浪費筆墨紙張，將書中人物從此地搬到他處？或許是爲了讀者著想，免去他們在空間驟然移動的壓力，維持**馴良**①？因此買票，叫計程車，登上飛機。當她彎身（當然是空中小姐）喃喃詢問乘客需要口香糖、茶苯海明抗暈劑，還是寧比泰，我們得以一飽眼福，看到她桃子形狀的溫暖洞穴。

「如果妳講的是樟腦鴉片酊，**小蜜糖**，我會聆聽的。」

我不是美國快捷航空……如果上一秒鐘，我輩之人穿著尋常百姓服裝，走在紐約街頭，下一個句子，他卻跳躍到廷巴克圖，跟有著羚羊眼的男孩講些年輕男孩的話，我們可以假設此人（他非廷巴克圖居民）以尋常的交通方式，將自己移到此地……。

祕密情報員李（代號44816）正採用海洛因療法……就像毒癮者熟知哪些角落可以碰到藥頭，李也異常熟知時空旅行。他的幽靈物質在不斷加速的時間裡像股靜默的風，顫動……過去與未來的那些快閃畫面，可藉由海洛因治療……選一針……任何一針都行……。

警局的牢房裡，他們給你打的針，會讓你緊咬指關節在地上翻滾……。

「比爾，感覺像**海洛因**，對吧？」

「赫，赫，赫。」

短暫模糊的印象在光線裡溶解……毒癮發作的清晨，老毒鬼又是咳嗽又是吐痰，丟出一包包腐爛的靈外體……。

紅棕色的老照片像烈陽底下的泥巴地，捲曲，龜裂：巴拿馬市……比爾・塗斯正在耍騙術，想從中國藥劑師那兒弄點鴉片酊。

「我有一批賽狗……純灰狗血統……都得了痢疾……熱帶氣候……拉屎……你聽懂（sabe）嗎？大便？……**我的惠比特犬要死光啦！**」他尖叫……藍色火焰閃爍雙眼……火焰熄滅……留下金屬燃燒的味道……「用眼藥水滴管注毒……換作是你，不會這麼幹嗎？……經痛……我老婆……靠得住衛生棉……年邁老母……痔瘡……高純度海洛因（raw）……流血……」他藥效發作，靠著櫃台盹著了，藥劑師拿出嘴裡的牙籤，看看牙籤頂端，搖頭。

從阿貓到阿狗，巴拿馬共和國境內願意開立鴉片酊處方箋的醫師，全被淦斯與李用光了（burned down）……嘩啦一聲，他們各自分飛……毒鬼常集合爲一個身體，東奔西跑……燙手地區得特別小心……淦斯回到墨西哥城……形銷骨立，絕望的笑容來自長年匱乏海洛因，雙眼因可待因與傻瓜丸而朦朧……浴袍上的香菸洞……地板上的咖啡漬……冒煙的煤油爐子……赭色帶橘紅的火焰……。

大使館拒絕透露詳情，只說他葬在美國的一處墓園裡……。

李則重回性慾與痛苦、時間與雅哈的懷抱，雅哈啊，那是亞瑪遜流域苦澀的靈魂曼藤②……。

有一次，我瑪薑嗑多了（Majoun，一種曬乾的印度大麻，研磨成綠色細糖粉的模樣，搭配蜜餞服用，口感像粗粒的梅子布丁，蜜餞選擇可隨意……），不記得是從露露、強尼或者男孩房（大小便訓練與幼兒的臭氣充斥其間），回到我位於丹吉爾城外的別墅，看著客廳，我突然不知道自己置身

1 原文用Gentle與Reader，均字首大寫，本意為讀者諸君，作者將兩字拆開兩處，造成雙關語。

2 原文用soul vine，就是雅哈類的幻覺藥物。

何處。我可能開錯門，隨時，扣押債務人財產的執行官③，或者先到先贏的債權人會衝進來，大叫：

「你在這兒幹嘛？你是誰？」

我不知道自己在幹嘛，也不知道自己是誰。我決定冷靜下來，或許在屋主現身之前，我可以先搞清楚東西南北……因此，我沒吶喊**「我在哪裡？」**冷靜環顧四周，你將得知一二……**故事伊始**，你並不在此：**故事結束**，你也不會在此……因此，你對現時現刻發生的事只能有粗淺的相關認識……靠生鴉片維生的少男，我對這張黃色枯萎的年輕毒鬼臉龐能有什麼認識？我企圖告訴他：「總有一天啊，你醒來，會發現你的肝臟都掉到大腿上。」④我想教他如何提煉生鴉片，否則它只是毒藥。但是他雙眼迷濛，啥也不想知道。多數毒鬼如此，他們不想知道……你無法傳授什麼……哈菸的人只想抽菸，不想知道別的……海洛因成癮者也是如此……給我針筒，其他的，跟麵粉（Farina）有啥兩樣。

我猜想他還呆坐在丹吉爾城外那棟一九二〇年的西班牙別墅，吞食摻雜了大便、石礪、稻草的生鴉片……他就是深恐漏掉什麼沒吃……。

作家只能寫一種東西：**就是運筆當時他的感官所知所覺**……我只是個記錄儀器……不妄想強加「故事」、「劇情」、「腳本」……目前爲止，我只成功**「直接記錄」**了某些範疇的心理運作，這些範疇，我也只發揮了部份潛能……我可不是取悅眾人的藝人……。

有人稱此爲「附身」……有時，某個存在（entity）會跳到另一個身體，輪廓如黃橘色果凍搖晃，伸出雙手挖出妓女的內臟、勒殺鄰居小孩，藉此紓解長期以來住屋不足的麻煩。說的好像我身在現場，只是偶爾嗑了傻瓜丸茫掉了……**錯！我根本不在那裡**……從未**完全**擁有筆下的角色，只是處於某個位置，可以防範錯誤於未然……老實說，我的工作比較像是巡邏……不管**安全措施**多強，我總能**置身於**這一件深具彈性與延展性、果凍一樣的精神病患緊身衣裡，同時又能**在外**發號司令，在每個動作、思想、衝動產生之前，預先予以改正，蓋上「查無異物」的檢驗大章⑤……。

作家們常說死亡有股甜膩噁心的味道，但是任何一個毒癮者都可以告訴你，死亡沒有味道……死亡的味道是停止呼吸與血液流動……無色無味的死亡……沒有人能透過粉紅色的腦迴與紅黑色的血肉過濾器，呼吸或嗅聞到死亡的味道……但是死亡無疑是種氣味，卻又完全無味……鼻子最先感應到它的無味，因爲凡是生物都有味道……停止散發味道，就像眼睛只看得到黑暗，耳朵只聽得見靜寂，又像是在壓力下維持平衡，處於失重狀態卻想固著於一點……。

禁斷期間，你總聞得到也散發出死亡味道……戒癮中的毒鬼會讓整棟公寓充滿死亡氣味，不堪居住……但是開窗透透風，就會讓公寓充滿味道，活人能聞……爛打血管的人如果突然施打次數呈幾何級數跳躍，好像森林大火在樹梢飛奔蔓延，你也會聞到死亡的味道。

治療方法永遠是：**放手吧！跳下吧！**

一位朋友在馬拉喀什的旅館二樓醒來，發現自己全身赤裸……（他的母親來自德州，打從他孩童時期起就給他穿女裝，打造他今日的面貌⑥……聽起來殘酷，不過用來對付嬰兒靈外體還蠻有

3 原文為The Man in Possession，它同時也是一齣舞台劇的名稱，一九三〇年於倫敦首演，一九三一年改拍成電影。

4 吸毒者非常容易罹患肝病。

5 原文用stamped with the seal of alien inspection，布洛斯認為身體乃對立於靈魂的異物，只是「靈外體」的鑄模。

6 意指此人後來是同性戀，要拜母親自小給他穿女服之賜。

效），其他三個房客是阿拉伯人……手中握刀……瞪著他看……閃亮的金屬，閃亮的眼睛……謀殺武器像甘油裡的蛋白石片緩緩降下……動物的反應較遲鈍，容許他有一整秒的思考時間：他從窗戶一躍而下，像流星墜入擁擠的街頭，身後尾隨四散的玻璃，在陽光下閃耀……腳踝受傷，肩膀插著玻璃碎片……半透明的粉紅色窗帘裹住他的身體，拖著捲帘杆子，他蹣跚跛行至警察局……。

遲早啊，怪俠、鄉巴佬、秘密情報員李、A. J.、柯林與賈帝這對麥角症兄弟、胎盤大亨哈山·歐李瑞、水手、滅蟲員、安德魯·基夫、終極胖子、班威醫師、謝佛醫師會出現在同一個時空，就是所謂的交叉點，用同樣的字眼講述同樣的話。使用同一種發聲器材，配合同樣的代謝設施，換言之，變成同一個人，用最不正確的方式來**彼此辨認**——我們都是陽光下赤裸無隱的毒蟲啊。

作家永遠把自己視爲面對鏡子朗讀的人，他得時時檢查，確保自己未曾犯下「各行其是」的罪行，現在沒有，未來也不會……。

照過鏡子的人都知道這是什麼罪行，代表你失去控制力，影中人不再聽命從事……這時才要打電話給**警**——**察**，太晚了……。

先生，我的服務到此爲止，我無法再以您這個身軀繼續販售死亡的一手題材……先生，您是個無救的案例，有害健康……⑦。

「以我們目前的知識水平，找不到防衛的方法，」被告從電子顯微鏡抬頭望。

把你這一套弄去沃爾格林藥妝店吧
你的問題與我們無涉
想偷什麼就偷

我不知道該如何返還贓物給白人讀者
想寫、想叫、想要低唱都沒關係……描繪它……表演它……把它屙在行動藝術裝置上……**幹什麼都行……只要不去沾染它……**。⑧

參議員跳起來，發出驢叫聲，呼籲政府對染上「渴欲病毒」（virus yen）者，絕對不能手軟，一律處以死刑……這包括毒癮者、性成癮的娘娘腔（我的意思是對性上癮的人）、精神病患，後者觸怒了醜陋的人，讓他們備受威脅，雖然他心靈崩潰，像動物一樣無邪且柔軟。

黑色的死亡風向袋（wind sock）在陸地上起伏擺動，摸索嗅聞哪些人犯下「各行其是」之罪，廣大的概率曲線覆蓋了恐怖顫抖的行人……⑨。

種族滅絕的棋賽裡，棋格裡的人口依次消失……任何人都能玩……。

《自由報》、《不太自由報》以及《反動報》高聲倡議他們的認同：「最最重要的，其他水平人種的諸種神話必須徹底剷除……。」並以陰鬱的筆調談及某些殘酷現實……罹患口蹄疫的牛群…

7 此處意指作者想要擺脫毒癮。

8 這段詩原文為Take your business to Walgreen□s / We are not responsible/ Steal anything in sight/ I don't know how to return it to the white reader。You can write or yell or croon about…paint about it…act about it…shit it out in mobiles…So long as you don't go and do it…。採取眾聲喧譁的手法。作者滔滔不絕自己的毒癮困境。旁觀者說，少來這套告白，拿去Walgreen's藥妝店吧，到了那裡，看到什麼可以偷的，你就偷去變賣買毒品吧。作者說，我不知道該如何把偷到手的贓物還給白人讀者。意指閱讀此書者應為白人知識份子，作者想把偷來之物奉還（不再偷盜財物購買毒品，也就是戒掉毒癮），卻不知該怎麼做。白人讀者回答他，你要寫、要吶喊、要描繪、要表演，都行，只要不再沾染毒品即成。此注釋謝謝中央大學白大維老師解惑。

9 正常的概率曲線（即常態分配）成鐘形，因此可以將人覆蓋其中。

……預防藥（prophylaxis）……。

世界上的權力團體瘋狂斬斷連結的網絡……。

地球在宇宙中隨意漂流，邁向昆蟲般的死亡……。

熱力學在自由式泳賽裡獲勝……宇宙生命力（orgone）之說在抵達終點前犯規⑩……基督流血……大限已至……。

你可以從任何交叉點切進，開始閱讀《裸體午餐》……我寫了許多開場白。它們萎縮退化，自動截肢，像西非洲某種唯有黑人族裔才會罹患、必須切除小腳趾的疾病。從我身旁走過的金髮女郎展露古銅色腳踝，一隻修剪整齊的腳趾蹦跳穿越俱樂部走廊，而後被尋獲，跟金髮女郎的阿富汗獵犬一起靜靜躺在她的腳邊……。

《裸體午餐》一書只是藍圖，一本自學手冊……是昆蟲般的黑暗慾望通向異星球的廣袤景觀……抽象概念赤裸如代數，窄化成一條黑色糞便，或是一對日益老邁的睪丸（cojones）……。

自學手冊可以打開長廊尾端的房門，拓展人的經驗層次……此門唯有在**靜默**中才得開啓……閱讀《裸體午餐》，**讀者**必須**靜默**。否則他只能感受到自我的脈動……。

勞勃．克里斯帝（Robert Christie）知道哪些人是通風報信者（Answering Service）——殺了那些老屄……把陰毛放在項鍊墜盒裡……換作你，難道不會嗎？

勞勃．克里斯帝是勒殺婦人的連續犯，聽起來像雛菊串⑪，於一九五三年受絞刑正法。

傑克開膛手眞乃一八九〇年代的筆鋒如劍者（Literal Swordsman），從未出糗……他寫信給報紙：

「下次，我會隨信附上一隻耳朵，以取悅各位……換作是你，你不會嗎？」

「小心啊！又來了！」老娘娘腔的串繩斷裂，睪丸滾落地面……「詹姆斯，擋住它們，拜託，你這個沒用的臭狗屎！別光只會站在那兒，讓主人的睪丸滾進煤炭堆槽裡。」

狄勞地（Dilaudid）解放了可憐的我（狄勞地是一種強化〔souped up〕的氧化嗎啡）。

穿黑背心的警長在打字機上敲打出追殺令：「此事必須合法，毒品部份不予追究……。」

違反公共衛生條列三三四條……以詐欺手段得到高潮……[12]。

強尼四肢著地，瑪麗吸舔強尼，手指撫摸大腿背後，球場外野區的燈亮了……。

俯瞰河流的石灰岩峭壁上，破爛的椅子，工具棚窗戶外剝落的白漆在冷冽春風中颯颯作響……藍綠色的天空，一抹月暈高掛……積灰地板上長長的精液痕跡往外延伸……。

汽車旅館……汽車旅館……汽車旅館……破碎的阿拉伯圖飾霓虹燈……寂寞的呻吟像霧號，穿過感潮河段上佈滿靜止油漬的水面，橫過整個美洲大陸……。

睪丸像擠乾的檸檬，牛疫病舔上了我的屁眼，拿刀切下一塊印度大麻，水煙吹出泡泡，那就是過去的我……。

10 熱力學的第二定律，說明一個孤立系統，總由有序而朝向均勻、簡單、消滅差別的無序方向發展，即「熵」（entropy）增加，從而得出「宇宙總體走向退化、死亡」的結論。作者此處是在呼應前句地球隨意漂流，邁向昆蟲式的死亡。

11 daisy chain，雛菊（daisy）源自異性戀者對男同性戀的貶抑稱呼，應該是指肛門模樣像菊花。雛菊串在同性戀俚語裡指超過兩個男人、成一串式的肛交。此處作者是說Robert Christie是個massive strangler of women，這個句子的意象很像雛菊花串。

12 布洛斯在《Junky》一書中說，公共衛生條例三三四條是指「使用假名取得處方箋」，也就是後面所謂詐欺手段取得高潮。

「刑期已滿，先生。」⑬

噴泉裡滿是枯葉，天竺葵與薄荷茂盛繁生，沿著草坪，勾勒出類似自動販賣機的路線……。

上了年紀的花花公子穿上一九二〇年出產、繡上名字的雨衣，把尖聲驚叫的老婆塞進垃圾攪拌機……頭髮、糞便、血液噴到牆上，構築出一九六三這四個字……「沒錯，孩子們，六三年的確有一場沒法收拾的大麻煩⑭，」這個疲憊的老先知講起話來，無論在哪個時空，都會讓你哈欠連天到噴出淚來。

「我之所以記得，是因爲在那之前兩年，玻利維亞實驗室培養出人類口蹄疫病毒株，它附在一件栗鼠毛皮大衣上，從實驗室流出，殺死了堪薩斯州一個逃稅的女人……某個俏妞（a Liz）宣稱自己純潔受孕，從肚臍裡生下一隻六盎斯重的蜘蛛猴……那個給人開禁藥處方箋的醫師據說也涉入此案，成日把那隻猴掛在背上……。」⑮

地鐵裡有許多酒鬼與印度大麻癮君子，我，威廉．蘇華德⑯就是他們的隊長，可以用魚藤精（rotenone）撂倒尼斯湖水怪，幹掉大白鯨。我可以降伏撒旦，讓他熱愛自動服從，駕馭他旗下的小魔鬼，我將降咒驅逐你家游泳池裡的寄生鯰。

我將頒下教皇詔書，讓全民「純潔避孕」……。

一個狂妄的北歐年輕人坐在高空鞦韆上閱讀共濟會的功課，一邊說：「一件事情越常發生，就越能顯示它的特有妙處。」

「猶太人根本不信基督，柯林……他們只想搞個信教女孩幹幹……。」

少年天使高坐在全世界廁所的牆頭上唱歌。

「來吧，打手槍……。」一九二九年。
「金普兜售摻了奶糖的爛貨……。」最近自瀆，一九五二年⑰。
（以馬甲束身，身體開始腐爛的男高音扮成女裝，高唱〈丹尼．狄佛〉⑱……）
在這個體面的州郡裡，馬驢不生仔，受絞刑的蒙面死者不會在排渣槽裡胡言亂語……違反公共衛生條例三三四條。
名與利在哪裡呢？誰知道？我又沒隨身攜帶聖經……放在家裡的灌腸袋裡……聖王可以任意以

13 原文為The river is served, sir。俚語裡up the river指入獄服刑。
14 原文用shit really hit the fan in '63。英文裡，大便噴到電風扇上，隨著風扇轉動，噴汙範圍增大，意指事情惡化，難以收拾的大麻煩。垃圾攪碎機也是利用尖銳扇葉，這是雙關語的呼應。至於一九六三年發生何種大麻煩，作者並未明示，本書出版於一九五九年，這是預知未來紀事，後面才會說此人是疲憊的「老先知」。
15 原文用had the monkey on his back。一語雙關，一指Liz生下的蜘蛛猴。不管是蜘蛛（spider）或者猴（monkey）在毒品俚語裡都指海洛因。二，monkey on back指惹上甩不掉的麻煩事，中了魔咒。
16 蘇華德（Seward）是本書作者威廉．布洛斯的中間名。
17 前面的一九二九年與後面的一九五二年可能都在標示主人翁初次聽到這兩種俚語的年份。前一句是come and jack off，jack off是男性自慰的俚語。後面一句原文用Johnny Hung Lately 1952，hung在俚語裡指大陽具，俚語有一說going eye to eye with Johnny Hung，自慰的意思。這兩個代表自慰的俚語都是男性名，JACK off與JOHNNY Hung。從Hung（hang，吊死的過去分詞），作者聯想到丹尼．狄佛受絞刑。
18 丹尼．狄佛（Danny Deever）是吉卜齡的詩作，描寫一位英國士兵在印度被判死刑的過程，整連的人從這位死刑犯面前走過，觀看絞刑。

火焰槍傷人，殺死聖王者卻以千百個無賴漢的面容受苦受難⑲，從貧民窟滑到硬地球場拉屎。⑳

少年狄林傑踏出家門，從此不回頭……。

「別回頭，孩子……一回頭就成爲老母牛舔食的鹽漬地。」㉑

警察在巷弄裡疾行……伊卡洛斯的翅膀破裂，年邁毒鬼猛吸尖叫男孩燃燒冒的煙……眼睛空洞如廣袤的平原……（禿鷹翅膀枯索劃過乾燥的空氣）。

綽號螃蟹的老頭是地鐵醉鬼扒手幫的頭兒，這幫人專偷醉酒乘客。他穿上甲殼外衣，偷偷朝深夜末班車旅客下手……哪個笨蛋酒鬼睡覺時還張大嘴，鐵定被他的鋼爪拔去金牙與齒冠……如果這個笨蛋膽敢挑戰他，螃蟹便往後退，鉗螯卡卡作響，作勢要跟此人到皇后區曠野一決生死。

闖空門的男孩長期坐監，被幹，沒繳錢，被趕出墓園，胡言亂語，拿著發霉當票走進男同性戀酒吧，要來領取貧民窟的流當睪丸，貧民窟裡，被閹割過的銷售員高唱「小雞雞之歌」㉒。

陰蝨在他的陰毛裡嬉鬧……一整晚都在跟可愛的勃起奮鬥，向同性戀的勇氣淪喪投降，改走癖徑，從荒廢的屁眼進入㉓。

黑色的慾望噴越鹽水沼澤，那裡寸草不生，連蔓陀羅草都不長。

一切必將趨於平庸（law of averages）……幾隻雛兒㉔……這是唯一的存活方式……。

「嗨，凱許。」

「你確信這裡沒錯？」

「當然……我跟你一塊進去。」

往芝加哥的夜班車……在大廳碰到一個正在茫的女子，我問她哪兒弄到的貨？

「進來坐吧，少年仔。」

這女人不算年輕了，但是體態頗佳。

「可以先來一管嗎？」

19 這段文字非常曖昧難解。原文為So where is the statuary and percentage? Who can say? I don□t have The Word…Home in my douche bag…The King is loose with a flame thrower and the king killer, tortured in effigy of a thousand bums, slides down the Skid Row to shit in the limestone ball court. 第一句指「雕像與分紅」，名與利呢？The Word是聖經。The King照前後文意，應是指Christ the King，聖王基督。聖王基督可以任意將惡人丟入烈火地獄，殺死聖王者卻只能以千百個無賴面貌出現。此譯注謝謝中央大學白大維老師指點。

20 原文為slides down Skid Row to shit in the limestone ball court，照字面可以解釋為「從貧民窟滑到硬地球場拉屎」。但是limestone ball court可能是指中美洲馬雅文明裡的大型蹴球場，地質為石灰岩。在古時，比賽雙方被視為天上神明與地下主宰之間的決鬥，硬心的球代表太陽。落敗一方（也有稱勝利一方，因獻祭乃光榮之事）的領隊被獻祭，頭骨將做為新球的球心，似乎扣合上一段人與聖王的對比敘述。

21 這裡是聖經典故。原文為Don□t ever look back, kid…You turn into some old cow□s salt lick。聖經創世記裡，羅得的妻子不遵吩咐，回頭看索多瑪城，立刻變成鹽柱。salt lick是天然的鹽漬地，供動物舔食。old cow指老母牛，又是俗話裡的「家裡的婆娘」。主人翁囑咐大盜狄林傑千萬莫回頭，回頭，不是變成鹽柱，而是變成供老女人舔食的鹽地。

22 原文為IBM song，IBM是同性戀俚語的Itty Bitty Meat，小雞雞的意思。

23 原文為Crabs frolicked through his forest... wrestling with the angel hard-on all night, thrown in the homo fall of valor, take a back road to rusty limestone cave. Crabs當作陰蝨，也當作螃蟹的複數。因此，字面上讀來是螃蟹跑過男人的森林，一整晚都跟男子的偉岸聳立奮鬥，向人類的英勇沉淪投降，沿著僻徑進入荒廢的鐘乳洞。雙關語的意思則為，陰蝨奔過男人的陰毛，整夜跟可愛的勃起奮鬥，向同性戀的勇氣淪喪投降，改走僻徑，從荒廢已久的肛門進入。Fall of Valor是勇氣的喪失，同時也是Charles R. Jackson在一九四六年出版的著名同性戀小說。Homo是拉丁語的人，也是同性戀的縮稱，cave在同性戀俚語裡指肛門。

24 原文用a few chickens，雛雞在同志俚語裡代表未成年的男孩，或者陪伴老男人的年輕男妓。

「不行（ixnay），如果先來一管，你就不行了。」

前後做了三次……溫暖的春風吹進窗裡，顫抖地醒來，水像酸劑灼燒眼睛……。

她裸身起床……貨藏在眼鏡蛇造型的燈裡……給毒品加熱……。

「轉過身去……我幫你打在屁股上。」

她把針頭深深扎入，拔出來，按摩屁股……。

舔舔指頭上的一滴血。

他還在勃起，翻身而睡，溶解於毒品的灰霧裡。

在古柯鹼的溪谷裡，眼神哀傷的年輕人吟唱岳得爾調，哀悼失去的丹尼男孩[25]……。

我們一整晚吸食，做了四次愛……指甲滑過黑板是刮下白骨的聲音。海洛因就是家，是水手返回故里，是男妓行騙後的重返地（Home is the heroin home from the sea and the hustler home from The Bill）。

走江湖的賣貨郎不安蠕動：「孩子，你從這兒接手，好嗎？我得去見某人談談海洛因的事。」

字彙辭庫[26]可以拆成許多小單元，每個單元完整存在，這也是正確讀法。這些單元能以各種方式串連，可以後者在前，前者在後，跟有趣的性交體位一樣。《裸體午餐》一書跳出書頁，噴向四面八方，有如萬花筒裡的景觀，它是一個組曲，有曲調、街頭嘈雜聲、屁聲、喧鬧歡叫聲、商家拉下鐵門聲、痛苦感傷的尖叫聲、被害者的吶喊聲、貓兒的交合叫春聲、鯰魚離水的哇哇聲、墨西哥巫師服用肉荳蔻陷入迷幻狀態的喃喃預言聲、蔓陀羅草被扭斷脖子的大哭聲[27]、高潮時的嘆息聲、海洛因有如黎明降臨饑渴細胞的默默聲、開羅廣播電台喧囂如瘋狂菸草拍賣會的疾呼聲，還有齋戒月的笛聲，它像風扇吹拂病奄奄的毒鬼，聲音類似灰色黎明時刻的地鐵站扒手以手指輕巧摸索醉酒客身上的折疊鈔票的窸窣聲……。

雖然我的一九二〇年電晶體收音機沒有FM頻道，透過精液作成的天線，我接收到啓示錄與預言書……讀者諸君啊，高潮時，張望閃亮的屁眼，我們看到了上帝……透過這些孔洞，你變化身體……**出口就是入口**……。

現在，我，威廉．蘇華德將打開我的辭彙庫……我這顆維京人的心渡過棕色大河，叢林薄暮微光中，河中馬達**噗噗**作響，樹兒整根漂浮河上，巨蛇躲在樹幹間，眼神哀傷的狐猴望著對岸，我的心飛越密蘇里的田野（男孩找到粉紅色的箭簇），循著遠處的火車汽笛聲而行，就像一個不懂上天恩賜、不會賣屁股的街童，餓著肚皮回到我身邊……讀者諸君啊，字彙辭庫將帶著豹人的鐵爪撲上你們的身體，它會像投機取巧的陸蟹，鉗掉你的手指與腳趾，它會像隻「知其所云」（scrutable）的狗趴在你身上，一口含住你的精液，也會像巨蝮捲住你的大腿，注入一小杯惡臭的靈外體……。

爲什麼是一隻「**知其所云的狗**」？

前兩天，一如有生之年的每一日，我剛結束從嘴巴到屁眼的漫長午餐路線，回家，看到一個阿

25 丹尼男孩（Danny Boy）是愛爾蘭歌謠，講述對遠去男孩的愛，地點也是在溪谷。

26 原文用The Word，乍看之下是指聖經，但是布洛斯有時會將他收集記錄的字彙辭庫（word hoard）稱之為The Word，對照前後文，此處應該是指字彙辭庫技術，能夠以多種方式閱讀。詳見*Word Virus*, (ed) James Grauerholz and Ira Silverberg, New York: Grove Press (1988), p:116。字彙辭庫詳見〈班威〉篇譯注十八。

27 傳說中，蔓陀羅草具有人形，淒厲的尖叫聲會使聽者瘋狂。

拉伯男孩牽著一隻能直立行走的黑白混色狗……一隻黃色大狗湊向前來搖尾乞歡，男孩將它推開，黃狗嚎叫，撲咬小男孩，它的咆哮聲活像擁有人類語言的天賦：「您瞧，這還眞是違反天理。」㉘

因此我給那黃狗取綽號爲「知其所云」……容我順帶一提（我一向假裝自己是個誠懇的黑人，頗唬得了人），不知所云的東方人萬萬不能盡信啊㉙。你的報導人一天幹掉三十喱嗎啡，一連呆坐八小時，像塊渾不可解的大便。

「你在**想什麼**？」侷促不安的美國觀光客問。

我回答：「嗎啡抑制了我的丘腦下部，那個區域主控原欲與情緒，由於前腦必須有後腦的刺激，才能動作，像我這種替代性人格㉚的公民，也只能被人操屁眼，才能得到快感。在此我必須報告，我的大腦幾近無活動。我能感知你的存在，對此卻無法產生任何感情內涵，因爲我拖欠款項，藥頭已經切斷我的情感，我對你的所作所爲一點興趣都沒……來或走，拉屎，或者拿銼刀、角蝰戳自己的屁眼（很適合娘娘腔幹的事），隨便你，死者與毒鬼根本就不在乎……」他們是**渾不可解**的。

「請問廁所要從哪個走道走啊？」我問金髮的帶位小姐。

「這邊走，先生……還可容納一個人。」

穿黑外套的老毒鬼問：「你看到潘朵朋．羅絲嗎？」

涉入馬用海洛因㉛的詐騙案，德州警長殺了跟他沆瀣一氣的獸醫，就是那個綽號叫「不穩當」的布貝克醫師。

馬兒罹患口蹄疫，必須看到海洛因，才能緩解痛苦。因此部份的馬用海洛因可能飛越了孤獨的草原，在華盛頓廣場發出馬嘶聲……毒鬼衝出歡呼：「嘻嗨老銀駒。」㉜

墨西哥市胡亞雷斯大街有一間竹子裝潢、茶室風格的雞尾酒吧，感傷鬼在此演出老套，尖叫：「名聲在哪裡呢？」㉝……他因爲強暴笨貨去坐牢，名聲早就掃地了。一個臭婊子拉下你的褲子，你就被冠上強暴之名，這是此地法規，老兄……。

芝加哥在呼喚……請進來……芝加哥在呼喚……請進來……你以爲我幹嘛套上保險套？到了普育城就得穿上高筒橡皮套鞋。各位，那裡潮溼得很……。

「脫下來！脫下來！」

娘娘腔老同性戀看到年輕時代的自己，放蕩不羈地從轉角處走來，彎膝撞中他的陰囊，那是他

28 原文用crime against nature，本意為違反天理，指黑白混色狗會直立行走，違反自然。但這也是美國自一八一四年以來的法律用語，代表同性戀行為。

29 此處是作者的雙關語。原文為And let me say in passing, and I am always passing like a sincere Spade, that the Inscrutable East need a heap of salt to get it down…。首先，in passing是順帶一提的意思，passing like是指可以矇混過關，spade是俚語的黑人，垮世代的藝術表現深受黑人文化影響，作者才會說自己假裝是黑人。同時俚語裡call a spade a spade，代表說什麼是什麼，毫無虛假，所以passing like a sincere Spade，也可以翻譯成「假裝實話實說」。後面一句need a heap of salt to get it down蛻變自俚語take it with a pinch of salt，意指「不可盡信」。

30 vicarious type，經由他人的經驗而間接感受的。此處是指愉悅之感必須透過後腦驅動前腦，因此，有替代性人格的人只能被人幹，才能感知快樂。

31 原文用horse heroin，毒品俚語裡，horse就是海洛因。作者藉由這個俚語轉化出一則「馬用海洛因」的故事。

32 原文為Heigh oOO Silver，典故出自美國長壽廣播劇集〈獨行俠〉（Long Ranger），男主角行俠仗義，每次要呼喝愛馬「銀駒」舉步，就會喊Heigh oOO Silver。因此，此處典故還是在呼應馬用海洛因。

33 此處原文使用statuary，一方面扣合前面的where is the statuary and percentage，名與利呢？一方面和後面的法規（statutory）形成視覺上的對應。Statutory在此有雙關意義，statutory rape是指與未成年者性交。

在老霍華劇院的魅影㉞……沿著貧民窟到市場街的博物館，那裡展覽各式手淫與自瀆。年輕男孩特別需要……。

好花堪折直須折……沉緬於大麻菸與點滴愉悅……幾乎忘記當年的後庭花開（cornhole）。用盲目的手指摸索癌症的移轉。

關節炎傳遞的化石訊息。㉟

「販毒是習慣，癮頭勝過吸毒。」

——羅拉．拉．查塔㊱，墨西哥市

從針孔疤痕裡吸出恐懼，水底的尖叫彷彿是麻木的神經在默聲警告你「癮頭要上來了」，狂犬咬過之處，不斷搏動……。

「如果上帝曾創造出更好的東西，祂鐵定留給自己了，」水手常常這麼說，吞了二十顆傻瓜丸後，他的心電感應傳輸速度慢了。

（謀殺武器像甘油裡的蛋白石片，緩緩降下。）

看著你，不斷哼唱「強尼的那玩意兒那麼長，在市集裡露臉」。㊲

小規模販毒，藉以維持癮頭……。

「給我用酒精，」我砰地一聲將酒精燈放在桌上：「你們這批幹他媽的、等不及的餓死鬼，成日用火柴燒我的湯匙，都燒黑了……條子如果在交貨地點（trap）找到黑湯匙，夠我無限期監禁的（Pen Indef）……」

「我以爲你戒了……不想搞亂你的治療。」

「孩子，要有膽氣才戒得了。」

在融化的皮膚上尋找血管，毒品的沙漏將最後一顆黑色沙粒倒進腎臟……。

「嚴重感染區，」他呢喃，調整壓血橡皮管。

「死亡是他們的文化英雄，」我老婆正在低頭看馬雅法典，抬起頭說……「他們從死亡裡得到火、語言、玉米種子……死亡轉化爲玉米種子。」

奧布日降臨了㊳

仇恨與厄運的風赤裸陰寒。

搞砸了毒品注射㊴。

「把那些幹他媽的猥褻照片拿出去，」我跟她說。

---

34 原文用gets the knee from his phantom of the Old Howard。老霍華劇院建立於十九世紀的波士頓，原先演莎翁劇，漸漸淪落成鬧劇與脫衣舞秀場，鄰近街坊也變成酒鬼與遊民聚集的貧民窟。Phantom of the Old Howard顯然脫胎自Phantom of the Opera，歌劇魅影。

35 此處應是娘娘腔老同志的自述，你想要了解我，得用手指摸索我的癌症，閱讀我罹患關節炎、老舊如化石的肢體。

36 原文用Lola La Chata，也就是〈鄉巴佬〉篇裡提到的女毒梟露比塔。

37 美版作者注：布洛斯指出這句話源自某首歌，小時候常聽到，雖稱不上民謠那麼老，卻也盛行頗久。此註解出自增訂版附錄〈Letter to Irving Rosenthal [1960]〉。譯注：此曲出自民謠〈Oh Dear What Can The Matter Be〉，強尼到市集買東西，久久不歸。

38 美版作者注：奧布日（Ouab Days）是馬雅文化裡每年的最後五天，所有壞運都集中在這五天。此註解出自增訂版附錄〈Letter to Irving Rosenthal [1960]〉。

39 原文用blew the shot，一語雙關，blow是風吹，也是搞砸。奧布日的厄運之風搞砸了這次注射，沒打到血管。

那個老派作風的海洛因毒鬼靠著椅子，酩酊大醉又飽嗑傻瓜丸……玷汙了血液。

「你是所謂的傻瓜丸藝術家嗎？」㊵

當他擺出毒鬼的姿勢，對著警察攤開雙手，掌心朝上，阻塞的肝臟從衣服裡流出來，散發出黃色的貧民窟雪莉酒臭氣……。

咖哩餐廳、**潮溼大衣與萎縮的睪丸的味道**……。

他瞪著我，治療期間，他長出暫時性的靈外體皮膚……禁斷毒品一個月，馬上長出三十磅肉……（柔軟粉紅色宛如油灰補土，只要與毒品無聲接觸，頓時消失）……我親眼目睹……十分鐘內化掉十磅……站在那裡，一隻手拿著針筒……一隻手拉著褲子。

鏽蝕金屬的臭氣。

走進堆得像天高的垃圾堆……淋油火堆處處……黑煙凝結在無風的天空中牢固如排泄物……汙染了正午的蒸騰白氣……D. L.走在我身旁……齒搖髮禿，正是我的鏡影……磷光閃爍的腐爛骨頭上面還有幾抹血肉，被冷火緩緩吞噬……他手中那罐打開的汽油散發出濃濃味道包圍他……走至堆滿鏽蝕鐵器的小丘，碰到一群土著……平板的二度空間臉蛋好像食腐肉的魚……。

「朝他們丟汽油，點燃……。」

40 原文用goof ball artist，喜歡混合服用海洛因與古柯鹼的人。

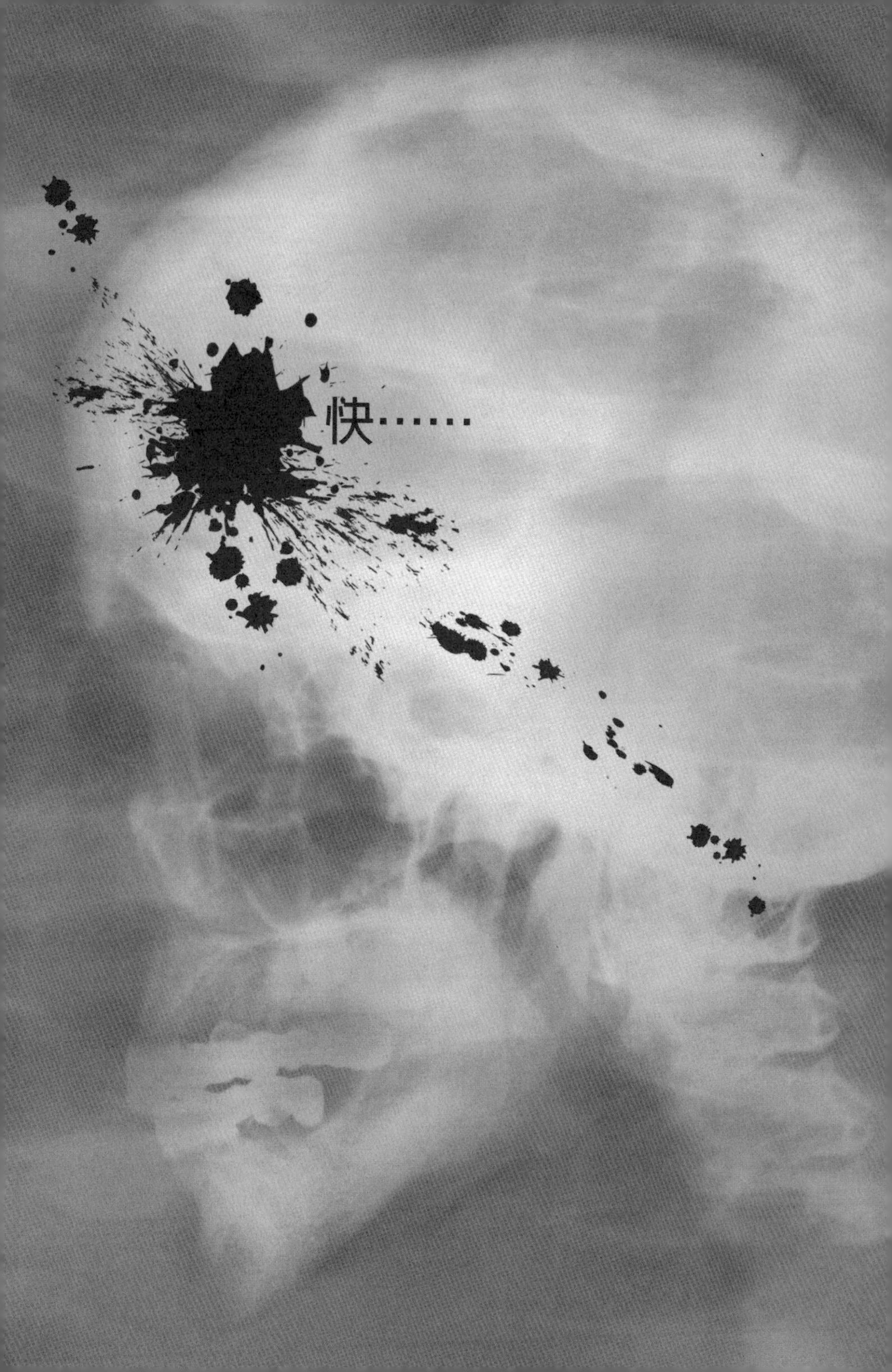
快……

白色閃光……混合著昆蟲的尖叫聲
我從死亡歸來，嘴裡都是金屬的味道
循著無色的死亡氣味
灰色猴子的萎縮胎盤①
截肢部位的幻痛……②

「男妓（taxi boys）等著客人上門，」伊度瓦多說，此君吸毒過量死在馬德里……。

火藥列車點燃了腫脹的粉紅色腦迴，往後延燒……高潮如閃光燈爆開……凝結的動作清晰銳利如照片……點菸，棕色平滑的肋肉動了一下。

他站在那裡，戴著一頂一九二〇年的草帽（別人送的）……柔和哀乞的語音像死鳥墜落黑暗街頭……。

「不……不要了……**不要了**（no más）……」

棕紫色的薄暮下，氣動錘如大海起伏，排水溝沼氣散發鐵器臭味，汙染一切……年輕勞工的臉在碳化燈的黃色光暈下搖晃暈染……破裂的管線暴露在外……。

「他們正在重建都市。」

李心不在焉，點點頭……「是啊……總是如此……。」③

無論如何，戒毒都是爛招……。

如果我早知如此，一定樂於告知你……。

「沒用啦……出賣我的肉體……沒用啦……。」

「妹貨……星七五再來。」（No glot…C□lom Fliday）[4]

丹吉爾，一九五九

1 原文用afterbirth of a withered grey monkey，同時指作者已經療癒的海洛因毒癮。

2 截肢病患有時截肢部位會產生幻痛，譬如截掉手臂，卻感覺手臂依然還在，且十分疼痛。此處應指作者的毒癮被截斷，但依然時時感受到斷癮的痛苦。

3 這個城市的意象代表主人翁戒毒後的荒蕪心境，跨際區已經不存，但是永遠都可以重建。

4 典故同〈凡夫俗女〉篇譯注39。

初版附錄（一）

具結書：有關病毒的證詞

四十五歲那年，我從「毒病」中醒來，冷靜清醒，除了肝臟較弱，還有一身看似借來的皮膚（毒病倖存者皆如此）外，基本上，我健康良好。多數毒病倖存者記不得陷入狂亂時的細節。顯然，我詳細記載了我的病史與狂亂囈語。我不太記得自己寫過這些筆記，而今它們集結出版，取名《裸體午餐》（*Naked Lunch*）。書名是凱魯亞克的建議。我一直不明白何意，直到毒病治癒，才發現《裸體午餐》就是字面的意思，當你瞪視刀叉的尾端，凍結的瞬間，你看到了「赤裸的肉」，那就是你的午餐。

毒癮是一種病，我的毒癮史長達十五年。當我說成癮，我指的是鴉片及其衍化物，還有台茂洛（Demerol）、右旋嗎拉特密等（藥品名爲Palfium）各式藥物。我服用嗎啡的多種產品，包括嗎啡、海洛因、狄勞地（水化嗎啡）、優古達（可待因衍生品）、潘托邦（鹽酸嗎啡）、Diocodid、Diosane、鴉片、台茂洛（配西汀）、美沙酮、Palfium。服用毒品的方式有抽、吃、吸、注射（血管、皮下、肌肉注射），還有當作直腸拴劑塞入肛門。針頭並不重要。不管你是吸、抽、吃或者塞到屁眼，結局都一樣：成癮。當我說藥物成癮，我指的不是大麻，或者任何印度大麻製品、麥斯卡林、卡皮藤、LDS6、神聖魔菇，或者其他幻覺藥物類產品。沒有證據顯示幻覺藥物會導致生理依賴。此類藥物在生理作用方面恰恰與毒品相反。很遺憾，美國及其肅毒部門的激烈作法混淆了這兩類藥品的界限。

藥物成癮的十五年間，我也看到毒品病毒如何運作。毒品是個金字塔，上層者吞噬下層者（毒品圈中的上層人物肥茲茲，街頭毒鬼瘦巴巴，不是沒道理的），一直上溯至金字塔最頂端，金字塔層級繁多，以老百姓爲砧上肉，依據下列基本原則壟斷：

1. 絕不白白送貨。
2. 絕對不超量給貨（永遠讓買家處於飢餓狀態，永遠讓他枯等）。
3. 該拿回來的，絕不鬆手。

藥頭總是拿回一切。因爲毒鬼對毒品的需求量會越來越大，才能維持人形……你必須收買制服你的毒癮。

毒品是種壟斷與獨占。毒鬼在一旁待命，上癮的雙腿帶著他搭乘毒品光束，一再回到毒品懷抱。毒品是一種可以精確計數的東西。使用的越多，手頭上的貨就越少，手頭貨越多，服毒量就越大。幻覺藥物常被視爲聖物，有所謂的皮尤特崇拜、卡皮藤崇拜、印度大麻崇拜、魔菇崇拜——神聖的墨西哥魔菇可以使人窺見上帝——海洛因之類的毒品卻從未被視爲神聖。也無所謂鴉片崇拜。鴉片是瀆神的，也是可以量化的，跟鈔票一樣。我聽說印度曾有過一種對人體無害、不會上癮的海洛因，稱之爲「蘇摩」（soma）①，模樣像美麗的生青潮。如果蘇摩眞實存在，藥頭也等不及將它裝瓶，獨占專賣，把它變成跟老式毒品**海洛因**沒兩樣。

1 小說《美麗新世界》裡用來控制人類心靈的藥物。典故應該出自《吠陀經》裡的神聖致幻藥物。

毒品是理想產品——堪稱終極商品。毋需推銷。顧客會沿著臭水溝爬回來乞求購買……毒販不是賣商品給顧客，而是把顧客賣給了商品。他不用改善簡化商品，而是貶低與簡化顧客。他支付下屬的薪水就是毒品。

「邪惡」病毒都有基本公式，毒品也一樣，叫做「需求的代數」②。「邪惡」的眞面目恆等於「絕對需求」的面目。毒癮者就是一個絕對需求毒品的人。超過了某種頻率，毒鬼的需求沒有限度也無法控制。套用絕對需求的語言來說，就是「**難道你不會嗎**」？你當然會。你會說謊、欺騙、**出賣朋友**、偷竊，**盡其一切**滿足你的絕對需求。因爲你處於絕對病態、完全身不由己的狀況，無法以其他方式行事。毒癮者是病人，無法自主行動，只能唯命是從，就像狂犬病的狗非咬人不可。抱持「自以爲是」的態度，對解決毒品問題毫無幫助，除非你的目標是維持毒品這種病毒活躍。毒品是龐大產業。我記得跟某個在墨西哥口蹄疫委員會工作的美國人聊天。他月入六百美元，許多支出還可公帳報銷。

我問：「這場疫病還會持續多久？」

「我們能讓它持續多久就多久……是的……或許口蹄疫會在南美爆發，」他癡心妄想地說。

假設一個金字塔是由數字堆疊而成，你想改變或消除這些數字的連續關係，你拿掉金字塔最底層那個數字。如果你想消滅毒品金字塔，也得從底層做起：消除**街頭的毒鬼**，而非不切實際地消滅所謂的「上層鏈」，因爲他們馬上就會被取代。在毒品的算式裡，**沒有毒品就活不下去的街頭毒鬼才是唯一不能取代的因素**。沒有毒鬼買毒品，毒品走私便不存。但是只要毒品存在一天，就會有人提供。

毒癮者可以治療，也可以「隔離」——就是給予定量嗎啡配額，搭配輕微監督，像處理傷寒帶原者一樣。此法可使毒品金字塔崩塌，解決毒品問題。據我所知，英國是唯一採取此法的國家。該國約有五百個「隔離」毒癮者。當下一個世代來臨，毒癮者死光，醫界發現了非成癮性的止痛劑，毒品這種病毒將跟天花一樣絕跡，成爲醫學的一則古老軼事。

其實，已有疫苗能將毒癮此種病毒放逐到封閉之地，遙遠的過去，那就是某位英國醫師發現的阿朴嗎啡療法，未獲他的允許，此處我不得公佈他的姓名，只能引用他的著述，呈現過去三十年來他以阿朴嗎啡治療毒鬼與酒鬼的成效。阿朴嗎啡是嗎啡摻煮鹽酸而得的化合物，發現多年，才被運用在治療毒癮上。阿朴嗎啡不含麻醉成份，也無止痛作用，而是強烈催吐劑，以往都用在中毒治療的催吐，直接作用於後腦的嘔吐中樞。

我是在吸毒的窮途末路上發現阿朴嗎啡。當時，我住在丹吉爾原住民區的一個單人房。一年沒洗澡、沒換衣服，除了每小時將針頭插進末期毒鬼已經纖維化如木頭的灰色手臂外，我也不脫衣裳。我從不打掃房間及撣塵。空的毒品藥劑盒子與垃圾堆到天花板高。因爲沒付錢，水電早被切斷。我每日啥事都不做，可以瞪著鞋子連看八小時。唯有海洛因沙漏滴完，我才會起身行動。如果朋友來訪，（其實很少，他們來看誰？有啥可看？）身影進入我的視線（毒癮者的視野永遠灰濛一片，空白無物），我也毫不動容。如果他在我面前暴斃，我也會呆望他的鞋子，等著搜索他的荷包。換作是你，你不會這麼幹嗎？因爲毒品永遠不夠。從來沒有人覺得自己夠了。一天三十喱嗎啡，依然不夠。在藥房門口長時間枯等。販毒這行，拖延是規則。藥頭永遠不準時。這不是意外，毒品圈無意外可言。藥頭讓毒癮者不斷吸收教訓——萬一弄不到貨，下場有多慘。鈔票準備好，否則……。我的吸毒量從一天三十喱激升至四十、六十喱。還是不夠。而且一窮二白。

2 請見〈需求的代數〉篇。

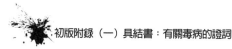

我站在那裡，手中是最後一張支票，明白那是我最後一點錢，我選擇搭飛機到倫敦。

醫師告訴我，阿朴嗎啡作用於後腦，調節代謝、使血管正常化，四、五天內就會摧毀毒癮的酵素系統。一旦後腦受到調節，便可停用阿朴嗎啡，除非毒癮復發。（**沒有人會拿阿朴嗎啡來上癮。截至目前為止，尚未出現阿朴嗎啡成癮例子。**）我同意接受治療，住進療養院。前二十四個小時，我跟其他戒斷症候群發作的毒癮者沒兩樣，幾近瘋狂妄想。連續二十四小時的阿朴嗎啡密集治療，驅散了我的狂亂譫妄。醫師讓我看病歷，他們只給我極小量的阿朴嗎啡，簡直無法相信這樣就抑止了較嚴重的禁斷症狀出現，包括腿部與胃部痙攣、高燒，以及我的特有症狀：凍瘡（cold burn），以前它總是像一大片蜂窩覆蓋全身，必須塗以薄荷腦。不同毒癮者各有難以控制的特殊症狀。戒斷症候群的算式裡少了一個重要因子，那就是阿朴嗎啡。

我親自見證了阿朴嗎啡治療成效。八天後，我離開療養院，吃喝睡眠都正常。之後連續兩年，我沒碰過海洛因（在這之前，我使用海洛因長達十二年）。之後由於病痛，我的確恢復吸毒數個月。再度接受阿朴嗎啡治療，至執筆今日，仍是不沾毒品。

品質上，阿朴嗎啡戒毒法跟其他方法大不相同。我試過所有戒毒法。包括快速減量、緩速減量、可體松、抗組織胺、鎮定劑、睡眠療法、甲苯丙醇、利血平。沒有一種方法可以持久，總是迅速回歸毒品懷抱。在我採用阿朴嗎啡療法前，我敢說我從未治癒對毒品的生理**代謝依賴**。列星頓勒毒所的統計顯示，毒癮重犯率很高，許多醫師都認爲不可能徹底療癒。列星頓勒毒所採用美沙酮減量療法，就我所知從未採用阿朴嗎啡。事實上，阿朴嗎啡療法遭到漠視。沒人研究阿朴嗎啡的衍生物或者合成品。就我看來，將來勢必會研發出效力強過阿朴嗎啡五十倍，毫無催吐副作用的藥物。

阿朴嗎啡是一種代謝與心理調節物，一旦完成任務，便可馬上停用。這個世界充斥各種鎮定劑與作用溫和的興奮劑（energizer），性質獨特的調節物阿朴嗎啡卻毫不受重視。沒有大藥廠研究它。我認爲研發阿朴嗎啡衍生物以及合成物，將不止運用於戒毒上，還可開拓廣大的醫藥新世界。

當初，反疫苗派的瘋狂團體叫囂禁止天花疫苗。採用疫苗徹底掃蕩毒品病毒，無疑也會引來心智失衡者或者相關利益者的反對。絕對不能讓他們干涉預防接種與毒癮者隔離這兩項重大工作。**毒癮病毒是現今世界頭號公共健康問題**。

由於《裸體午餐》直接面對毒癮這個健康問題，筆下的殘酷、厭憎、噁心是必然的。凡是病，令人反胃的細節總是不適合體質嬌弱者。

本書的部份章節被稱爲「色情」，其實是一種策略，以類似斯威夫特（Jonathan Swift）在《野人芻議》（*Modest Proposal*）中的手法表達對死刑的抗議。這些章節旨在揭露死刑乃是最殘酷、最野蠻、最令人作嘔的無政府主義。午餐總是赤裸的。如果文明國家想要回歸督依德教，在所謂的聖樹叢裡吊死人，或者如阿茲塔克印第安人活飲人血，以活人犧牲饗宴神明，就讓大眾看看他們吃進喝進嘴裡的究竟是啥。讓他們看看長長的「新聞湯匙」（newspaper spoon）[3]尾端眞相究竟爲何。

《裸體午餐》的續集已接近完成，這是克服毒癮之後，另一種「需求的代數」，合理的數學發展。因爲世間癮頭百百種，但都遵循同一法則。套句海森堡[4]的話：「在所有可能的宇宙裡，這可能不是最好的，卻鐵定是最簡單的。」要是人類能**看清眞相**就好了。

3 金斯堡在波士頓出庭為《裸體午餐》作證時，法官問他何謂「新聞湯匙」。金斯堡回答，威廉・布洛斯認為大眾對死亡、死刑、處以極刑的看法都來自新聞的餵養（spoonfed）。

4 Wener Heisenberg，發現測不準原理的科學家。

初版附錄（二）

附筆……難道你不會嗎？

就我個人來說，**我不想再聽到任何有關毒品與毒鬼騙子的陳腔濫調**……都是一說再說，說了幾百萬遍的話，在此複述毫無意義，毒鬼的世界裡**沒啥新鮮事**。（講到**就我個人而言**〔personally〕，如果有人可以代表他人說話，我們可能得認眞尋找此人的靈外體爹地與母細胞了。）①

複述這個老套無聊的自取滅亡過程，唯一理由是「**戒斷**」。當你付不出毒品錢，毒品網路被切斷，你的毒鬼皮囊（junk skin）會因缺乏毒品、時間漫長難熬而逐漸死亡，先前的舊皮囊（old skin）忘記了你還是毒鬼身分時常玩的欺騙把戲（skin game）②……當戒斷中的毒鬼無法逃避聞看聽……徹底曝光便迫在眉睫……小心來往車輛……。

事實很明顯，毒品之路就是**用鼻子**——**推著鴉片劑**——**繞行全世界**之路。僅適合那些在排泄物垃圾堆中爬行的糞金龜。此類報導都是垃圾，不想再看到。

毒鬼經常抱怨他們所謂的「冰寒」（The Cold），翻高黑色大衣領，緊緊套住皺縮的脖子，典型的毒鬼騙子。毒鬼不想溫暖，他想要**冷**——**更冷**——**冰寒**。不是一般的冷，是他想要的**那種冷**。就像他**希望毒品在體內**，**而不是在外面**，毒品不進到**體內**，**有何意義**？他要的冰寒是可以獨自靜坐，脊椎凍得筆直如結冰的油壓千斤頂……他的新陳代謝趨近**絕對零度**。**末期**毒鬼常常兩個月不出恭，他的腸子—染上呆坐的欲望—換作你—不會嗎？需要蘋果去核器的介入，或者類似的手術器材……這就是**老冰宅**的生活眞相。何必起身走動，**浪費時間**？

先生，還可容納**一個人**。

有人則愛來熱的。因此他們發明了熱力學……難道你不會嗎？

不同的人有**不同的癮**，眾所周知，我喜歡把自己吃下肚的東西攤開來看，也喜歡做必要的修正。樓上就是比爾裸體午餐室，請上座。老少咸宜，人獸均可。抹抹蛇油，潤滑一下，上演千斤頂好戲，沒啥比這更棒的。你屬於哪一邊呢？**凍寒（回歸禪）**油壓千斤頂派③？還是想跟**誠實比爾**走一趟開開眼界派？

這就是我在前文所提的**現今世界頭號公共健康問題**。朋友們，這就是坦現在**我們面前的未來**。我聽到有人喃喃自語「你有你的剃刀，我有我的剃刀」（personal razor），還有發明找零詐騙術的二流小騙子。換成你，不會嗎？這把剃刀屬於歐坎（Ockham）④，他可不收集毒品疤痕。維根斯

1 請見〈伊斯蘭公司與跨際區的黨派〉有關自體分裂者的介紹。此處意指人只能就自己的角度說話，如果自稱能代表他人，此人必定是他人的複製體無疑。

2 作者此處用兩種意義不同的skin重複三遍，求韻腳。

3 此處作者一語雙關，他將凍寒此字frozen拆開來寫，原文用Fro-zen，回歸禪。喜歡大寒的毒鬼一動也不動，宛如打禪。

4 personal razor跟後面提到的歐坎，典故相同，來自所謂的歐坎之刀（Ockham□s razor，或稱之歐坎剃刀）。歐坎是十三世紀的英國哲學家。歐坎提出：除非必要，不得增加實體（Entia praeter necessitatem sunt multiplicanda），簡單說，是「解釋越簡單越好」，被後世稱為歐坎剃刀。歐坎認為唯名論才能真正解決哲學中的知識問題，「名目」才能表示個別的、單獨的事物；並無所謂的「共相」、「觀念」的存在，亦即推翻形而上學。不過有時，「剃刀」的運用是在表明人們理性認識的侷限。

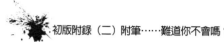

坦在《邏輯哲學論叢》中說：「**如果一個命題不是必然的，那麼它就是無意含的，而且意含趨近於零。**」⑤

「還有什麼比毒品**更無必要**，如果**你不需要**毒品的話。」

答案：「毒鬼，如果你沒毒癮的話。」

男孩們，讓我告訴你，我聽過不少無聊對話，但是，**任何圈子**都比不上酷愛熱力學以及緩慢藥效的老毒鬼更乏味。當然，海洛因毒癮者根本不說話，我還能忍受。但是**鴉片鬼**可活躍了，因爲你們至少還有一頂蚊帳與一盞燈……或許七個九個十個擠成一團，活像冬眠的蛇企圖使溫度升高至**可以對話的水平**：其他毒鬼是多麼低劣啊，你瞧瞧**我們**——**我們**至少還有這頂蚊帳與這盞燈這頂蚊帳這盞燈這頂蚊帳這盞燈，**躲在裡面**舒適溫暖，躲在裡面舒適溫暖，**外面是多麼寒冷……外面多麼寒冷**那些吃殘渣的廢物與爛打血管的男孩絕對活不過兩年六個月到頭來都淪落成流浪漢一點格調都沒……但是**我們安坐在這裡**絕對不增加**用量**……絕對絕對不增加**今晚**例外今晚是**特別節日**你想想寒冷的外面有多少吃殘渣的廢物與爛打血管的男孩……我們絕對不會變成那樣變成那樣……對不起，讓一讓，我正要往**活水點滴的源頭**走去，他們每個人口袋裡都藏有這玩意，指塞套裡藏著**傳家珠寶**、鴉片拴劑與其他狗屎，一起塞進屁眼裡。

先生，裡面還有一個空位。

十億光年外，唱片開始旋轉，錄音帶不斷播放也不會改變我們這些不用海洛因者求變的決心，這是吸毒世界裡男孩與男人的分野。

保護自己不受恐怖傷害的唯一方法就是**過來**，過來與卡律布狄斯共居⑥……孩子，她會善待你……

……奉上糖果與香菸。

我安居於蚊帳十五年。不斷出入出入出與入與出。**週而復始**。因此，你聽老叔叔比爾．布洛斯的勸吧，他可是發明了「**布洛斯計算機調整器**」⑦，推算出**油壓千斤頂定律**，那就是不管你如何賣力擠壓桿，它永遠停留在同一座標。我早早學會教訓……你不會嗎？

全世界的鴉片小子，**團結**起來吧。除了**我們的藥頭**，我們沒啥好損失的。而**他們，毫無必要**。

低頭望，在你抬腿邁向旅程，**混錯圈子**前，**低頭仔細看看**腳下的毒品路吧……。

送給聰明人的話。

威廉．S. 布洛斯

一九六〇

5 這個句子原文為 If a proposition is NOT NECESSARY it is MEANINGLESS and approaching MEANING ZERO。布洛斯並注明典故出自維根斯坦的 *Tractatus Logico-Philosophicus*。經查《邏輯哲學論叢》英譯本，並無此語。詳細典故仍待考。此句翻譯謝謝商周出版林宏濤指點。

6 卡律布狄斯（Charybdis）是尤里西斯之旅的大海怪，日日大吸海水，而後吐回形成危險漩渦。她企圖興風作浪，讓尤里西斯無法返鄉。尤里西斯的故事一向被視為人（男人）的自我追尋。此處作者暗指毒品就是卡律布狄斯，讓人無法找到真正的自我。

7 布洛斯的祖父與他同名，發明了著名的布洛斯計算機，留下龐大遺產，布洛斯成年生涯裡靠家族龐大遺產成立的信託基金，得以遊手好閒度日。這裡顯然是作者自嘲。他的發明未能帶來任何東西，只證明一切停止不動。

初版附錄（三）

〈具結書〉一文再思

我說我對寫作《裸體午餐》毫無記憶，當然是誇張之言，大家應切記記憶分置於腦部許多區位。鴉片類毒品是止痛劑，它也同時抹殺內含於意識裡的愉悅與痛苦。毒癮者有可能記憶清晰且眞確，記憶裡的情感內涵卻稀薄，重度毒癮者記憶裡的情感成份可說是趨近於零。

當我說「毒癮病毒是現今世界頭號公共健康問題」，不僅是指鴉片類毒品對個人健康的不良影響（不過用量低，控制良好，副作用便極少），同時也指涉大眾飽受媒體與官方肅毒單位洗禮，對毒品產生的歇斯底里反應。

毒品牽涉到外部問題始於美國在一九一四年通過的「哈里森肅毒法案」（Harrison Narcotics Act）。反毒的歇斯底里情緒遍及全球，危及了個人的自由，也傷害了正當法律程序應給予人民的保護。

威廉・S・布洛斯
一九九一年十月

初版附錄（四）
大毒鬼論危險成癮藥物

親愛的醫師：

謝謝你的來信。隨信附上一篇文章，有關我使用過的各式禁藥的效果。我不知道適不適合你的刊物。我不反對使用本名。

我現在喝酒沒問題。沒有使用任何禁藥的欲望。健康堪稱良好。請代向XXX先生致意。我現在在每天照他的運動法，效果絕佳。

我想寫本關於毒品的書，希望能找到熟悉毒品技術面的人合作。

眞摯的
威廉·布洛斯
一九五六年八月三日威尼斯

本文引自《英國成癮藥物期刊》（The British Journal of Addiction），Vol.53, No.2

使用鴉片以及鴉片的衍生物會進入一種狀態，足以用來定義「極限」，並描述何謂「成癮」（addiction）。（成癮常被廣泛用以形容對某物的習慣性以及渴欲。有人對糖果成癮，有人對咖啡、香菸、溫暖的天氣、電視、偵探小說、填字謎遊戲成癮。）錯誤使用這個辭彙，已經使它失去精確意義。使用嗎啡者會對嗎啡產生一種新陳代謝的依賴性。嗎啡成爲他的生理需求，就跟水一樣，突然被剝奪，有可能會死亡。糖尿病患者缺乏胰島素會死亡，但是他不對胰島素成癮。他對胰島素的需求並非來自使用胰島素的後果。他需要胰島素來維持正常的代謝。嗎啡成癮者需要嗎啡來維持「嗎啡」代謝，以避免回到正常代謝狀況後所引起的極大痛苦。

過去二十年，我用過不少所謂的毒品。某些藥物的確符合上述的成癮性，多數沒有：

鴉片劑——我的鴉片毒癮史長達十二年，使用過鴉片、海洛因、嗎啡、水化嗎啡（Dilaudid）、鹽酸嗎啡潘托邦（Pantopon）、可待因衍生品優古達、對—可待因（paracodeine）、鹽酸乙基嗎啡狄奧寧（Dionine）、可待因（codeine）、俗稱台茂諾（Demerol）的配西汀（Pethidine）、美沙酮（methadone）。鴉片我有時用抽的，有時口服（皮下注射可能導致膿瘡；血管注射則極端不舒服甚至危險）。海洛因可以皮下、肌肉或血管注射，沒有針筒時就用吸的。上述這些藥物都有成癮性，程度不同而已。不管你用哪種方式，吸、抽、注射、口服、塞入直腸，結果都一樣：成癮。吸食毒品就跟注射毒品一樣難戒。一般人認爲注射毒品比較危險，可能源自我們對針頭的不理性恐懼，譬如有人會說：把毒液注進血液裡。似乎認爲毒品透過腸胃、肺部或者黏膜吸收，就比較不毒。台茂諾可能比嗎啡的成癮性低一點。癮君子用起來比較不過癮，止痛效果也較差。台茂諾雖然比嗎啡癮容易戒斷，可是對健康的危害比較大，尤其是神經系統。我有一度連續三個月使用台茂諾，出現一些令人沮喪的症狀：雙手顫抖（使用嗎啡，手不會抖）、身體協調度與肌肉收縮能力漸差、偏執狂想、畏懼自己會發瘋。終於我的身體對台茂諾產生不耐症（我想是一種自保的機制），我改使用美沙酮，上述症狀馬上消失。要強調的是台茂諾和嗎啡一樣使人動作緩慢，更加抑制食欲與性活動，但是瞳孔不會收縮。那個年代，我用未消毒的針頭甚至骯髒針頭，自我注射上千次，從未感染任何東西，直到使用台茂諾。我長了一大堆膿瘡，有一個還必須開刀放膿。簡言之，台茂諾比嗎啡危險。至於美沙酮，完全能夠滿足毒癮者，有效止痛，和嗎啡同樣容易上癮。

我曾因劇痛使用嗎啡。任何可以止痛的鴉片劑，戒斷的痛苦程度並不小於它的止痛程度。結論很簡單：以鴉片劑緩解疼痛會形成習慣，越能有效止痛，慣性就越強烈。嗎啡裡的止痛分子與上癮分子可能是相同的，嗎啡的止痛過程也就是耐藥性與成癮的過程。如果有不會成癮的嗎啡，此物必定成爲現今的點金石。各種形態的阿朴嗎啡都能有效控制戒斷症候群，卻無法做爲止痛劑。

嗎啡成癮的各種症狀，大家熟知，毋需在此重複。在我看來，有幾點未獲得應有的重視。醫學界注意到嗎啡與酒精在代謝上無法並存，但就我所知，似乎無人研究其中的道理。嗎啡成癮者喝酒，不會感覺愉悅或者幸福，而是逐漸升高的不適，馬上得再來一針。酒精似乎被肝臟阻斷了。我有一次得了黃疸尚未痊癒（那時我沒使用嗎啡）就嘗試飲酒，那種生理的感覺幾乎一樣。前者因黃疸而喪失部份肝臟功能，後者的肝臟功能被嗎啡代謝霸占，兩者都無法代謝酒精。如果一個酒鬼染上嗎啡癮，最終，嗎啡會完全取代酒精。我認識幾個以前是酒鬼的嗎啡成癮者，他們可以馬上承受大劑量的嗎啡（譬如一次注射一喱），沒有任何不適感，過幾天，便完全不喝酒。但是嗎啡成癮者無法變成酒鬼，因爲當他使用嗎啡時，他會對酒精產生不耐症，或者出現嗎啡戒斷症候群。一個嗎啡成癮者可以開始喝酒，就幾乎確定他已經解毒了。所以，酒精無法直接取代嗎啡。但是已經戒掉嗎啡癮的人的確可以飲酒，成爲酒鬼。

戒斷症候群發作的時候，斷癮者對周遭事物極端敏感，敏感到幾近起妄想的程度。常見的東西似乎有了鬼祟生命，蠢蠢蠕動。斷癮者不斷受到外在與五內刺激的轟擊，可能感受到短暫的美麗與懷念之情，但整體經驗是極端痛苦的。（感覺的強度過高可能導致痛苦吧。愉悅的感覺到達某個頂點後，變成難以忍受。）

我注意到戒斷初期有兩個反應：（一）每樣東西看起來都具威脅性；（二）輕微的偏執妄想。醫師與護士看起來像怪獸般邪惡。我的幾次治療經驗，都覺得被危險的瘋子包圍。我曾跟丹特醫師的某位病患聊過，他住院治療配西汀癮。我們的經驗幾乎相同。他說治療的頭一天，護士與醫師看起來「殘暴且可厭」，所有東西都變成藍色。我也碰過其他成癮者有相同經驗。戒斷期間產生偏執幻想一定有它的心理基礎。共同或極端類似的反應顯示大家的代謝源頭一樣。戒斷症候群與某些解毒過程驚人相似。印度大麻、黃褥花科卡皮藤（即駱駝蓬鹼）、皮尤特仙人掌（即麥斯卡靈）也都會使人變得極端敏銳，產生幻象。所有東西看來都有生命。經常出現偏執意念。駱駝蓬鹼中毒狀況跟戒斷症狀完全一樣。任何東西都恐怖兮兮，出現顯著偏執意念，尤其是服藥過量時。我服用駱駝蓬鹼後，堅信巫醫與他的助手意圖加害我。顯示身體的不同代謝階段可以複製不同的藥效。

在美國，海洛因成癮者其實是被藥頭強制減量治療，他們慢慢以乳糖與巴比妥鹽稀釋產品。結果尋求戒毒的成癮者很多根本就癮頭不深，通常七八天就解毒成功。毋需藉助藥物就可斷癮。同時間，任何形式的鎮定劑、抗過敏藥、鎮靜劑都可帶來緩解效果，尤其是用注射的。毒癮者知道有外來物質在血管中流動，就會比較好過。氯丙嗪、甲苯丙醇及其相關的「鎮定劑」，各式巴比妥鹽、水合氯醛、聚乙醛、抗組織胺藥物、可體松、利血平，甚至電擊治療（腦葉切除術還會遠嗎？）都均曾用來治療毒癮，效果據稱「令人鼓舞」。我個人的經驗則顯示上述評價仍須保留。當然，醫界使用的是對症治療法（symptomatic treatment），這些藥物（除了最常用的巴比妥鹽）在治療戒斷症候群上有一定的地位，卻無法解釋戒斷成因。戒斷症候群因個人代謝與體質有異。罹患雞胸、花粉熱、氣喘的成癮者，戒斷時常會出現過敏症狀：流鼻水、打噴嚏、刺痛、淚眼汪汪、呼吸困難。此類病人施以可體松、抗組織胺藥物，有絕對緩解作用。出現嘔吐症狀的戒斷者，抗嘔吐藥物如氯丙嗪應該有效。

我曾經勒戒十次，上述藥物統統都用過。我試過急速減量法、緩慢減量法、延長睡眠法、阿朴嗎啡、抗組織胺，以及一種法國戒毒法，使用毫無效果的魚藤苷（amorphine）。除了電療法，我幾乎樣樣都試過。（我倒是很想知道接受電療者的結果。）各種療法的效果其實端視成癮者的癮頭大小、成癮時間長短，以及患者處於哪個戒斷階段。（有的藥物適用於戒斷末期，或者癮頭不大者，如果用在戒斷症狀強烈階段，可能會變成大災難。）此外，患者個人的症狀、健康狀態、年齡都可能造成差異。一個對甲有效的治療法，對乙可能完全沒用。或者對我無效的療法卻完全適用於另一個人。在此，我不蓋棺論定，只報告我對各種藥物以及治療的反應。

減量療法：這是最常見的戒毒法，碰到毒癮很深的人，這是唯一治療法，無法被取代。病人必須持續使用嗎啡。如果說戒毒有何通則，就是這條。但是減量速度越快越好。我曾經採用緩慢減量療法，每次都挫敗，最後毒癮重發。輕微減量等於無限期減量。當毒癮者求助，大多已經歷過多次的戒斷症候群，知道過程會很痛苦，但是他決心面對。可是痛苦期如果長達兩個月，而不是十天，他可能會撐不下去。不是痛苦的強烈程度，而是漫長，瓦解了他的意志。如果患者習慣性以任何鴉片劑（無論劑量多小）來減輕戒斷末期的虛弱、失眠、無聊、焦慮，戒斷症候群就會無限延長，幾乎可以確定患者會重新擁抱毒品。

延長睡眠法：這理論聽起來棒透了。你上床睡覺，醒來就戒毒完成。已經製成藥劑的水化氯醛、巴比妥鹽、氯丙嗪只會造成半意識狀態的噩夢。連續五天施以鎮靜劑，偶爾會導致嚴重休克。隨後發生嚴重的嗎啡剝奪症候，結果是兩種症候相加產生的無比恐懼。我經歷過種種治療，這種號稱「無痛戒毒」的方法其實最痛苦。戒斷期間，睡眠與清醒的循環本來就會受到嚴重干擾，再以大量鎮靜劑進一步干擾，顯然很矛盾。嗎啡戒斷本來就痛苦，何況再加上巴比妥鹽的戒斷。一個療程兩周（五天服用鎮靜劑睡覺，十天休息），治療完後，我虛弱到爬個短坡都會暈倒。所有治療戒斷症候的方法，我認爲延長睡眠法最糟。

抗組織胺：抗組織胺的使用來自戒斷的過敏理論。突然戒斷嗎啡會增強組織胺的產生，出現過敏症狀。有劇痛的外傷所引起的休克會使大量組織胺會進入血液裡，所以有毒癮就跟外傷所產生的劇痛類似，都有高濃度的組織胺在體內，因而可接受高劑量嗎啡。譬如兔子血液裡的組織胺濃度高，對嗎啡的耐性便很高。我個人使用抗組織胺的經驗，無法對此藥下定論。我有一次戒毒，除了抗組織胺，沒用其他藥物，結果非常良好。不過我那次毒癮並不深，而且已經七十二小時沒碰嗎啡。此後我常用抗組織胺來對付戒斷症候群，結果都令人失望，還讓我更加沮喪與易怒（我不會出現過敏現象）。

阿朴嗎啡：就我的經驗，治療戒斷症候群，阿朴嗎啡效果最好。它不會解除所有戒斷症狀，而是讓它們降低到可以忍受的程度。胃痙攣、腿痙攣、驚蹶、狂亂等狀態均得到完全控制。事實上，阿朴嗎啡治療法比減量治療舒服，治癒時程較快也比較徹底。在使用阿朴嗎啡療法前，我每次戒毒都覺得並未斬斷我對嗎啡的欲望。或許，純粹從代謝角度來戒毒，並無法解決成癮者對毒品的「心理需求」。就品質上來說，較有效力的阿朴嗎啡各式衍生物應當可以治療各種藥癮。

可體松：能給予某種程度的緩解，尤其是靜脈注射。

氯丙嗪：可緩解某些戒斷症候，但效果不大。並且有沮喪、視覺障礙、消化不良等副作用。

利血平：這個藥幾近毫無效果，還會使情緒略微低落。

甲苯丙醇：僅有微量效果，微不足道。

巴比妥鹽：醫師常用巴比妥鹽來治療戒斷期間的失眠。事實上，巴比妥鹽反而延遲病患恢復正常睡眠，拉長戒斷期，甚至復發。（成癮者因而渴望來點可待因或鴉片酊，以搭配寧比泰。非常小量的鴉片劑對正常人應當無害，卻會讓戒斷者馬上恢復毒癮。）我的經驗驗證了丹特醫師所言，巴比妥鹽是禁忌藥物。

水化氯醛與聚乙醛：如果非要用鎮靜劑，這兩者都比巴比妥鹽好，但多數成癮者服用聚乙醛馬上吐出來。

以下幾種藥物是我在戒斷期間自行服用實驗的：

酒精：戒斷的任何階段都應嚴禁酒精。酒精會使戒斷症狀惡化，導致毒癮重發。唯有代謝恢復正常，人體才有辦法忍受酒精。嚴重成癮者至少得一個月才能恢復正常代謝。

苯甲胺：可短暫緩解戒斷後期的沮喪，戒斷劇痛期如果使用苯甲胺，會導致悲慘結果。其實戒斷的任何時期都不宜使用苯甲胺，因爲它會導致神經質與不安，使得患者恢復使用嗎啡以解決不適。

古柯鹼：使用古柯鹼，上述症狀統統加倍。

大麻：戒斷後期或者成癮不深者，大麻可緩解沮喪感，促進食慾。但戒斷劇痛期吸食大麻，完全無法紓解任何症狀。（我曾在戒斷初期吸大麻，噩夢連連。）大麻是敏化劑（sensitizer）。如果你覺得不適，大麻只會讓你更加不適。切忌。

皮尤特仙人掌，黃褥花科卡皮藤：我不敢冒險實驗。想到黃褥花科中毒，再加上激烈的戒斷症狀，就已經天旋地轉了。我認識一個人曾在戒斷後期，以皮尤特仙人掌取代鴉片劑，宣稱對嗎啡失去興趣，最後卻死於皮尤特中毒。

嚴重成癮者，生理的禁斷症狀至少會維持一個月。

我從未見過或聽過嗎啡成癮精神病患，我的意思是一個人不可能對鴉片製劑成癮，又同時出現精神病症狀。事實上，嗎啡成癮者超級神志清晰，或許精神分裂與嗎啡成癮在代謝上相互衝突，無法並存。相反的，嗎啡禁斷經常會促發精神病反應，通常是輕微的妄想症。有趣的是，用來治療精神分裂症的藥物與方法，也可以用來治療嗎啡戒斷症狀，譬如抗組織胺、鎮靜劑、阿朴嗎啡、電擊。

查爾斯．薛靈頓（Charles Sherrington）爵士曾定義「痛」爲「人類保護性反射的精神附屬品」。

我們的神經系統會對體內的節奏與外來的刺激產生反應，收縮或擴張。碰到愉快的刺激如性、食物、愉悅的人際接觸等，它會擴張；碰到痛苦、焦慮、恐懼、不適、乏味就會收縮。嗎啡改變了收縮

——擴張——放鬆——緊張的整個循環。性功能消失、蠕動功能抑止，瞳孔對光亮與黑暗不再有反應。生物體不再對痛苦與愉悅產生收縮與擴張反應。它調整為嗎啡循環。嗎啡癮者對「乏味」完全免疫，他可以連續瞪著自己的鞋子，或者呆坐在床數小時。他不需要發洩性慾，也不需要人際接觸、工作、消遣、運動，他什麼都不需要，只要嗎啡。嗎啡之所以能止痛，或許是將植物的元素注入人體裡。（植物無痛感，多數時候，植物都是固定不動，無法做保護性的反射動作。）

科學家努力尋找一種可以止痛，卻不會讓你感到愉悅的嗎啡，也就是「不成癮的嗎啡」，而毒癮者想要的（或者他們自認想要的）是不會成癮的迷醉感。我看不出嗎啡的各種作用可以分離。我認為任何強力止痛劑都會抑制性慾，引發迷醉感，導致成癮。完美的止痛劑有可能讓人立即上癮。（如果有人想開發這種藥，二羥基海洛因是個不錯的開始。）

嗎啡成癮者處於無痛無欲無時間感的狀態。從這種植物狀態回到動物的節奏，就會引發禁斷症狀。我懷疑這種轉換過程可以免除痛苦，無痛禁斷是個尚待解決的難題。

古柯鹼：古柯鹼是我用過最令人興奮的藥物。快樂感集中於腦部，或許古柯鹼啓動了連結，直通腦部快樂區。我猜想針對正確部位施以電擊，也會有同樣效果。唯有靜脈注射才能完全體會古柯鹼的興奮感。快樂的感覺僅維持五到十分鐘。皮下注射，快感很快就消失。鼻吸的話，退效速度加倍。

古柯鹼愛用者常一整晚不睡，每隔個幾分鐘就打一管，中間穿插海洛因，或者海洛因混合古柯鹼，就是所謂的快速球（speed ball），我還沒遇見慣用古柯鹼卻不是嗎啡成癮的人。

對古柯鹼的欲望可以非常強烈。我曾沒日沒夜踏遍藥房，只求手上的古柯鹼處方箋能弄到藥。

你對古柯鹼的渴欲可以非常強烈，卻非生理代謝的依賴。如果弄不到古柯鹼，你還是可以照樣吃喝睡覺，拋諸腦後。我認識一些常年使用古柯鹼卻突然斷貨的人，沒有人出現禁斷症候群。實話也是如此，古柯鹼是前腦興奮劑，很難想像它可以成癮。成癮是中樞神經抑制藥物才有的特性。

持續使用古柯鹼會導致神經緊張、沮喪，以及藥物導致的精神異常，有時伴隨妄想幻象。古柯鹼導致的緊張與沮喪，無法以更多古柯鹼緩和，只能靠嗎啡釋放。嗎啡成癮者如果使用古柯鹼，常會使得嗎啡注射量不斷提高。

印度大麻（hashish, marijuana）：大家經常以恐怖的口吻描述大麻的效果，它會混淆你的時空認知，讓感官印象特別敏感，思緒紛亂飛奔，大笑，顯得蠢笨。大麻是敏化劑，吸食大麻的經驗並非永遠愉快。它會使不好的狀況惡化，沮喪變成絕望，焦慮變成恐慌。我在前面已經提過嗎啡禁斷症狀嚴重時，如果吸食大麻會有什麼恐怖反應。有一次，我拿大麻給一個略微焦慮的客人抽。才抽了半根，他突然跳起來尖叫：「我恐慌上身！」急呼呼破門而出。

大麻中毒會出現一個特別令人不安的表現，情感取向（affective orientation）混亂，你不再知道自己是否喜歡某樣東西，不再能分辨某種感覺是愉快還是不愉快。

大麻使用因人而異。有人常抽，有人偶爾一試，也有不少人極端厭惡。嗎啡成癮者似乎特別不喜歡大麻，敬謝不敏。

在美國，大麻的壞處被極端誇大。美國的代表性「毒品」是酒精，對其他毒品則恐懼異常，任何擁抱大麻的人都應身心俱毀。人們枉顧事實，只相信自己願意相信的事。大麻並不會成癮。我從未見過適度吸食者出現任何壞處。但是長時間濫用，可能出現藥物引發的精神異常。

巴比妥鹽：如果服用劑量高（每天一公克），要不了多久，就會成癮。禁斷症狀比嗎啡禁斷危險，包括幻覺、癲癇抽搐。成癮者常因摔倒水泥地而受傷（突然禁斷，成癮者絕對會摔倒）。嗎啡成癮者常以巴比妥鹽補充嗎啡劑量的不足，有的也會因此對巴比妥鹽成癮。

我曾經每天晚上服用兩顆寧比泰（各為一公喱與半公喱），連續四個月，完全無禁斷症狀。巴比妥鹽成癮完全在劑量。它跟嗎啡不同，應當不是生理代謝的成癮，而是過度抑制前腦導致的機械式反應。

巴比妥鹽成癮者令人觸目驚心。他的身體功能無法協調，腳步蹣跚，從酒吧高椅摔倒，講話講到一半突然睡著，吃東西嘴裡猛掉食物。成癮者意識混淆，好爭辯，愚蠢，個個幾乎合併服用他藥：酒精、苯甲胺、鴉片酊、大麻。在毒品的世界裡，巴比妥鹽成癮者被人瞧不起，「都是一群吃傻瓜丸的笨蛋，毫無格調可言。」再下一步就是淪落為吸食奶粉提煉的煤氣，或者嗅聞水桶裡的阿摩尼亞，被譏稱為「清潔婦級的毒癮」。

在我看來，巴比妥鹽癮是最爛的毒癮，不堪入目、墮落，難以治癒。

苯甲胺：跟古柯鹼一樣，它也是中樞神經興奮劑。大劑量服用會導致極端興奮無法入眠。幸福感過後緊接的是恐怖的沮喪。此藥會使焦慮上升，消化不良，胃口不佳。我只認識一個出現典型苯甲胺禁斷症候群的例子，那是我的一個女性朋友，連續六個月服用超大劑量的苯甲胺，那段期間，她出現藥物導致的精神病狀，住院十天。出院後，她繼續使用苯甲胺，突然斷貨，出現氣喘型的抽搐驚厥。無法呼吸，臉色變青。我給她一劑抗組織胺（涕服敏〔Thephorin〕），馬上得到緩解，不再出現氣喘症狀。

皮尤特仙人掌（麥斯卡靈）：毫無疑問是興奮劑，會使瞳孔放大，讓人清醒不睡。皮尤特極易導致噁心。服用者很難壓抑皮尤特的藥效，會發現它在某些方面頗類似大麻。印象能力變得敏銳，尤其針對顏色。皮尤特中毒會導致一種特殊的「植物性」知覺，對植物產生認同。所有東西看起來都像皮尤特仙人掌。因此，印第安人認為每棵皮尤特仙人掌都有先靈寄居。

皮尤特服用過量，會導致呼吸性痲痹與死亡。我便知道一例。據信，皮尤特仙人掌不會令人成癮。

黃褥花科卡皮藤（*Banisteriopsis caapi*）駱駝朋鹼、班尼斯特氏鹼（banisterine）、傳心生物鹼（telepathine）：是一種生長速度極快的蔓藤，剛切割下來的卡皮藤，整個藤身都有活性成份，藤心最高，藤葉棄之不用。直接食用卡皮藤，得有相當分量才能產生全部藥效，每次每人約得服用五根八吋長的藤蔓才夠。藤蔓碾碎，煮兩個小時以上，搭配茜科屬帕立茜木（palicourea fam. rubiaceae）的葉子。

卡皮藤又叫雅哈（yagé）或者死亡蔓藤（ayahuasca，印加語的死亡蔓藤，卡皮藤最常用的俗名），是一種會引起幻覺的毒品，造成感官的錯亂。服用過量會產生抽搐。解毒劑為巴比妥鹽，或者其他抗抽搐的強力抑制劑。首次服用雅哈者，身邊應備有鎮定劑，預防服用過量。

巫醫利用雅哈的幻覺特性，強化自己的力量，也把雅哈當作治療多種疾病的萬靈丹。服用雅哈會使體溫下降，因此可用來治療發燒。它也是強力驅蠕蟲劑，用來治療胃病或者驅除內臟蠕蟲。服用雅哈會麻醉知覺，部落的成年禮如果得忍受藤蔓鞭打，或者得經過裸身任由螞蟻叮咬等痛苦歷程，雅哈便派上用場。

目前為止，我只知道剛砍下來的卡皮藤才有活性成份，曬乾後服用或者萃取精華，均無法保存其活性成份，製成酊劑毫無作用。曬乾後的卡皮藤完全無生命力，需要進一步的實驗室研究，才能分析出雅哈的藥理作用。由於新鮮卡皮藤的萃取物是效力強大的幻覺藥物，如果開發出化學合成品，效力可能更驚人。的確值得進一步研究①。

我看不出服用雅哈有任何不良作用。巫醫經常服用，看起來健康都不錯。耐藥性很快就形成，飲用雅哈就不再感到噁心，或者有其他不良反應。

雅哈是一種特別的麻醉劑，雅哈中毒現象跟印度大麻很像，兩者都會造成感知的改變，五官的知覺擴展延伸，超越日常經驗。差別在雅哈產生的幻覺更接近真實。眼前出現藍光是雅哈中毒特有症狀。

外界對雅哈的看法不一。許多印第安人與白人愛用者多半認為它只是另一種麻醉劑，跟酒精沒兩樣。在某些團體裡，它還具有儀式的功能與意義。黑瓦洛族（Jivaro）年輕男子服用雅哈，藉此跟

---

1 美版作者注：這篇文章發表後，我才發現黃褥花科的生物鹼非常類似LSD6，後者實驗證明可以引發精神疾病。現在應該已經開發到LSD25了吧。

祖靈溝通，或者預見自己的未來。成年禮儀式使用雅哈麻醉入會者，讓整個過程不那麼痛苦。巫醫使用雅哈來預測未來、尋找失物與被竊品，揪出犯罪者，並藉雅哈診斷與治療疾病。

黃褥花科卡皮藤的生物鹼是在一九二三年由卡德納斯（Fisher Cardenas）分離出來。他稱此種生物鹼爲傳心生物鹼，又叫班尼斯特氏鹼。Rumf（Range of Unambiguously Measurable Frequencies）檢驗顯示傳心生物鹼跟駱駝蓬子（Peganum harmala）的駱駝朋鹼完全一樣。

黃褥花科卡皮藤顯然不會成癮。

肉荳蔻（Nutmeg）：犯人與水手有時不得不求助於肉荳蔻。一湯匙肉豆蔻混水喝下，效果有點類似大麻，副作用爲頭痛與噁心。服用肉荳蔻致死的機率還遠大過於上癮（如果有所謂的肉荳蔻癮）。我只用過一次。

南美洲印第安人常食用肉荳蔻科的多種植物，當作麻醉劑。多數磨成粉來吸食。巫醫也會服用這種惡臭物質，進入起乩狀態。他們的抽搐與喃喃都被認爲具有預言的意義。我的一位朋友服用南美洲肉荳蔻屬的藥物，大病了三天。

曼陀羅（**莨宕鹼**）：嗎啡成癮者常因合併服用莨宕鹼而中毒。我有一次弄到幾安瓿的藥劑，每劑含有六分之一喱的嗎啡和百分之一喱的莨宕鹼。當時我認爲百分之一喱根本不算什麼，一口氣注射了六安瓿。結果連續數小時處於精神病狀態，幸好，長期備受我煎熬的不幸房東綁住了我。第二天，我什麼也不記得。

南美洲與墨西哥印第安人經常使用曼陀羅屬的藥物，致死率據說頗高。蘇聯時代，曾使用莨宕鹼爲「吐實藥」，效果不彰，拷問對象可能願意吐實，卻不記得內容。他的臥底身分和祕密訊息混淆不清。據我所知，想讓情報人員吐實，麥斯卡靈還頗有效。

嗎啡成癮是一種代謝疾病。就我的看法，心理治療不僅無效，還應該禁用。統計顯示，嗎啡成癮者都是有管道接觸嗎啡的人：醫師、護士，以及有機會黑市買賣的人。波斯地區，鴉片可以在鴉片鋪任意販賣，不受管制，百分之七十的成年人都是鴉片成癮者。所以我們應當針對這數百萬波斯人做心理分析，找出驅使他們使用鴉片的深度衝突與焦慮嗎？我想不可能。根據我的經驗，多數成癮者不是瘋子，他們不需要精神治療。改以阿朴嗎啡治療，或者患者毒癮復發時，讓他有管道弄到阿朴嗎啡，比任何「心理戒毒治療」都有效，完全戒毒的比率高得多。

復原版附錄（一）

編者手記

《裸體午餐》是布洛斯在生命最混亂的九年中緩慢發展出來的意外產品，它並非依據大綱或者藍圖寫作，而是作者十年裡旅行四大洲，在混亂的生活裡累積而成，並經過作者以及密友艾倫．金斯堡、傑克．凱魯亞克不斷編輯再編輯。這本書有過無數「粗稿」與「定稿」，多數寫作於摩洛哥的丹吉爾市，直到一九五九年六月穆里斯．基羅迪亞（Maurice Girodias）告訴布洛斯，他在兩星期內一定得拿到「定稿」，巴黎的奧林比亞出版社才能幫他出版英文版，《裸體午餐》才有了最後面貌。因此，《裸體午餐》本質上是抗拒定稿的，重建此書的寫作與編輯過程，勢必得參考散落於多處的檔案收藏裡的眾多打字稿，《裸體午餐》的前兩版，一個是一九五九年的奧林比亞版，一個是一九六二年葛洛夫版（Grove Press），兩者定稿大不相同。要瞭解《裸體午餐》如何寫就，必須審視作者出書前十年的生活。

一九五〇年春天布洛斯在墨西哥城開始他第一個嚴肅寫作計畫——《毒鬼：一個藥物成癮者的不悔告白》（*Junky: Confession of an Unredeemed Drug Addict*），但是在該書尚未寫完（而且一年後金斯堡才幫此書找到出版社），布洛斯已經在一九五〇年至五二年間著手下一個創作《酷兒》（*Queer*）。一九五三年一月到七月，他再度棄寫未完成的《酷兒》，旅遊南美洲，不斷寫信給金斯堡，並將這些信件往來視爲他下一本書《雅哈》（Yagê）的材料。一九五三年夏天，布洛斯的處女作《毒鬼》由紐約一家專門出版平裝書的出版社出版。該年秋天，他與金斯堡在紐約會合，討論那批他在南美洲時的信件。他夢想與金斯堡成愛侶，心願並未實現，十二月他航渡地中海，短暫造訪羅馬後，就定居於丹吉爾。客居時期，他經常寫信給金斯堡，後者不斷鼓勵他，長期擔任他的編輯與代理人。布洛斯視金斯堡的興趣與注意爲他的生命線，不斷強調這是他們共有的文學計畫，盡情在書信裡傾倒材料。他在一九五四年六月二十四日寫：「我們繼續這本小說吧。或許我寫給你的信才是眞正小說。」

一九五四年末，布洛斯誤信凱魯亞克之言，以爲金斯堡要他到舊金山同居，布洛斯在紐約短暫停留，然後飛往佛州棕櫚灘探望父母，等著復合。但是他始終未到達加州，金斯堡寫信婉拒他，布洛斯避回丹吉爾，努力維持顏面。一九五四年十二月十三日，布洛斯在信中告知金斯堡他的小說書名，這是他第一次使用《裸體午餐》幾個字，他說：「如果《裸體午餐》有機會出版，我想寫點有關海洛因的註記，不過放在〈毒品〉那部份裡。」編輯奧立佛・哈里斯（Oliver Harris）在《威廉・布洛斯書信輯——1945-159》的註解裡提到：「當時，布洛斯認爲《裸體午餐》（他將書名歸功於凱魯亞克）是《毒品》、《酷兒》、《雅哈》三部作品合而爲一。」（請參見本書附錄〈威廉・布洛斯的創作年表〉。）

儘管當時已有了書名，卻非很確定，中間歷經多次改變，到一九五八、五九年的那個冬天，才拍板定案爲《裸體午餐》。書名的來源，眾說紛紜，布洛斯始終說那是凱魯亞克的創意。一九五五年七月十四日，凱魯亞克寫信給金斯堡，催促他「把所有標注**《裸體午餐》**的《裸體午餐》手稿」寄給麥爾康・考利（Malcolm Cowley），並說他已告知考利書名的來由，「請當作一本小說寄出，別再搞那個三部曲的蠢玩意了。這是完整的一本書，偉大的視野……《毒鬼》那本書會吸引讀者閱讀未來要出版的、較複雜的《酷兒》與《雅哈》。」

數年後，凱魯亞克在一九六〇年六月的一封信裡提醒金斯堡書名的來源：「最近沒有布洛斯的消息，但是很欣慰他提及《裸體午餐》書名出自我（你還記得嗎，就是你，誤將《裸體午餐》（*Naked Lunch*）看成《赤裸情慾》〔*Naked Lust*〕，有趣的文學公案）」——有《赤裸情慾》字眼的書稿後來被收到《酷兒》；從未出現在《裸體午餐》的兩個版本（巴黎與紐約）裡，也未出現在一九八九年的《跨際區》（*Interzone*）選輯裡，該選輯包括布洛斯那段時間寫的早期「例行體」（routine），以及完整長度的「字庫辭庫」（WORD）[1]。這些材料很重要，後來編輯《裸體午餐》時卻幾乎全部捨棄不用。一九六〇年的書信往來顯示《裸體午餐》書名是凱魯亞克、金斯堡的共同結晶。

一九五五年十月，在布洛斯寫給凱魯亞克與金斯堡的一封信裡，針對《裸體午餐》的命名過程隨手創作了一則「例行體」。他在信中附帶一提，太西洋的鰻魚每年在百慕達附近的馬尾藻海聚集交配，越洋旅程裡，鰻魚閉鎖肛門，接著布洛斯寫：「這可不是比阿諾德（Matthew Arnold）的《多佛海灘》（Dover Beach）裡提到的無知大軍（Ignorant Armies）更棒，更適合作跨際區小說的書名嗎？，譬如：《與我在馬藻海相遇》（*Meet Me in Sargasso*）、《你我再見於馬藻海》（*I'll See You in Sargasso*）、《馬藻海途徑》（*The Sargasso Trail*）、《通往馬藻海的車票》（*Ticket for Sargasso*）、《馬藻海邂逅》（*Meet in Sargasso*）、《往馬藻海途中》（*On the Road to*

Sargasso）……《馬藻海欲望》（*Sargasso Yen*）、《馬藻海時間》（*Sargasso Time*）、《馬藻海禁斷》（*Sargasso Kicks*）、《馬藻海悲歌》（*The Sargasso Blues*）、《馬藻海交流道》（*Sargasso Junction*）、《往馬藻海轉車處》（*Change for Sargasso*）、《馬藻海接駁》(*Sargasso Transfer*)、《繞道馬藻海》（*Sargasso Detour*）……我可能會以馬藻海爲書名。」試想，垮世代最有名的三本著作原來有可能叫做《旅途上》（*On the Road*）、《嚎叫》（*Howl*）、《馬藻海交流道》呢。

根據哈里斯爲《威廉・布洛斯書信輯——1945-159》一書撰寫的導論，加上書信本身，清楚顯示布洛斯居住丹吉爾城期間，《裸體午餐》的寫作計畫每周每月都在改變，給金斯堡的成堆信件中隱含著《裸體午餐》最後定稿。布洛斯爲此書的「形式」苦苦掙扎，雖然每天寫一點，但是花在新方向上的筆墨更多，他在丹吉爾暮尼日亞旅館花園景觀房堆積的打字稿與手寫稿日漸成爲他無法掌握的混亂。另一個障礙是他與毒癮的奮鬥，布洛斯早在四〇年代於紐約時便染上毒癮，一九五六年春天，毒癮之深幾乎已達谷底。拿著父母給的零用金，他前往倫敦在約翰・丹特醫師（Dr. John Dent）診所接受「阿朴嗎啡」療法，然後飛往維也納在朋友艾倫・艾森（Alan Ansen）住處休養。

是年秋天，布洛斯返回丹吉爾，不斷寄新的「例行體」與書信給舊金山的金斯堡，後者正打算與新戀人奧洛夫斯基（Peter Orlovsky）展開兩段漫長旅行，先去墨西哥，而後轉往丹吉爾與巴黎。布洛斯急著再見金斯堡，親自修補他們的「共同編輯」關係，這本雜亂蔓生的書亟需協助，在他寫給金斯堡與凱魯亞克的信中，他常簡稱《裸體午餐》爲「那本小說」，或者MS，甚至只簡稱「作品」。當金斯堡一行在十一月抵達墨西哥拜訪凱魯亞克，凱魯亞克決定加入漫遊行列。他在一九五七

1 WORD即為Word Hoard，連同例行體，構成布洛斯寫作《裸體午餐》的實驗技巧。

年二月十五日航抵摩洛哥，三周後，金斯堡與奧洛夫斯基開始橫渡大洋。凱魯亞克在三月底寫信給經紀人史特寧・羅德（Sterling Lord），提及他替布洛斯謄稿，以此餬口。四年後他在撰寫《孤獨天使》（*Desolation Angels*）下半部時，回憶起那段時間的工作，直稱「恐怖夢魘」。他寫信給考利說：「（布洛斯）寫出了繼《繁花聖母》之後最偉大的小說，叫做《字彙辭庫》。」兩個星期後，他前往倫敦與紐約，留下金斯堡、布洛斯繼續與手稿奮鬥。沒多久，艾森從維也納趕來會合。一九五七年五月的第三個星期。金斯堡寫信給呂西安・卡爾（Lucien Carr）：

艾森從維也納過來幫忙比爾的書，我們接力打字與編輯了不少手稿，部份稿子外發出去打字，完成了頗多東西——整整一部，一百二十頁，這周大概還會完成相同份量的東西。接下來是比較麻煩的部份，要詳閱他一九五三到五六年的書信、素材延伸與整合、自傳、例行體、片段以及敘事。工作繁重，我們一天工作六個多小時，餘下時間閒蕩、吃飯、喝酒。我負責燒晚上大餐，住在凱魯亞克原先住的涼亭房，很大，俯瞰海灣與西班牙……我打算MS接近尾聲時開始旅行，或許秋天時會在維也納與巴黎完成最後部份，然後兜售給奧林比亞出版社。這書是個大工程——布洛斯的文體精力活沛，搭上我們的組織、刪訂與結構，現在它變得連貫可讀，意義可解。近日就會寄出供雜誌刊登的試讀片段。

他們在一九五七年四、五月編輯並暫定書名的手稿沿用至今，金斯堡在首頁寫「跨際區目錄」，共有十一章（一百七十五頁）；艾森則在頁末寫「跨際區目錄終定版」，共計十二章，外加附錄。（幾年後，凱魯亞克在手稿首頁中間，大筆添上「金斯堡所有物，紐約市（9）東二街一百七十號十六號公寓」。）

那年夏天，布洛斯拔營前往哥本哈根他的朋友艾爾文斯（Kells Elvins）住處，艾爾文斯的第三任妻子是丹麥女星。在那裡，布洛斯繼續「自由共和國」部份的寫作，他在八月二十八日寫信給金斯堡：「唯有北歐半島才能催化偉大著作……」他告訴亞森他將〈字彙辭庫〉那一章縮減到三十頁；到了十二月，這章又精簡至二十頁，一九五八年四月，布洛斯告訴舊金山城市之光出版商費林格提（Lawrence Ferlinghetti）：「我已將素材濃縮為三頁，原本標明〈字彙辭庫〉的部份可以整個捨棄不用。」

一九五七年秋天，布洛斯返回丹吉爾，終於打算放棄三部曲概念，他在九月二十日寫信給人在巴黎的金斯堡：「有關MS一書，我認為照時序排列是個錯誤決定。就我的想法，〈酷兒〉與〈雅哈書信〉在本書毫無存在空間……目前的作品面貌（也就是我去年到目前的工作成果），和之前的東西有很大的鴻溝，我不再認為先前的素材適合放在本書，不管照哪種結構排列，都只會損害本作品。目前，我正在處理班威醫師章節與北歐觀點，有關嗎啡成癮的理論也尚在發展中。」

一九五八年一月十六日，布洛斯與金斯堡在巴黎的「垮世代旅館」（Beat Hotel，位於9, rue Git-le-Coeur）會合，他們連續數星期重新打字，將布洛斯最近的變動放進去，並增添布洛斯在法國醫學圖書館的研究所得。現在作品大體完成，在金斯堡的建議下，布洛斯在四月十八日將〈跨際區〉那部份書稿寄給城市之光的費林格提，建議原來定爲〈字彙辭庫〉的那一章可改名〈你見到潘朵朋．羅絲嗎？〉（布洛斯常將專利藥潘托邦〔Pantopon〕錯拼爲潘朵朋〔Pantapon〕，此版已予以更正。）費林格提不怎麼喜歡這些素材，何況，城市之光尚未出版過任何小說，只出版詩，所以推掉了。

接下來的十八個月，金斯堡大力奔走，部份書稿開始出現在小型文學期刊。詩人克里萊（Robert Creeley）是《黑山評論》（*Black Mountain Review*）主編，率先刊出《裸體午餐》部份內容，在一九五七年的秋季號刊出〈裸體午餐III摘錄：尋找雅哈〉，實際發行日是一九五八年春天，這是《裸體午餐》內容首度曝光，也是命名的最終定案。瓊斯（LeRoi Jones）則在《幽玄》（Yugen）第三期（一九五八年）刊登〈你見到潘朵朋．羅絲嗎？〉一章，芝加哥大學研究生羅森泰（Irvin Rosenthal）在一九五八年於自己主編的芝加哥大學文學刊物《芝加哥評論》（Chicago Review）秋季號刊登了〈鄉巴佬〉一章，結尾還加上挑釁的——待續，引起芝加哥一家媒體八卦專欄作家充滿敵意的注目，引發校園出版品教職員審議委員會的注意，阻止該刊物一九五八年冬季號的排版，該期原本專題報導凱魯亞克、布洛斯與達赫柏格（Edward Dahlberg）。

羅森泰與其下的詩部編輯凱羅（Paul Carroll），以及另外四個刊物編輯辭職抗議，另外成立新雜誌《大桌》（Big Table）刊登被審禁的文章。一九五九年三月首刷一萬份，其中好幾百份被芝加哥郵局扣押，理由爲猥褻。美國公民自由聯盟向聯邦法院提起訴訟，在一九六〇年告贏美國郵政局。同時間，媒體的報導引起巴黎奧林比亞出版社基羅迪亞的注意，雖然他曾兩度退稿（第一次是一九五六年初），卻在一九五九年六月派助理貝樂（Sinclair Beiles）到離奧林比亞出版社不遠處的

「垮世代旅館」面見布洛斯，告訴他，基羅迪亞必須在兩星期內拿到所有書稿，他想趁法庭事件正熱時出版。

在基辛（Brion Gysin）與貝樂的協助下，書稿趕在截稿前完成打字與編輯。布洛斯在一九七八年為作品目錄寫導言時憶及：「書裡多數內容在丹吉爾時便由愛森與金斯堡打字謄繕過，連同新的內容火速送往打字行，我則負責目次排定，當校樣送回來時，貝樂看了一眼就說：『我覺得這個順序最棒。』眞是神奇，校樣的順序居然井然有樣，我只將〈郝薩與歐布萊恩〉那一章從最前面調到書末。貝樂造訪一個月後，書就上架了，創下火速出版紀錄。」儘管布洛斯在書信中頻頻提及書名只是簡單的《裸體午餐》（*Naked Lunch*），毋需冠詞，出版時，還是變成 *The Naked Lunch*。

七月底《裸體午餐》上市，布洛斯寫信給金斯堡：「我只有十天準備ＭＳ書稿就得送廠。壓力迫使本書以前所未有的動力連貫完成。書本周上市。這才發現過去一個月，我不僅編輯了整本ＭＳ，還審閱校對樣與清樣、設計封面，現在整本書正在印刷機上滾動。」八月初，五千本《裸體午餐》上市。匆促出版，錯誤難免，尤其排版工人不熟悉英文，書稿出現一些手民之誤。數星期後，《裸體午餐》再版，布洛斯更正了五十個左右的錯誤，但是還有不少初期手稿的錯誤仍遺留下來。

基羅迪亞的出版社擅長出版以赤裸文字挑釁感官的書籍，有針對文學市場、梅勒（Henry Miller）的《北回歸線》；也有針對色情小說市場、由Marcus van Heller寫的《羅馬性狂歡》（*Roman Orgy*）。基羅迪亞在紐約有個氣味相同的對手羅賽特（Barney Rosset），羽翼漸豐的葛洛夫出版社在一九五九年讓D. H.勞倫斯的《查泰萊夫人的情人》變成暢銷書，並打贏該書的查禁官司，羅賽特接著洽購《北回歸線》的版權，基羅亞克說服他出版《裸體午餐》。一九五九年十一月，葛洛夫出版社向奧林比亞出版社買下版權。

羅森泰在金斯堡的協助下，成爲美版編輯。由於金斯堡比較熟悉原先較長的《跨際區》版本（他手邊仍保有費林格提退回的手稿），他寫信給布洛斯，詢問奧林比亞版刪掉的部份，有哪些可以加回美版？布洛斯認爲這不失爲增加書籍長度的好方法，在一九六〇年七月三日回信給金斯堡，表示原則上同意：「把刪節掉的稿子放回去，這建議很棒。你去做吧，我會校對。」同一封信裡，布洛斯同意將一九五七年一月發表於《英國毒癮期刊》（The British Journal of Addiction）、以第一人稱書寫、寄給期刊主編丹特醫師的長信〈大毒鬼論危險成癮藥物〉（Letter from a Master Addict to Dangerous Drugs）加到美版的《裸體午餐》裡。這封信原先在奧林比亞版裡被拆成許多註解。一九六〇年初，布洛斯的文章〈具結書：有關毒病的證詞〉（Deposition: Testimony Concerning a Sickness）刊登於葛洛夫的文學雜誌《常綠譯論》（Evergreen Review），他也同意將此文收在美版。

羅森泰仍然覺得長度不夠，再度詢問布洛斯有何材料可加的？布洛斯在一九六〇年七月二十日回信給金斯堡，語氣十分堅定，但是令人疑惑，因爲他先前同意將《跨際區》被刪除的部份加回《裸體午餐》的美版，這次卻在信裡寫：「除了打字錯誤外，奧林比亞版的內容就是本書原有的設想與應有的模樣。任何形式的更改都會傷及本書的生命。我絕對認爲不該添加任何其他素材。」羅森泰、金斯堡，以及葛洛夫出版社的編輯群並未跟布洛斯爭論奧林比亞版的優缺點，也未評論布洛斯自己刪除或更正的數百處，逕自將一九五八年的《跨際區》手稿依照奧林比亞的目次排列，並加入奧林比亞版的新增部份，以及做了一些必要的附錄，因此一九六二年的葛洛夫版是根據較早的原稿，而非一九五九年的奧林比亞版。

一九六一年，羅賽特印製了一萬本《裸體午餐》，但四月出版的《北回歸線》讓他陷入數十椿審禁官司，被迫坐擁《裸體午餐》無法出貨，直到情勢明朗。一九六二年初，葛洛夫出版社在芝加哥贏得一場重要官司。八月，布洛斯的小說再度成爲焦點，引起極大爭論，愛丁堡作家協會的梅勒、塔西奇（Alex Trocchi）、麥卡錫（Mary McCarthy）都發聲捍衛布洛斯。現在羅賽特決定出手了。十月，他加印數千本《裸體午餐》，迴避慣常合作的印刷廠、裝訂廠對他的道德質疑，十一月底書籍上架，第一個月就賣出八千本。

審禁隨之又來。一九六三年一月，波士頓警察局逮捕一位販賣《裸體午餐》的書商，兩年後才正式舉行審判。同時間，《裸體午餐》的英國版也由約翰凱德（John Calder）出版社在一九六四年十一月出版，採用奧林比亞版有冠詞的書名，直到今日，英國版仍沿用此名。維勒特（John Willett）在《泰晤士報文學增刊》寫了一篇苛評，引發讀者投書激烈辯論，凱德收集這些評論，放在〈噁爛書信〉（The ‘Ugh’ Correspondence）一文裡，後來收入《裸體午餐》的英國再版。《裸體午餐》的德文版出現於一九六二年，法文與義大利文譯本則於一九六四年出版。

一九六五年，梅勒、金斯堡、詩人西亞帝（John Ciardi）出庭捍衛葛洛夫版《裸體午餐》的文學價值，但是法官裁定本書猥褻。羅賽特向麻省最高法院上訴，並將審判證詞編輯爲〈裸體午餐波士頓審判記〉（The Boston Trial of *Naked Lunch*），發表於一九六五年六月號的《常春譯論》。一九六六年七月七日，最高法院裁定《裸體午餐》具有「社會彌補價值」（redeeming social value），因此不是猥褻作品，羅賽特可以自由出版此書，終止此椿美國著名的文學審禁案。

葛洛夫出版社於一九六六年十月的再版包括《常青譯論》的那篇審判證詞，希望遏止其他地方的檢控。一九七四年春天，葛洛夫版《裸體午餐》賣出超過二十萬冊，日文譯本出版於一九六五年，挪威、瑞典、丹麥譯本於一九六七年出版，西班牙文譯本於一九七一年出版，荷蘭文譯本出版於一九七二年。截至本文撰寫前，還有葡萄牙、巴西、克羅埃西亞、中國大陸、蘇聯、以色列各地版本出版。全球至少賣出一百萬本，確定了《裸體午餐》在戰後美國文學牢固的地位。

一九九八年夏天，格勞霍爾茲（James Grauerholz）正在詳閱俄亥俄州大學圖書館典藏的大批布洛斯手稿。布洛斯將手稿賣給該大學特別典藏圖書館（Special Collection library）。格勞霍爾茲幾乎是有先見之明，拜託館長史密斯（Geoffrey Smith）讓他一閱該館在一九八八年之前典藏的布洛斯手稿，他大驚發現這批只有粗略編目、多數購於六〇年代中期的手稿居然有一九五九年送去給奧林比亞出版社的完整打字稿，多年來，布洛斯一直堅稱這份書稿被基羅迪亞搞丟了。有了這個發現，才有今日這個《裸體午餐》復原版。一九六二年以來，葛洛夫出版過兩次《裸體午餐》的簡易修訂版，一次由格勞霍爾茲擔任編輯，一次是史提芬·洛（Steven Lowe），多數是更正明顯的打字或拼寫錯誤，但是從未做過徹底的內容分析，整理出所謂的「定稿」，以供英語與各國譯本使用。

復原版的編輯工作始自比較葛洛夫版與奧林比亞版的差異，點出哪些地方是布洛斯在一九五九年之後的編輯更正。再以這兩個版本對照一九八五年的《跨際區》手稿。這份手稿是麥爾斯（Barry Miles）於八〇年代初在哥倫比亞大學巴特勒總圖（Butler Library）典藏的金斯堡文物中尋得，典藏目錄裡只簡單標明爲「附件」，裡面還有布洛斯寫給費林格提的自薦信。我們參考了許多紊亂的《裸體午餐》初稿，均來自亞歷桑那大學特別典藏館裡的傑克遜典藏文物（Robert H. Jackson），圖書館員巫姿柏格（Marilyn Wurzberger）熱心幫忙。俄亥俄州大學的史密斯以及編目者班尼特（John M. Bennett）的協助更是無價。我們也比對過葛洛夫一九六二年版以前散見於雜誌的《裸體午餐》書稿，也走訪收藏這些雜誌打字稿的圖書館。目前據知，至少有兩、三個私人收藏含有未面世的新素材，但是沒有管道可查閱。毫無疑問，布洛斯自己也搞丟或毀去部份初稿。總而言之，我們已盡其可能核對過《裸體午餐》的可能書稿。

如果我們是在一九六〇年代初就開始此項工程，就容易得多。我們可以直接更正奧林比亞版無數的標點與拼字錯誤，只復原一些有爭議的字、句、段落。但是羅森泰的編輯版在六〇年代後已經被視爲正典（凱德版本跟葛洛夫版只有編按的差異，而且所有海外譯本都是根據葛洛夫版），我們無法執意追求學術的純粹性，移除那些早已久經學術討論的內容，更遑論本書的老讀者看到自己喜愛的段落被移除，鐵定不會高興。最主要的，此次，我們不再有老朋友布洛斯在旁協助，裁決哪些更正應該放在這本傳世傑作裡。多年來，布洛斯不管出席朗誦會，或者灌製錄音作品，均採用葛洛夫版本。因此，此次修訂，我們也以葛洛夫版爲準。

麥爾斯曾問過布洛斯，部份重複字是否故意；布洛斯說那是當年趕著出打字稿給基羅迪亞匆忙出錯。有此話爲憑，我們刪掉部份重複、明顯錯置的段落，保留那些看來不錯的重複段落。

我們更正許多拼字錯誤，多數是部落名、藥名，以及人類學出處。並統一段落的使用方法。格勞霍爾茲擔任布洛斯的編輯助理長達二十三年，熟悉布洛斯的文稿打字與編輯，知道布洛斯使用句法的喜好，對我們在分句而言是莫大的幫助。

此書一點都稱不上「裸體」，反而因歲月而有了許多增添物，包括文章、書信、庭訊錄音聽寫，以及其他文件。奧林比亞版統統沒有。當布洛斯同意將〈具結書：有關毒病的證詞〉放在葛洛夫版，他特別表明須以附錄方式呈現，因此，我們將它移至書末。一九六六年以後的美版《裸體午餐》通常附有波士頓法庭審判記，現在看來已經無關緊要，本版予以刪除，有興趣的學者依然可以查閱。英國版《裸體午餐》在一九六四年之後因爲附上《泰晤士報星期文學增刊》的〈噁爛書信〉集，顯得累贅，本版並未採用，因爲當年的意見交鋒，現今只餘歷史意義。

憑藉最原始的打字稿，以及一九九八年在俄亥俄州大學找到的那批長稿，我們爲新版增添了「新附錄」，包括「刪除稿」（outtakes）、最後打字稿與奧林比亞版之間遺失的部份片段（可能是無心失落）、部份熟悉段落的它種版本，以及布洛斯同時期的某些文章（雖然無意放在《裸體午餐》裡，卻有相關的啓發意義）。這些文稿全部集中於書末，並依照定稿的順序依次排列。這批東西包括許多旁注、尋找正確語法的反覆嘗試、槓上刪除線，以及置換辭彙的企圖。有時意義不連貫，顯然作者打算回頭再增補。我們只刪除重複部份、更正錯誤拼字，餘者保留原樣，所有的編按、意義改變、字句順序改變、刪除句的復原，我們都以中括弧表示。

我與格勞霍爾茲均無法公正無私處理此書，因爲打從它一九六〇年代問世以來，我們均深受影響。或許那種餘味猶存、希望此書不在此頁終結的熱望，在此次辛苦編整《裸體午餐》新發掘文稿的過程裡得到實現。果眞如此，這次探索《裸體午餐》發展極限的旅程接近尾聲，也不無悵然。當我們重讀（無數次了）《裸體午餐》原稿，依然震懾於它不朽的洞見、預言與爆笑。《裸體午餐》對我們的吸引力依然是前無古人，也後無來者。

麥爾斯與格勞霍爾茲
二〇〇一年一月

復原版附錄（二）

侍者梅爾之死（手寫稿，未注明年代，約莫一九五三年）

我記起爲啥寫這本書。我有個朋友——應該說是顧客比較恰當——侍者梅爾。每當他想來一管，我就會在他房間裡服侍他，聽起來像性服務，很多毒品黑話都充滿性暗示。他住在珍街那種骯髒紅色磚屋的出租房，恰巧，我也曾住過那裡，那時，我跟安德森是炮友，誰操誰，就難說了，總之，這是一連串巧合所致。

所以，我記得有一回梅爾正在注射，我才一回頭，就看到他昏過去，滴管還掛在手上，裡面滿是血，我連忙拉掉他的滴管，用力打他的臉，應該說是雷奇用條濕毛巾猛抽他的臉，我跟梅爾沒熟到那種地步。你懂我的意思吧？你得跟這傢伙很熟，才能用濕毛巾抽他的臉。明白吧？

你假設我是半途才插入這場戲好了。譬如千年以後，有了新毒品與新毒窟，我坐下來聆聽（假設我聽得懂當時的語言），打量所在，尋找正確的描述字眼（每個時代都有關於條子的新辭彙）。這讓我想起菲・懷特上周日提到菲爾時所用的字眼——「菲爾不在這裡，他得進城去」①，或者「菲爾捲入某件事，得送進列星頓」②。

因此，我判定梅爾總有一天要掛點，果然沒錯——。

勒戒成功，從列星頓放出來，馬上掛掉，這種事兒常發生在好人身上，倒不是梅爾是個什麼樣的大好人。雷奇告訴我，在芝加哥時，好友死在他的懷中（當然是雷奇的懷中），當時他多少已經戒毒了。到城南找毒品，當場全身僵硬，眼珠子朝後翻[3]。

我在紐約揚克斯有次吸毒過量，情景也是這樣，珍說我的眼睛朝天翻，隔著桌子，只有一雙白色翳膜望著她，活像白內障患者。毋庸害怕，婚禮賓客，這個軀體不會倒下[4]。至少不是這次，不在這兒。會在何時，會在哪裡？德州？紐奧良？墨西哥？

總之，我聯想到史丹．肯頓（Stan Kenton）[5]的作品〈寫給喬的跳躍爵士〉（Jump for Joe），好像置身於空蕩蕩的大穀倉，一團團的黑色聲音無限擴張、擴張，直衝到外太空——。

所以我看到了侍者梅爾。還是有人寫信告訴我？不可能，那年冬天，我待在紐約呢。當艾爾看到梅爾死亡的影像顯現於地鐵站地板時，他整個人翻過了去。（我則說，拜託你啊，艾爾，你收拾一下好嗎？這是公共場所耶，你只不過是看到倒影。）我的意思是——當你說：「你搞啥啊？你茫翻了嗎？」這時你才突然發現他眞的是翻了。

就像我在墨西哥時，老賈維到我散發霉味的五號露台房瞧我，他滿腦袋業餘人士炮製出來的摻水海洛因，活像螺旋菌盤據。那是明亮的墨西哥早晨，十一點，我正在睡覺，沒聽見他進來。一張眼，他站在我床前，藍黑色（所謂的子夜藍）外套，蒼白似死屍，他的眼睛亮得出奇，從

1 原文用go downtown，黑話指接受警方盤問。
2 Lexington是著名勒戒所。
3 作者此處是說，有些毒癮者勒戒後再犯，耐藥性降低，很容易馬上猝死。這種事多數發生在好人身上，因為好人才會想戒毒。
4 典故出自〈古舟子之歌〉。見〈跨際區大學校園〉譯注9。
5 美國爵士樂手。

未見過那麼亮的眼睛，在暗色裡閃閃發光。哦，你知道的，百葉窗拉下來了，我正在睡覺，不是嗎？然後他說：「那麼一大堆貨要進來，你就準備躺在這兒？」我說：「不然哩？能幹嘛？我又不是他媽的發包商。」艾爾就躺到我身旁，外套跟鞋子都沒脫。我說：「你做啥？你瘋了嗎？」然後我注視他閃亮的眼睛，這才明白他眞是瘋了。

這情況跟艾爾一樣，所以是艾爾告訴我梅爾死掉的事，你知道的，就是在地鐵時，也就是在我們佇立於藥房前，因爲藥房，才起了這個話題。他說侍者梅爾死了，雖然他想不起梅爾的名字，這人在列星頓勒戒出來後，服藥過量死了，因此，我告訴他，應該是梅爾。

之後，我想大約是在紐奧良吧。我一邊聽史丹．肯頓，邊抽大麻，駭得很，我看到侍者梅爾躺在床上，嘴唇四周發藍。不，應該不是紐奧良，艾爾才是在紐奧良，艾爾有在紐奧良嗎？理論上，梅爾不可能在這裡，但是我感覺到他在。

藍色。房門敞開通向太面，窗戶外的霓虹燈在梅爾臉上閃爍紅色紫色，一閃一滅，一閃一滅，積滿鮮血的滴管仍插在他的手臂上，像是霓虹市招的一部份。

這就是結局——停駐許久的「本劇終」。但是當我執筆寫《裸體午餐》，這畫面幾乎沒用到。

Outtakes: The Vigilante

Going to see his model mistress on Jane Street . . . I knocked and said "It's me, Bill" and heard her turn the key . . .

She stood there looking at me, all the bones sticking out in her face, a little gold ring of iris around suffering black holes [of her pupils] . . . I nodded . . . and she got the works . . .

"Age before beauty," I said . . .

"It's my trap and my works."

"My bread, most of it, Baby . . . Lest you forget, lest you forget . . ." I filled the dropper and then tossed her my tie . . . "Go on . . . Tie up."

I felt along her arm and slid the needle in . . . blood flowered in the dropper like a red orchid . . . Then I pressed the bulb slow as she pulled the tie loose, watching the junk drain in, the young face take on the ageless forms of junk, the skin smooth, the lids droop . . . I looked at her without desire . . . She was no longer a woman . . .

Then it hit me, that sweet stuff seeps through your screaming flesh like water on parched land, lungs aching, legs twitching, acid tears searing your eyes . . . [Now] all gone [the trouble and the pain all gone away] at the magic touch of [The Substance] G.O.M.

[I crossed myself and fell on my knees and went through the junk sacrament while Joan danced the junky jig around the room . . .]

I got up and danced the junky jig.

Like I say she got on in Europe . . . Cocaine parties in the toilet of progressive schools in Switzerland, majoun orgies in Tanger, shifty, dirty connection by the canals of Copenhagen—nobody so dirty as a dirty Dane unless it's a dirty Swede—her first boyfriend died of an overdose in Oslo . . .

"He used to nod out on a quarter grain . . . Something with his metabolism, you know . . ."

I nodded . . . all the dead walking through the room, the Sailor hanging from a cell door, his tongue lolling out the way it would fall out when he was loaded on goof balls . . . "Some things I find myself doing I'll just pack in, is all," he said to me once . . . that was back in my bisex salad days . . . Mel the waiter, overdose after a cure, turning blue around the lips under the neon lights in a cheap hotel, flash on and off and the dropper hanging to his arm full of blood like a glass leech . . .

So many I hear their sighs and whimpers in junk kick and junk orgasm half hard rubbing along the smooth wooden edge of a precinct cell and a drunk snarled "What are you doing?"

[And I looked at him with metabolic hate, drawing myself away—]

"Leave me the fuck alone, will you?"

And he knocked me into a corner, blood running out my mouth and [I] wouldn't look at him . . . now he is shaking the bars and screaming "Let me out of here!" . . . I mean for the Jail House Pest Dept. . . . and an old red-haired junky came over and sat beside me with a handkerchief and a cup of water and washed the blood off my face with gentle larcenous old woman fingers . . .

And I gave them all [a] sleepy benediction . . . and snuggled down into my junk and went on the nod . . .

About this time I meet this Italian tailor *cum* pusher I know from Lexington and he gives me a good buy on H . . . At least it was good at first but all the time shorter and shorter . . . "Short Count Tony" we call him . . . "Order a suit off him hit you at the knees."

But we fill in the short count with milk sugar and start pushing in a small way to feed the Chinaman, serving the young kid junkies he know got landlocked when their man killed himself with acid H in the vein, dried up the city on this klatch . . .

The Man wants to touch these wild kids . . .

Young faces in the blue alcohol flame, invaded, possessed by The Substance . . .

"But what you care so long as you get it in the vein? Here I got a cool shooting gallery for you kids and what consideration do I get? So long as you get it in the vein that's all you care . . ."

The Pusher sits there eating the young blood, his face in the blue flicker cruel and sated and sexless, Aztec Earth Mother, Priest and Agent of Junk . . .

"Say, you're looking great, kid . . . Now do yourself a favor and stay off . . . I been getting some really great shit lately . . . Remember that brown shit, kid, sorter yaller, like snuff? Cooks up brown but clear . . ."

"No, I'm off and . . ."

"Sure you're off, kid . . . Now I live just here . . . Feel like a little joy bang? I mean one bang never put anybody back on . . . No need to get hooked at all if you know when to stop and where . . . Right here, kid . . ."

* * *

Back to New York, face stained with malaria and hepatitis, junk is way up and cut to the bone and the fear flares out of every junky's eye flashing on and off like a lighthouse . . .

Get on that boat, junky, get out from under. The U.S.A. is burned down dust bowl, cattle and junkies low for relief as they nuzzle the dry opium pipes and empty caps . . .

All ashore who's going ashore . . . Hold back that clicking subway door . . .

The Old World . . .

The Zone: Easy to get in and hard way out . . . Junk sickness stands at the control box, the yammering boy need intercepts a queen's rush for the airport, the CID warrant waits in Gibraltar . . .

In the gathering grey twilight of junk . . . shooting every hour—looked at my shoe all day . . . grey pictures on a grey screen, fading slower and slower . . .

Your time is running out almost gone it was panic got me to the airport and on the plane with an eau de cologne bottle full of junk solution . . . fixed in the airport washroom at Paris, on to the grey [streets of London] . . .

Apomorphine puked up my monkey in bloody pieces into a basin carried out . . . flesh hangs on the bones the untenanted body, and then suddenly you are back inside moving and I walked through Hyde Park . . .

Venice . . . rich yellows and blue hashish in the streets like deep stone canyons, blue doors yellow lights . . . little bars where sad old Spanish drunks sniff pensively . . . *Tapas* and soccer scores on the wall . . .

Outtakes: The Rube

That's the way the ball bounces. I would usually go in first just to ask the doctor for a hospital address or anything just so I could get a look at him and hear him talk . . . Then I planned the strategy and I was seldom wrong . . . putting my finger unerringly on the doctor's weak point. Was he a count? Carl was a baron . . . A Marxist? The Rube had got on junk, was C.P. and so forth.

A few iconoclastic types I tackled myself. Doctors mostly sustain themselves in a medium of false ideas, the word "doctor" casting about them, so they think, a sort of magical aura. They are all a set-up for some line of con . . .

When we reached Chicago . . . There is something about Chicago that paralyzes the spirit under a dead weight of a formalism dictated by hoodlums, a hierarchy of decorticated wops . . . And everywhere the smell of atrophied gangsters, the dead weight of those dear dead days hanging in the air like rancid ectoplasm . . . You suffocate in the immediate past, still palpable, quivering like an earthbound ghost, slipping around the corner in a junky's body stealing out of a night spot, the old time jazz or just the soul of the Twenties disembodied will hit you in Lincoln Park, or there on the Near North Side at Dearborn and Halsted the feel of the Twenties will hit you. And the souls are crushed in the weight of hoodlum formalism breaks everybody down to the side-of-the-mouth sober order, the studied deadpan poise. Here the dream is suffocating, more real than the real, the past actually, incredibly, invading the present. It's almost like you could reach out and have your youth over again, so solid, nostalgia taking solid form and face . . . But the fraud is immediately apparent. And the horror, the fear of stasis and decay closes round your heart.

We move on west and south, stopping on red clay side roads to fix at noon in Tennessee and Carl got out to piss and found a little pink arrowhead . . .

And always cops . . . Smooth college trained State cops impersonal and polite with their grey eyes weighing you up and the practiced patter that has no relation with the appraising eyes looking at your clothes, your luggage, your car, weighing and sifting.

In Cuernavaca Joan met this pimpish trombone player and I could see them fitting right together like a broken coin . . . glad to be rid of her . . . on South . . .

Kicked my habit in Panama with PG . . . It's easier to kick in a warm place . . . sleeping naked and the whole town looks like [a] 1910 degraded leech on the canal, pimps and whores . . . No habit . . . on South . . .

And when I walked away from them I carried part of her inside half a man ambiguous broken . . .

Up a great brown tidal river to anchor at the Port City in water hyacinths and banana rafts . . . The Republic's one gunboat stranded in a mud flat, criss-crossed by sagging catwalks . . . A young solder shits through rust hole in the deck and pensively wipes his ass with the flag, watching the boats from distant lands . . .

The town is an intricate split bamboo structure in some places six stories high overhanging the street, [propped with beams and pillars and railroad sections to form arcades where the inhabitants can keep out of the warm rain that falls at ten-minute intervals . . .]

Ambiguous *marica* pimps—Negroes, Chinese, Indian—drift under street lamps eating purple ices, lean against outcroppings of limestone, talk in silent, catatonic gestures, frescoes of delicate depravity, flat, two-dimensional, Egyptian hieroglyphics . . . Plaintive boy-cries drift through the night . . . "Paco. Joselito. Enrique."

Stale patter of commerce: "*A ver* Luckies?" "Nice girl Meester . . ." "Panama hats?" "Squeezed-down heads?" (The best Panama hats are not made in Panama.)

A hideous soiled mouth blows smoke rings into the night . . . "Smoke Trak Cigarettes . . . They do the work . . ."

This is Trak country and the TRAK, the sinister sex utilities combine, can shut off the orgones for the non-payment . . .

The jungle invades the city in great rank weed-grown parks where armadillos infected with the Earth-Eating Disease gambol through ruined kiosks, the stone Liberator, tired horse and tired rider . . . [stone generals like frozen lunatics advocate liberty under the iguana's eye,] the candiru finds its silent purposeful way into swimming pools, an old Chinese, fine and yellow as an ivory chessman, sits on an anthropomorphic limestone seat, sipping paregoric . . .

The smooth brown loin of the pimp swells and rots with lymphogranuloma, albinos blink in the sun, boys sit in long rows under the cool arcades reading comics—they do not move their legs as people walk by . . .

There is something here you never see or find, in a silk stocking thrown over a rotten teak wood balcony, [up under the town's sizzling iron roofs where plants in tin cans grow on perilous balconies,] bureaucrat in a black suit and black glasses, the dull liver-sick hate congested in his eyes like toad poison . . .

Smell of the tidal river and the mud flats, sewage and drying cocoa beans . . .

Now the *Vagos Jugadores de Pelota* storm the stale streets of commerce leaping, back-kicking, and the Civil Guard discreetly turns away and drops his pants looking for crabs, in a vacant lot . . .

For the ball players can sound a "Hey Rube" bring a million adolescents, breaking all the frontiers, through the miasmal river towns of Quevedo and Babahoya, [windy rubbly mountain plateaus, clouds of La Paz, and the mists of Bogotá and Lima and the cold] windy mountain plateaus . . . [Windy, dusty mountain towns—thin air like death in the throat—cold mist of Lima that gets down inside you like junk-sick cold,] blighted leprosy area of Tolima, hardwood coastal forest, with cities of Wanted Men, [ghost towns of Esmereldas . . .] a Negro pensively scratches his balls . . .

End of the Road towns, Puyo and Mocoa, Puerto Limón and Pucallpa, under silent wings of the anopheles mosquito . . .

There are sinister road houses in the jungle around the Port City stocked with whores, purposeful agents of disease. Dope peddlers lurk in the toilet with loaded needle dart out and shoot it into [a] tourist without waiting for his consent . . . The doormen are cops, expert lush rollers like all cops of the area, can lift the generalissimo's wallet with a macho goose, and club a drunken sailor into the jungle mud . . .

I was studying a small sign on a deserted building: "Down with Trak and the Sex Utilities . . ."

Dark, greasy men plucked at my sleeve, flashing gold teeth in a little snarl.

"*Psst!*"

"*Seguridad.*"

They studied my papers over each other's shoulder, the ones behind leaping up with little plaintive cries . . . Mosquitoes moved delicate and tenuous in the air . . .

A group of detectives began chanting in unison: "*Comisaría! Comisaría! Comisaría!*"

The *comandante* emerged through a metal door, slapping at a small pistol impatiently . . . The pistol shifted from one holster to another on little steel tracks . . .

He was sitting in a garage under the street level, full of metal barriers and gates and lockers that swung smoothly on oiled hinges . . . I noticed that he wore a pilot's uniform . . . Tin planes rested on his shoulders like monster insects . . . His face was a mechanic's face invaded by steel and oil . . .

"We let the signs stand because we are a democracy . . . But it is not good to stand and read them."

"You can say that again," said a snide Liberal journalist with narrow shoulders and bad teeth, standing by a file cabinet . . . "You might get yourself on the Trak list . . . As you may or may not know Trak has special police for crimes committed on Trak premises with extraterritorial rights through the world . . . I've got it all right here . . . Take years to write . . ."

The *comandante* smiled and jerked his head towards the journalist . . .

"*Mucho polito,*" he said . . .

He handed back my passport with a heel click . . .

A boy named Joselito moved into my room, suffocating me in soccer scores . . . We wore the same clothes and laid the same *novia* who was thin and sickly and always making magic with candles and religious pictures and drinking aromatic medicine in little plastic eye cups and never touched my penis during the sex act . . .

Through the customs checks and police controls, through the pass and down in a blast of safe-conducts, warm wind in the face and three monkeys ran across the road, down into the sound of running water—everybody on the bus high, laughing and talking at once, swinging around the curves over a misty void, and the driver pointed out the white crosses with little brays of laughter and sipped *aguardiente* from a bottle proffered by a shy Indian cop.

"*Veinte y dos muertos.*"

"*Dos jóvenes quemados vivo.*"

"*Viva la sport!*" ejaculates an American queen, two cameras dangle on his great bosom, extension and light filters across his breast, seeking the young subject with a dead tinted eye . . . He leans back into the seat and squeeze the light filters . . .

Down into the End of the Road towns on the edge of *yagé* country . . .

Up through the river towns, Babahoya, Quevedo, Puerto Limón, black Stetsons and the grey malaria faces color of dirty paper, muzzle-loading shotguns and vultures pecking in the streets . . . down from the mountains to buy powder and shot and tonic and *aguardiente* (government monopoly, tastes like kerosene) . . .

The sad-eyed student from the Capital talked apologies waiting for the bus to load its cargo of bananas and Coca-Cola . . . "They have no instruction . . . Nothing to do but drink in this place . . . Much malaria . . ." He warned me against the Río de Oro, one of the many sections in the coastal forest regions that is peopled entirely by wanted criminals in such force the civil guard is unable, unwilling and shit scared to set a flat foot in the area . . .

[The criminals are self-righteous, the police furtive and seedy . . .]

Came to the town of Quevedo, sullen violence in the mud streets, muttering grey phantoms of malaria walk the mud streets along the river . . .

In my hotel room two straw pallets on wooden bunks . . . [Copper lustre pitcher dry, dusty.] A scorpion crawls slowly up the split bamboo wall.

On one bunk was a young man who got up and introduced himself . . . He was on his way to the coast to join the Air Force . . . "*Yo soy un pobre muchacho pero tengo los sentimientos elevados . . . Y soy hombre . . .*"

He died testing a condemned parachute misconverted and reconverted by Trak, Inc.—a scandal involving a sinister Albanian Fixer known as Mr. IN who got his start as a Congressional lavatory attendant . . . Boy blood spatters The Operator massive with his weight of centuries sit there and take his cut and never give anything back . . . Got the big fix up his ass with heroin, diamonds and antibiotics . . .

A whore half Negro and Chinese with high small breasts and white teeth stood in the door and asked for a cigarette . . .

She steps in and takes off her pink slip and stands naked . . . The boy drops his clothes and lies down naked on a pallet, chewing gum and waiting . . .

Outtakes: Benway

Doctor Benway is interviewing a young doctor's application for Benway's special corps of trouble-shooting analysts:

"Your first case, on which you will have the opportunity of trying your mettle or perhaps the *Amok's* mettle heh heh heh will be an incipient Amok . . .

"Now of course you know in a general sort of way what an Amok is, and have probably collected a battery of misconceptions on the subject . . . In fact Western misconceptions as regards anything pertaining to the humph 'mysterious Orient' are quite as staggering in their magnificent disregard for facts as infantile theories on sex and birth—In fact I had one patient who at the age of twenty believed that there were no women, only castrated men, and that birth took place through the navel . . ."

Applicant: "Good sir, to the purpose."

Benway: "*Touché*, young man, *touché* . . . Oh yes, misconceptions . . . So let me give you a brief rundown: The classical Amok is a shy withdrawn person with deep suppression of aggressive impulses . . . with final results that can only be described as humph regrettable . . .

"Why do Amoks always use knives? Why not a gun or a flame thrower? Is their predilection for knives merely a result of their general backwardness—Amoks are not a phenomenon of eighteenth-century drawing rooms, over-civilized urban environments—or does it have a deeper root?

"But the most interesting and enigmatic point is, what finally activates the deeply repressed killing reflex? Curiously enough, we would expect that one day some writer, some bus driver, some store clerk would insult the wrong man and reap the humph whirlwind . . . But such is almost never the way it happens . . . No, what distinguishes Amok from an outbreak of simple bad temper implemented by natural recourse of a tool-using animal bent on mayhem at least, is that it has nothing to do with—"

Spilling out in ambiguous dancing and sudden electric outbursts of violence, a young man leapt to his feet—thrusting out a knife and spinning around, his knife vibrating with a sort of electric life scream . . . *No me toca, maricas!* . . . His eyes light up, flicker and go out . . . he collapses and shits in his pants with fear and rushes out . . . A patient old sodomist in violet tinted glasses and a gabardine suit follows . . .

Theft and murder are epidemic and usually unpunished . . . There are whole areas, etc . . . People walk about with the shadow of paranoid madness in their eyes . . . it's like the South if they didn't have the Nigra . . .

The inhabitants of this area seem mostly of white stock . . . They do not present the fascinating, highly colored repertoires of skin diseases found among the Mountain and Coastal Indians . . .

Troy is this the face that launched a thousand ships and burnt the topless towers of Ilium Troy a paco plate him or God and taxes are in the Spanish toilet sign rooms to let and junk junk the opium don't want it any more goes good with coffee the lamb eat him up she ate the whole [Juimee] whole and now where are on the owl and came to Troy around the long bend of the dead river here in the vast delta country and the others who were [in] vast tree houses on the little islands here and there, swamps and springs and clear streams and every variety of fish and serpent. And came at last to the [lake] where on the delta shore islands are more and more frequent . . . and now the sea itself and the lad is there gleaming into a quiet harbor and up onto the shore . . . and pulled himself up on the coast . . . he pointed to the—

—gave Carl a long grave look before he smiled. The city was laid out in a series of parks along canals and lagoons . . . People nodded and waved to him casually . . . He never [saw] an averted eye . . . Sometimes he was ignored by someone, obviously thinking about something . . .

Nor must you by psychic maneuvers prevent him from expressing his aggressive impulses . . . this is always sensed and deeply resented by the patient.

Should I search him for knives at the door?

No, this would increase anxiety and bury the affect even deeper?

What's the matter, young man, does the job scare you?

Frankly, yes . . .

This is good, fear is a thing out in the open and always healthy . . . The best bullfighter of them all used to shake and vomit before a fight . . . Just remember this paradox . . . In our profession there is nothing to fear but Tense . . . If you defend yourself you are lost . . . The patient would not be Amok if you had done your job . . . Your physical defense would fail in any case . . . These things are not easy to describe . . . But believe me, hate and aggression only gain strength from your resistance . . . In short, we are surround by threatening phantoms which only [have] the strength that is body to attack us if we fear and succumb to anxiety and defend ourselves against them . . .

Discussions as to which is the most dangerous type patient . . . Benway says a Latah is more dangerous than an incipient Amok . . . In fact he is an incipient Amok of the most insidious and treacherous type . . . Don't ever press him too hard . . .

Outtakes: The Black Meat

The Generalissimo unveiled his statue in person . . . one of those pigeon shit bronze capers on a horse . . . static self project, severed protoplasm rotting inside it and proliferating insect forms which would, under normal circumstances, have been contained within the bronze shell forever . . . But some joker of an apprentice had made an ass hole in the Generalissimo—covered but not sealed under a bronze uniform—flashed away with a street boy smile and a police bullet and running from a broken jeweler's window flopped across summer asphalt, a stained Mercury fallen to a silver bullet.

Blast of trumpets and The Anthem—Everybody on his feet to witness this exhibit . . .

"Like we all called together here to look at his ugly old ass hole," a young Falangist whispered to his lover . . . The boys snickered and froze under the hard violet-tinted stare of a fat liver-sick major sitting by the massive Earth Goddess bulk of his wife her fat upper lip daubed with soft black fur . . .

As the cloth and cellophane covers are removed by a system of pulleys synchronized with air currents, loud farting noises rumble out of the statue and the ground under it . . .

"I'll break that Technician down to a cesspool cleaner's assistant!" snarls the socially ambitious young major in charge of ceremony protocol.

And then such a horrible stink drifted out like vaporized verdigris . . . stink of atrophied semen, young testicles frozen in junk, American suburbs where the male soul rots on transplanted sod . . . bureaucrat Spanish homes under cold eyes of mustachioed matriarchs . . . black ice of polished armoires and gilded mirror frames . . . massive and damp and heavy as the women who sit there (through a pale green bubble of ferns and rubber plants).

Bogotá streets of rain and death haunted by killer cops and dead students . . . raw pealed winds of hate and mischance sweeping in from the green savanna past the great Earth Goddess in black stone . . . And always in the streets and corridors and windows and doorways black dogs of Paul's blighted road to Damascus and on meandering through inquisitions and burnings—Paul never miss a burning—

"Yes," the sheriff said, pushing a wad of snuff into his cheek. "Nothing like a good *slow* Nigga Burnin' to quiet a town down for a piece . . . And folks go around all dreamy and peaceful looking and sorta sleepy like they just ate something real good and plenty of it . . ."

(Stacked up cordwood of Belsen.)

The American fairy turns on his broken insect male body and tears at it like a conger eel transfixed by a fish spear—(The diver is composing an article for *Ball*)—will turn and bite its body right through above the fish spear and swim away, broken, galvanized fairy gestures flat as figures cut out of tin, dying spermatozoa on the suburb sheets in the hungover Sunday dawn . . .

"Get him underground he stinks something awful," said the British Sergeant.

"The future is ours. Of course we will use bits and pieces of Paul's machine during the hurumph *transitional period* during which POLICE as such will still be necessary . . . A period more or less elastic of course."

Benway spreads his hands in a great sweeping gesture and his smile flashes out and slaps across ten billion faces . . . police with flesh of black metal and all on cycles . . .

"Out to smell out *real crime* you dig . . . The Texas mother dressing her son in little girl clothes . . . child hands slapped away from his own zones every thought and feeling stamped with the shit seal of alien inspection . . . (The crime in short of malignant interference . . .) You see we are 'right cats' . . . out for the real enemy, the squares, the phonies . . . the COPS.

"This is all baby patting of course, as you can see, but if the tranquilizing suppository fits"—Benway shrugged—"shove it on up there . . ."

"Room for one more inside sir."

Time to consolidate or hurumph *coalesce* . . . process takes time . . . We will have time and dirty hands to deal the cards like they are all stacked . . .

The Sailor went to the fair to buy a dozen Time eggs . . . Oh Oh what can the matter be???

Lee walked back the way he had come through streets twisted in a slow arthritis of masonry . . . Up the winding stairs warped by the late unsteady returns of a vehement drunkard so that now you stagger up those stairs drunk or sober.

They were searching his room when he walked in.

"Police, Johnny."

One of them flashed a badge which caught the dim light like a fish side in deep black water . . . It was hard to see how many were there ferreting through his papers and notebooks with fingers light and cold as spring wind.

Lee looked at the flat two-dimensional faces boiling with ravenous black fuzz. "Campers," he decided . . .

Campers are individuals who move into an empty office in a government building and start operating . . . Sometimes they have bought the right to operate from high sources and official incorporation is assured. Others are pure phony shoestring operators with floating offices in a lavatory, broom closet, dark room of the mugging department . . . in corners and corridors and patios of government buildings, tenuous bureaus . . .

Outtakes: Hospital

"Three miles from the town of Camembert . ,. . Advanced identification . . . The Medical Examiner . . . Daring daylight assault on the Lavatory Attendants' Syndicate . . . light contusions . . . denied complicity . . ."

"Inspector René Parbleu says the slaying is an adjustment of scores growing out of the lucrative toilet paper contraband . . . El Culito was suspect to have 'held back the wad' on his confederates . . . present crime was an attempt to 'equalize pressures' . . ."

Outtakes: A.J.'s Annual Party

The old queer squirm on a limestone bench in Chapultepec (Indian adolescents walk by, arms around each other's necks and ribs), strain his dying flesh to occupy young buttocks and thighs, tight balls and spurting cocks. A boy turn, grin at him and yell "Hi, Pop," their boy innocence aching whip across his sagging buttocks and drooping loins. He scream, an enigmatic Sybil with dark glasses and a grey face. Piss blood warm on his withered thighs.

Mark and Johnny sit facing each other in a vibrating chair, Johnny impaled on Mark's cock.

"All set, Johnny?"

"Turn it on."

Mark flips the switch and the chair vibrate. Mark tilt his head, look up at Johnny, his face remote, eyes cool and mocking on Johnny's face. Johnny scream, whimper, face disintegrate as if melting from within . . . Mark's hands run down Johnny's sides, sketch a woman in the air. He put his head gently over Johnny's cock and makes a gesture of pulling it out. Johnny scream like a mandrake, black out as his sperm spurt, slump against Mark's body an angel on the nod. Mark pats Johnny's shoulder absently . . .

Mark and Mary whisper. They laugh looking at Johnny.

"Turn around, Johnny," Mark orders.

Johnny obey, and Mark secure his hands behind him with leather-covered manacles, copper chain.

"To match your hair, Johnny," he says, ruffling Johnny's hair with casual affection.

Johnny is half asleep. "What's the angle?"

Mark stands over him, hands on hips, smiling. "What do you think?"

Mary bends over Johnny, pushing the hair out of his eyes. "We're going to hang you, Johnny."

Johnny's body contract, force the breath from his lungs. Tongue stick out. Lips swell with blood and eyes darken. The contraction hold, squeezing his body in three long spasms, shit spurt six feet from his ass, a final agonized spasm throw a drop of blood to the corner of Johnny's beautiful mouth. Lick sperm and blood into his mouth and fall asleep. Mary covers him tenderly with a soft warm blanket. She kisses him on his closed eyes. At the door Mark and Mary look back at Johnny, laugh softly.

Morning. Johnny wakes up and try to stretch. Mark and Mary stand by the bed.

MARK: "Come on, Johnny. It's all ready and waiting for you."

He helps Johnny sit up and swing his legs over the bed.

Mary sits down beside Johnny and combs his hair. "You're going to be a good boy, aren't you, Johnny?"

Johnny gets an erection. "Are you really going to hang me?"

"Of course we are, darling. But don't worry. It won't hurt."

"Are you going to drop me?"

MARK: "No. That would knock you out, couldn't feel it. I'm going to break your neck like this."

He puts one hand on Johnny's chin, the other on the side of his head, moves his hands in opposite directions, clicks his tongue. He pulls Johnny to his feet with one hand under his chin. Johnny sticks his tongue out and lolls his head. Mary takes one of Johnny's arms, Mark the other. They march him to a door open with electric eye.

Outtakes: Islam Incorporated and the Parties of Interzone

Clem keeps an Arab and a Jewish boy. They dance into a café in a chorus line, raising 1920s straw hats and chanting:

"Clem's the man the people choose . . .

"He loves the Arabs"—goosing the Arab—"*and* the Jews"—feeling up the Jew . . .

"Well, I'm off to evict an Arab from his iron lung. The citizen is delinquent. It's my clear duty to Wall Street."

"So we hold the Black Rock, pending they give with its weight in diamonds. Otherwise we build a pissoir around it in downtown Tel Aviv . . ."

They have a tape recording entitled "Your Reporter Interviews the Ergot Brothers," which they play with or without encouragement.

Outtakes: The Examination

"You have my pants in thrall."

"In the words of the immortal bard, farewell thou art too dear for my possessing."

Carl could not help turning around when he reached the door . . . The doctor was gone . . . Carl stared stupidly at the empty desk . . . then he plunged through the door and down the stairs in a panic.

A week later he received a notice to appear at the Ministry, exactly like the first notice . . . He decided to ignore it but was unable to do so . . .

"I will tell him something . . ." he muttered as he walked up to the reception desk . . .

"Doctor Benway? Oh yes, he has his office in Public Health now . . . Right across the square and turn to your left . . ."

The nurse in Benway's office was doing crossword puzzles. A workman was painting the ceiling.

"Oh yes," she said. "Go on in, he's probably expecting someone . . ."

The workman seemed to be poised like a ballet dancer on top of his stepladder . . . He cast a flirtatious glance at Carl using a paintbrush like a fan . . .

"Don't mind him," said the nurse. "He's just waiting on the Operation . . . He'll be much happier the doctor says."

When Carl walked in the doctor looked at him with a total lack of recognition.

"Hello"—he glanced ostentatiously at the card—"Carl."

Carl stared incredulously at the face across the desk. The man looked back, a calm kindly face perhaps a bit professionally kind. He looked like a successful banker.

"Well Carl it seems that you are causing your employer a certain amount of concern." He was drowned out by hammering. The doctor smiled good-humoredly and his voice suddenly boomed out. "Yes, we are undergoing certain uh repairs here. Too bad we don't all close our *psyches* for repairs now and then. Not that we are exactly closed here . . . Oh dear no . . . Just operating on a skeleton staff is all. Why, like as not they've got your file mixed up with someone else's. But a man has to do the best with what there is, right? So let me see what this is all about. You understand I have a lot of phrases I use at random like: 'You seem to be a cause of concern to those near and dear to you,' or 'We're worried about you Carl'"—with a detective con smile.

"And so Carl . . ." The doctor slid off the desk and lay on his stomach on the floor, chewing his straw. "And so Carl, the revenooers have caught up to you." He got up on all fours and sniffed at Carl's leg.

"Aromatic," he said. "Sour mash. I can smell them." He stood on his head. "And so Carl, will you submit to a blood test or do I haveta get a search warrant?"

"But what? Why?"

"Well, if you must know, we are looking for a certain protein enzyme, identified precisely as a protein enzyme by one Doctor Heath of New Orleans, a learned colleague, may he fall down and rot for snatching my enzyme right from under my very nose."

The doctor rushed into the chair screaming "Mammy!"

"A buzzing in the ears perhaps?"

A power saw screams offstage . . .

"Enzymes," says the doctor. "The new look will be the anti-enzyme look. That is the look that is not dominated by one enzyme . . . Meanwhile . . ." he shrugs, "there is work to do."

He knocks out a wall partition with a sledgehammer. The wall opens into a Mayan tomb. Carl walks away leaving the doctor.

"*Cherchez la enzyme*, or look after the enzymes and the lieutenants J.G. will look after themselves . . . He he he. A trade joke Carl . . . You see every, uh, disorder, no matter how rarefied or seemingly completely over in the precinct of my uh psychically minded humph colleagues who have seen fit to put up a 'Dogs and Benway Keep Out' sign . . . This is our Live One. Advanced cases of lymphogranuloma, rank stool pigeons and 'Benway Keep Out' signs . . . has its corresponding enzyme system and its characteristic odor, so that when the medicine man of a primitive tribe talks of smelling out the sickness, instead of a well-bred leer, we should emulate his example."

"Mother thinks so too," said the painter.

(Commissar sniffing at his subordinate . . . "Don't you ever wash your brains, Comrade? I smell impacted disaffection . . ."

"Not me, boss . . .")

"I have sometimes wondered if the same enzyme was not instrumental in homosexuality, schizophrenia and drug addiction . . . In each case a protective covering over the cells . . . But in the case of addiction the covering can be removed . . . Could the lifelong addiction to a cellular cover ever be disintoxicated?"

"How the fuck should I know," said Carl sullenly.

"Would not the shock of life, the beauty of the world, all those rich luuuvely sensations simply incinerate that cold ass hole? Nay, the miserable flayed thing would turn from the blast of beauty and crawl around scratching for its filthy skin across a vast rubbish heap . . ."

"Oh spit cotton, you frantic old character," said Carl.

"You will be interested . . ."–he fixes Carl with electric menace–"to hear my General Theory of Addiction in its entirety . . . Mother thinks so too . . . She wants to keep my balls preserved in alcohol for her hope chest . . . Isn't that cute . . . You'd love my mummy."

"I hope to avoid her acquaintance . . ."

"Don't count on that, Gertie . . . Mother gets around . . . So the new look will be a combined look, that is, not dominated by any one enzyme, the Criminal, the Pervert, the Self-Righteous Little Man, the Priest, the Untouchable, every race and condition and potentiality no matter how vile and horrible must merge . . . into new forms . . . Just as the disciplines of physics, literature, etc., cannot maintain separate existence in the light of the Facts of ESP etc. . . . This must come, gentlemen . . . meanwhile man must work."

He knocks down a wall with a sledgehammer.

Carl walked through, out past urns like vast penises and . . . Two strange misshapen little men crouch naked before the door . . . They get huge erections, their bodies swell into huge erect penises with vestigial arms and legs . . . They turn into urns by the door . . .

The ceremony when the boy is chosen [by] popular acclaim and stripped naked in the sacred grove, feeling already the eyes running over him, licking his whole being, fondled and licked and petted . . . He goes to the tree, garlanded and covered with perfumes, shitting and pissing, stopping frequently to indulge in sodomy or other perversions with sneering sadistic youths, so that it takes a week to make the journey . . . and in each rest house are all manner of appliances . . . Everyone is in heat . . . He hangs there quivering.

They crawl around in shit and piss and jissom finally like a custard pie routine and get drunken adolescents reel to their feet in the country club kitchen . . . 1920 road house music drifts in through the open window.

"Let's go to East Beaugard and get laid . . ."

A pimp steps out [and] leans in through the window . . . "Visit the House of David, boys, and watch the girls eat shit . . . Makes a man feel good all over . . . Just tell the madame you're a friend of mine . . ."

He drops a cuneiform cylinder of black shit into the boy's hip pocket, feeling his ass with his supple fingers that seem to send messages in some lost tongue of a vile people who [live] in a valley in the Andes . . . Cut off by tower[ing] snow-covered cliffs and a great waterfall . . . The inhabitants are blonde and blue-eyed . . . etc. . . . Sex is the only occupation . . . It is unlawful to masturbate [or] have orgasm alone, they all live in one vast stone house . . . Turkish bath underneath . . . where people are always getting lost . . . It is rumored the Thurling, a sort of malicious boy's spirit, will lure you to an underground river where huge aquatic centipedes lurk . . . But sometimes a Thurling takes a like to you and that is the best kick a man can have . . .

Shoots blood all over the altar, a bloodless white statue . . . frozen erection covered with ice in the moonlight . . . in winter sun, Northern lights . . . The tribe gives a vast sigh as they all come at once . . . this is the moment they fall to the ground in the little death . . .

One humming "Let me be your little death until your big death come . . ."

Of course everybody wants the honor of having a Thurling in the family . . . Mothers carefully raise their children for maximum vileness . . . So vicious and vile are the children of the Valley that every house is an armed camp . . . No father would dream of sleeping without bolting his steel doors and windows and setting the alarm . . . lest his progeny crawl in and eat his prick off in the night . . .

Later of course they will be weaned and further processed so that by the age of four they are quite broken and would not dare to think about anything but sex . . .

A boy's first hard-on is pounced upon with wild yips of joy and photographed from every angle . . . All the nabors rush in and offer congrats . . . The father passes out photos at the office . . . to the boys in back room of Loki's Ass Hole . . . Little girls are stimulated with vibrators by idiot toothless grandfathers . . . Everybody's room has a one-way mirror and everybody can watch anyone else at all times . . . to conceal yourself is traitorous . . . To turn down any proposition *in toto* is also severely punished by enforced abstinence . . . So that people are always pausing in the street to watch politely while someone masturbates with shit or performs some perverted act . . .

The sexes are absolutely equal and take part in all orgies on the same traction . . . There is the annual sex exhibit which goes on for three months of the year with plays, lectures, sex devices . . . street boys hawk aphrodisiacs and pictures and animated fucking dolls, clothes are of course designed for speedy, graceful disrobing . . .

What is most sought after is the precise admixture of depravity and innocence . . . "Would you believe it," exlaimed the proud mother as her son comes walking in across the field with a string of bullheads, playing his harmonica, "that he's a fart queen?"

The mother grasped Lucy Bradshinkel's hand impulsively and leered deep into her eyes. "You wonderful woman," she said simply.

Said a travelogue voice: "Stay tuned to the Flying Explorer, will reach you at this time every Wednesday—and any other time you stand still for it . . ."

In fact every citizen spent at least half his time naked, indulging in some sex act or play in plain sight of everyone else . . .

It was like living in a sort of jelly that cushioned every movement . . . suggestively feeling your balls with throbbing caresses, oozing up your ass . . .

Train to Canada ah that is Gibson Girl Elinor Glyn. Rush for seat of course like a refugee train those are reserved seats . . . pulled him down . . . so what now Joan talking about Neal's work can be placed Joan is dead long live the queen strip polka . . . strip poker . . . play it skit hell group we said it . . . so the game with him and one other . . . is it not so as to see it like . . .

If all enzyme have images like all junkies look alike that is because of the special addict enzyme . . . All schizos look alike . . . All queers look alike . . . and all criminals and all Lesbians . . . Lesbians all have that cold fish look . . . So these archetypes all have the corresponding enzyme system . . . Withdraw the enzyme, you starve out the archetype . . . The new look will blend all the archetypes into a spontaneous matrix . . .

The new look will not be dominated by any one enzyme, will be the uninvaded look not of innocence but of knowledge.

Correspondingly any innocent, that is, uninvaded, person can be addicted to any of the enzyme archetypes . . . Junk is always our prototype, it gives us the general formula of addiction . . . So now where from junk? Lesbians . . . An enzyme has blocked the female hormone . . . Male, we have an enzyme . . .

Schizos and homos around the mouth . . . Junkies and Lesbians in the eyes . . .

To return to Carl . . . shots of the enzyme don't be naive . . . Instead of a separate person reaction—which the child cannot have—we have an enzyme reaction of female enzyme and the male image becomes unconscious or locked in covered by the female enzyme, the homo enzyme . . .

So child wants the female enzyme like morphine as part of his cells . . . Once it becomes part of his cells a cover to his cells he no longer wants it, he is it . . . this can only occur with the softening up enzyme of schizo, etc., which is predominant in childhood, adolescence, withdrawal . . . the softening up enzyme as soon as he is hooked on the female enzyme he won't want a woman any more but a man and they will want the precise male image of their own that has been made unconscious so the *exact image that wanted the woman almost always brutal and sadistic*—weakness for brutal and criminal types his male image is brutal mine is innocent or partly so but there is another half not yet fully consciously realized of extreme brutality . . .

Similarly the Lesbian reacts to the male and in her attempts to incorporate loses her desire for the male and the male enzyme blocks the female hormones . . .

Return to morphine . . . suppose I needed a female shot every four hours to maintain the female image and if I didn't get it there was an attack by the simplified cells living in the female medium . . .

In short we simply expose him to intense female image in state of softening up that is without his cell receptors must penetrate the cell . . . a virus invades the cell with an enzyme . . . penetrates the cell wall . . . now so we hope to stand on the sidelines and take over who are we don't know yet . . .

Outtakes: Coke Bugs

[. . .] screaming and the *vecinos* rush in like Furies.

Stumbled over Eduardo in the bathroom and he said "I'm

killing myself with this stuff" and looked at me with sick conning mooch eyes.

"Son of a bitch."

Half bottle of Fundador too soon after the half-assed cure. Hungarian abortionist don't know his piles from a finger stall. Put leeches on my needle scars to suck out the poison. Shots of Demerol by candlelight—they had turned off the lights and water. Was Weston glad to get rid of his evil and downright insolvent roomer. Never take a tenant with a monkey. And Kiki went away. Like a cat, somebody gives him more food and one day he is gone. Through an invisible door. You can look anywhere. No good. *No bueno.* Hustling myself.

Suddenly I see the chick in sharp focus. She is hooked and sick, sniffing and all the bones stand out in her face. She catches my look and walks over and leans on the table and says:

"Could you help me?"

"Sit down. The Man is four hours late. You got the bread?"

"Yes. That is, I got three cents."

"Nothing less than a nickel. These are double papers he claims. Say, I know an old croaker write for you like a major. Can't talk to him myself. We had a beef last time."

"But look—"

"He can't actually *do* anything. Just a bit of fun and games, you know."

"Ugh."

"Every day die a little. It takes up the time."

The croaker lives way out on Long Island . . . I keep falling asleep on the train, light yen sleep, waking up for the stops. Change here.

Stay away from Queens Plaza son. Evil spot, fuzz-haunted by—

Get off here. Bar. Grocery store. Antennae of television suck the sky like greedy periscopes . . . The doctor lives on a dead-end subdivision street. Old 19th-century Spanish house with rusty iron balconies.

Outtakes: Hauser and O'Brien

I was sitting in Joe's Lunch Room drinking coffee with a napkin under the cup which is said to be the mark of someone who does a lot of sitting in cafeterias and lunch rooms . . . Waiting on the Man . . .

"What can we say?" Nick said to me once in his dead junky whisper . . . "They know we'll wait."

Yes, they know we'll wait . . . Street corner, cafeteria, park bench, sitting, standing, walking . . . All those who wait learn that time and space are one . . . How long-far to the end of the block and back? How many cups of coffee in an hour?

There was a chick at the counter giving me the eye and I delineated a vague good impression like something half seen from a train window . . . back into the screaming, shuddering sickness, everything so sharp and clear it hurts, suddenly smeared with grey smoke—the clock had jumped ahead the way time will after 4 P.M. even for a sick junky—And I don't want to know about her or anybody . . .

I had an oil burner . . . Quarter piece of H a day . . . I was working the hole with the Sailor, out on the hyp afternoons . . . You never could make the Sailor, his brown eyes lit up inside catching points of light like an opal, looking at something way out, face yellow and smoothed and blank over high cheekbones, and he would sing over and over through his shiny yellow teeth: "Oh, oh, what can the matter be? Johnny's So Long at the Fair . . ."

I understand how the Sailor went wrong . . . He could not feel anything for anybody else . . .

The Sailor is dead . . . Almost everyone I know is dead now . . . The Sailor hanging to a cell door his tongue out the way it would fall right out of his mouth when he was loaded on goof balls, [Kammerer] drifting along under the Hudson, jettisoned murder weapons cutting his flesh like meteors, and Jane sitting there at the counter . . . I hear about it later in Tanger . . .

Met German . . . In Joe's Lunch Room met . . .

All off the junk . . . Twenty pounds of borrowed flesh . . . and strap-on . . . Compound interest I said:

Lazarus go home . . .

"I see things different now," he said . . . "They can't bluff me with that repossession shit . . . Tools of my trade . . . It's the law . . ." He showed me his strap-on under the table . . .

Anybody can quit . . . You gotta make a deal, that's all . . .

Lazarus go home . . . You bring down the living with your crystal–

Met Nick by the chess game in Washington Square and he told me about busts and death and kicks . . . we couldn't talk with all the dead junkies around us . . .

Little Arnie drunk in Joe's, off the junk . . . Twenty pounds of borrowed flesh . . .

Lazarus go home . . . Pay the Man and go home . . .

Outtakes: Atrophied Preface

The Voices rush in like burning lions.

"I'll rip through you," said, trembling, the Man of Black Bones.

"So told Lieutenant LeBee whose auntie was drowned at sea," said a little squeegy voice.

"Cross crystal panes of horror to the tilted pond . . ."

"Time to retire . . . Get a Frisk . . . glittering worms of nostalgia's housecall where young lust flares over the hills of home and jissom floats like cobwebs in a cold spring wind . . ."

"Lovely brown leg. Oh Lordy me baby on the brass bed and bed bugs crawl under the blue light . . . Oh God . . ."

"All the day you do it . . . Do it right now . . ."

"Suck the night tit under the blue flame of Sterno . . . Orient pearls to the way they should go . . ."

"The winged horse and the mosaic of iron cut the sky to blue cake . . ."

"On crystal balconies pensive angels study pink fingernails . . . Gilt flakes fall through the sunlight . . ."

"Distant rumble of stomachs . . . Porcine fairies wave thick wallets . . . Bougainvillea covers the limestone steps . . . Poisoned pigeons rain from the Northern Lights, plop with burning wings into dry canal . . . The Reservoirs are empty . . . Blue stairs end spiral down suffocate . . . where brass statues crash through the hungry squares and alleys of the gaping city . . ."

"Iridescent hard-on . . . Rainbow in the falls . . ."

"Can't hear nothing."

"Two kids got relief."

"Never more the goose honks train whistle bunk mate . . . Man in Lower Ten (eye caked with mucus) . . . Watch the boy get a hard-on . . ."

"Not a mark on him . . . What killed his monkey?"

"Suicide God, take the back street junk route . . . Detours of the fairy canyon shine in the light of dawn . . . Buildings fall through dust to the plain of salt marshes . . . Are the boys over the last ridge and into the safe harbor of Cunt Lick where no wind is?"

"By the squared circle cut cock my mouth the cunt off and the rag on . . . Bring your own wife . . . Panama Flo the sex fiend beat the Grey Nurse for steak-sized chunks . . ."

(The Grey Nurse is most dangerous form of shark. Like all sharks they bite out steak-sized chunks.)

"Wouldn't you?"

"Libido is dammed by the Eager Beaver."

"Notice is served on toilet paper."

"Smell shock grabs the lungs with nausea."

"Fat queen, bursting out of dungarees, carry a string of bull-heads to the tilted pond . . ."

"TILT . . ."

"Grey head bob up in the old swimming hole . . . The boys climb up each other, scream . . . 'EEEEK . . . a Man . . .'"

"He will be fetched down, this creature."

"A fairy!"

"Monstrous!"

"Fantastic!"

"Get her!"

"Slam the steel shutter of latency! . . ."

"Radius radius . . . it is enough."

"Doctorhood is being made with me."

Middle-aged Swede in yachting cap, naked tattooed torso, neutral blue eyes, gives a shot of heroin to the schizophrenic . . . (whiff of institution kitchens).

Grey ghosts of a million junkies bend close as the Substance drains into living flesh.

"Is this the fix that staunched a thousand shits and burst the scented drugstores of Lebanon?"

"In a vale of cocaine and innocence, ski hut across the mountain, sad-eyed youths yodel for a lost Danny Boy . . ."

"We sniffed all night and made it four times . . . Fingers down the blackboard, scrape the white bones . . . Home is the heroin, home from the sea."

"Probing for a vein in the junk sick morning wind vibrates the window."

"Coffee and stale Danish in Joe's . . ."

"'Hello, Cash . . ."

"'You sure it's there?'

"'Of course I'm sure . . . Go in with you.'

"'For tonight?'"

"A no-horse town . . . Hit the local croaker for M.S., shoot it all up in two hours . . . Night train to Chi . . . Meet a girl in the hall and I see she is on and ask: 'Where is a score?'

"'Come in, sonny.'

"I mean not a young chick but built . . . 'How about a fix first?'

"'Ixnay, you wouldn't be inna condition.'

"Three times around . . . wake up shivering sick in warm spring wind through the window, water burning the eyes like acid.

"'Now.'

"She gets out of bed naked . . . Stash in the cobra lamp . . . Cooks up . . .

"'Turn over. I'll give it to you in the ass.'

"She slides the needle in deep, pulls out and massages the cheek . . . She licks a drop of blood off her finger . . .

"He rolls over with a hard-on dissolving in the grey substance of junk . . ."

[Icarus,] his parachute a broken condom. In a rubbish heap across the bay, his jet vaporizes bone and shit to the blue substance of sky . . .

"I don't even feel like a human . . . When the poltergeists come down from the attic and shit in the living room and outnumber the haunted ten to one and their merry pranks are no longer virginal and they turn vicious in adolescence like apes . . . Sometimes I just don't know . . ."

Under the hard-faced matron's bandage the cunt of Radiant Jade . . . "You see dearie the shock when your neck breaks has like an awful effect." She titters nervously . . . "You're already dead of course or at least unconscious or at least stunned . . . But . . . And . . . Uh . . . Well . . . You see . . . It's a MEDICAL FACT . . . All your female insides is subject to spurt out your cunt the way it turned the last doctor to stone and we sold the results to Paraguay, as a statue of Bolívar."

"I have come to ascertain death . . . Not to perform a hysterectomy," snapped the old auntie [croaker] crisply . . . munching a soggy crumpet with his grey teeth, [smell of institution kitchen follow him like dank cloud] . . .

"Oh God another Snafu . . . That Pierpoint isn't . . ."

He pulled irritably at the Lesbian's legs—She boiled her lover, she strapped her lover over a bidet and filled it with boiling lye . . .

"It was a *crime passionnel*," she rhapsodied. "Judge you shoulda heard those screams . . . It was tasty . . ."

"I was carried away on a great glad gutty river . . . Who of you has known the Full Suppository? [Constipated purveyors of tired farts . . .]"

Come in please???? Well you, that was the hole story and I guess I oughta know . . . Lady name of LU LU . . .

Woke up in a Turkish Bath under a Johannesburg *bidonville* . . . "Where am I, you black bastards?"

Don't be like that? How many did you kill? "More the merrier" said Robert Christie . . .

Wouldn't you?

"Gentlemen already the foul banners of bloody Kotex fly over our peaceful cocks . . . The hideous subspecies of WOMAN must be rooted out and destroyed with antiseptic flame throwers lest the terrible She virus survive and rise again to desecrate our *fantastic* Greek cities . . . But where is the rough trade, Myrtle?"

They got on motor scooters and they all died away in the Italian night . . . And the old Thing that sells black market cigarettes . . . Laughed and laughed and laughed . . .

"The universe is curved . . . They must come back . . . I read it through the glory hole in the Old Court House Johnny . . . Here they come now . . ."

The boys approach with a vast swelling pathic scream . . . they advance across a plain, trees wither as they pass . . .

"I'd give my falsies for a man, Mary!"

"Treason . . . Hang that mad bitch before she grows a nasty cunt . . ."

When I was on the junk I minded my junky business, and nobody saw me except pushers and subway fuzz . . . The Independent got their own special heat, and they don't carry iron, just saps . . . Once over in Queens Plaza—that's a bad station, too many levels—they nailed the Fag and me, so I bit the heat's hand—I had my teeth in those days—so I bit him and cut, and he keeps yelling after me: "Stop or I'll shoot" and I knew he didn't have with what to shoot, so I keep cutting . . .

The Fag won't talk to the heat. Just say I am a Times Square kid name of Joe something. So they knock out what teeth he's got left . . . "They was loose anyhoo," he tells me later . . . He always comes on like a fag you dig it is part of his act, and he does five twenty-nine for jostling . . . Like I say junkies is ghosts and only certain people subject to see them . . .

(Five months and twenty-nine days is the sentence customarily given for attempt to roll a lush in or about the subway. The charge is called "jostling.")

A Mexico City pusher name of Lupita—all the big pushers in Mexico are women—Aztec Earth Goddess need plenty blood. So Lupita say: "Selling is more of a habit than using" and she is really making with the untutored wisdom—illiterate bitch you dig . . . A non-using pusher has a contact habit, and that's one you can't kick . . . Agents get it too . . .

Like I say The Reader will frequently find the same thing said in the same words. This is not carelessness nor is it for The Infatuation With Sound Of Own Words Dept. . . . It indicates space-time juxtaposition . . . a folding in and back (the universe is curved, feller say) . . . point of intersection between levels of experience where parallel lines meet . . .

Like I say prefaces atrophy, drop off, grow again. At one point the preface was 150 pages long, constituting a menace to the entire enterprise . . . It was amputated to a bleeding stump of three pages and slowly grew back . . .

"I am the Egyptian" he said looking all flat and silly.

And I said "Really Bradford, don't be tiresome . . ."

In the attic of The Big Store on bolts of cloth we made it . . . Careful, don't spill . . .

Don't rat on the boys . . . The cellar is full of light and air . . . In two weeks the tadpoles hatch . . . Wonder what became of Otto's boy who played the violin . . .

Dead bird, quail in the slipper, money in the bank . . . Fossil cunts of pre-dated chicks bounce all around us in Queens Plaza . . .

Lay them in the crapper . . . Just shove it in, vibration does the rest . . . Black dust rains down over us cancer curse of switch . . . Cock under the nut shell . . . Step right up . . . now you see it now you don't . . .

"Multiple fracture" said the Big Physician . . . "I'm very technical."

Wooden steps up a vast slope . . . scattered stone huts . . .

Faces with the eerie innocence of old peoples, mosaic of juxtapositioned golden strains of Negro substance seep up from the unborn South . . .

The man in a green suit, old-type English cut with change pockets outside . . . will swindle the aging proprietess of a florist shop:

"Old flub gotta yen on for me."

They was ripe for the plucking forgot way back yonder in the cornhole scraps of delight and burning scrolls . . .

O death where is thy sting? The Man is never on time . . .

威廉・布洛斯（一九一四～一九九七）創作年表

組曲小說

夜之城（Cities of the Night）

1. Cities of the Red Night: A Boy's Book (1981)
2. The Place of Dead Roads (1983)
3. The Western Lands (1987)

長篇小說

Junkie: Confessions of an Unredeemed Drug Addict (1953) (筆名 William Lee)，又名Junky

Naked Lunch (1959)

Exterminator! (1960) (with Brion Gysin)

Minutes To Go (1960) (with Sinclair Beilles, Gregory Corso and Brion Gysin)

The Soft Machine (1961)

The Ticket That Exploded (1962)

Dead Fingers Talk (1963)

Nova Express (1964)

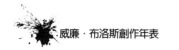

The Last Words of Dutch Schultz: A Fiction in the Form of a Film Script (1970)

The Wild Boys: A Book of the Dead (1971)

Port of Saints (1973)

The Book of Breathing (1980)，又名Ah Pook is Here

Queer (1985)

中篇小說

White Subway (1973)

Blade Runner: A Movie (1979)

Ghost of Chance (1991)

The Cat Inside (1992)

短篇小說

The Dead Star (1969)

Ali's Smile (1971)

The Seven Deadly Sins (1991)

非文學

The Yagé Letters (1963) (with Allen Ginsberg)

Snack: Two Tape Transcripts (1975) (with Eric Mottram)

Burroughs Live (1977)

The Job: Interviews With William S. Burroughs (1982)

Burroughs: Letters (1988)

My Education: A Book of Dreams (1989)

Last Words: The Final Journals of William S. Boroughs, November 1996-July 1997 (1990)

With William Burroughs: A Report from the Bunker (1991)

Collected Interviews of William S. Burroughs (1993)

The Letters of William S. Burroughs: 1945 to 1959 (1993)

Conversations with William Burroughs (1995)

A Burroughs Compendium: Calling the Toads (1998)

Call Me Burroughs (1998)

Evil River (2006)

Everything Lost: The Latin American Notebook of William S. Burroughs (2007)

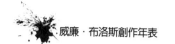

選輯

Mindfield: New and Selected Poems (poems) (1967)

Ali's Smile / Naked Scientology (1978)

The Third Mind (1978) (with Brion Gysin)

A William Burroughs Reader (1982)

The Burroughs File (1984)

Word Virus: The Selected Writings of William S. Burroughs (1984)

The Adding Machine: Selected Essays (1985)

Interzone (1989)

The Junky's Christmas and Other Stories (1994)

國家圖書館出版品預行編目資料

裸體午餐／威廉・布洛斯（William Burroughs）
著；何穎怡譯. -- 初版. -- 臺北市：商周
出版：家庭傳媒城邦分公司發行, 2009.04
面；　公分. --（另翼文學；10）
譯自：Naked Lunch
ISBN 978-986-6472-52-7（平裝）

874.57　　98005388

另翼文學 10

裸體午餐（經典完全復原版）

作　　者／ William Burroughs（威廉・布洛斯）
譯　　者／何穎怡
企畫選書人／何穎怡
責任編輯／黃靖卉

版　　權／黃淑敏、吳亭儀、邱珮芸
行銷業務／黃崇華、周佑潔、張媖茜
總　經　理／彭之琬
事業群總經理／黃淑貞
發　行　人／何飛鵬
法律顧問／元禾法律事務所王子文律師
出　　版／商周出版
台北市104民生東路二段141號9樓
電話：(02) 25007008　傳眞：(02)25007759
E-mail：bwp.service@cite.com.tw
發　　行／英屬蓋曼群島商家庭傳媒股份有限公司城邦分公司
台北市中山區民生東路二段141號2樓
書虫客服服務專線：02-25007718；25007719
服務時間：週一至週五上午09:30-12:00；下午13:30-17:00
24小時傳眞專線：02-25001990；25001991
劃撥帳號：19863813；戶名：書虫股份有限公司
讀者服務信箱：service@readingclub.com.tw
城邦讀書花園：www.cite.com.tw
香港發行所／城邦（香港）出版集團
香港灣仔駱克道193號東超商業中心1樓　E-mail : hkcite@biznetvigator.com
電話：(852) 25086231　傳眞：(852) 25789337
馬新發行所／城邦（馬新）出版集團 Cité (M) Sdn. Bhd.
41, Jalan Radin Anum, Bandar Baru Sri Petaling.
57000 Kuala Lumpur, Malaysia
電話：(603) 90578822　傳眞：(603) 90576622

封面設計／徐璽設計工作室
版型設計／洪菁穗
排版印刷／前進彩藝有限公司
經　　銷／聯合發行股份有限公司
地址：新北市231新店區寶橋路235巷6弄6號2樓
電話：(02)2917-8022　傳眞：(02) 2911-0053

2009年4月28日 初版
2021年6月18日 三版1.5刷
定價420元

Printed in Taiwan

 ISBN 978-986-6472-52-7　EAN 471-770-210-407-8

廣告回函
北區郵政管理登記證
台北廣字第 000791 號
郵資已付，免貼郵票

104　台北市民生東路二段 141 號 2 樓

英屬蓋曼群島商家庭傳媒股份有限公司城邦分公司　收

請沿虛線對摺，謝謝！

書號：BA6310Y　　書名：裸體午餐（經典完全復原版）

請於此處用膠水黏貼

商周出版

讀者回函卡

感謝您購買我們出版的書籍！請費心填寫此回函卡，我們將不定期寄上城邦集團最新的出版訊息。

不定期好禮相贈！
立即加入：商周出版
Facebook 粉絲團

姓名：＿＿＿＿＿＿＿＿＿＿ 性別：□男 □女

生日：西元＿＿＿＿年＿＿＿＿月＿＿＿＿日

地址：＿＿＿＿＿＿＿＿＿＿

聯絡電話：＿＿＿＿＿＿＿＿ 傳真：＿＿＿＿＿＿＿＿

E-mail ：

學歷：□ 1. 小學 □ 2. 國中 □ 3. 高中 □ 4. 大學 □ 5. 研究所以上

職業：□ 1. 學生 □ 2. 軍公教 □ 3. 服務 □ 4. 金融 □ 5. 製造 □ 6. 資訊

□ 7. 傳播 □ 8. 自由業 □ 9. 農漁牧 □ 10. 家管 □ 11. 退休

□ 12. 其他＿＿＿＿＿＿＿＿

您從何種方式得知本書消息？

□ 1. 書店 □ 2. 網路 □ 3. 報紙 □ 4. 雜誌 □ 5. 廣播 □ 6. 電視

□ 7. 親友推薦 □ 8. 其他＿＿＿＿＿＿＿＿

您通常以何種方式購書？

□ 1. 書店 □ 2. 網路 □ 3. 傳真訂購 □ 4. 郵局劃撥 □ 5. 其他＿＿＿＿

您喜歡閱讀那些類別的書籍？

□ 1. 財經商業 □ 2. 自然科學 □ 3. 歷史 □ 4. 法律 □ 5. 文學

□ 6. 休閒旅遊 □ 7. 小說 □ 8. 人物傳記 □ 9. 生活、勵志 □ 10. 其他

對我們的建議：＿＿＿＿＿＿＿＿＿＿

＿＿＿＿＿＿＿＿＿＿

＿＿＿＿＿＿＿＿＿＿

【為提供訂購、行銷、客戶管理或其他合於營業登記項目或章程所定業務之目的，城邦出版人集團（即英屬蓋曼群島商家庭傳媒（股）公司城邦分公司、城邦文化事業（股）公司），於本集團之營運期間及地區內，將以電郵、傳真、電話、簡訊、郵寄或其他公告方式利用您提供之資料（資料類別：C001、C002、C003、C011 等）。利用對象除本集團外，亦可能包括相關服務的協力機構。如您有依個資法第三條或其他需服務之處，得致電本公司客服中心電話 02-25007718 請求協助。相關資料如為非必要項目，不提供亦不影響您的權益。】

1.C001 辨識個人者：如消費者之姓名、地址、電話、電子郵件等資訊。
2.C002 辨識財務者：如信用卡或轉帳帳戶資訊。
3.C003 政府資料中之辨識者：如身分證字號或護照號碼（外國人）。
4.C011 個人描述：如性別、國籍、出生年月日。

請於此處用膠水黏貼